Roswitha Geppert
Die Last, die du nicht trägst

Roswitha Geppert

Die Last, die du nicht trägst

Roman

Mitteldeutscher Verlag
Halle · Leipzig

ISBN 3-354-00467-3

9. Auflage
Lizenz-Nr. 444-300/152/89 · 7001
Printed in the German Democratic Republic
Gesamtausstattung: Günter Jacobi
Abbildung Wilhelm Lachnit »Mutter, ihr Kind tröstend«, Ausschnitt
Gesamtherstellung: (140) Druckerei Neues Deutschland, Berlin
Best.-Nr. 638 894 4

00700

Du weißt nicht, wie schwer die Last ist,
die du nicht trägst.

(afrikanischer Spruch)

Erster Teil

August 1966

Seit einer halben Stunde bin ich schwanger. Mein Mann liegt fest schlafend neben mir und stößt kleine zufriedene Grunzer aus. Für das Kind müßten wir uns einen Doppelnamen ausdenken – als Zeugnis für die anhaltenden Bemühungen: Doppelnamen, Doppeldecker, Hoppelpoppel, Moppeldoppel...

Der Tag war anstrengend gewesen. Stundenlang waren wir an Schaufenstern vorbeigebummelt. Ich hatte preiswerte Astern gekauft. Klaus schenkte mir teure Rosen. Für unser Zimmer trugen wir abwechselnd einen Topf mit einer spreizfingrigen Aralie im Arm. In einem Laden mit muffliger Bedienung leisteten wir uns eine Flasche Wein.

Da entdeckte ich sie. Große blaue Augen, rosa Glatze und rundliche Arme und Beine.

»Klaus, sieh mal...«

Klaus blickte zu den Kindern auf den Marktplatz hinüber, die Tauben fütterten.

»Nein, hier, bei dem Händler. Ach, ist die süß. Richtig was zum Bemuttern.«

Begehrliche Blicke zum Verkaufsstand, bettelnde auf Klaus. Lächelnd schüttelte er den Kopf. Und kaufte sie mir. Die Puppe aus Gummi.

Die Fahrt in der überfüllten Straßenbahn, eingekeilt zwischen schwitzenden und schwatzenden Menschen, erschien uns endlos. Ermattet kamen wir zu Hause an. Wir verdunkelten die Fenster. Wir wollten ruhen. Aber unsere Sehnsucht nach Zärtlichkeit hinderte uns daran. Nun bekommt unser Puppenkind eine Menschenschwester. Wir werden richtige Eltern: eine würdige Mama mit stolz gereckter Brust und ein ernst zu nehmender Papa mit erhobenem Zeigefinger. In neun Monaten.

September 1966

Klaus arbeitet als Bauingenieur die ganze Woche über auf Montage. Die Wochenenden verbringen wir in Eile. Wir fürchten, Wesentliches zu versäumen. Vieles ist wesentlich: Spaziergänge, Bücher, sich berühren, Kino. Aber immer bleibt es Urlaub. Ausnahme. Alltag findet nicht statt.

Ich arbeite am Theater. Nicht als Schauspielerin.

»Du mußt dich entscheiden, Traudl. Entweder der Schauspielerberuf oder ich. Ich könnte die lüsternen Blicke nicht ertragen, mit denen man dich jeden Abend auf der Bühne ausziehen würde.«

Fünf Jahre liegt das Gespräch zurück. Die erste aufgezwungene, ernst zu nehmende Entscheidung meines Lebens: Beruf, besser: Berufung – oder Mann.

Es gab viele Berufe, die mich interessierten. Aber nur einen Mann. Also suchte ich einen Kompromiß. Also studierte ich Theaterwissenschaft.

Nun bin ich Ehefrau und Regieassistentin. Ich finde, das ist allerhand.

Nein, ich bin keine Waise. Ich wohne bei meinen Eltern. Mein Zimmer ist geräumig. Die breite Doppelbettcouch mit roten Kissen darauf, die chinesischen Aquarelle an den Wänden und ein ehrwürdiger Teppich lassen das Zimmer behaglich werden. Den Teppich haben uns meine Eltern geliehen. Leider leihen sie mir nicht ihr Ohr für Probleme am Theater.

»Brotlose Kunst«, schimpfen sie beide. »Fünfhundert Mark im Monat. Soviel verdient ein Hilfsarbeiter. Und du hast Abitur. Du hast ein Diplom. Nee, Kleine, da bist du auf den verkehrten Dampfer gestiegen.«

»Es kommt nicht immer aufs Geld an.«

»Nicht immer. Aber meistens. Du hast studiert, damit was aus dir wird. Du bist was geworden, also kannst du auch eine entsprechende Bezahlung verlangen.«

»Quatsch. Dazu leiste ich noch nicht genug.«

»Das kannst du selber gar nicht einschätzen.«

»Selbst wenn. Die andern schätzen mich ein. Auf Proben herumsitzen und gelegentlich seine Meinung und Vorschläge äußern dürfen – da kann ich nicht mehr erwarten.«

Die Eltern verlassen mein Zimmer. Es hat keinen Zweck, ihnen zu erzählen, daß die Vorschläge manchmal auch anerkannt und verwirklicht werden. Oben, auf den Brettern, die einigen die Welt bedeuten.

»Wir haben's ja immer gesagt! Man bezahlt dich zu schlecht«, murren sie oft und schieben mir heimlich zehn Mark ins Portemonnaie.

Mir fehlt mein Mann. Der versteht mich. Der schimpft nie auf das Theater. Und wie er mir fehlt. Denn »meine Susanne« – immer denke ich »meine«, wenn ich an unsere Tochter denke – versteht ja vom Theater noch nichts. Sie ist rundherum erst einen Zentimeter groß und für Mutters Sorgen viel zu winzig.

An den Wochenenden sind alle Kümmernisse wieder vergessen. Ich bin mit Freude Ehefrau. Gleichgültig, ob auf unseren Spaziergängen, im Theater oder in unserem Zimmer – ich bin zu zweit. Und wenn wir ganz plötzlich daran denken, sind wir eigentlich schon zu dritt.

Oktober 1966

Die freundlichste Frau am Theater ist die Souffleuse. Täglich begrüßt sie mich mit Handschlag und ein paar netten Worten. Vielleicht, weil wir ein und dieselbe »Kategorie« sind? In ihr sind alle die enthalten, die auf dem Programmzettel recht klein gedruckt sind. Damit sie niemand liest. Die Souffleuse, der Inspizient, der Beleuchtungsmeister, der technische Leiter und die Regieassistentin. Wobei die Regieassistentin ganz oben steht, obwohl sie meiner Meinung nach das wenigste von allen leistet. Zur Premiere können die anderen stolz von sich sagen: Wäre ich nicht da, die Kollegen auf der Bühne hätten einen Hänger nach dem anderen. Sie kämen nicht zum Auftritt, wenn ich sie nicht riefe. – Sie stünden völlig im Dunkeln oder rutschten in die Versenkung, wenn ich nicht wäre.

Geht dann die ersehnte und gleichzeitig gefürchtete erste Vorstellung zu Ende, liegt man sich erlöst und erschöpft in den Armen, küßt sich gerührt und sagt sich Komplimente.

Ich stehe zur Premiere etwas unglücklich den Geschäftigen im Wege und bemühe mich, den Regisseur zur beruhigen, der nervös hinter der Bühne auf und ab läuft.

Damit hätten wir wieder einmal einen der Höhepunkte im Leben der Schauspieler hinter uns gebracht, denke ich.

Plötzlich legt mir jemand die Hand auf die Schulter und schenkt mir eine Rose.

»Es ist doch deine erste Premiere. Und – weil du so tüchtig warst.«

Die Souffleuse lächelt. Ich erröte.

Ach ja, eine Premiere ist etwas Wunderbares!

Mir fällt es schwer, mit meinen Kollegen Kontakt zu bekommen. Wenn wir einander begegnen, blecken sie lächelnd die Zähne. Sie deuten ihre Zufriedenheit mit sich und ihr Wohlwollen gegenüber dem anderen an. Ich habe zwar auch ein ganz hübsches Gebiß, kann aber nur lächeln, wenn mir danach zumute ist. Somit werde ich als »ernst«, »schüchtern«, »uninteressant« ad acta gelegt. Zumindest von den Damen, die etwas älter und unansehnlicher sind als ich. Mütterliche verhalten sich mir gegenüber mütterlich. Eine Minderheit. Die Gleichaltrigen sind zaghaft kameradschaftlich, oder sie betrachten mich als Rivalin. Dann zeigen sie mir auch die Zähne, aber ohne zu lächeln.

Nur die Herren der Schöpfung verhalten sich übereinstimmend.

»Wissen Sie, daß Sie wunderschöne Augen haben?« fragt der eine und schaut mir interessiert auf die Brust.

»Ich habe morgen in Weimar zu tun. Wenn Sie Lust haben, können Sie gern mitkommen«, meint der andere. Er prüft kritisch meine Figur.

Vielleicht ist alles selbstlos gemeint, und ich bin nur überempfindlich. Aber niemand sagt mir, was ich während der Proben besser machen kann.

Wenn ich gar nicht mehr ein noch aus weiß, setze ich mich zur Souffleuse. Und lasse mich trösten. Ich habe es oft nötig. Ich wünsche mir ein lustiges Kind. Wie soll es aber lustig werden, wenn die Mutter immer grübelt und in ihrem Beruf nur vor Schwierigkeiten steht?

November 1966

Ein ungewöhnlicher Tag. Erstmalig hielt mein Regisseur mit mir vor der Probe eine Regiebesprechung ab. Begierig sog ich Inszenierungsprobleme und seine Regieerfahrungen in mich ein. Danach betraten Regisseur und Assistentin gemeinsam die Bühne. Was für ein Erlebnis! Für mich und für die anderen.

Gleich nach Probenschluß lud mich Schauspieler Gräberling zu einem abendlichen Barbesuch ein. »Sie müssen ja schwermütig werden. Immer allein zu Hause. Und keinen Mann. Bloß am Wochenende. Dazu die Arbeit mit uns ›Idioten‹.«

Eine Zehntelsekunde habe ich gezögert. Nicht aus Furcht vor eifersüchtigen Reaktionen meines Mannes oder mißbilligenden Blikken meiner Eltern. Ich Theaterneuling fragte mich: Tut man so was, oder tut man's nicht? Gefährde ich meine Arbeit? Oder gefährde ich sie, wenn ich nicht mitgehe? Ist eine Einladung in rosa-dämmrige Schwüle ein Präludium? Präludium – wofür?

Ich habe zugesagt. Ich war aufgeregt. Wie bei meinem Antrittsbesuch beim Chef des Theaters. Da hatte ich vorher auch im Kleiderschrank gewühlt, Schuhe auf Hochglanz gewienert, die Nägel lackiert. Und dann hatten seine glasklaren Fischaugen über mich hinweggesehen, und sein eisiges Desinteresse hatte mich eingeschüchtert, während ich mein vor Theaterliebe überströmendes Innere vor dem dürren Körper am wuchtigen Schreibtisch offenbarte. Bevor ich meine angestauten Fragen ins hagere, schmallippige Gesicht fallen lassen konnte, stand ich bereits wieder jenseits der dick bepolsterten Tür.

Bei dem Barbesuch hingegen wurde jede Kleinigkeit an mir bewundert, beachtet oder bespöttelt. Mein Kollege entpuppte sich als bezaubernder Partner. Er sprühte vor Geist und lustigen Einfällen, tanzte ausgezeichnet und küßte mich freundlicherweise nur auf den Scheitel.

Zuerst war ich ein bißchen verklemmt. Schließlich war ich noch nie zuvor mit einem Schauspieler in einer Bar gewesen. Dann bekam ich Appetit. Auf Abendbrot. In der Bar wurden ausgefallene Leckereien angeboten. Gräberling ließ mich probieren. Er füllte mein Glas nach und beobachtete mit Wohlwollen, wie es mir schmeckte. Schließlich verwandelte mich der Alkohol wohl doch noch in eine charmante Partnerin.

Natürlich ritt mich zwischendurch der Teufel. Schadenfroh dachte ich: Mein lieber Gräberling, wenn du wüßtest, daß deine Tischdame schwanger ist, blicktest du ihr kaum so innig in die grauen Augen. – Bei der Geburt des kleinen Wesens wird er wohl kaum zurückrechnen, daß er bereits mit meinem Kinde tanzen war.

Dezember 1966

Es weihnachtet. Draußen ist es schön warm und regnet leise. Mein Barbesuch war mir nicht bekommen. Meine Tochter hatte anschließend energisch alle Alkoholika zurückgewiesen. Obwohl ich seit Wochen keinen Tropfen mehr genoß, ist sie immer noch unzufrieden. Sie verträgt weder Mittagessen, Abendbrot noch Milch. Brav verhält sie sich nur bei Gemüse und kaltem Wasser. Was soll später aus ihr werden, wenn sie jetzt schon macht, was sie will?

Seit einiger Zeit studiere ich außer dem Regiebuch alle Läden mit Babyausstattungen. Wuschlige blaue Jacken verführen zum Kauf. Aber wer kauft schon blau, wenn er sich ein Mädchen wünscht? Vorsorglich habe ich mich zu weißen Lederschuhchen durchgerungen. Ich will eine gerechte Mutter werden. Wie meine Mutter. Sie wird auf alle Fälle eine gerechte Oma...

»Hier hast du für deine Suse ein rosa Jüpchen und für den Suserich ein hellblaues. Vergiß sie nicht zu waschen, bevor du sie deinen

Kindern anziehst.« Schmunzelnd ist Mutter aus dem Zimmer verschwunden.

Eine Hand auf dem Rücken verborgen, schiebt sich verlegen mein Vater zur Tür herein.

»Na, wie geht's?«

»Gut.«

»Das ist ja schön. Ich wollte nur...« – Er faßt nach der Brille und rückt sie höher. »Du warst viel alleine. Früher. Ich meine – hast dich selber erzogen. Na ja. Weißt schon, ja? Da wollte ich bloß sagen: Jetzt ... jetzt hab ich öfter Zeit. Also ... bei meinem Enkel...«

Vater holt ein wenig unsicher einen Strauß weißen Flieder hinter dem Rücken hervor und hält ihn steil aufgerichtet.

»... also, da würde ich ganz gerne ... Na, ich würde mich auch mal mit um die Kleine kümmern.«

»Ach, Vater...«

»Na ja. Bloß so. Wenn du mal keine Zeit hast, zum Beispiel. Ich als Rentner...«

Er legt mir behutsam den Strauß in den Arm und verläßt schnell das Zimmer.

Heute ist Weihnachten. Klaus und ich haben meinen Eltern den geborgten Teppich zurückgegeben, dazu als Zinsen einen appetitlichen Präsentkorb. Nun stehen wir nicht wieder auf dem blanken Fußboden. Nein, da liegt neu ein anderer, ein weihnachtlicher Teppich. Ein selbstverdienter. Zärtlich drücke ich meinen Mann an mich. Vorsichtig, fast unbeholfen bemüht er sich, eine schützende Distanz zu meinem rundlichen Bauch zu wahren.

»Du, Klaus – hier drin hat sich was bewegt.«

»Ach, das bildest du dir nur ein.«

»Nein. Fühl doch mal.«

Klaus' große Hände umspannen die noch geringe Wölbung.

»Da ist nichts.«

»Nicht mehr. Aber da war was.«

»Was denn? Da kann doch noch nichts gewesen sein.«

»Eine Beule war da.«

»Eine was?«

»Na, eine Beule eben. Irgend so ein Bein oder eine Faust. Was weiß ich.«

Ungläubig schaut Klaus auf meinen bescheiden gewölbten Rock.

»Jetzt wieder. Schnell, faß hin!« Ich lasse den Rock fallen. Klaus soll ganz nahe bei unserem Kind sein.

»Susanne wünscht uns frohe Weihnachten.«

Wir haben Decken und Kissen auf dem Teppich ausgebreitet, um darauf diese Nacht zu verbringen.

Ich weiß nicht, ob man nach innen lächeln kann. Aber in mir strömen so viel Zärtlichkeit und Liebe zu der Stelle, an der sich meine Tochter befindet, daß sie es wie ein Lächeln oder Streicheln empfinden muß. Sehnsüchtig warte ich auf eine Antwort von ihr. Aber sie schläft schon.

So liege ich, beide Hände sacht auf meinen Bauch gepreßt, neben Klaus auf dem Weihnachtsteppich. Ich blicke in die Lichter am Tannenbaum und kneife ganz langsam die Augen zusammen. Lange, glitzernde Strahlen wachsen aus den Kerzen. Sie umgeben den Baum mit märchenhaftem Glanz.

Kindheit. Weihnachten. In allen Schlüssellöchern steckt Watte. Mit einem zum Haken gebogenen Draht versuche ich vergeblich, mir Einblick in die Geheimnisse jenseits der Tür zu verschaffen. Ich will die Flügel des Weihnachtsmannes sehen, mit denen er auf so unerklärliche Weise durch geschlossene Türen oder Fenster ins Weihnachtszimmer fliegen kann. Als der weißbärtige Fremde im roten Mantel mit Kapuze endlich in der Tür steht, treibt mich die Furcht vor der Rute unter die Couch. Stunden bringe ich dort zu. Ein einziges Vergnügen kann ich mir gönnen: die Augen zukneifen und den Kerzen lange Strahlen wachsen lassen. Am ersten Feiertag genieße ich endlich die Geschenke. Erwartungsvoll zünde ich die Puppenstube an. Die gewünschte Feuerwehr bringt es mir nicht ein.

Wie schnell man erwachsen wird! Keine verstopften Schlüssellöcher mehr. Der Weihnachtsmann geht an der Tür vorbei. Selbst eine Feuerwehr könnte nicht entzücken. Geblieben sind nur die Kerzen. Die Kerzen mit ihren fast endlosen Strahlen. Ganz langsam muß man die Augen zusammenkneifen. Wer weiß das schon noch – als Erwachsener.

März 1967

Fast täglich lese ich auf dem Vorstellungsplan: Abenddienst – Waltraude Riezy. Das bedeutet für mich: Fast jeden Abend bleibt der Mann sich selbst überlassen, während ich in der Regieloge sitze und die Vorstellungen »überwache«.

Da das Theater eine Kunsteinrichtung ist, in der sich der Kunde – sprich: Zuschauer – bei Verdruß das Geld an der Kasse nicht wiedergeben lassen kann, müssen neben guten Inszenierungen und guter Stückauswahl auch die Leistungen auf der Bühne gleichbleibend gut sein, um ein volles Haus zu sichern. Dem Assistenten obliegt es, Mängel, Schludereien, Oberflächlichkeiten zu notieren. Anschließend erwartet ihn dann das zweifelhafte Vergnügen, den Kollegen Schauspielern unbequeme Wahrheiten zu ihrem Spiel zu sagen. Und das mit Takt und Zartgefühl. Die Herrschaften sind empfindlich. Erst das Lobenswerte und Gute, dann ein leises »Ehem, bitte denken Sie doch bei der nächsten Vorstellung an die Szene im Bad. Sie entsprach nicht mehr ganz der Konzeption.«

»Wieso nicht? Ich habe gespielt wie immer. Achten Sie lieber auf Kollegin Möller. Aber die kann ja spielen wie sie will. Als Liebling des Regisseurs.«

Und im Abwenden: »Hauptsache, die hat ihre Lacher! – Pah, unfähig, das habe ich immer gewußt.« – Das Letztere galt mir.

Der nächste Kollege, der einen Auftritt verpaßt hatte, schreit beleidigt: »Mir brauchen Sie nichts zu sagen, mir nicht. Ich bin dreißig Jahre am Theater! Sie Grünschnabel erst ein halbes.«

Soll ich aufhören, am Theater zu arbeiten, weil ich den Kollegen an Jahren nicht einholen kann?

Achtmal im Monat dieses Stück, fünfmal jenes, viermal ein drittes. Ich kenne sie auswendig. Die Stücke und die sich wiederholenden Mängel. Und nach jeder Vorstellung muß ich kritisieren. Und jedesmal werde ich von den betroffenen Kollegen anderntags nicht mehr gegrüßt. Jedesmal werden die Gespräche unterbrochen, wenn ich ins Konversationszimmer trete.

Mit schlechtem Spiel schaden sie sich doch selbst, nehmen sich gegenseitig die möglichen Pointen weg und dem Zuschauer die Freuden des Entdeckens. Soll ich sie dafür loben?

»Machen Sie sich nichts draus. Wir haben alle mal so angefangen«, meint der eine Regisseur. »Man muß sich durchsetzen.«

»Schreiben Sie die Kritiken auf einen Zettel, und legen Sie sie mir zum Pförtner. Ich spreche selbst mit den Kollegen«, sagt der andere.

Das geht einmal gut, ein zweites Mal. Weil sie glauben, der Regisseur hätte in der Vorstellung gesessen. Beim dritten Mal überblicken sie die Sachlage, und mir werden Verleumdungen unterschoben. Wieder eisige Atmosphäre, kein Grüßen, Ablehnung.

Dabei bin ich zu allen höflich, trotz der Kritik. Aber ich bin in meinem Auftreten verunsichert. Unbesehen glaube ich zu oft, daß die Alten mehr können und wissen als die Jungen. Ich kann noch nicht zwischen Routine und wirklichem Können unterscheiden. Menschendarstellung verführt leicht zur Routine. Wie macht man einem Schauspieler begreiflich, daß es niemanden interessiert, immer und immer wieder den Schauspieler sich selbst spielen zu sehen? Wie der Schauspieler als Mensch ist, kann man in Zeitungen nachlesen oder in Foyergesprächen in Erfahrung bringen. Falls er dann so freundlich ist, uns den Menschen vorzuspielen.

Erfahrung des ersten halben Jahres am Theater: Alle Schauspieler haben ein und denselben Glauben: den Glauben an den Regisseur. Er ist geachtet. Man strebt danach, ihm zu gefallen. Sich dadurch künftige Rollen zu sichern. Achtet der Regisseur seinen Assistenten, geht die Zuneigung des Ensembles automatisch auf den Assistenten über. Immerhin arbeiten beide auch nach der Probe zusammen, reden manches private Wort. Da will man nichts verderben.

Was tut ein Assistent, wenn sich der Regisseur anders verhält? Wenn er seinen Mitarbeiter nach Möglichkeit nicht mitarbeiten läßt? Wenn er ihn nur nach Kaffee und Zigaretten schickt und ihn vor dem Kollektiv 'runterputzt wie einen dummen Jungen? Wenn er dessen

Ideen als unzureichend und geistlos abtut, um sie am nächsten Tage als seine eigenen hervorzuheben und einzustudieren? Dann sehen die verehrten Kollegen diskret über den Assistenten hinweg und schütteln vielsagend die Köpfe. Ist der Assistent keine Kämpfernatur, stöhnt er leise, zieht den Kopf ein und den Bauch und macht sich dünn. Wenn er nicht gerade im 7. Monat ist, wie ich es bin.

Ich bin stolz auf das Kind, das langsam in mir wächst. Doch froh kann ich nicht immer darüber sein. Mir geht es schlecht. Mir bekommt kein Essen. Die Leiden jeder werdenden Mutter?

Ist es in Ordnung, daß ich, anstelle zuzunehmen, abnehme? Ich vertrage nur Gemüse. Und das nur in geringen Mengen. Nur Gemüse, seit Monaten. Wie kommt das Kind zu einem Muskel? Wie zu ein paar Fettpölsterchen?

»Lassen Sie nur. Das Kind nimmt sich, was es braucht.«

Die Beraterin für Schwangere tröstet mich und blickt prüfend in den Warteraum. Noch viele werdende Mütter sitzen drin. Ich werde entlassen. An mein Gemüse und an die Arbeit.

Von 10 bis 14 Uhr Probe. Anschließend Kritik. Mit der Bahn nach Hause und rasch gegessen. Szenen für den nächsten Probentag durchgearbeitet, umgezogen, ins Theater gefahren. Von 19–22 Uhr oder länger Abenddienst. Auch sonntags, auch feiertags. Bis auf den 1. Mai und den 24. Dezember.

Mein Mann lebt seit Weihnachten mit mir zusammen. Er arbeitet jetzt im gleichen Ort. Zu meiner Arbeitszeit schweigt er. Das ist schlimmer als Schimpfen. Wird geschimpft, kann man sich verteidigen, kann wieder angreifen. Wie kämpft man gegen ein Schweigen? Er wischt unser Zimmer, putzt die Fenster und kauft ein. Manchmal blickt er mir forschend nach ... und schweigt. Ich verstehe ihn. Er hat es nicht leicht. Muß sich auf der neuen Stelle einarbeiten, in der neuen Stadt einleben und kann sich nicht aussprechen. Ich bin kaum zu Hause. Und zu meinen Eltern hinübergehen will er auch nicht. Soll er wie sie auf das Theater schimpfen? Er ist stolz auf seine Frau mit dem ulkigen Beruf, den keiner richtig erklären kann. Da ist er schon lieber still und arbeitet. Ein Fernstudium hat er begonnen, von dem ich nichts, aber auch überhaupt nichts verstehe. Ich habe nicht mal Zeit, mir alles genau erklären zu lassen. Und wenn ich sie habe, möchte ich schlafen.

Draußen kriecht der Frühling in alle Ecken und steckt grüne Fähnchen hinein, Unkrautfähnchen. Die Menschen gehen auf die Straßenseite, wo die Sonne scheint. Susanne wird groß und liegt normal. Ich schaue für sie in den Himmel, damit sie die Farben kennenlernt – das Himmelsblau, das Sonnengelb und das Rosenrot. Die Rosen hängen allerdings nicht am Himmel. Sie stehen vor mir in einem Krug und sind ein Geschenk von Suses Vater.

Ob es wohl Väter gibt, die mit ihrem noch nicht geborenen Kinde sprechen? Richtig laut, damit die Mutter zuhören kann? Ob es wohl solche Väter gibt? – Vielleicht schenkt nicht mal jeder Vater seinem werdenden Kind Rosen.

Anfang Mai 1967

Wenn ich mich von vorn in einem Spiegel betrachte, bestaune ich ein unförmiges Etwas, bei dem man nicht erkennt, wo die Brust aufhört und der Bauch anfängt. Von der Seite sehe ich zum Glück etwas drolliger aus; da sitzt auf geraden langen Beinen hinten ein runder Po und vorn ein viel dickerer und größerer runder Bauch. Eine richtig gemütliche Kugel. Die Brüste schielen nicht mehr jungfräulich nach links und rechts. Sie sind voll und schwer und sehen so aus, als wollten sie sich auf dem nach oben gewölbten Bauch ausruhen.

Leider sagt mir niemand, daß ich schön bin. Vielleicht entsprechen werdende Mütter nicht dem Schönheitsideal? Dix hatte auch eine etwas eigenartige Vorstellung von ihnen. Den christlichen Glorienschein hat er ihnen zwar abgenommen, aber daß sie mütterliche Wärme und Güte ausstrahlen, hat er unterlassen zu malen. Seine Schwangeren sind nur sehr dick und im übrigen so, daß man sich wünscht, niemals im Leben in solche Umstände zu geraten. Wenn man ein bißchen eitel ist! Ich bin eitel. Meine Mutter näht und werkelt, um mich auch im neunten Monat preiswert so schön wie möglich herzurichten. Die im Handel erhältlichen Umstandskleider sind offenbar für Mütter gedacht, die mißmutig oder in tiefer Trauer auf ihr Baby warten: schwarz mit weißen Punkten, dunkelblau, grau mit weißem Kragen. In der Fasson sind sie derartig plump, daß einem ein über den Kopf gestülpter Sack besser zu Gesichte stünde.

Mein Kleid macht Stendhal alle Ehre: Auf rotem Grunde sitzen schwarze Noppen, der rote Schalkragen ist schwarz gesteppt und hat lange, schwarze Fransen. Ich finde mich schön.

Die Ruhe vor dem Sturm hat nun begonnen. Ein menschenfreundlicher Staat sagte uns werdenden Müttern: Bleibt sechs Wochen vor der Geburt eures Kindes zu Hause. Bereitet euch langsam auf diesen kleinen Menschen vor. Geht in den Park und erfreut euch an Blumen und Vögeln. Schafft eurem Kind ein freundliches Zuhause, wenn es zu euch kommt. Seid fröhlich in Hoffnung. Der letzte Satz war nicht vom Staat. Aber auch allen anderen Forderungen kann ich nicht nachkommen. Ich verzweifle an fünfunddreißig Zentimetern! Klaus ist ein guter Rechner, zuverlässig und vertrauenswürdig. Jeden Winkel, jede Wand maß er aus. Er überprüfte die Couch und die Schränke ...zig mal. Trotzdem kam er zu einem niederschmetternden Ergebnis: Fünfunddreißig Zentimeter fehlen in unserem Zimmer, um ein Kinderbett aufstellen zu können. Woher nehmen wir bloß die paar Zentimeter? Oder ein Mini-Kinderbett? Ob man einfach etwas 'raussägt und das Kind später dazu erzieht, die Beine beim Schlafen über den Bettgiebel zu hängen? Hochgelagerte Beine sollen zudem die Krampfaderbildung verhindern. Nur: Ob so ein kleiner Kerl mit einer Lektion über Krampfadern gleich etwas anzufangen weiß?

»Arbeiten Sie in unserer Wohnungskommission mit. Das ist der schnellste und einfachste Weg, zu einer Wohnung zu kommen. Im Vertrauen gesagt!«

Das war einst die Botschaft eines leitenden Angestellten meines Theaters. Allerdings war ich da erst im fünften Monat und das Kind noch fern.

Seitdem saß ich jeden Dienstag drei Stunden nachmittags in der Sprechstunde des Wohnungsamtes und hörte mir ehrenamtlich die Sorgen anderer Leute an. Jeden zweiten Donnerstag ging ich mit einer Kollegin Wohnungen für das Wohnungsamt ansehen. Ob jemand zuviel Wohnraum hat und eine Einzelperson aufnimmt. Ob jemand noch viel mehr Wohnraum hat und sich in eine kleinere Wohnung lenken läßt. Und seltener schon: ob jemand wirklich zu wenig Wohnraum hat und dringend unserer Hilfe bedarf.

Ich habe viel Unrecht gesehen und wußte, daß es sobald nicht geändert werden konnte. Meistens bei denen, die zuviel Wohnraum hatten. Irgendeinen Grund oder eine Ausrede gab es immer, warum man nicht gewillt war, vom Eigenen etwas abzugeben. Da war man Arzt und brauchte ein Zimmer zur Meditation. Mancher war Handwerker und wollte seinen Besuchern die ganz und gar »gute Stube« vorführen – sie diente wirklich nur diesem einen Zweck.

Und dann gab es noch die alten Leutchen. Siebzig harte oder gute Jahre trugen sie auf dem Buckel. Richtig, daß sie geschützt waren und aus Küche und Kammer nicht vertrieben werden durften. Aber wozu brauchten sie für sich und ihren friedlichen Lebensabend drei, vier oder mehr Räume? Gewiß, in dem einen wurde gewohnt und fast immer auch geschlafen. Im Alter liebt man die Bequemlichkeit. Doch in den anderen Zimmern standen meist die nur noch schwach geliebten und stark verstaubten Utensilien, die seit Jahren keiner benutzte. Da waren Anzüge, säuberlich eingemottet, vom Ehemann, der vor zwanzig Jahren schon verstorben. Die alten Schränke, ein Festmahl für Holzwürmer, vollgestopft mit ausgedienter Bettwäsche, längst vergessenen Briefen, Knopfkisten und angeknabberten Wollresten. Ledersofas und Plüschsessel hatten schon vor der Jahrhundertwende den Eltern und Großeltern gedient.

»Seien Sie so freundlich und geben Sie jungen Leuten ein Zimmer ab.«

»Warum denn ausgerechnet ich? Gehen Sie mal zu Meiers in die Nebenstraße, deren Wohnung ist noch viel größer als meine. Aber natürlich, bei denen war noch keiner vom Wohnungsamt!«

»Muttchen, Sie sind gebrechlich. Das Laufen wird beschwerlich für

Sie. Das halbe Zimmer hier mit dem kleinen Ofen und der grünen Couch wäre schon ein Zuhause für einen jungen Mann. Und Sie hätten jemanden, der Ihnen die Kohlen trägt und ein paar Wege abnimmt.«

»Wagen Sie ja nicht, mir jemanden zu schicken – ich hänge mich auf!«

Ich hänge mich auf. – Ich springe aus dem Fenster. – Ich vergifte mich. – Die Arbeit mit Menschen ist schwer. Die Arbeit mit dem alten Menschen ist ein Kampf, der den jüngeren zur Verzweiflung bringen kann. Sicher, alte Leute sind sensibel. Sie brauchen Wärme, Liebe und Verständnis. Doch wenn man ihnen das alles entgegenbringt, darf man nicht auf ihr Verständnis hoffen, auf ihre Wärme? Muß man sich »bezahltes Dreckstück« beschimpfen, mit Töpfen bewerfen, mit dem Beil bedrohen und bespucken lassen? Warum? Weil wir für andere eine Bleibe suchen?

Sie hätten alle mitkommen sollen, sich die Kehrseite der Wohnungssuche zu betrachten. Und das lange und gründlich. Da gab es viele, die drei oder vier Kinder, aber nur zwei Zimmer hatten, manchmal nur anderthalb. Oder die geschiedenen Ehepaare, die sich weiß Gott nicht mehr liebten, aber Tisch und Bett miteinander teilen mußten, weil eben die Leute mit dem zu großen Wohnraum kein Zimmer abgeben wollten. Oder junge Eheleute, die getrennt leben mußten, die über einen einzigen Raum schon froh gewesen wären.

Wir gingen immer zu zweit. Das war Vorschrift, wegen der Sicherheit. Natürlich waren die Aggressiven in der Minderheit. Aber es gab sie noch. Wir fanden auch einige, die sich freuten, wenn wir kamen. Die ihres Alleinseins überdrüssig waren. Die eine Tasse Kaffee mit uns tranken und ein paar Erinnerungen an uns verschenkten. Oder einige Bedürftige, denen wir schnell einkauften, beim Abwasch halfen, die uns brauchten. Zu den Pflichten des Wohnungsamtes gehörte das nicht.

Jedesmal, wenn ich von so einer Wohnungsbesichtigungs-Tournee nach Hause gekommen war, hatte ich zu Klaus gesagt: »Wir können sehr froh sein, daß wir unser Zimmer haben. Gemütlich, mit schönem Ofen und großen Fenstern. Wenn du wüßtest, wie miserabel noch einige andere Leute hausen, wie beengt. Nein, dagegen können wir wirklich sehr zufrieden sein.«

Und nun paßt Susannes Bett nicht in die Stube. Jetzt gehören wir zu denen, die jammern, lamentieren und glauben, »ihr Fall« sei der schwerste, der dringendste. Kollege Rang, der Leiter der Wohnungskommission des Theaters, tröstete mich: »Bestimmt finden wir etwas für Sie. Bis jetzt wurde noch jedem geholfen. Wo Sie so eifrig gewesen sind. Und das in Ihrem ›Zustand‹.«

Nun kommt mein »Zustand« bald auf diese schöne Welt und hat kein Bett. Zustände könnte man kriegen.

Meine Kollegen Schauspieler und Regisseure haben alle komfortable Wohnungen. Wie sehr werden die Ärmsten dafür auf dem Wohnungsamt ehrenamtlich, das heißt, nur für die Ehre, nicht für das Geld, gearbeitet haben.

Mitte Mai 1967

Wir können niederkommen, da wir hinaufgekommen sind. In die dritte Etage nämlich, in zwei Zimmer mit Behelfsküche in einer abgeschlossenen Teilhauptmiete. Im Stadtzentrum, dicht beim Theater. Hurraaa! Ich hatte mehrere alte Leute gefunden, die Wohnraum abgeben wollten, und wurde dafür ausgezeichnet. Die Neuberinstraße 8 hat im dritten Stock eine Wohnung, die, wie mir scheint, die hübscheste in der Stadt ist. Toilettenbenutzung gemeinsam mit einem Klempnermeister. Wie erfreulich – bei den altersschwachen Rohren!

Susanne hüpft in mir – nicht wegen der braunrot getünchten Decke im großen Zimmer, sondern weil sie der Meinung ist, daß es für Mutter und Kind und später für Kind und Mutter eine Zumutung ist, in die dritte Etage zu kraxeln. Tröstend klopfe ich auf meinen Bauch und erkläre Susanne flüsternd die schöne Aussicht von hier oben.

Gerade an unserem Haus macht die Straße einen Bogen. Schauen wir nach links, blühen in dreißig Meter Entfernung auf dem Platz, wo früher, vor dem Kriege, Häuser standen, drei kleine Akazien. Blicken wir nach rechts, dehnt sich die Straße lang und schmal mit hohen Häusern, so recht großstädtisch. Aber ganz, ganz hinten, wo der Himmel anfängt, reckt sich eine Pappel und möchte Zypresse sein. Ich halte sie dafür und fühle mich wie in Italien.

Mischa ist da! Nein, nicht unser Sohn, denn der wäre eine Tochter. Mischa ist Klaus' etwas jüngerer Bruder aus Magdeburg, Student und außerdem fleißig und hilfsbereit. Er hat Urlaub und will unsere Wohnung tapezieren. Ich helfe nach Leibeskräften. Die braunrote Decke läßt sich nach acht Stunden intensiver Wäsche fast nichts anmerken. Sie leuchtet braun und Mischa schon rot. Draußen sind dreißig Grad im Schatten, und von der Stirn rinnen Schmutz und Schweiß. Ich kann nicht mehr. Die Wände habe ich nach bestem Vermögen abgespachtelt. Bis auf Zeitungen von 1897 bin ich gestoßen, nicht aber auf die eigentliche Wand. Mir zittern die Knie. An den Händen habe ich Blasen. Aber Suse will schon in vier Wochen eintreffen, da muß alles schön sein. Also: wieder ackern, wieder spachteln, wieder schwitzen. Gegen 22 Uhr hören wir auf. Das ist nun schon der dritte Tag, an dem wir so hart arbeiten. Ich fühle mich so zerschlagen, daß ich mir nicht mal mehr wünsche, ins Bett zu kommen. Ich bin wunschlos. Aber nicht glücklich. Undankbar würde man mich nennen, wüßte man's. Nur Mischa schaut mich oft besorgt an und meint, ich solle aufhören mit der Schufterei. Klaus, mein Mann, sagt nichts. Ob er glaubt, daß mir solche Arbeit guttun wird? Leider kann Suse noch nicht brüllen. Sie hätte dem Vater ihren Mißmut bestimmt sehr lautstark kundgetan. Langsam wächst in mir ein Zorn auf Klaus. Es ist nicht fürsorglich von ihm, mich ohne eine Aufmunterung oder ein Trostwort den ganzen Tag über werkeln zu lassen. Ich sehne mich nach einem Ruhepunkt bei aller Hast.

»Mischa, nimm mich auf dem Motorrad mit nach Hause«, bettle ich, denn der Heimweg steht uns noch bevor.

»Ja, nimm Waltraude mit, dann ist sie schneller daheim«, pflichtet mir mein Mann bei.

»Mutter in spe, das machen wir nicht. Du könntest die Suse unterwegs verlieren. Das wäre jammerschade«, widerspricht Mischa. Er drückt mich ausgesprochen väterlich an sich und fährt mir zum Trost langsam neben der Straßenbahn her, in der wir sitzen. Er will nicht vor uns zu Hause sein und sich ausruhen.

Ende Mai 1967

Ein Fernstudium ist eine feine Sache. Tagsüber kommt man seinen Pflichten nach und verdient Brötchen auf den Frühstückstisch und ein mittägliches Kotelett in die Pfanne. Und abends, nach einem heißen Tee mit Zitrone oder Moosbeeren, geht's 'ran an das Vergnügen, das größte der menschlichen Rasse, wie Brecht sagt, ans Lernen.

Klaus vergnügt sich also allabendlich und einmal in der Woche ganztägig. Er rechnet, berechnet, schreibt Zahlen auf, sucht Formeln heraus, flucht in Deutsch und Französisch (wobei das Beherrschen der französischen Sprache auf einem einzigen Wort beruht). Er rennt wütend in die Küche, knurrt jeden an, den er trifft. Keine Zeit bleibt mehr für Tätigkeiten, die außerhalb von Parabeln, Logarithmen, Integralen, Differentialen und Matrizen liegen. Klaus zerwühlt seine Haare, wälzt sich schlaflos auf der Couch. Mit drei Worten: Er studiert fern.

Ich studiere auch: meinen Mann, ganz aus der Nähe. Und finde ihn etwas befremdlich. Susanne gibt es für ihn nicht mehr, die dazugehörende Mutter auch nicht. Von Mischa mit Farben und Pinseln und unserer Wohnung ganz zu schweigen. Ein Ruf beherrscht die Atmosphäre: »Waltraude, kaufe das!« »Lege das dorthin!« »Vergiß es nicht zu besorgen!« »Und denke daran, daß ich alles dringend brauche!« Waltraude! Waltraude!! Waltraude!!!

Meine Eltern bewundere ich. Obwohl sie alles miterleben, bemühen sie sich, uns nicht in die Ehe hineinzureden. Aber durch die dünne Wand höre ich oft ihre Unterhaltung.

Mutter: »Jung und alt gehören nicht zusammen. Wenn ich sehe, wie Klaus mit Waltraude umspringt, könnte ich mit den Fäusten dazwischenschlagen.«

Vater: »Na – na!«

Mutter: »Es ist doch wahr. Die Kleine rennt sich die Hacken ab, wo's ihr schon so schlecht geht und sie keine Kraft hat. Und er sitzt und sitzt und rechnet.«

Vater: »Das muß er. Wenn er weiterkommen will. Du mußt auch an die Zukunft denken. Da hat ein Ingenieur nichts zu sagen. Alles entwickelt sich so schnell weiter. Da müssen die Jüngeren schon Schritt halten. Freilich, du hast ja recht (man hört einen tiefen Seufzer), sie hätte einen verdient, der liebevoller zu ihr ist.«

Mutter: »Sein Bruder ist da ganz anders. Der sorgt und schindet sich, als würde er bald Vater werden und es wäre seine Wohnung. Er ist ein lieber Junge, der Mischa.«

Vater: »Ja, das ist er. Aber Waltraude liebt nun mal den anderen, ob's uns paßt oder nicht. Er hat auch seine guten Seiten. Ist sauber, gründlich, ehrgeizig und gewissenhaft.«

Mutter: »Na ja, es geht uns auch nichts an. Müssen schon selber zurechtkommen miteinander. Wir mußten's auch. – Ob du nicht doch mal ein Wort zu ihm sagst?«

Vater: »Wer? Ich? Wie komme ich denn dazu? Sag du doch etwas. Ich mische mich da nicht ein.«

Mutter schlägt die Tür zu, und Vater raschelt mit der Zeitung. Und am Nachmittag schenkt mir Vater zehn Mark und Mutter Häkelschuhe für Susanne. Klaus bekommt auch etwas: eine Einladung, für vierzehn Tage nach Dresden zu kommen, um das Fernstudium aus der Nähe zu betreiben.

Leb wohl, Hoffnung auf eine renovierte Wohnung und auf einen Platz für unser Kind.

»Tschüs, Waltraude, hol noch den Gaskocher und vielleicht die Garderobe, damit's bald gemütlich in unserer neuen Wohnung wird.«

Klaus küßt mich und steigt beschwingt in den Zug, wohl wissend, daß ihm die Formeln und die Frau gehorchen. Die Lok zieht an, und langsam rollen die Wagen aus der Halle. Klaus lächelt, winkt und wirft mir eine Kußhand zu. Susanne liegt ruhig. Ich gehe rückwärts zum Ausgang, um den Zug bis zur letzten Sekunde zu sehen. Er verschwindet. Und mit ihm mein Mut. Was da alles auf mich zukommt, ist fast nicht zu schaffen. Zumindest nicht für eine Frau zu zweit.

Gestern habe ich die Garderobe und den Gaskocher gekauft, beides in die dritte Etage geschleppt und mußte mich hinlegen. Irgendwie wurde ich plötzlich schwach.

Heute morgen, 6 Uhr, will Mischa wieder an die Arbeit.

»Na, Schwägerin-Mutter, hast du dich wieder ein bißchen erholt?« Er setzt sich auf die Bettkante. Seine Haare stacheln borstig in alle Richtungen. In seinen Augen liegt viel Wärme und Freundlichkeit. Es tut gut, so einen Schwager zu haben. Er ist wie ein Bruder. Einen Bruder hatte ich mir immer gewünscht. Nun habe ich Mischa. Und er kein Frühstück. Weil ich nicht aufstehen kann.

»Du, mir zieht es so im Rücken. Sicher ist das ein Muskelkater und geht bald weg. Ich komme dann sofort in die Neuberinstraße und bringe dir was zu essen.«

»Ach, mach bloß keine Umstände. Bleibe bis zehn im Bett. Dann geh mal an die Luft. Draußen ist Mai! Noch gar nicht gemerkt, was? *Wonnemonat!«* – Er buchstabiert das Wort und grient.

»Meine Wonne liegt hier.« Ich deute auf meinen dicken Bauch.

»Eben. Deshalb! Biete dem Zwerg da drin mal was!«

»Zwerg – bei dem Vater? Das laß Klaus nicht hören. Er erkennt dir die Bruderschaft ab.«

Mischa zieht eine Grimasse, streckt sich und geht. Ich schlummere wieder ein und fühle gelegentlich im Unterbewußtsein meine Rückenschmerzen. »Der verdammte Gaskocher!« geht es mir durch den Sinn. Dann zerteilen sich die Gedanken wieder, verwandeln sich in Kringel, kleine Kreise und Zickzack-Kurven.

Dieses Ziehen im Kreuz verspüre ich jetzt viertelstündlich. Dabei war ich nur für das Wochenende einkaufen. Am linken Arm hingen im Netz Brot, Gemüse, Würstchen. Ein Beutel mit Kartoffeln rechts.

Ob das schon die Wehen sind? Aber wieso wehen die im Rücken? Welchen Ausgang, um Himmels willen, sucht sich mein Kind?

»Mutter, wenn's hinten zieht und vorn *nicht* sticht, sind das die Wehen?«

Meine Mutter, erschöpft von der Arbeit im Betrieb, hat mit dem Fensterputzen begonnen. Froh über eine kleine Atempause, klettert sie für ihre einundsechzig Jahre sehr elastisch vom Fensterbrett und setzt sich schnaufend in den Sessel.

»Du, das weiß ich nicht mehr. Ist schon zu lange her.«

Besorgt blicken ihre kurzsichtigen, ein wenig müden Augen durch die Brille.

»Ich werde den Krankentransport anrufen – vielleicht ist es schon soweit.«

»Soweit sein.« – Diese Worte verbergen das lange Warten auf ein bestimmtes Ereignis nicht – aber sie sind geheimnisvoll. Keiner spricht aus, was da kommen soll. Ein Wissen um die Dinge, die »soweit« sind, wird bei allen vorausgesetzt. Das ist Weihnachten so, bei Trauungen, bei Beerdigungen. Immer öffnet jemand die Tür und sagt: »Es ist soweit.« Ob meine Tür schon geöffnet ist?

»Und wenn es doch noch nicht soweit ist, bin ich die Blamierte und laufe mit meiner Tasche wieder nach Hause. Nee, da komme ich mir albern vor. Ich warte lieber noch ein bißchen. Es wäre ja auch vierzehn Tage zu zeitig.«

Susanne rumort empört. Ob sie Hunger hat und nichts findet? Ich habe heute noch nichts gegessen und mag auch nicht daran denken. Noch warte ich.

»Rufen Sie schon vorher in der Klinik an, in der Sie entbinden wollen. Da werden Sie gleich informiert, ob noch Betten frei sind«, riet uns die Hebamme, die unseren psycho-prophylaktischen Kursus leitete.

Ja, woher weiß man denn, ob man schon entbindet? Nachher war es doch bloß ein Muskelkater, und man hat fälschlicherweise Alarm geschlagen. Ich warte lieber noch.

Das Ziehen kommt aller zehn Minuten, und meine Mutter schaut alle zwei Minuten nach mir. Vater hat Angst um mich. Ich merke es, weil er sich nicht zu mir herein getraut. Nervös läuft er im Flur auf und ab. Kommt Mutter aus der Tür, stürzt er auf sie zu und fragt leise etwas. Eine Frau aus dem Haus bringt mir Pfirsichkompott. Ihr hätte ich zuallerletzt diese Aufmerksamkeit zugetraut. Man lernt ständig etwas dazu.

Ich warte. Acht Minuten. Falls das Kind kommt, so gelobe ich mir, weder zu schreien noch zu wimmern oder zu klagen. Schließlich habe ich es ja nicht anders gewollt, nicht wahr?

Es ist kurz vor 15 Uhr. Ein Taxi hält vor dem Haus. Vater küßt mich und weint. Mit neunundsechzig Jahren Opa zu werden, ist gar nicht so einfach für ihn. Mutter ist da energischer. Sie ergreift die Tasche, bringt mich hinunter. Der Chauffeur lacht mich an. Er ist jung, ohne Ehering, und ahnt bei meinem Lächeln nicht, daß Wehen wehe tun.

Mutter sitzt für mich in der Anmeldung. Ich wandere umher. Sechs Minuten. Zu so etwas »Wehe« zu sagen, ist grobe Verniedlichung. Ein schmerzhafter Krampf, bei dem einem die Spucke wegbleibt, wäre richtiger. Ich kann keine langen Sätze mehr denken, bloß: Klaus' Zug aus Dresden ist um 14 Uhr angekommen. – Vater hat bestimmt gesagt, wo ich bin. – Warum kommt Klaus nicht?

Im Bruchteil einer Sekunde fällt mir ein: Es könnte dir ja auch etwas zustoßen! Mir nicht! –

Ich bin angemeldet, werde ein wenig ausgeschimpft. Höre: »Glück gehabt, Bett frei!« Umarme meine Mutter. Steige in die zweite Etage. Ein Lift wäre hier auch angebracht. Man legt mich auf eine Ledercouch.

»Der Muttermund ist zwei Zentimeter geöffnet. Es ist gut, daß Sie hergekommen sind.« – Also keine Blamage.

Ich ziehe ein neues, schickes Nachthemd an. Das Kind soll als erstes etwas Hübsches erblicken.

Drei Minuten. Langsam reicht es mir. Noch eine werdende Mutter läuft mit mir um den Tisch herum, auf dem die Herztöne abgehört werden. Die Hebamme mußte irgendwohin. Ob die bloß die eine haben?

Ich habe eiskalte Füße. Im Vorbereitungsunterricht sagte man uns, wir sollten uns schön warm halten, wenn's weht. Hier weht's nicht nur, hier zieht es auch, und das ordentlich.

»Frau Riezy«, kleiner Seitenblick auf meine rechte Hand, »Sie können sich jetzt im Kreißsaal in ein Bett legen.«

Kreißsaal! Nur kleine weiße Kabäuschen, durch Gummilaken voneinander getrennt. Eine Vermessenheit, so etwas »Saal« zu nennen.

Zwei Minuten. Ich zähle psycho-prophylaktisch vor mich hin und drehe mich behutsam von einer Seite auf die andere.

Lieber Gott, mach, daß das bald aufhört! Ich kann nicht mehr. – Das Gebet einer Atheistin sollte wirklich erhört werden.

Mittlerweile ist es 17 Uhr geworden. Irgendwo links neben mir hechelt eine Mutter, solange ich schon da bin. Man »darf« das doch erst bei den letzten Wehen, den Preßwehen.

»Wasser, bitte, Schwester, ich habe Durst!« – Die Ärmste, sie kriegt nichts.

»Frau Riezy, Sie sind tapfer.« Die Hebamme, sehr jung und schick, dezent geschminkt, lächelt wohlwollend. »Die Mutti dort drüben liegt schon zwölf Stunden hier und gibt sich gar keine Mühe.«

Fort ist sie wieder. Zwischen zwei Wehen frage ich die Frau nebenan, um das Alter zu erfahren: sechzehn Jahre. Die arme Kleine! Woher soll sie schon wissen, wie man Kinder kriegt? Ich weiß es auch nicht und bin acht Jahre älter.

»Hören Sie, wir atmen jetzt zusammen«, rufe ich. »Beide gemeinsam und immer mit der Ruhe.«

Die fremde, nein, nicht die fremde, die »andere« Mutter ist einverstanden. In einer endlosen Stunde versuche ich mit ihr das zu praktizieren, was ich in vier und einem halben Monat an Wissen über schmerzarme Geburt beigebracht bekam. Wer allerdings dazu »schmerzarm« sagt, sollte auf diese »schmerzarme« Weise Drillinge bekommen.

Mein Unterricht lenkt mich von mir selbst ab, und die Nachbarmutter atmet bedeutend ruhiger. Klaus hätte kommen müssen... Hoffentlich ist das Kind gesund... Habe ich aber Hunger..., und dazwischen ständig ein krampfartiges Zusammenziehen der Gebärmutter, daß man glaubt, ums Leben zu kommen.

»Ihre Fruchtblase ist ja aus Leder.« Die Hebamme durchbohrt sie mit dem Finger. Erleichterung für Sekunden. Nie wieder ein Kind!!!...

Da – die erste Preßwehe kommt. »Durchhalten, Frau Riezy, durchhalten!«

»Wenn das so weitergeht, verliere ich den Verstand.«

»Ach wo. Mut, nur Mut! Ich sehe schon den Kopf.«

»Schön. Welche Haarfarbe?«

»Das Kind hat eine herrliche Glatze.«

Zweite Preßwehe. Mein Gott ... mein Gott ... ach ... ach ...

Mein Kind liegt in der Welt und brüllt mörderisch.

»Schwester, ist es gesund?«

»Von außen ist alles ohne Fehl und Tadel. Was haben Sie sich denn gewünscht?«

»Eine Susanne.«

»Na, dafür hat es zehn Gramm zuviel. Es ist ein Max.«

Und somit ein Tino.

Zweiter Teil

September 1967

Staub liegt auf den Möbeln und dem Fußboden. Seine Zusammenballung und Anhäufung in den Ecken verrät: Hier wurde wochenlang nicht gewischt und geputzt. Durch die rußverklebten Fenster dringt nur mühsam das Licht. Die Blumen in den Vasen, vor Tagen gekauft und lieblos ohne frisches Wasser gelassen, verloren ihre Leuchtkraft und Farbigkeit – welk lassen sie die Köpfe hängen.

In der Küche türmt sich der Abwasch. Berge eingeweichter Windeln liegen in der Plastewanne. Ein einziger Ort der Wohnung glänzt weiß und mutet fast unberührt an: das Kinderbett mit den Kissen, Jüpchen und Höschen des satten Babys mit Glatze. Und natürlich strahlt das Kind sauber aus dem Bett, mit seiner rosigen Haut, den drolligen Ohren und kleinen energischen Fäusten. Doch inmitten der umherliegenden Kleidungsstücke, vor angebissenem Brot und Apfelgehäusen, steht eine Frau mit mutlosen Augen – ich.

Mutter werden ist nicht schwer – Mutter sein dagegen sehr. Arbeit, Haushalt, Kind und Ehemann – diese in sich geschlossene Einheit ist mir über den Kopf gewachsen. Pflege ich das Kind, halte es sauber und lasse es im Park in frischer Luft seine kleinen Glieder strecken, bleibt der Haushalt liegen. Sollte ich etwa die Wohnung auf Hochglanz polieren und dafür das Kind im Schmutz liegenlassen? Proben schwänzen kann ich auch nicht.

Sehnsucht nach dem elterlichen Zuhause stiehlt sich in mein Herz. Zu helfen oder zuzufasssen brauchte ich selten. Die Pflichten waren stets selbstgewählt. Bei guter Erfüllung wurde ich gelobt und nicht selten belohnt. Jetzt sind alle Pflichten eine Selbstverständlichkeit. Es wird verlangt, daß ich sie ohne zu säumen bewältige. An Willen fehlt es mir nicht. Wäre ich umsichtiger, könnte ich meinen Haushalt organisieren. Ich liefe nie mit leeren Händen von einem Zimmer ins andere. Stets trüge ich Gegenstände bei mir, um sie an ihren Platz zu befördern. Auf diese Weise könnte ich eine Menge Zeit sparen.

Ich bin nicht umsichtig genug. Höre ich einen Schnaufer meines Sohnes, während ich Geschirr in die Küche tragen will, lasse ich sofort alles stehen und liegen. Ich muß einen prüfenden Blick in sein Bett werfen. Mein Wille, für Ordnung zu sorgen, gerät in Vergessenheit. Denn stehe ich erst einmal an Tinos Bett, schrumpft die Umwelt zu einem Nichts zusammen. Beruhigt und zärtlich streichle ich mit den Augen das vertraute Gesicht. Während ich dem leisen Schniefen seiner rundlichen Nase lausche, erträume ich die Zukunft meines Sohnes. –

Als Hosenmatz buddelt er mit anderen Kindern im Sandkasten. Er zeigt ihnen seinen Teddy, das Auto, das Bilderbuch. Und dann – dann wird er immer größer. Er wird verständiger. Will seine Welt begreifen. Er stellt Fragen, vertraut uns und nimmt uns an die Hand. Seine warme Hand in der unseren – diese beglückende Vorstellung bringt mich immer wieder aus meinen Träumen auf die Erde zurück. Verliebt betrachte ich seine zarten, zerbrechlichen Finger mit den hübsch geformten Fingernägeln. Behutsam drücke ich die Hand an meine Lippen.

Bei solchen Träumereien vergeht eine Stunde wie im Fluge. Und das Ergebnis? Ich habe meine Pflichten wieder nicht erfüllt. Hinzuzufügen ist allerdings, daß ich jeden Tag um 5 Uhr aufstehe, den Jungen stille, trockenlege, seinem Vater das Frühstück bereite, mein Textbuch für die bevorstehende Probe durchsehe. Dann, es ist inzwischen 9 Uhr geworden, wird der Kleine wieder gefüttert. Ich eile zur Probe. In den zwanzig Minuten Pause, so gegen 12 Uhr, renne ich in die Wohnung, um nach dem Kind zu sehen. Meist schläft es dann oder spielt mit seinen Händen. Es weint wenig. Um 14 Uhr esse ich in der Kantine hastig ein paar Happen und jage wieder nach Hause. Mein Sohn muß seinen Fertigbrei verspeisen. Ein Glück, daß dieses Essen erfunden wurde! Ich wüßte nicht, wie ich sonst so schnell etwas Nahrhaftes und Wohlschmeckendes kochen sollte. Endlich ergreife ich den sauberen, satten Jungen und schleppe ihn aus dem dritten Stock ins Erdgeschoß. Ich packe ihn in seinen schicken, »hochbeinigen« Kinderwagen und galoppiere in die Sonne. Auf dem Heimweg unserer Spaziergänge kaufe ich ein. Tinos Papi kommt um 16 Uhr von der Arbeit und möchte Kaffee trinken – also ist Eile geboten. Danach ist auch der Junge wieder an der Reihe. Um 19 Uhr spätestens muß ich wieder im Theater sein. Gegen 22 Uhr stille ich meinen Sohn. Windeln wasche ich nachts. Abwaschen, Staub wischen, aufwischen – nie.

Heute allerdings habe ich probenfrei. Ich möchte so gern mal in aller Ruhe Musik hören, ein Buch lesen oder ins Kino gehen. Aber – Staub liegt auf den Möbeln, und durch die Fenster dringt nur mühsam das Licht. Doch Jammern und Lamentieren hilft nichts. Auch die Arbeit zu Hause macht sich nicht von selbst. Also werde ich die Zähne zusammenbeißen und dem Unvermeidlichen den Kampf ansagen.

Als erstes kommen die Fenster an die Reihe. Eine richtig fette Staubschicht hat sich von außen daraufgelegt und versperrt den Sonnenstrahlen den Zugang zum Zimmer. Auch den Fensterbrettern tut ein feuchter Schwamm not. Die Staubflocken auf dem Fußboden versuchen dem plötzlichen Reinlichkeitsdrang einer miserablen Hausfrau zu entwischen und verleiten mich zu lauten Verwünschungen und Zornesausbrüchen. Leider bin ich gezwungen, an mich zu halten. Die Wand zur nachbarlichen Wohnung ist dünn und das Ohr jenseits des Mauerwerks wachsam. Muß ja nicht gleich jeder wissen, daß ich versagt habe. Ich schäme mich selbst schon genug. Hab mich ja auch nicht in der schmutzigen Wohnung wohl gefühlt. – Bis vor drei Wochen hatte ich noch Mütterurlaub. Da habe ich tagsüber tüchtig gewerkelt. Aber mein Pensum habe ich immer geschafft. Manchmal hat Klaus mit zugegriffen. Dadurch fanden wir abends öfter Zeit für einander. Doch nun, wo ich wirklich nicht weiß, wo ich anfangen soll, stellt er sich blind und taub. Seit ich wieder arbeite, rührt er keinen Finger, um mir zu helfen. Er kommt nach Hause und schaut prüfend in die Runde. Anscheinend vergeht ihm jede Lust, wenn er Unordnung sieht. Dann wirft er einen Blick in Tinos Bett und setzt sich an den meist schon gedeckten Kaffeetisch. Wir unterhalten uns über seine Arbeit – er schimpft und räsoniert. Wir unterhalten uns über das Kind – er schimpft und räsoniert. Er beklagt sich über fehlende Baumaterialien und Arbeitskräfte. Er verflucht meinen geteilten Dienst und die geringe Gage. Er stöhnt, weil der Junge gelegentlich weint oder er ihn trockenlegen muß. Auf die Dauer entwickelt sich daraus ein ungutes Zuhause. Ich muß etwas dagegen unternehmen. Ich bin die Frau und für Häuslichkeit verantwortlich. Häuslichkeit aber gedeiht nicht im Schmutz.

Schnaufend und ächzend richte ich mich auf. Eigentlich müßte ich jetzt ein paar Augenblicke sitzen. Aber noch tummelt sich Staub auf den Möbeln, und das Geschirr vom vergangenen Montag liegt noch im Asch. Wenn ich mich beim Spazierenrennen mit Tino sehr beeile und gleich im ersten Blumenladen etwas Preiswertes finde, könnte ich sogar noch die Windeln waschen.

Jetzt werde ich richtig aufgeregt. Klaus wird Augen machen, wenn er nach Hause kommt. Allmählich blitzt es bei uns in allen Ecken.

So. Den Jungen habe ich auch wieder hochgetragen. Er ist ein stiller kleiner Kerl. Warum er nicht hinterhersieht, wenn man von seinem Bettchen weggeht? Eben habe ich ihm die Blumen gezeigt: gelbe Chrysanthemen, richtige goldene Sonnen. Aber sie interessieren ihn nicht. Vielleicht mag er keine Blumen? Ich habe keine Zeit, ihm auch noch die bräunlichen Winterastern vorzuführen – das Kaffeewasser kocht. Laut schreit es der Kessel durch die Küche. Rasch stecke ich noch eine Rose in die dickbauchige Vase – da klingelt es auch schon. Klaus! Was wird er zu unserer sauberen Wohnung sagen?

Klaus drückt mir einen flüchtigen Kuß auf die Stirn. Er wirft einen Blick auf den gedeckten Kaffeetisch in der Stube, schaut sich in der Küche um.

Umständlich wäscht er sich die Hände. Langsam trocknet er sie ab. Dabei fällt sein Blick auf den Mülleimer.

»Du hast ja den Mülleimer immer noch nicht 'runtergebracht. Wie lange soll er noch in der Küche 'rumstehen?«

Grob waren die Sätze gesprochen. Vielleicht hatte er einen schlimmen Tag auf der Baustelle? Er muß sich erst abreagieren. Ich warte. Sehe meinen Mann an. Warte auf ein gutes Wort. Meine Arme hängen kraftlos am Körper. Erst jetzt fühle ich, wie schwer sie sind. Klaus setzt sich an den Tisch und beginnt zu essen.

»Wir machen wohl das Geld selber? Was hat denn die Rose gekostet?«

Oktober 1967

Herbst ist es geworden. Auf den Blättern leuchtet das Gelb des vergehenden Jahres. Zwischen den Bäumen weben Spinnen die Silberperücken des Waldes. Es duftet nach fauligen Blättern im Park. Duftende Verwesung. Vergnügt schiebe ich Tinos Kinderwagen über holprige Wege und Rasenbatzen. Man darf um keinen Preis stehenbleiben, wenn man mit unserem Sohn spazierengeht. Vermessen, sich auf eine der leerstehenden Bänke zu setzen. Sobald alle vier Räder seines Mobils stille stehen, ertönt ein klägliches Jammern im Wageninnern, das wenige Minuten später in wütendes Schreien übergeht. Der Junge läßt sich nicht beruhigen – es sei denn, man springt wieder auf die Beine und trottet weiter. Trotzdem: So ein Spaziergang durch den Herbst ist beglückend. Es ist erholsam, anderen beim Müßiggang zuzusehen. Wenn man selber Muße hat. Ich habe ausreichend Zeit, die Blicke rundherum schweifen zu lassen. Bin momentan in keinem Stück drin. Ich habe nur Abenddienst. Ein Leben wie im Paradies. Ich nutze die Zeit, um den Haushalt ständig auf Vordermann zu halten und der hübschen Nase meines Sohnes soviel frische Herbstluft wie möglich zugute kommen zu lassen. Der Kleine ist nun schon ein Großer.

Wenn ich bedenke, wie winzig und häßlich er nach seiner Geburt aussah! Augenlider und Stirn waren durch zu scharfes Fruchtwasser wund geworden. Überhaupt ähnelte sein Kopf dem eines roten Fröschleins. So fand ich jedenfalls. Die Augen waren geschwollen und der Mund im Verhältnis zum Kopf viel zu groß. Obwohl allgemein behauptet wird, jede Mutter fände ihr Kind schön, muß ich dem widersprechen. Ich fand meins häßlich. Es war keine abstoßende

Häßlichkeit, eher eine bemitleidenswerte, Liebe fordernde. Sie hätte wohl »mütterliches« Empfinden provozieren müssen. In mir erweckte sie Zuneigung, ja, so etwas wie das Gefühl einer beginnenden Freundschaft. Ich kam mir wie der große Freund eines kleinen Jungen vor. Wie einer, auf den er sich immer und in jeder Situation verlassen kann. Doch nach der Entbindung fühlte ich mich zu hilflos. Ich suchte Unterstützung für das neugeborene Kind. An wen sollte ich mich wenden? Der Vater des Kindes war nicht zugegen. Die Verwandtschaft, nicht wissend, daß die knapp 2 600 Gramm schon auf der Welt herumbrüllten, zitterte noch in der Ferne.

»Lieber Gott, wenn es Dich gibt, paß gut auf meinen Sohn auf«, waren damals meine ersten geflüsterten Worte, wobei ich mit sanfter Gewalt meinen Zeigefinger in die winzige Hand des Kindes zu drükken versuchte.

Aber jetzt, vier Monate nach seiner Geburt, ist aus dem roten Fröschlein ein rosiges Baby geworden. Ein Baby mit großen dunklen Augen, die lange und unbeweglich auf einem Gegenstand verharren können. Auf sich bewegende Finger, auf buntes Spielzeug oder grelle Quietschpuppen vor seinem Gesicht reagiert unser Sohn nicht. Immer sind seine Augen weit geöffnet. Aber sie verraten keine innere Bewegung. Kein winziges Lachen kündigt sich an. Selbst die herbstlichen Sonnenstrahlen, die jetzt in den Kinderwagen fallen, können nichts ausrichten. Der Junge kneift die Augen zusammen. Dann starrt er wieder geradeaus. So große Hoffnung habe ich auf die Sonnenstrahlen gesetzt! Sie müßten ihm doch Spaß machen. Ich rüttle am Wagen. Schnalze mit der Zunge. Rufe zärtlich Tinos Namen. – Nichts. Mein Kind schaut nach oben. Jeder Ausdruck fehlt auf seinem Gesicht. Kalt wird mir mit einemmal. Meine heimlich gefühlte, uneingestandene Angst kriecht wieder hervor: Habe ich meinen Jungen blind...? Blind geboren? ... Soll er zu denjenigen gehören, die ihr ganzes Leben lang auf die Hilfe und die Fürsorge anderer Menschen angewiesen sind? Wird er sich durchs Leben tasten müssen?

Ohne gelbe Butterblumen, ohne rotbackige Äpfel oder das verhaltene Grau herbstlichen Nebels bestaunen zu können? Nein. – Ich habe bestimmt ein gesundes Kind. Mein Kind ist nicht krank. Meins nicht.

Vielleicht ist der Junge noch zu klein, um überhaupt sehen zu können? Schließlich ist er zu früh geboren. Da kann er Sehen bestimmt noch lernen. Vielleicht dauert bei ihm nur alles etwas länger?

Dieses verfluchte »vielleicht«. Man begräbt seine Hoffnung darin und seine Furcht. Und dieses »vielleicht« läßt alle Möglichkeiten offen.

Der Heimweg wird mir schwer. Mühsam hebe ich meine Beine durchs herbstliche Laub. Seine Wohlgerüche erreichen mich nicht mehr. Ich habe Angst. Angst vor einer Bestätigung meiner Furcht. Wer kann dann meinem Kind helfen?

Am Abend legen wir eine langstielige Rose neben unseren Jungen ins Bett. Die Knospe ragt weit über den Kopf hinaus. Der Stiel endet ein ganzes Stück unter seinen Füßen. Als könnte die Länge einer Rose der Beweis für eine gewissermaßen berechtigte Unfähigkeit unseres Sohnes sein, um sich zu blicken, lasse ich mich gern beschwichtigen. So etwas Kleines kann ja noch gar nicht sehen *können*.

Und doch: Am nächsten Tag finde ich keine Ruhe. Mein erster Weg führt mich zur Mütterberatung. Das Warten im überfüllten Vorraum läßt die Ungewißheit nicht geringer werden. Die Sorgen und Nöte anderer Mütter prallen an mir ab. Nur ein Gedanke beherrscht mich: Wer kann meinem Kind helfen, wenn es wirklich blind sein sollte?

Endlich sind wir an der Reihe. Tino ist gut gewachsen und hat brav zugenommen. Mir zittert ein »Was nützt das alles?« auf den Lippen. Und dann muß es heraus. Die angestaute Angst quillt über und formiert sich zu zwei Sätzen:

»Ich glaube, mein Kind kann nicht sehen. Bitte, ermöglichen Sie, daß man ihm von mir ein Auge überträgt.«

Die Ärztin, jung und blond, stutzt und sieht mich fragend an. Sie beugt sich zu dem Kind hinab und bewegt die Finger vor seinen Augen. Läßt sie von links nach rechts hüpfen, von rechts nach links. Die dunklen Augen meines Sohnes blicken unergründlich. Blicken geradeaus in eine unbestimmbare Ferne. Die Schwester tritt dazu. Läßt Püppchen quietschen und zeigt sie dem Jungen. Er greift nicht. Er sieht nicht hin. Da spiegelt sich das Licht der Lampe im glänzenden Stethoskop. Ein greller Strahl trifft Tinos Gesicht. Er zuckt zusammen. Schließt die Augen. Er öffnet sie und blickt dorthin, woher der Strahl noch immer kommt. Von nun an verfolgt er jede Bewegung des blitzenden Stethoskops mit seinen Blicken. Die Schwester atmet auf. Mir stürzen Tränen in die Augen. Ich versuche sie zu verbergen, indem ich mein Kind auf seine heute geborenen Augen küsse. Die Ärztin läßt erschöpft die Arme sinken. Wir waren der siebzehnte Patient. Und draußen warten noch viele.

November 1967

Schon als Kind interessierte ich mich dafür, wer hinter den Fenstern wohnte, in denen Licht brannte, aus denen Musik erklang oder unflätiges Schimpfen. Was wurde da drinnen gemacht, während ich draußen mit einem Milchkrug in der klammen Hand die Straße entlanglaufen mußte, um in einem winzigen Laden eine bläulich schimmernde Flüssigkeit zu kaufen? Jedes Kalb hätte sie strikt verweigert, doch uns Menschen wurde sie als »gute Milch« angeboten.

Ob die Leute »drinnen« mehr fühlten als ich »draußen«? Ob sie auch unglücklich waren, wenn sie »Brockma-Suppen« oder Kartoffelmehlbrei essen mußten? Ob sie sich heimlich, wenn das Licht gelöscht wurde, küßten?

In meiner kindlichen Phantasie waren Küsse das Geheimnisvollste, was es zwischen zwei Menschen gab. Küsse rangierten in der Interessantheit noch vor dem Weihnachtsmann.

Diese kindliche Neugier scheinen sich andere bewahrt zu haben. Vielleicht betrifft sie weniger den Weihnachtsmann als die heimlichen Küsse im Verborgenen. In unserem Hause in der Neuberinstraße jedenfalls kann man niemals die Treppen hinaufsteigen, ohne befremdliche Laute, Ächzen und Schniefen hinter den Türen zu vernehmen. Sie lassen die Anstrengung ahnen, die es den Horchern hinter den Schlüssellöchern macht, diese Töne zu verbergen.

Bis auf den Klempner und seine rosige, wohlbeleibte Ehefrau wohnen nur ältere Leute in unserem Haus. Die Arbeitsjahre liegen hinter ihnen. Sie haben wieder die bei anderen so rar gewordene Zeit. Regnet es, stellen sie Blumentöpfe auf die Fensterbretter, die dem Hofe zu gelegen sind. Scheint die Sonne, sitzen sie an den geöffneten Fenstern und häkeln Kinderpullover. Sollten sich die Meteorologen weder für Sonne noch für Regen entschieden haben, stehen diese Hausbewohner auf der Treppe und reden über die restlichen Hausbewohner. Woanders ist es anders, vielleicht. Bei uns aber ist es so.

Seit einigen Tagen wohnt in diesem ältlichen Bauwerk mit olivgrünem Ölsockel und bröckelndem Putz in den Ecken noch jemand: eine alleinstehende Frau, vielleicht Ende Dreißig. Sie macht einen sehr gepflegten Eindruck, und ihr Duft belebt noch lange nach ihrem Gehen frühmorgens das muffige Treppenhaus. Anlaß genug für unsere älteren Herrschaften, die Nasen zu rümpfen, abfällig zu blicken und vielsagend mit den Köpfen zu nicken. Die Frau grüßt freundlich, wenn sie kommt und geht. Sie säubert auch die Treppe ordentlich – ein Kriterium, an dem in unserem Haus der Wert einer Frau gemessen wird. Und trotzdem spürt man, wie die spitzen Zungen gewetzt und Worte wie »arrogant« oder »eingebildet« getuschelt werden.

»Habgierig und geizig soll die sein«, murmelt unsere Nachbarin, ein altjüngferliches Fräulein. Sie sieht gelegentlich nach unserem Sohn, wenn der Dienst gar zu ungünstig liegt.

»Woher wollen Sie das wissen? Haben Sie mit ihr gesprochen?«

In meiner Stimme muß leiser Tadel geschwungen haben, denn Frau Müller schüttelt abwehrend und mißbilligend den Kopf.

»Mit so einer spricht man doch nicht. Unsereins sieht doch gleich, was dahintersteckt. Nichts steckt dahinter. Wozu hat man denn seine Menschenkenntnis? Das ganze Geld steckt in dem Angeziehe. Na und der verkniffene Mund – der spricht doch Bände! Und die kalten Augen erst!«

Frau Mäusekiel, fast ebenso alt wie Frau Müller und ebenso runzlig, kommt aus ihrer Wohnung gekeucht. Sie ist stark asthmaleidend und kann es sich nicht leisten, hinter der Tür zu horchen, weil ihre Bronchien sie verraten. Daher läßt sie meist die Wohnungstür angelehnt, um bei Geräuschen im Treppenhaus nicht um die neuesten Informationen gebracht zu werden.

»Nee, nee, Frau Müller. Die ist nicht bloß eiskalt. Die ist ohne Herz. Sagt die doch, ich soll meine Tür zumachen, weil's mir sonst ziehen tät. Woher will die denn wissen, ob's mir zieht? Geht die doch gar nichts an. Die tut einem bloß nicht das bißchen Unterhaltung gönnen, das man hat. Weil sie selber keinen hat, der für sie die Gusche aufmacht. Na, von mir kriegt sie keinen ›Guten Tag‹ mehr zu hören. Von mir nicht!« –

Bums, energisch schmettert Frau Mäusekiel die Tür zu, um sie wenige Sekunden später wieder behutsam und möglichst unauffällig zu öffen.

Anscheinend habe ich mich nicht allzu beipflichtend in dieser Unterhaltung geäußert, denn künftig werde ich von Bemerkungen ähnlicher Art verschont. Vielleicht gedeiht Klatsch auch nur dann, wenn er große Ohren findet. Ich habe nur kleine, aber selbst denen bleibt auf die Dauer das Gerede nicht verborgen. Man grüßt die Frau kaum noch, die nun noch schneller als sonst nach oben jagt, wenn sie von der Arbeit kommt. Mein Mann und ich schweigen zu allem. Wir kennen die Frau nicht. Wir machen uns um sie keine Gedanken, weil wir unsere Nerven für unsere Alltagsprobleme brauchen.

Gestern traf ich das erste Mal mit der »Neuen« zusammen. Am späten Abend bekam unser Sohn plötzlich hohes Fieber und wimmerte leise. Telefon hat nur die Frau über uns. Ich raffte allen Mut zusammen, schlüpfte in den Morgenmantel und huschte leise eine Etage höher. Auf mein anhaltendes Klingeln wurde rasch die Tür geöffnet. Noch ehe ich ein Wort hervorbringen konnte, fragte eine freundliche, tiefe Stimme:

»Guten Abend, Frau Riezy. Haben Sie Sorgen? Kann ich Ihnen helfen?«

»Bloß telefonieren möchte ich. Bitte. Nach einem Kinderarzt.«

Ich brauchte nicht zu telefonieren. Die Frau ergriff eine bereitstehende Tasche und nahm mich beim Arm.

»Ich bin Ärztin. Kommen Sie.«

Die Frau hantierte ruhig und besonnen. Stellte dabei ein paar

Fragen. Streichelte gelegentlich den heißen Kopf des Jungen. Und lächelte uns aufmunternd zu.

»Es sind nur die Zähne. Der Junge bekommt sie sehr zeitig.«

Fast die ganze Nacht blieb sie bei uns. Heute morgen verließ sie genauso früh wie immer, genauso gepflegt und duftend, raschen Schrittes das Haus.

Natürlich berichtete ich von der vergangenen Nacht Frau Müller – weil ich genau weiß, daß sie »große« Ohren hat. Und siehe da – es geschah, wie ich es erwartet hatte. Frau Müller verkündete bereitwillig unter dem »Siegel der Verschwiegenheit« ihre neuesten Erfahrungen. Bereits am Nachmittag schlurft es nicht nur hinter den Türen, als ich vom Einkauf komme. Dieses Mal wird sich zum Horchen bekannt. Die Klinken werden heruntergedrückt. Die Köpfe meiner ach so wenig neugierigen Hausbewohner schieben sich durch die geöffneten Türen.

»Sagen Sie mal, Frau Riezy...«

»Ich hab gehört, das kleine Frauchen dort oben soll...«

»Ist denn das möglich! So zart und doch schon Ärztin!«

»Jaja, sie war immer schon so ernst...«

»...so würdevoll. Ja.«

Auch Frau Mäusekiel schlurft aus der angelehnten Tür.

»Was Sie nicht sagen! Das kleine Frauchen ist Ärztin. Nee, wissen Sie, drum hat sie gesagt, es zieht bei mir. So 'ne kleine Person und schon so 'n Wissen. Kümmert sich doch gleich. Na, ich werd ihr dann ein Gläschen Eingemachtes 'rauftragen...«

Welches Leben hatte das »kleine zarte, arrogante, würdevolle Frauchen«? Warum hatte sie allmählich Sorgenfalten um den Mund bekommen? Um in ihr erleuchtetes Fenster hineinblicken zu können, war mir in der vergangenen Nacht Zeit genug geblieben.

Mag sein, daß es Zuneigung war, die Helen, die Ärztin, und mich verband. Mag sein, daß es das Bedürfnis eines einsamen Menschen war, sich einmal auszusprechen. Mag sein, daß sie mit ihren Sorgen mich von den meinen ablenken wollte. Ich weiß nur, daß Helens

Vertrauen den Wunsch in mir geweckt hat, mich ihres Vertrauens würdig zu erweisen, nicht den Menschen oberflächlich in Wertigkeiten wie »gut«, »schlecht« oder »ungewöhnlich« einzuzwängen, sondern zu begreifen, daß ein »Mensch« zu mir spricht. Daß da hinter dem erleuchteten Fenster einer sitzt, der sich mit völlig anderen Problemen herumschlägt als ich, dessen Probleme aber genauso schwerwiegend für ihn sind wie für mich die meinen.

Klaus hatte sich bald nach Eintreffen der Ärztin wieder hingelegt. Es war schon spät, um nicht zu sagen, früh. Helen und ich waren sitzengeblieben, um noch zu plaudern und die Aufregung, die das plötzliche Fieber meines Jungen in mir hervorgerufen hatte, abklingen zu lassen. Doch in das leise Dahinplätschern unserer Unterhaltung mischte sich ein ernster Ton. Helen erzählte aus ihrem Leben.

»Meine erste große Liebe hieß Pierrot.«

In Helens Augen erschien ein Ausdruck sehnsüchtiger Wehmut. Sie erzählte von einer Villa mit Garten, in der zwei Medizinstudenten in möblierten Zimmern mit enormem Mietpreis nebeneinander wohnten und Freundschaft schlossen.

»Eigentlich fand ich meinen Pierrot nicht beim Studium. Eher beim Kohlenholen.«

Helen strich mit der flachen Hand über ihre Stirn und blickte prüfend in mein wartendes Gesicht.

»Wir hatten einen gemeinsamen Keller. Klapperte ich mit den Eimern, kam der mir noch fremde Mensch schnell aus seiner Tür. Er lachte mich an, ergriff die Eimer und hüpfte laut pfeifend in den Keller. Anfangs war ich – verwundert. Verwundert über die ungewohnte Hilfsbereitschaft. Aber ich war damals schon schmächtig und da...«

»Ja?«

Helen hatte im Satz innegehalten und unsicher eine Zigarette aus der Schachtel genommen. Sie drehte sie zwischen den Fingern, überlegte.

»...da dachte ich – es macht ja nichts, wenn man für dich die Kohlen hochträgt. Machst du eben etwas anderes. Ich wusch dafür Pierrots Wäsche, die Pullis und..., na ja. Er putzte meine Fenster mit, kaufte ein, räumte auf. Allmählich fanden wir Freude daran, gemeinsam zu frühstücken, zur Uni zu gehen. Wir arbeiteten gemeinsam und tranken abends zusammen, meistens Tee. Noch heute halte ich Pierrot für den hilfsbereitesten und den gütigsten ..., ja, auch den gütigsten Menschen, den ich je kannte.«

Helen seufzte. Ihre Hände zitterten, als sie sich eine Zigarette anzündete. Dann erzählte sie, gedankenverloren dem Rauchgekräusel lange nachblickend, von ihrem Pierrot.

»Er war nicht wie die anderen: laut, streitsüchtig und eingebildet. Alles erledigte er ruhig und gewissenhaft. Immer überlegte er, wie anderen zu helfen sei – er half stets uneigennützig. Er war beliebt bei unseren Kommilitonen. Auch wenn sie – auch wenn sie sich über seinen Namen amüsierten. Ich hatte ihn so genannt: Pierrot. In einer zärtlichen Stunde. Wie soll ich ihn schildern?

Er war schmal gebaut. Hatte feingliedrige Hände, die er schützend um mein Gesicht legte, wenn ich Kummer hatte. Er war sehr ...«

Helen zerdrückte unruhig die Zigarette.

»... ich finde immer noch nur Superlative für ihn. Es ist zum Verzweifeln. Nach so vielen Jahren ...

Ich bin durch eine Vorprüfung gefallen und wollte aufgeben. Charakteristisch für mich. Und er? Tröstete und beruhigte mich und – paukte mit mir. Paukte mit mir Tag und Nacht, damit ich die Wiederholungsprüfung bestehe. Ich bestand sie. Und liebte Pierrot um so mehr. Liebte ihn, weil in seinem Lachen Wärme lag und Zuversicht. Weil er so voller Hochachtung von seinen Eltern sprach, so voller Zuneigung. Und weil er mich allmählich in diese Hochachtung und Zuneigung integrierte. Pierrot forderte mich immer wieder heraus, sobald ich in den Leistungen nachließ. Er lernte spielend. Und ich strebte danach, ihm gleich zu sein, ja, ihn zu überholen. Damit er stolz auf mich sein konnte.«

Wieder hatte Helen eine Pause gemacht. In ihrem Gesicht zuckte es. Sie biß sich auf die Unterlippe, grübelnd, ob sie weitererzählen solle oder nicht. Ich drang nicht in sie, verschonte sie mit neugierigen Fragen. Ihre Offenheit wollte ich nicht erzwingen. Denn sie entblößt den sich Offenbarenden. Man kann sich einer Blöße des anderen in guten und in bösen Stunden erinnern. Man kann sie böswillig ausnutzen. Der andere hat keine Möglichkeit, einen jemals daran zu hindern.

Nach langem Schweigen sprach Helen weiter: »In unserer Straße lag ein wenig abgelegen eine geräumige, renovierte Villa. In ihr lebten elternlose Kinder. Oft hatten wir die Knirpse durch das Gitter beobachtet.

»Den kleinen Dicken da und die freche Braunäugige holen wir uns nach dem Studium«, hatte Pierrot oft versichert und zärtlich zu den Kindern hinübergelächelt. Im Geiste sahen wir uns schon durch den Garten an unserem Haus mit ihnen toben, sahen uns Purzelbäume schlagen und in Bilderbüchern blättern. Der Weg zur Uni führte uns täglich am Kinderheim vorbei. Wir lernten noch intensiver als bisher, um mit Bravour über Studienklippen zu kommen, damit wir endlich ›unsere‹ Kinder holen konnten. ›Unsere‹ – das war damals ein so vertrautes, geläufiges Wort.

Eines Tages kamen unerwartet Pierrots Eltern zu Besuch. Freundliche Menschen hatten ihnen anonym mitgeteilt, daß wir zusammen lebten. Sie schauten in unsere gemütlichen Zimmer, als tropfe Moder und Schlamm von den Wänden. Mich beachteten sie gar nicht. Ich hörte durch die Wand, wie Pierrot vor die Alternative gestellt wurde, entweder die Eltern oder mich aufzugeben.
Pierrot brach das Studium ab. Er – zog zu seinen Eltern in eine Kleinstadt nach Mecklenburg. Ich habe nie wieder etwas von ihm ...«

Helen saß zusammengesunken im Sessel. Sie drückte beide Hände gegen die Schläfen und atmete kaum. Die geschlossenen Lider zitterten. Ich wagte nicht, mich zu rühren, aus Furcht, Helen könne erschrecken, aufspringen und irgend etwas Unüberlegtes tun.

»Aber warum, Helen, warum haben Sie nicht geheiratet? Sie hätten richtig offiziell zusammen leben und zusammen arbeiten können. Im Laufe der Zeit hätte sich die Einstellung der Eltern bestimmt geändert. Eltern wollen doch immer, daß ihr Kind glücklich wird. Auch wenn – wenn ihnen anfangs der Partner nicht so recht zusagt.«

Im trüben Zwielicht des Morgens leuchtete Helens Gesicht wie ein weißes, durchscheinendes Oval. Sie schüttelte den Kopf, und die Winzigkeit eines Lächelns huschte über ihr Gesicht, als sie sagte: »Ach, das war alles unmöglich. Mein Pierrot – war ein Mädchen.«

Februar 1968

Mein Gegenüber schält bedächtig eine Banane. Er zerdrückt die weiche Frucht mit der Zunge am Gaumen und schmatzt leise. Ich geniere mich etwas und schaue aus dem Fenster. Die Erde glänzt feucht. Auf den Feldern hockten behäbig Schwärme von Krähen und würdigen uns keines Blickes. Sie kennen sicher den Verkehr auf der Strecke und interessieren sich weder für den an uns vorüberfahrenden Güterzug noch für unseren Schnellzug.

Mein Gegenüber packt ein Stullenpaket aus und bemüht sich mit ersichtlicher Eile, die drei »Doppelten« hinterzuwürgen. Gelegentlich blickt er zu mir herüber und betrachtet prüfend meine Aktentasche.

Jaja, mein Lieber, ich hab auch Schnitten drin, nur noch keinen Appetit.

Am Bahnwärterhäuschen steht eine Frau stramm. Ob sie's wohl gemütlich da drinnen hat? Mit Ohrensessel und gehäkelter Decke auf rundem Tisch? Ich finde, sie müßte es so haben. Sie ist schon älter, und da mag man das. Außerdem: Das dauernde Hinausrennen und Strammstehen ist auch kein Vergnügen. Darum hätte sie Gemütlichkeit verdient. Also setze ich ihr noch einen Ofen ins Bahnwärterhaus, in den sie dicke Holzscheite wirft und auf dem eine Kaffeekanne aus Blech summt. Komisch, würde *mir* so der Dienst als Bahnwärter angenehm erscheinen?

Mein Gegenüber zerteilt sorgfältig einen Apfel mit dem Taschenmesser, spießt die Stücke auf und schiebt sie sich genießerisch in den Mund. Die Stullentüte liegt leer und ordentlich zusammengefaltet auf seinen Knien. Jetzt krümelt er das Kerngehäuse darauf. – Er hat kleine rotgeränderte Augen, die blitzschnell hin und her huschen – richtige Schnellzugaugen. Aus dem Fenster sehen sie jedoch nie. Immer wieder landet ein fragender Blick auf meiner Tasche. Ob ich ihm mal etwas anbiete? Der Herr knabbert gerade an einer Gebäckmischung. – Warum frißt der bloß so viel? Macht mich richtig kribblig damit. Manche essen aus Kummer. So sieht der nicht aus. Vielleicht aus Langeweile? Könnte ja aus dem Fenster schauen. Ich glaube, der ist schlicht und einfach nur gefräßig. Und dabei spindeldürr. Wo landet das alles bloß, was er in sich hineinstopft? Vielleicht im Kopf? Kommt mir ulkig vor, daß dieser kleine Freßsack klug sein soll.

Draußen huschen Kiefern vorüber. In wind- und sonnengeschützten Nischen liegt übriggebliebener Schnee. Wenn ich ein Hase wäre, baute ich mir daraus einen Iglu. Dann dächten alle Füchse, ich sei ein Mensch, und ließen mich in Frieden. Auch im Iglu des Hasen baute ich einen Ofen mit Blechkaffeekanne auf. – Wie komme ich bloß immer wieder zu dieser Nachkriegsgemütlichkeit? Weil ich mich an den Krieg selbst nicht mehr erinnern kann? Nur das »danach« kommt mir gelegentlich in den Sinn, und auch dann wagt sich mein Erinnerungsvermögen nur an das »Schöne« und »Gute« heran. Übles wurde einfach aus dem Gedächtnis verdrängt.

Nachkriegszeit! Ich wünschte, sie hätten sie. Sie, die Vietnamesen. Nun weiß ich auch, wie ich darauf komme, überall Gemütlichkeit hineinzubauen. Die Vietnamesen haben sie nicht. Und lieben sie sicher so wie ich.

Der Zug bringt mich nach Berlin. Ich soll im Auftrage des Theaters im Fernsehfunk Filmausschnitte über den Krieg in Vietnam aussuchen. Die nächste Inszenierung beschäftigt sich mit dieser Problematik.

Einfach mal so nach Berlin fahren ist vergnüglich. Tino und Papa betreuen sich gegenseitig, zu Hause natürlich. Draußen vor dem Abteilfenster ist's eisig und stumm. Hier drinnen ist's warm und übervoll geworden. Aus dem Kofferradio tönt der »Gefangenenchor« aus »Nabucco«. Mein Gegenüber braucht die Musik zur Verdauung. Er wiegt sich rhythmisch in den Hüften, hält die Augen geschlossen und läßt, fast geräuschlos, aus dem Munde Luft entweichen. Das »Kind« ist satt – sein Bäuerchen hat es bewiesen. Eigentlich müßte es das Radio ausmachen und nun schlafen. Der da drüben schläft nicht. Er sucht in seinem Kofferradio anscheinend nach heißeren

Rhythmen. Der Chor hat seine Schuldigkeit getan. Der Chor kann gehen.

Ein etwas unangenehmes Gefühl überfällt mich, wenn ich an Adlershof denke. Ob man zu so einem kleinen Nichts mit Dienstauftrag wenigstens freundlich ist? Ob's denen heute paßt? Angerufen hatten wir ja. Was werden das für Filme sein? Bomben auf den Urwald und auf Städte sollte ich finden. Langsam abgeworfene Bomben. Dann noch besiegte Amerikaner. Schwierig kann das nicht sein.

Endstation – aussteigen. Mein Gegenüber ergreift seinen Mantel und seine geleerte Tasche und stürzt in die Arme einer rundlichen Frau, die von fünf oder sechs Kindern umgeben ist. Er küßt sie alle der Reihe nach und lacht und strahlt. Warum hat der bloß so viel gefressen? Hatte er Angst davor, etwas abgeben zu müssen? Wird er ausgeschimpft, wenn er »Hasenbrot« mit heimbringt? Oder braucht er Kräfte für das siebente? Schade, eigentlich hätten wir uns unterhalten sollen.

Drei Hütten am Waldrand. Ein kleiner nackter Junge kommt lachend aus einer herausgehüpft. Er erschrickt. Bleibt stehen. Das Lächeln auf seinem Gesicht erlischt. Ein Maschinengewehr. Der Kleine bricht tot zusammen. Aus Flammenwerfern wird in die Hütten geschossen. Im Nu stehen sie in Flammen. Schnell brennen Bambus und Schilf. Eine Mutter zieht ihr Kind hinter sich her aus der Tür. Im Arm einen Säugling. Mutter und Kind werden erschossen. Der Säugling zertreten. Ein Stiefel zertritt ein Menschengesicht. Alles geräuschlos. Gespenstisch still. Die Schüsse waren nicht zu hören, die Schreie blieben ungehört. Der Film lief ohne Tonaufnahmen ab.

Vier Stunden sah ich diese Filme. Der Vorführer, eine Aushilfskraft, hatte die Zähne zusammengebissen. Sein Gesicht war verzerrt. Stunde um Stunde: erschlagene Kinder, mißhandelte Frauen, gefolterte Greise. Stunde um Stunde: lachende, kauende Münder, aufgespießte menschliche Köpfe, stolz gezeigte blutige Messer – amerikanische Uniformen.

Mein Verstand war wie abgestorben. Mir fehlte die Kraft, um die

Hände vor die Augen zu halten. Ich war gezwungen zu sehen. So lernte ich Sehen.

Die Räder unter mir rollen gleichmäßig. Das Abteil ist mit gestikulierenden, kichernden, miteinander plaudernden Menschen überfüllt. Ein Außenstehender könnte sie für Freunde, ja Verwandte halten. So einig sind sie sich in ihrem Lachen, ihrem Fröhlichsein. Ich möchte sie hassen für ihre Sorglosigkeit. Den Haß haben sie nicht verdient. Sie hatten andere Erlebnisse und Eindrücke als ich. Auch ich war heute morgen sorglos und unbeschwert – Filme aussuchen, schwierig kann das nicht sein.

Wie kann ich wieder lachen, nach dem, was ich sah? Die amerikanischen Soldaten lachten auch. Ein Menschenlachen? Mütter haben sie geboren. Mütter haben das Kind umsorgt. Haben ihm Spielzeug gekauft, es erzogen. Kriegsspielzeug und zum Hassen erzogen? – Also sind die amerikanischen Mütter schuld. Die Mütter der Mikes, Jimmys und Dannys haben Schuld am Krieg? Weil sie nicht bedachten, daß in dem anderen Land auch Mütter leben, die ihre Söhne lieben und sie nicht gern sterben sehen? Hatten sie vielleicht keine Zeit, die eigenen richtig zu lieben, richtig zu erziehen? Mußten sie sich für einen Kanten Brot abhetzen, um ihr Kind überhaupt satt zu bekommen? Kam ihnen da ein Krieg gelegen? Krieg bringt Geld, Geld bringt Brot? Vielleicht dachten sie, ihr Mike, ihr Jim, ihr Dan brauchte nicht zum Mörder zu werden in dem andern Land? Warum hat keiner die Mütter aufgeklärt?

In meinem Kopf wirbelt es. Ich verdecke mit einer Hand die Augen und versuche die Wirbel zu entwirren. Wer dort, in den USA, die Macht hat, hat die Mutter, den Sohn und den Lehrer in der Hand. Er kann sie zwingen, verhaften, richten – bei Widerstand. Er hat das Brot, das Buch, das Geld und die Waffen.

Die Räder unter mir rollen gleichmäßig. In ersehnter Vision ziehen Millionen Mütter, Millionen Lehrer und die Söhne, die so innig geliebten, so abgrundtief verachteten Söhne endlich zum »Weißen Haus«. Der Schrei: »Stop The War!« führt Ingenieure, Schuhputzer,

Köche und Arbeiter an ihre Seite und läßt dieses unerschütterliche Gebäude ins Wanken geraten. Zur gleichen Zeit eilen Schiffe, Flugzeuge, Züge mit Medizin in das kleine Land, das sich nicht ergeben will. Schiffe, Flugzeuge und Züge von Freunden mit Medikamenten, Maschinenausrüstungen, Spielzeug und Lebensmitteln. Vision? Wirklichkeit.

Ich bin nicht hilflos. Ich werde mein Kind erziehen. Richtig erziehen. Und ich kann denken und meine Gedanken weitergeben. Ich kann handeln.

April 1968

Engelbrecht Mahler denkt. Der Bühnenbildner Holitschka denkt. Die Regieassistentin Riezy denkt. Der Sohn der Regieassistentin brüllt. Im Bett des Regisseurs, im Zimmer des Regisseurs, in dem die Denker sitzen.

Krippenplätze sind auch im Theater rar. Als ich in der BGL nachfragte, erhielt ich die fast empörte Antwort:

»Erst mal müssen die Mütter bedacht werden, die keinen Vater dazu haben. Sollen wir denen die Fürsorge bezahlen, wo die gesund sind und arbeiten können? – Dann müssen die bedacht werden, die zeitig mit der Arbeit anfangen und 16 Uhr aufhörn. Sie bei Ihrem Dienst können doch mit Leichtigkeit immer mal zum Jungen hochspringen und nachsehn. Oder aber: Sie nehmen ihn einfach mit ins Theater.«

Gesagt, getan. Während der Proben steht der Wagen des Jungen zwischen rostenden Lanzen, alten Schwertern und Bronzeleuchtern. Die Requisiteusen werfen gelegentlich einen Blick auf ihn. Oder aber – der Kinderwagen parkt im Bühneneingang. Dann läßt der Theaterpförtner seine großväterliche Zuneigung an Tino aus und kutschiert schnell mal mit ihm den Gang auf und ab.

»Ob es sehr stört, wenn ich den Kleinen ... mit hierher ...«

Zaghaft hatte ich vor Tagen den Regisseur gefragt. Ich wollte endlich aktiv an Stück- und Regiebesprechung teilnehmen. Aber das Kind brauchte eine Obhut.

Engelbrecht Mahler war sich mit seinen kurzen, weichen Fingern durchs helle Haar gefahren, hatte bedenklich den Kopf gewiegt und ... schließlich für unsere Nachmittagsgespräche Tino sein Bett vermietet.

Der Junge verhält sich ruhig. Wir hüten uns vor jeder Störung, damit er uns nicht stört. Flüstern nur, vermeiden Kaffeetassenklappern, und die nikotingewöhnten Kollegen verkneifen sich ihre anregenden Stäbchen.

Das Beste ist für unsere Kinder gerade gut genug. – Meins kriegt »Bestes« schon in den Windeln verabreicht: Endlose Diskussionen über Stückinhalt und schöpferische Umsetzung auf der Bühne, Erläuterungen zu technischen Hilfsmitteln. Allerdings hört es auch Stöhnen und Seufzer, wenn von den Schwierigkeiten der Bedienung der Technik die Rede ist.

Da soll ein Computer auf der Bühne arbeiten. Fernschreiber sollen rasseln, ein Bildschirm soll aufleuchten. Da müssen die vietnamesische und amerikanische Ebene durch Hell-Dunkel im Bühnenbild voneinander getrennt sein, die dritte Ebene – das Eindringen der Vietnamesen im Pentagon – soll unter anderem durch Beleuchtung dem Publikum nachvollziehbar gemacht werden. Das stellt Anforderungen an Bühnentechniker und die Beleuchter. Und die Zeit ist kurz. Die Zeit ist immer kurz, und die Kollegen der Beleuchtung und Technik übertreffen sich vor jeder Premiere aufs neue. Sie befestigen auch für diese Inszenierung wieder Scheinwerfer am Portal, deren Kapazität alle Sicherungen durchfliegen lassen müßte. Wir alle wissen mit Sicherheit, daß der Konjunktiv nie Wirklichkeit wird. Und genauso entwickelten sie für uns den Computer »Kastanie«, von dem man ohne weiteres glauben kann, er sei die »... Superbank des Gedächtnisses der Welt. Ein Elektronengehirn, das zweihunderttausend Zeitungen und Dokumente pro Monat liest. Und das in fünf Armbanduhrsekunden ohne Zögern seine fünfundvierzig Millionen Fakten ausspuckt, die es in sich hineingeschlungen hat.«

Der Computer hatte uns eine Zeitlang große Sorgen gemacht. »Echt« sollte er aussehen, dabei aber attraktiv. Und »leben« sollte er auch. Holitschka plus Technik entwarfen und produzierten ein

Riesenmonstrum mit Hunderten von farbigen Augen, die ferngesteuert aufblinken und verlöschen, in Wellenlinien schimmern, Kreise und Quadrate bilden – wie es die neueste Technik auf dem Gebiet der Elektronengehirne nicht besser hätte bieten können.

Und während die Maschine auf der Bühne knarren, rasseln und gelehrte Fakten ausspucken wird, soll das Publikum erfahren, daß für die Besitzer dieser Maschine, die sich im Pentagon befindet, der Krieg in Vietnam kein Krieg mehr ist, sondern die Lösung einer Rechenaufgabe. Einer teuren Rechenaufgabe. Der Computer hat errechnet, daß zum Sieg über die Vietnamesen sechzigtausend Kubikfuß Lastjeeps, Lastwagen von 2,5 und 5 Tonnen, Tankwagen, Werkstattwagen, leichte und schwere Panzer, Amphibienzugmaschinen, 105er und 155er Kanonen, Abschußrampen für Luftabwehrraketen, Landungsschiffe, Landungsboote plus Begleitschiffe der Luftabwehr, U-Jäger und Torpedobootjäger nötig wären.

In unserem Stück wird diese gewaltige Maschine, dieses Superhirn besiegt. Durch ein einfaches Nagelbrett eines Reisbauern aus Vietnam. Technische Perfektion unterliegt dem Freiheitswillen eines Volkes.

Natürlich ist es nicht das Nagelbrett, das zum Siege führt. Die Phantasie der einfachen Menschen, der Wille, um jeden Preis die Unterdrücker zu verjagen, verhilft ihnen zu den ausgefallensten Erfindungen. Bienen werden gezüchtet. Sie verfolgen den in die Flucht geschlagenen Feind kilometerweit. Kröten werden gefüttert. Mit einem Klumpen Tabak im Maul stoßen sie Töne aus, die dem menschlichen Husten ähneln und den Gegner auf eine falsche Fährte locken. Programme werden mit Megaphonen ins südvietnamesische Lager übertragen, die Wankende denken lassen und Denkende handeln.

Ich fragte Mahler: »Ist das alles nicht Wahnsinn? Wäre es nicht einfacher, sich weiterhin unterdrücken zu lassen, aber dafür am Leben zu bleiben?«

»Glauben Sie, daß das in den Augen der Vietnamesen ein lebenswertes Leben wäre?«

»Für eine Sache oder eine Idee sein Leben opfern? Also – ich könnte das nicht. Auf gar keinen Fall. Ich bewundere solche Menschen zwar, aber mich selbst so verhalten? Dazu wäre ich nicht mutig genug. Allein die Vorstellung, man könnte mich quälen, die Nägel herausreißen oder glühende Nadeln darunter schieben – nein! Nein, schon der Gedanke macht mich fertig. Vielleicht liegt es daran, daß ich mir alles so plastisch vorstelle. Meine Phantasie hielte mich von vornherein davon ab, ein Held zu sein. Ich könnte einfach nicht für eine Idee sterben. Eine Idee ist mir zu wenig faßbar. Ich muß erkennen können, im wahrsten Sinne des Wortes ›begreifen‹, wofür ich mich einsetze. Wenn ich es mir richtig überlege, gäbe es für mich wohl nur ein Anliegen, dem ich mich mit meiner ganzen Kraft, selbst mit der letzten, hingeben könnte – dem Wohl der Kinder. Gut, ich nehme es auf mich. Ganz gleich. Wenn ich sie retten und vor Schlimmem bewahren kann – für die Kinder tu ich's. Aber nur für die Kinder.«

Mahler lächelt.

»Besteht somit zwischen Ihnen und den Vietnamesen ein Unterschied? Kaum. Den Müttern sind die Kinder das höchste Gut, das jeden Einsatz lohnt. Dem unglücklich Liebenden die Zuneigung des anderen, dem Unterdrückten und Gepeinigten die Freiheit. Sie wollen dic Freiheit auch für ihre Kinder. Auch für die Kinder.«

Mahlers Gesicht ist ernst, und Holitschka nickt zustimmend.

Ich begreife, daß sie recht haben. Sie haben das Stück bewußter gelesen als ich.

Im Stück gibt es einen Lehrer. Er stammt aus Saigon, und er unterrichtete in einem Dorf. Die Schule stand dort inmitten eines großen, freien Geländes mit einem großen Schild davor. Die Papierfähnchen auf der Schule waren mit Monden und Karpfen geschmückt, damit sich die amerikanischen Flieger nicht irren konnten. Damit sie genau wußten: Das dort unten ist eine Schule. Dort gibt es nur Kinder. Dort sind keine Partisanen. Nur unschuldige Kinder sind dort. Sie irrten sich auch nicht. Der Lehrer Luyen aus Saigon berichtet:

»Zuerst werfen Aufklärungsflugzeuge Rauchbomben, um die Ziele deutlich zu markieren. Sofort sucht die Klasse der Großen in völliger Ordnung die Schutzhöhlen auf. Aber die Kleinen bleiben – sechzig vor Angst heulende Knirpse zwischen fünf und sieben klammern sich an mich oder verkriechen sich unter den Pulten, und es ist unmöglich, sie aus dem Klassenzimmer zu treiben. Da schreie ich noch lauter als sie: ›Gleich fallen hier die Bomben, werft euch auf die Seite.‹...

...Die ersten Bomben explodieren vor der Tür. Ich fange an, die Kinder aus der Klasse zu schaffen, je drei auf einmal, durchs Fenster. – Eins auf den Schultern, eins auf jedem Arm. Ich klettere einmal durchs Fenster. -- Zweimal. Fünfmal. Neunmal. Es gibt schon Tote und Verwundete. Die Panik ist auf ihrem Höhepunkt...

...Ich falle und schreie denen, die noch in der Schule sind, zu: ›Klettert durchs Fenster, habt keine Angst, ich bin da, ich bin nur verwundet.‹ Und sie sagen: ›Großer Bruder, wir können nicht durchs Fenster, wir sind zu klein dazu.‹ Und dann kommt das Napalm und die große Stille...«

Der Lehrer wurde Partisan.

»Seine Gründe sind greifbar, begreifbar. Er wurde Partisan aus Liebe zu den Kindern. Als Lehrer kann er sie vor den Eindringlingen nicht beschützen. Er setzt sein Leben nicht für eine ›Idee‹ oder ›Sache‹ schlechthin aufs Spiel.«

Mahler hat recht. Ich sehe es ein.

»Der Autor hat der schlichten Darstellung des Lehrers Luyen die Automatik eines Computers, einer Ausgeburt menschlichen Geistes, gegenübergestellt. Es ist ja nicht die Maschine, die die Greuel ausdenkt. Menschen haben sie mit Fakten gefüttert. Menschen wenden die von ihr vorgeschlagenen Greuel an! Das Anliegen des Autors war es ja unter anderem, die Moral der unterdrückten Vietnamesen zu zeigen, die, aus einer menschenfreundlichen und gerechten Zielsetzung heraus, ihnen zum Siege verhilft. Denn würde man nur die materiellen Kräfte zählen, wären bei dem ungleichen Kräfteverhältnis die Vietnamesen zerschmettert worden. So wie der Lehrer der Kinder wegen den Lehrerberuf an den Nagel gehängt hat, so geben auch andere ihren Beruf auf. Sie wollen in Freiheit leben. Und da man sie nicht in Freiheit leben lassen will, kämpfen sie. Und wenn es sein muß, mit der Armbrust.«

Zwischen uns bleibt es still. Wir sind erschöpft. Tino beginnt zu schreien. Holitschka dreht die Zigarettenschachtel begehrlich zwischen den Fingern. Mahler blickt mich vieldeutig an und quält sich ein Lächeln ins Gesicht. Ich seufze. Nehme den Jungen aus dem Bett. Nichts. Hungrig dürfte er noch nicht sein. Allmählich beginnen meine Gedanken sich wieder auf *mein* Kind zu orientieren.

Elf Monate ist er nun schon alt und brüllt wie ein Säugling. So ein unartiger kleiner Bursche! Dabei liegt Mahlers Bett voller Gummipuppen, Stofftiere und Klappern. Der Junge hätte so schön mit ihnen spielen können. Aber nein! Er hatte die ganze Zeit über kein Interesse an ihnen. Bewegte zierlich die Hände vor dem Gesicht. Drehte sie nach links, nach rechts und spreizte elegant den kleinen Finger ab. Ich habe ihm sein Spielzeug nicht aufgedrängt. Wenigstens während unseres Gesprächs war er still. Und mit den eigenen Fingern spielen ist schließlich auch eine Beschäftigung. Wenn es nicht ausartet. Ich werde künftig darauf achten müssen.

Die Stückkonzeption hämmert mir noch in den Schläfen. Tinos Gebrüll geht mir auf die Nerven. Ich zwinge mich, nicht grob zu werden. Vielleicht fehlt ihm doch etwas. Mitteilen kann er sich noch nicht. Außer durch Geschrei. Und Mahler will noch mit uns über den Einsatz der von mir ausgesuchten Filmstreifen und Fotos sprechen. Ich merke, daß das für uns alle zur Zeit unmöglich ist, und verabschiede mich. Mit dem unentwegt schreienden Kind im Arm bedanke ich mich beim Regisseur für dessen Geduld. Er winkt ab. Er kennt meine Verpflichtungen.

Hoffentlich ist Klaus daheim. Er könnte mir beim Wäschewaschen helfen. Noch genau eine Stunde und elf Minuten habe ich dafür Zeit. Dann muß ich zum Abenddienst.

Zu Hause liegt ein Zettel von Helen. Klaus hatte sie angerufen und gebeten, mir auszurichten, daß er abends mit einem Kollegen ein Bierchen trinken gehe und nach Feierabend daher gar nicht erst nach Hause käme. Ich sei ja sowieso zum Abenddienst, und das ewige Herumsitzen allein habe er satt.

Ich verstehe seine Entscheidung, und es ist furchtbar.

Mai 1968

Wer hat schon eine Vorstellung davon, wieviel Kraft, Überredungskunst und Fingerspitzengefühl man braucht, um im Mai zu sieben langstieligen Rosen zu kommen. Da läuft man im Zentrum in jeden Blumenladen. Man lächelt, bittet, fordert, schimpft und droht und – nichts. Mindestens in drei Geschäften hätte ich Stein und Bein schwören können, daß sie im Hinterstübchen (sprich: unter der Ladentafel) die herrlichsten Blüten verborgen hielten. Aber wie soll man ihnen beweisen, daß man dafür ein Gespür hat.

Bei Blumen-Ritter fand ich endlich Gehör. Bestellungen, sagte man mir dort, nehme man nicht an. Trotzdem kamen, während ich wartete, mehrere Kunden, die ihre Namen flüsterten und sofort mit Lächeln und dicken Sträußen bedacht wurden.

»Ich denke, Sie nehmen keine Bestellungen ...?«

»Natürlich nicht. Das war nur für Betriebe!«

Die »Betriebe« zahlten ein hübsches Trinkgeld und erhielten beim Gehen die Zusage, daß immer an sie gedacht würde. Betrieb müßte man sein!

Aber wie gesagt, bei Blumen-Ritter fand ich wenigstens ein offenes Ohr. Meiner Begründung, daß mein Vater siebzig Jahre alt würde und ich daher dringend der sieben Rosen bedürfe, wurde Verständnis entgegengebracht. Die eigentlich nicht vorhandenen Blüten wurden sorgfältig für mich eingewickelt, nachdem ich diskret einen Fünfmarkschein als stilles Bedanken in die Hand der Verkäuferin gedrückt hatte. Die Lauterkeit der Charaktere ist bestechend.

Natürlich war es unter solchen Umständen völlig unmöglich, nach siebzig Rosen zu fragen. Außerdem, so hoffte ich, würde die Partei auf diese Weise ihren alten Genossen ehren. Siebzig Rosen von seinen Genossen, das wäre für Vater fast gleichbedeutend mit dem Vaterländischen Verdienstorden in Gold.

Mein Vater ist das, was man bei uns im Volksmund ein »Birnmänneken« nennt: klein, dünn und ein bißchen ausgemergelt. Sein Kopf besteht vorwiegend aus einer hohen Stirn, die sich glänzend bis zum Hinterkopf hinzieht. Unfreundliche Mitmenschen bezeichnen so einen späten Haaransatz als leichte Glatzenbildung. Für mich jedenfalls steht fest, daß hinter seiner hohen Stirn Klugheit, Güte und Freundlichkeit wohnen.

Vaters Leben kannte mehr Tiefen als Höhen. Sein Vater, mein Großvater also, besaß eine Kohlenhandlung und außer ihr fünf Sohne und eine Tochter. Alle sechs sollten einen guten, einträglichen Beruf erlernen. Mein Vater Hans, das schwächlichste aller Kinder, wurde Konditor. Die Torten und Kuchen, die Biskuits und Sahnebaisers verführten ihn jedoch nicht zur Naschhaftigkeit. Zwar legte er seinen ganzen Ehrgeiz darein, die Tortenaufsätze mit den seltensten Rosen, Schweinen und Kugeln aus Marzipan zu verzieren. Zwar strapazierte er seine Phantasie, um gekonnte Ornamente und leckere Glasuren zu entwerfen, doch allen Konditorkünsten zum Trotz blieb er mager wie ein Hering. Zu seinem Leidwesen mußte er gegen Ende des ersten Weltkrieges den Sahnelöffel mit dem Schuhputzlappen vertauschen. So mager er auch war, reichte seine körperliche Beschaffenheit doch aus, um als Bursche eines berittenen Hauptmanns an die deutsch-französische Front eingezogen zu werden. Vater bemühte sich sehr um die dortige Damenwelt und lernte dabei Französisch. Perfekt sprach er einen einzigen Satz:

»Fräulein, bitte bringen Sie den Besen!«

Er wurde nicht das, was man einen Helden nannte. Seine Furcht vor den feindlichen Geschossen war grenzenlos. Die Geschütze auf eigener Seite flößten ihm auch keinen Mut ein. So war es nicht verwunderlich, daß er nach Beendigung des Krieges völlig undekoriert in deutschen Landen eintraf. Abermals begann er die kleinstädtische Bevölkerung von N. mit seinen süßen Leckereien zu erfreuen.

Häufig mußte Vater als Aushilfskellner in dem kleinen Café ein Kabinettstück eleganter Servierkunst liefern. Mit gekonntem Schwung balancierte er Tabletts mit Torte und Kaffeekännchen zwischen Marmortischen und Holzgestühl. Derartige akrobatische Übungen brachten ihm bewundernde Blicke der weiblichen Kundschaft und leidliche Trinkgelder der männlichen ein. Mit fünfhundert Mark unterm Kopfkissen und einem hoffnungsvollen Herzen beschloß er, Ausschau nach einer ihm gemäßen Ehegefährtin zu halten.

Zwei Verlöbnisse waren schon in die Brüche gegangen. Elsa hatte nur das Geld im Auge, und Ernestine hatte eine Brille mit dicken Gläsern. Die letzte Entlobung sprach zwar nicht gerade für Vaters Charakter. Aber seine Vorstellungen von einer Frau gingen so sehr ins Erhabene, daß ihn eine Brille, obwohl er selbst eine trug, bei Frauen, die er zu lieben glaubte, an anderen Vorzügen zweifeln ließ. Schließlich landete er bei Betty. Er machte sie bald darauf zu seiner Frau und nach vielen Jahren zu meiner Mutter. Betty erschien ihm vollkommen. Die Narbe am Hals entdeckte er erst nach der Hochzeit. – Betty, eine gebürtige Berlinerin, hatte das Temperament ihrer baltischen Vorfahren geerbt. Einer von ihnen, ein Wilddieb, hatte dem Förster bei einem Streit zornig die Nase abgebissen. Im Verlaufe der Ehe hatte es Betty zwar nicht auf Vaters Nase abgesehen, aber bei Meinungsverschiedenheiten konnte sie sich so lautstark verteidigen, daß ein unverhoffter Zuhörer annehmen mußte, die beiden hätten öfter Streit miteinander.

In Deutschland wurde es bräunlich. Großvaters Kohlenhandlung lag – altersschwach wie er selber – am Boden. Er suchte einen Nachfolger für sie. Vier Brüder und die Schwester lehnten ab. Die Arbeit war ihnen zu schwer, zu schmutzig, zu wenig einträglich. Hans und Betty zogen hierher, in die Reuterstraße. Mein Vater, der schwächste von allen, nahm die Kohlenhandlung an. Er mußte seinem Vater dafür sogar noch alle Ersparnisse auf den Tisch legen.

Für meine Eltern begann die schwerste Zeit ihres Lebens. Bei Tag und Nacht, bei Wind und Regen hieß es: 'raus auf Lore und Kohlen abladen! Vater war ein Menschenfreund. Er haßte Ausbeutung. Sein Gewissen ließ es nicht zu, andere einzustellen, die ihm die Arbeit abnahmen. Merkwürdigerweise hörte bei ihm das Gewissen auf, was Mutter betraf. Sie mußte genauso hart 'ran wie er. Kohlen schippen, Säcke schleppen, Säcke laden, Säcke leeren, Säcke flicken. Vater gönnte sich keine Ruhe. Der Mutter gönnte er sie auch nicht. Manchmal half Langs Fritz schippen, manchmal Nachbars Karl. Fest eingestellt wurde niemand. Außer Mutter. Und die bekam dafür keinen Lohn, nur Krampfadern. Bei anderen war er großzügig. Sagte Mutter: »Du, Hans, da klauen schon wieder welche!«, winkte er ab und antwortete:

»Laß sie doch. Die scheinen's zu brauchen.«

Auf diese Weise kam er auf keinen grünen Zweig, obwohl er ein perfekter Rechner war und ein guter Geschäftsmann sein wollte. Zu oft verkaufte er auf »Pump« und vergaß bei den Ärmsten der Armen das Einkassieren.

Seinen Muskeln bekam das Säckeschleppen gut. Im Turnverein verschaffte er sich mit ihrer Hilfe Bewunderer und Neider. Sein Unternehmungsgeist war nicht mehr zu zügeln. Eines Tages verlor er bei einem seiner kunstvollen Sprünge vom Zehnmeterturm sein Gebiß im Wasser. Die Befürchtung, er werde ständig nach einem meisterhaften Sprunge zahnlos wieder auftauchen, ließ ihn die Turmspringerei für immer an den Nagel hängen – obwohl man ihn dafür bereits mit Auszeichnungen und Medaillen dekoriert hatte.

Vater war, zwar noch immer mager wie ein Windhund, durch die schwere körperliche Arbeit unwahrscheinlich zäh geworden. Auch in seinem Charakter und in seinen Ansichten. Was er sich in den Kopf gesetzt hatte, setzte er auch in die Tat um. Bevor der Einberufungsbefehl ihn ergreifen konnte, ergriff Vater die Flucht. Aus der Schweiz trafen spärliche Kartengrüße ein, die Mutter beim Kohlenschippen ermutigen sollten. Vater war dem Tod auf dem Feld der Ehre durch eine Krankschreibung erst einmal entwischt. Wieder zurückgekehrt, wurde er vom Kriegsdienst reklamiert, da man seiner Muskelkraft im »tausendjährigen Reich« bedurfte.

»Wenn ich schon falle, dann nur vom Dach!« sagte er und stieg bei Bombenangriffen auf den First unseres Hauses. Das war nicht Tollkühnheit oder ein Mutbeweis wie beim Turmspringen. Ihm graute davor, im Keller mit seiner Familie verschüttet und unter den Trümmern begraben zu werden. Wenn schon Schluß sein sollte, dann sollte es wenigstens schnell gehen. Im Keller, zu ebener Erde oder ein wenig darunter, sah man nur das, was einem das vergitterte Kellerfenster vom Krieg zeigen wollte. Ein paar Steine, hin und wieder eine Anzahl rennender Beine. Oben auf dem Dach fühlte er sich frei, obwohl der Krieg sich ihm von dort aus in seinem ungeminderten Schrecken offenbarte. Von oben sah Vater, der aus dem Keller geflohen war, das

Chaos. Häuser flogen in die Luft. Trümmer krachten, alles unter sich zermalmend, auf die aufgerissenen Straßen. Kinder wimmerten verzweifelt. Männer und Frauen flüchteten mit ihrer letzten Habe. Sinnlos hatten sie im Wirrwarr des Grauens zu Gegenständen gegriffen, die sie wie Reichtümer gegen die Brust drückten: Blumenvasen, Fotoalben, Kochtöpfe. Eine leere Milchkanne. Ein zerschlissenes Federbett.

Unser Haus blieb verschont. Die zusammenstürzenden Häuser, die verstümmelten Kinder, die sich krümmenden Leiber hatten einen Gedanken in Vaters Schädel eingehämmert: »So was nie wieder! Nie, nie wieder Krieg!«

Die Sowjetarmee zog in die Stadt ein. Vater schleppte Strohbündel auf unseren Dachboden und richtete für fünfzehn Soldaten ein Nachtlager her. Unsere Wohnstube überließ er den Soldaten als Aufenthaltsraum. Er wollte seinen Teil beitragen zum Frieden. Am ersten Tag sahen sie unsere Familie als Feinde. Nur der Oberst radebrechte mit uns ein paar Worte. Am zweiten Tag sprach fast jeder der Soldaten ein paar Brocken Deutsch. Am letzten Tag waren Hans und Betty Freunde von Michail, Iwan, Wowa und Maxim.

Der Arbeiter-und-Bauern-Staat wurde gegründet. Einzelne Bürger bekamen den Begriff »Volkseigentum« in die falsche Kehle. In einer finsteren Nacht befreiten sie Vater von Kreissäge und zweihundertfünfzig Sack Briketts. Vater gab die Kohlenhandlung auf. Er arbeitete nun hauptamtlich in der Nationalen Front.

Bestimmte das Sein sein Bewußtsein? Ohne Briketts und ohne Holz gehörte er zu den vielen, die ebenfalls ohne Heizmaterial waren. Er wurde Genosse, damit es warm und hell in allen Stuben werde. Mutter und ich sahen ihn fast nie. Er agitierte auf Hausversammlungen, schrieb Referate, hielt sie, bastelte für ... zig Häuser Hauswandzeitungen, warb für die Nationale Front und las bis tief in die Nacht hinein Broschüren.

Allmählich wurde auch Mutter des Daheimbleibens überdrüssig. Sie lernte Schweißerin und betätigte sich nach Feierabend unermüdlich im DFD. Schließlich wurde auch sie Genossin. Beide diskutierten in verschiedenen Stadtbezirken. Beide wurden auf verschiedene Parteischulen delegiert. Beide vertraten eine Meinung zum IV. Parlament: Wir brauchen in unserem Haus noch mehr Möglichkeiten als nach dem Kriege, um Menschen gastfreundlich unterzubringen.

Dreißig Jungen und Mädchen diskutierten auf dem Dachboden unseres alten Mietshauses über den Sozialismus. Wieder ähnelte unsere Stube einem Versammlungsraum, und stolz nagelte Vater ein blechernes Schild an die Hauswand »Haus der besten Gastfreundschaft«!

Als die Schwielen an seinen knochigen Händen weich zu werden begannen, erhärtete sich in Vaters Schädel die Vorstellung vom Glück und Befriedigtsein bei körperlicher Arbeit. Zu sehr war er an sie gewöhnt. Sehen wollte er, was er noch leisten konnte. Denn bei der Arbeit mit den Menschen waren sichtbare Erfolge selten. Insgeheim mochte er wohl vor sich selber den Beweis antreten wollen, noch nicht zum »alten Eisen« zu gehören. Vater lernte Gießer. Irgendwann danach wurde er Former, AGL-Vorsitzender und Stadtverordneter. Er war ständig unterwegs und immer auf dem Wege. Er arbeitete am Tage und las und schrieb in der Nacht. Seine Brille wurde stärker, das Augenlicht schwächer. Vater bekam den grauen Star. Er wurde operiert. Der grüne Star ließ nicht auf sich warten. Ein Auge wurde blind, Vater schwerbeschädigt.

Aber nicht einmal jetzt findet er Ruhe. Er arbeitet seitdem als Nachtpförtner, weil er fest überzeugt ist, daß »man erst nachts so richtig die Ruhe zum Lesen findet«. Er liest und liest. Das, was er in seiner Jugend versäumt hat, holt er jetzt doppelt und dreifach nach. –

Die siebzig Jahre, auf die er zurückblicken kann, waren harte Jahre gewesen. Kaum Freizeit, kaum Familienleben. Für Vater war es ein erfülltes Leben. Auch wenn er jetzt ein bißchen müde geworden ist. Ich glaube schon, daß er das Recht hat, ein wenig stolz auf sich zu sein. Dabei wünsche ich nichts sehnlicher, als daß die anderen ein wenig stolz auf ihn sind und es ihn gelegentlich auch fühlen ließen. So etwas, das weiß ich, würde Vater wieder einen gehörigen Auftrieb geben. Vielleicht würde es ihn weniger schmerzhaft empfinden lassen, daß jetzt Jüngere die Arbeit verrichten, die er als Jüngerer getan hat. Daß die Jugend nachrückt und nicht schlechter ist, als es die Alten waren.

Mein alter Vater! Klaus und ich beglückwünschen ihn von ganzem Herzen. Tino entblättert unterdessen die Rosen, die wir ihm in die Hände gedrückt haben. Vater ist ergriffen. Seine trüben Augen versuchen ein Lächeln.

Im Briefkasten steckt eine Karte von seinen Genossen.

»Lieber Hans! Wir beglückwünschen Dich zum Siebzigsten und wünschen noch lange Jahre voller Gesundheit und Schaffenskraft.«

Waren achtzehn Stufen bis zur Wohnungstür zuviel?

Juli 1968

»Mein Gott, was packst du bloß alles in den Koffer? Wir fahren doch nicht zur Modenschau. Ich nehme nicht mal einen Anzug mit, und du stopfst die Sonntagabendausgehgarderobe ins Gepäck. Vergiß nicht, daß wir dort im Lande fliegen. Wir müssen Gebühren nachzahlen, wenn die Koffer zu schwer sind.«

Ich sehe mich »im Lande fliegen« – rechts und links je einen Koffer an den gespreizten Armen und an den ausgestreckten Füßen einen winzigen Propeller zum Zwecke der Vorwärtsbewegung.

Unterdessen sitzt Klaus wieder auf dem vollgepfropften Luftkoffer und müht sich vergeblich, die Schlösser zum Einschnappen zu bewegen.

»Scheiße!« Klaus reißt den Koffer auf, zerrt zwei Kleider und ein paar Blusen heraus, wirft sie wütend auf den Fußboden und bekommt den Koffer endlich zu. Er funkelt mich durch die Brillengläser zornig an, als hätte ich im Koffer gesessen und mich absichtlich dick gemacht. Dabei bin ich ganz ernsthaft der Meinung, daß vier Kleider, zwei Hosen, zwei Röcke und sechs Pullis für einen vierzehntägigen Urlaub im Ausland nicht zuviel sind. Immerhin sind wir drei Tage in der Hauptstadt. Überhaupt, ich möchte als Deutsche dort gern einen guten Eindruck hinterlassen. Nicht nur äußerlich.

Mutter nimmt uns den Sohn ab. Schweren Herzens, ich muß es zugeben. Sie opfert ihren Urlaub, damit wir unseren genießen können. Windeln waschen, dazu in ihrem Alter, ist keine Erholung. Außerdem ist Tino selbst mit sauberen Windeln ein kleiner merkwürdiger Junge. Man erlebt so wenig Erfreuliches mit ihm. Noch immer kann er nicht sitzen. Vom Stehen oder Laufen ganz zu schweigen. Mit vielen Kissen im Rücken sitzt er zwar einigermaßen. Aber er verliert sofort wieder das Gleichgewicht und kippt nach vorn, sobald der Kinderwagen anruckt oder er selbst in die andere Richtung sehen will. Dabei ist er schon über ein Jahr alt. Auf der Mütterberatung ist man mit seinem Gesundheitszustand sehr zufrieden.

»Frau Riezy, der Junge ist ein Spätentwickler. Das gibt's oft. Da brauchen Sie sich keine Sorgen zu machen. Sie sollen mal sehen, was Ihnen der kleine Kerl noch für Freude machen wird.«

Hoffentlich bereitet er die angekündigte Freude nun meiner Mutter. Schön wäre es für sie, wenn er ausgerechnet bei ihr etwas Neues dazulernen würde. Seinem modernen Großvater täte so ein Erfolgserlebnis auch gut. Nie hätte Vater mich im Kinderwagen spazierengefahren. Nie! Es wäre ihm albern und unmännlich vorgekommen. Aber die »neue Zeit« hat anscheinend seine überalterten Männlichkeitsbegriffe über den Haufen geworfen. Jetzt jedenfalls kutschiert er stolz seinen Enkel bis zum Park. Vater trifft auf seinen Enkelspazierfahrten durch die dichtbelebten Straßen unserer Vorstadt häufig alte Freunde, die ihn ums Kinderwagenfahren beneiden. Manchmal klopft ihm auch einer auf die Schulter und hänselt:

»Na, alter Junge, haste dich noch mal ins Zeug gelegt?«

Oder ein anderer:

»'s hat sich wohl wieder mal kein Dummer gefunden? Da ham se 'n Rentner den Zaum umgelegt.«

Vater ist durch nichts und niemanden zu erschüttern. Er schiebt. Vierzehn Tage lang wird er mit Tino nun durch die Anlagen spurten, während wir im Ausland »im Lande fliegen«.

•

Ferien! Es gibt wohl kaum einen Schreiber, der nicht schon gelehrte, heitere oder besinnliche Worte zu diesem Thema strapaziert hätte.

Demzufolge müßte es sich für mich erübrigen, auch noch ein Scherflein beizutragen.

Ich will nur sagen: Birkenwälder haben einen Duft – einen Duft haben die –, man könnte vor Zärtlichkeit das Herz in die Hand nehmen und vor ihre Wurzeln legen. So ein Duft ist das.

Und ein Wort zu einem Strom, dem längsten in Europa. Breit und ruhig fließt er durchs Land. Nur winzige Wellen kräuseln bei einem Windstoß die Oberfläche. Als wir ihn sahen, glitzerten Sonnenstrahlen in goldenen und rötlichen Lichtreflexen auf seiner ganzen Breite. Die Luft roch nach Wärme und Sommer.

Die Stadt an dem ruhigen, mütterlichen Fluß ist jung. Blumenrabatten umkränzen die Grünanlagen mit den noch nicht allzu hohen Bäumen. Über bezopften kleinen Mädchen gaukeln Schmetterlinge. Nur wenige Großväter genießen die Sonnenkringel und die »Prawda« auf den Bänken des Parks, der sich mitten durch die Stadt zieht. Die Stadt ist schön – ohne baufällige alte Häuser, ohne bröckelnden Putz.

Aber auch ohne alte Menschen. Meiden sie die Stadt? Meiden sie den Fluß, an dessen Ufer eine zerschossene Mühle steht? Die letzte Ruine aus dem vergangenen Krieg.

Es gibt keine alten Menschen mehr in dieser Stadt. Die, die jetzt alt wären und die Ruhe der Parkbänke genießen könnten, haben in ihrer Jugend diese Stadt verteidigt und ihr Leben dabei verloren. Das Gefühl, ausgerechnet in dieser Stadt ein Deutscher zu sein, ist deprimierend. Wie gern wäre ich hier Franzose, Schwede oder Engländer. Nur nicht ich selbst. Dabei ist dieses Gefühl nicht berechtigt. Ich bin jetzt fünfundzwanzig Jahre alt. Fünfundzwanzig Jahre jung. Als unsere Väter in dieser Stadt die »deutsche Nation« verteidigten, dabei versuchten, eine andere auszurotten, war ich noch nicht geboren. Wie sollte ich da schuldig geworden sein? Macht mir überhaupt jemand einen Vorwurf? Es ist selbstverständlich, daß unsere Reisegruppe nicht am Ende der Schlange vorm Mausoleum in Moskau zu warten brauchte. Und ebenso selbstverständlich reagiert man hier in dieser Stadt auf die Blumen, die wir als Deutsche am Grab des unbekannten Soldaten niederlegen. Am Grab tausender unbekannter Soldaten, die von unseren Vätern niedergemetzelt wurden. Von uns, der nächsten Generation, erhalten sie Blumen.

Ganz tief in meinem Innern bleibt die Frage offen: Wer denkt denn wirklich noch an sie, die tausend Unbekannten? Wem sagen die Namen Tadischtschew, Kabanow, Ulitschew, Iwanow etwas? Unsere Reisegruppe besieht sich stummen Mundes die eherne Hand, die, aus dem Boden gewachsen, die Fackel des ewigen Feuers hält. Wo weilen die Gedanken jedes einzelnen? Sieht mancher im Geiste vor sich, was hier vor Jahrzehnten geschah? Stumm stehen sie alle. Aus Ergriffenheit? Aus Anstand? Wer denkt daran, daß sich hinter den Namen auf den riesigen Tafeln getötete Menschen verbergen? Daß jeder Name vor fünfundzwanzig Jahren ein warmblütiger, empfindender Mensch war. Ein lebender Mensch.

Unbekannte gefallene Soldaten. Unbekannte weinende Mütter. Wer denkt wirklich tief im Innern an sie, wenn er vor dem ewigen Feuer steht?

Ich will nicht mehr an den Krieg denken. Ich will mir nicht mehr den Krieg vorstellen, die Kälte und die gefrorenen Tränen auf beiden Seiten. Ich will nicht.

Was hatten die Deutschen an der Wolga zu suchen? Dasselbe wie die Amerikaner in Vietnam heute? Oh, ich habe diese Kriege satt! Sie bedrücken mich. Sie erdrücken mich. Ich habe alle Kriege satt, ganz gleich, wo sie stattfinden oder noch Unheil über die Menschen bringen. Und mein Gehirn, bestimmt nicht das klügste auf der Erde, kann nicht erfassen, wieso bedeutend klügere Gehirne als meins nicht Macht und Stärke entwickeln können, die ein für allemal alle Kriege unmöglich machen.

Fordere ich Mitleid mit den erfrorenen, verhungerten, erschossenen deutschen Vätern? »Darf« ich mit ihnen Mitleid haben? Oder wo steckt da meine Menschlichkeit? Hört sie bei den Leiden von Aggressoren einfach auf? – Ich habe Mitleid. Ja, ich habe es. Obwohl sie im Unrecht waren und unbeschreibliches Elend über viele Menschen gebracht haben. Ich komme nicht dagegen an, auch wenn mein politisches Bewußtsein rebelliert.

Ist das Menschlichkeit?

Wenn dich jemand auf die rechte Backe schlägt, so halte ihm noch die linke hin. Könnte ich mich so verhalten? Schlüge ich nicht zurück? Käme einer haßerfüllt, um mein Kind zu töten, hätte ich Mitleid mit ihm, wenn ich ihn verwundet wiederträfe?

Die gefangenen Deutschen kamen in Lager, in denen es ihnen bestimmt nicht rosig erging. Aber ich bezweifle, daß Kranke und Verwundete auf Befehl hin mißhandelt wurden. Ich will es bezweifeln. Weil ich an die Menschlichkeit der sowjetischen Menschen glaube. An die Menschlichkeit der Vietnamesen, die ihre Gefangenen auch am Leben lassen. Ich möchte, daß sich menschliche Systeme auch im Ernstfall menschlich verhalten. Ich möchte, daß sie besser sind als ich. Denn ich würde denjenigen, der es wagen sollte, mein Kind, meine Eltern, den Mann, die Freunde anzurühren, erschlagen, erschießen, erwürgen. Ich wäre ohne Mitleid.

Ich möchte, daß die Rotarmisten im damaligen Stalingrad besser waren, als ich es in der gleichen Situation wäre.

August 1968

Selbst wenn man nur vierzehn Tage der gewohnten Umgebung fernbleibt, wird das Gewohnte neuartig. Man ist gespannt, ja fast neugierig, wie man Vertrautes wiederfindet. Der Blick für Veränderungen, und seien sie noch so winzig, ist geschärft. Allzu Gewohntes wird wieder reizvoll.

Die Daheimgebliebenen spüren von all dem nichts. Sie haben die Stunden wie immer verlebt, haben Alltägliches alltäglich verrichtet und wundern sich daher nicht wenig über die Entdeckungen, die der Heimgekehrte macht.

Klaus und ich waren wieder daheim. Moskau und Wolgograd hatten uns mit Eindrücken erfüllt, die sicher noch lange Zeit Gesprächsstoff und Grund zu Überlegungen sein würden. Doch dieser Urlaub hatte keine gelöste Zufriedenheit und entspannte Sorglosigkeit mit sich gebracht. Obwohl wir uns diese Reise selbst ausgesucht hatten, war sie doch zu einer geistigen und körperlichen Anstrengung für uns geworden. Klaus' Füßen waren die nicht endenwollenden

Straßen und Alleen nicht gut bekommen. Trotzdem hatte er wacker durchgehalten und abends fast staunend die zu unförmigen Fladen angeschwollenen Füße betrachtet. Mich konnte die Ruhe des Stroms nicht über die Leichen hinwegtrösten, auf denen wir im Grunde genommen herumtraten.

So waren wir beide fast erleichtert, als der Urlaub im Ausland seinem Ende entgegeneilte. Hier, in der vertrauten Stadt, der geliebten Wohnung verließen uns Anspannung und Anstrengung der ungewohnten Fremde. Wir genossen die Ruhe der gewohnten Umgebung. Erfreuten uns an veränderten Schaufensterdekorationen, am neu gewachsenen Blatt des Gummibaums. Wir erlebten bewußt die kleinen beglückenden Alltäglichkeiten.

Und heute nun, zwei Tage nach unserer Ankunft, holen wir unseren Jungen heim. Ob er uns lachend die Ärmchen entgegenstrecken wird? Ob seine wenigen blonden Fusseln auf dem Kopf schon zu richtigen Haaren herausgewachsen sind? Vielleicht rennt er uns sogar entgegen?

Großmütter bilden sich ja immer ein, bessere Mütter als die Mütter der Enkel zu sein.

Vielleicht haben sie recht?

»Du, Klaus, ich bin richtig aufgeregt. Stell dir bloß mal vor, der Mäuserich sagt ›Mama‹ oder ›Papa‹ zu uns?«

»Na, so schnell geht's ja nun doch nicht. Der Dicke wird höchstens strahlen, wenn wir ihm Torte mitbringen.«

»Torte!!! Die Pelzmütze ist doch auch nicht übel mit den schicken Ohrenklappen. Bestimmt sieht er wie ein Kosmonaut damit aus.«

»Ja, und schöne Bänder dran, damit das Kind daran lutschen kann.«

»Sei doch nicht so. Nach so einer Mütze greift er bestimmt. Die ist weich und wuschlig. Das mag er. Das Gummieichhörnchen nimmt er sicher auch in die Hand. Wirst schon sehen.«

»Warten wir's ab.«

Im stillen hadere ich mit Klaus, weil er meinen strahlenden Optimismus nicht teilt. Aber Tino wird's ihm schon beweisen.

Leise drücken wir die großelterliche Klinke nieder, um den Jungen, falls er schlafen sollte, nicht zu erschrecken. Mutter kommt aus der Küche. Sie trocknet sich die Hände an der Schürze ab. Vater tritt aus der Stube. Die Zeitung hat er nicht aus der Hand gelegt.

»Herzlich willkommen wieder zu Hause. Na, wie war's? War's schön?«

Vater sagt bloß: »Guten Tag.« Und dann: »Kommt 'rein in die gute Stube.«

Nicht, daß die Stimmung in der großelterlichen Wohnung gedrückt gewesen wäre. Aber irgend etwas scheint nicht in Ordnung zu sein.

»Wo ist denn unser Schatz? Schläft er? Ist er gesund?«

»Aber ja doch. Macht nicht so laut. Ihm geht's gut.«

Mutter schließt die Tür besonders behutsam. Vater rückt möglichst geräuschlos die Stühle. Um Himmels willen, sollten die beiden alten Leute derartig merkwürdig mit unserem Sohn verfahren sein? Er ist doch kein Prinz auf der Erbse.

Mutters Blicke gleiten über mein Gesicht, prüfend. Und als ich sie dabei ertappe, täuscht sie plötzlich Heiterkeit vor. Sie müht sich, unbeschwert zu lächeln, und fährt mir betont mütterlich übers Haar. Irgend etwas stimmt da nicht. Wann hat Mutter schon mal zärtlich mein Haar berührt? Ich kann mich überhaupt nicht mehr daran erinnern.

»Ist was?«

»Nein. Wie kommst du darauf?«

Mutter nimmt umständlich die Brille ab und putzt gründlich die Gläser. Vater sitzt nach vorn gebeugt im Sessel. Seine Beine sind ein wenig gespreizt. Und seine Arme stützen sich auf die Knie. Er betrachtet so eingehend das Teppichmuster, als müßte er in Kürze über dessen Verschlingungen und Farbzusammenstellungen eine Prüfung ablegen.

»Ist was, Vater?«

»Ach, was soll schon sein?«

Er blickt hoch, holt tief Luft und widmet sich wieder dem Teppich.

»Na, redet doch schon. So eine Stimmung ist doch nicht zum Aushalten. Ist jemand in der Nachbarschaft gestorben?«

Ich hatte im Laufe der Jahre mitbekommen, daß die Eltern immer bekümmerter wurden, wenn jemand aus ihrem Bekanntenkreis starb. Insgeheim wurden sie sicher von dem für sie furchtbaren Gedanken gequält, daß die Bekannten alle in ihrem Alter seien und sie deshalb nun auch bald »an der Reihe« wären.

Mutter und Vater schütteln wie auf Verabredung den Kopf.

Klaus schüttelt ihn auch, resignierend. Er flüchtet in die Küche.

Nun beginnen sie wieder behutsam, vorbereitend, tastend zu blikken. Vaters Augen, die immer etwas trübe aussehen, scheinen zu Händen zu werden. Sie streicheln mich behutsam, drücken mich an sich, als wollten sie mich vor etwas Unbekanntem, Schrecklichem beschützen. Von Mutters Wange tropft eine Träne.

»Um Himmels willen, so redet doch! Ist euch was passiert? Seid ihr krank? Habt ihr eine schlechte Nachricht bekommen? Sagt doch endlich was!«

Mein beklommenes Gefühl steigert sich zu kalter Angst. Tino! Aber mit Tino konnte doch nichts sein. Unsere erste Frage hatte ihm gegolten. Seiner Gesundheit, seinem Wohlbefinden. »Aber ja doch. Ihm geht's gut.« Mutter hatte rasch geantwortet. War ihr eine Lüge über die Lippen gekommen, um unser Urlaubslächeln nicht von den Gesichtern zu wischen, um den Redeschwall über Erlebtes nicht zu dämpfen?

»Fehlt dem Tino doch etwas?«

Ich rüttle Mutter an den Schultern. Ihr Blick geht mir durch und durch. Es ist die reine Verzweiflung.

»Wie sollen wir dir das sagen? Es ist nichts Genaues. Nur eine Ahnung. Ein Gefühl. Verstehst du?«

»Ich verstehe gar nichts. Red doch weiter!«

»Stimmt's, Vater, du bist meiner Meinung?«

Vater nickt stumm. Jetzt sitzt er nur noch auf der Sesselkante. Er sieht aus, als wolle er im nächsten Moment aufspringen und aus dem Zimmer laufen.

»Weißt du«, Mutter neigt sich beschwichtigend zu mir herüber, »weißt du, es ist... Nein, so geht es auch nicht.«

Sie gibt sich einen Ruck, setzt sich aufrecht hin und beginnt von neuem. »Weißt du, euer Tino ist ein und ein Viertel Jahr alt. Du brauchst nichts einzuwenden. Ich weiß, er ist noch klein. Und alles kann noch kommen. Jaja, ganz bestimmt. Hoffentlich. Aber...«

Mutter atmet die Luft hörbar ein, und mich läßt die Unruhe nicht mehr still sitzen.

»Na, na«, begütigt Vater. »Red doch schneller. Spannst ja die Kleine auf die Folter.«

»..aber Vater und ich haben das Empfinden ... Vater! Sag du doch etwas dazu! Du sitzt bloß stumm da. Wie ein Fisch. Wir waren doch der gleichen Ansicht.«

»Was soll ich denn sagen? Du bist doch hier die... Also, weißt du, meine Kleine, der Tino ... mit dem Tino ist...« Vater schweigt und sieht mich, wie um Verzeihung bittend, an.

Nun fallen die Worte wie Tropfen von Mutters Lippen. Immer schneller. Immer schwerer.

»Traudl. Mit Tinos Kopf muß was nicht in Ordnung sein. Ich habe keinen Beweis. Keine direkten Anhaltspunkte. Aber andere Kinder in dem Alter sind schon viel weiter. Die halten die Bockwurst in der Hand, beißen ab, lachen und sagen ›Mama‹ und ›Papa‹. Und ›Oma‹. Unser Kleiner greift nicht mal zu. Da kannst du ihm Schokolade oder Spielzeug hinhalten. Er guckt nicht mal richtig hin. Andere Kinder laufen schon. Unserer sitzt nicht mal. – Ich will dir nicht weh tun. Das weißt du. Nicht wahr? Du weißt es doch, ja? Sag was.«

Mutter bettelt. Ich kann nicht sprechen. Nicke.

»Uns ist der Gedanke furchtbar. Ganz, ganz furchtbar. Aber mit Tino stimmt wirklich etwas nicht. Eher konnten wir es ja nicht merken. Waren doch immer nur mal auf die Schnelle bei euch. Wenn man zu Besuch ist, da fällt einem vor Freude über den kleinen Kerl natürlich nichts weiter auf. Und weil du täglich mit ihm zusammen bist, merkst du auch nichts. Du denkst, es muß alles so sein. – Jetzt allerdings, wo wir ihn vierzehn Tage hintereinander hatten... Uns ist himmelangst geworden.«

Stille. Ich hab das Gefühl, als setze mein Herzschlag aus, und die Haare richten sich einzeln auf. Dann quillt Empörung hoch. Fast schreie ich:

»Wie könnt ihr so etwas sagen? Was fällt euch ein? Der Junge soll unnormal sein? Wo der so lieb lächelt und so lustige Augen hat, wenn er lacht? Wo der noch nie krank war? – Und überhaupt: Wir sind völlig normale Eltern. Die Schwangerschaft war, bis auf das leidige Erbrechen, normal. Ich bin nie gestürzt. Die Entbindung verlief ordnungsgemäß und schnell. Wieso soll der Tino dann was am Kopf haben? Ausgerechnet *mein* Junge! Ich möchte wirklich wissen, wie ihr darauf kommt. Nur, weil sich bei ihm alles langsamer entwickelt als bei anderen Kindern? Es ist nicht eines wie das andere. Und unserer ist ein Spätentwickler. Das haben die auf der Mütterberatungsstelle gesagt. Und die können das schließlich nicht aus der Luft greifen. Wie oft soll ich das noch wiederholen?«

Ich rede und rede. Rede mir meine ganze plötzliche Furcht vom Herzen. Ersticke bewußt den Keim des Gedankens, daß es »so sein« könnte. Befreit atmen Mutter und Vater auf. Ein riesiger Gesteinsbrocken scheint ihnen bei meinem Wortschwall vom Herzen gefallen zu sein. Inständig haben sie wohl so eine Reaktion von mir erhofft.

»Na, wenn du meinst, Kleine. Und wenn es die von der Mütterberatungsstelle gesagt haben, dann muß es schon stimmen. Die müssen es ja wissen. Haben schließlich drauf studiert.«

Aufatmend stellt Mutter Kaffeetassen auf den Tisch. Der selbstgebackene Kuchen duftet lecker. Klaus hat unterdessen in der Küche Kaffee gekocht. Wie es aussieht, hat er nichts von unserer Unterhaltung vernommen.

»Sag ihm nichts!« betteln Mutters Augen.

»Das bleibt doch unter uns, nicht wahr?« bitten Vaters Augen.

Tino kräht vergnügt und wird in die Stube geholt. Er hat ausgeschlafen und läßt sich geduldig von uns herumwursteln und schmusen. Wir sind besonders lieb und zärtlich zu ihm. Leisten wir im stillen Abbitte? Ich kann mich nicht beruhigen und küsse seine großen braunen Augen, die Wangen, seine Knubbelnase und den winzigen, feuchten Mund. Klaus schüttelt verständnislos den Kopf.

»Na, laß ihn am Leben. Der Ärmste ist schon völlig durcheinander. Du tust gerade, als hättest du ihn ein Leben lang nicht gesehen. – Komm zum Papi, mein Kleiner. Komm, ich schenke dir was.«

Stolz wickelt er die Pelzmütze aus dem groben Packpapier und hält sie seinem Sohn hin.

Tino greift begehrlich nach den Bändchen, um sie eilig in den geöffneten Mund zu schieben.

»Was hab ich gesagt! Vater hat wieder einmal recht gehabt.«

Übermütig reißt mir Klaus den Jungen aus dem Arm, wirbelt ihn hoch in die Luft und fängt ihn lachend wieder auf. Tino gibt entzückte kleine Töne von sich. Oma und Opa strahlen. Mir wird es mit einem Mal so leicht ums Herz. Was für ein süßer Bengel ist doch unser Junge!

Nun nimmt Mutter ihn auf den Schoß und füttert ihn mit zerkleinerten Kuchenstücken. Da ... Tino strengt sich an. Er stemmt seine Beine gegen ihren Schoß. Er schiebt sich langsam an Mutter nach oben. Er will sich aufrichten. – Ich halte die Luft an. Flehe inbrünstig, daß er es schaffen möge. Gerade heut hängt so viel für uns davon ab. Vater hält die Kuchengabel auf halber Höhe so krampfhaft fest, daß sie in seiner Hand zittert. Klaus' Augen sind erstaunt aufgerissen. Und Mutter sitzt, ohne sich zu rühren. Bereit, bei jeder winzigen noch so falschen Bewegung des Jungen sofort hilfreich zuzugreifen.

Tino steht. Fast eine halbe Minute hält er es stehend aus. Dann bumst er leicht mit dem Gesicht gegen Mutters Schulter. Unser Jubel will kein Ende nehmen. Wir küssen den Jungen vor Glück, bis er zu weinen anfängt.

Tino unnormal? So ein Unfug.

Oktober 1968

Ich kenne eine stattliche Anzahl Menschen, die unangenehme, unerfreuliche oder strapaziöse Aufgaben wie eine vollbeladene Schubkarre vor sich her schieben. Tag für Tag. Woche für Woche. Bis die Karre umkippt oder die Kraft zum Weiterschieben fehlt. Dann wird das längst Fällige in eiliger Beklommenheit und mit leiser Beschämung doch noch verrichtet. Danach erhebt man sich wieder und faulenzt, des Übels nicht gedenkend. Bis man auf diese Weise nach

Tagen wieder zur allmählich voll gewordenen Schubkarre greifen und schieben muß. Ich will nicht rechten. Auch ich habe manchen Pferdefuß.

Ich bin sehr vom Wetter abhängig. Gute Erlebnisse bei gutem Wetter beflügeln mich wie Ikarus. Unangenehme Aufgaben beschweren mich bei blauem Himmel weit weniger, als wenn es draußen vor Nebelnässe nicht hell werden will. Andererseits beglücken mich angenehme Verrichtungen bei niesligem, feuchtem Wetter nur halb, weil meine unerfüllten Sehnsüchte auf der Suche nach Sonne zwischen Regenwolken umherirren.

Ganz schlimm wird es, sobald ich unerfreuliche Angelegenheiten bei schlechtem Wetter zu bewältigen habe. Wohl wissend, was mir an Mißlichem bevorsteht, werde ich morgens erst gar nicht richtig wach. Der Kaffee mundet nicht, weil die Zahnpasta nicht geschmeckt hat. Und die Brötchen schmecken muffig, weil der Kaffee mir den Geschmack an ihnen verdorben hat. Immer finde ich eine sogenannte Ursache, die meinen Mißmut hervorgerufen haben könnte. Und wenn dann das eigentlich Unerfreuliche kommt, habe ich ihm keinen fröhlichen Widerstand entgegenzusetzen. Und bin so nieslig wie das Wetter draußen.

Diese Woche zum Beispiel pfiff unentwegt ein eisiger Wind durch die ungemütlichen Straßen. Verschmutzte Papierfähnchen und welke Blätter trieb er vor sich her. Welke Blätter in verstaubten Straßen vom Wind zu herbstlichen Tänzen gezwungen, verdrießen mich. Sie bringen zu sehr die Gewißheit mit sich, daß von nun an auf den Feldern und im Garten ein großes Schweigen sein wird. Daß zur Ruhe ging, was ich am liebsten mit Gewalt zum Jubeln gebracht hätte. Den Kreislauf der Natur würde ich anhalten, könnte ich mich damit vor dem bevorstehenden Grau, Braun und Weiß der letzten Tage des Jahres retten.

Bereits vierzehn Tage lang ist mir nur der Glauben an das Vorhandensein einer Sonne geblieben. Nicht ein einziges Mal lugte sie durch aschfarbene, speckige Wolken, um wenigstens die klammen Finger und geröteten Nasen zu erwärmen. Bei solch ungastlichem Wetter muß ich dreimal wöchentlich von 8 bis 9 Uhr mit dem Sohn in eine physiotherapeutische Abteilung traben. Dreimal wöchentlich kilometerlanger Lauf bei Regen und Sturm, da sinkt die Gemütsfassung auf den Tiefpunkt.

Mutters aufrüttelnde Worte nach dem Urlaub hatten mir eine beredte Zunge verliehen. Meine Schilderung von Tinos Gesamtzustand und seinem motorischen Fehlverhalten beeindruckten die Ärztin auf der Mütterberatung derartig, daß sie schleunigst eine Überweisung für die Orthopädie ausschrieb.

»Wir lassen erst einmal seine Muskulatur überprüfen und fördern sie«, erklärte mir die Ärztin und blickte nachdenklich auf Tinos entblößte Beine, die dickfleischig und rund vor ihr lagen. Der Junge strampelt selten mit ihnen. Und meine einstige Freude über so ein braves Kind ist einer leisen Besorgnis gewichen, daß es »so« wohl doch nicht ganz in Ordnung ist, »so« ruhig, »so« artig dazuliegen.

Trotz der Überweisung dauerte es ein Weilchen, ehe wir mit dem Turnen an der Reihe waren. Querschnittslähmungen, ehemals gebrochene Beine, Rückgratverkrümmungen – jeder Patient benötigt Zeit zur Behandlung. Und ausgerechnet jetzt, wo das Wetter keins mehr ist und der Körper nur noch aus kalten Füßen besteht, sind wir an der Reihe. Naß kommt man dort an, wickelt eilig das Kind aus den molligen Sachen, schaut bei den gymnastischen Übungen zu, wickelt das Kind wieder ein und macht sich schließlich, selbst kaum getrocknet, erneut auf den beschwerlichen Heimweg.

Man kann bei Gegenwind keinen Schirm in den Händen halten. Alle Kraft braucht man für den Kinderwagen. Was machen Mütter, die drei oder mehr Kinder bei Regen in Ohren-, Hals- und Nasenkliniken oder gar zum Zahnarzt begleiten müssen? Eins im, eins am Wagen und eins an der Hand. Naß werden sie alle. Bis auf den Schirm. Der bleibt trocken. Dann das stundenlange Warten in feuchten Sachen, mit feuchten Kindern, bei großem Gebrüll.

Wir gehen glücklicherweise nur zur Gymnastik. Dort brauchen wir nicht zu warten. Wenn wir pünktlich sind. Ich bemühe mich oft erfolglos um Pünktlichkeit, vor allem bei schlechtem Wetter. Ständig werde ich daher von meinem Mann belehrt:

»Pünktlichkeit ist eine Zierde der Könige.«

Mich wundert's, daß man ihn noch nicht gekrönt hat. Er ist in dieser Beziehung ein königlicher Mann und des Zepters würdig. Ich überschreite nie, auch nicht bei unzumutbarem Wetter, das akademische Viertel. Darin liegen mein Ehrgeiz und meine Zuverlässigkeit. Bei Sonnenschein gönne ich mir genüßlich ein paar Minuten Verspätung, bei Regen die ganze Viertelstunde. Dieses Viertelstündchen des »Vorsichherschiebens« der bevorstehenden Pflichten läßt in mir stets einen kleinen Triumph aufkommen: Ich bin stärker als das Regenmatsch- und Pfützenwetter. Denn ich sitze noch im Trocknen. *Noch* kann es mir nichts anhaben. Kaum stehe ich jedoch auf der windigen, glitschigen Straße, die Strümpfe bespritzt bis zur Kniekehle, die Jacke durchnäßt bis auf den Rücken, wird mir wieder bewußt, daß dieser Oktobernieselregen mich besiegen und meinen Triumph ertränken wird. Meine letzte Energie strömt in die Beine. Ich galoppiere durch Pfützen und über Bordkanten, um die Galgenfrist von fünfzehn Minuten nicht zu überschreiten. Tinos »Turntante« rechnet schon im voraus mit unserem nicht ganz pünktlichen Eintreffen und wartet geduldig und freundlich auf uns. Wir belohnen ihre Geduld mit Blumensträußen oder hin und wieder mit einem Kaktus. Wie wohltuend, so nachsichtig über einen, wie ich fest überzeugt bin, angeborenen Mangel an Zeitgefühl hinwegzusehen. Schon deshalb gefällt mir die Frau. Sie ist in meinem Alter, von frischem und gesundem Aussehen und einer nie versiegenden Herzlichkeit. Sie behandelt Tino mit so viel Liebe und Einfühlungsvermögen, daß der anfangs unentwegt schreiende Knabe jetzt, wenn wir bei ihr eintreffen, lächelt. Das will viel heißen. Denn er lächelt selten.

»Tino, du kleiner Faulpelz, nun hilf ein bißchen mit. Komm, schubs mich mal weg. Ja, so ist's richtig. Tüchtig. Na, noch einmal. Fein hast du das gemacht.«

Frau Harenberg kitzelt mit den Fingerspitzen Tinos runde Beine, die ihr eben noch so kräftig wie möglich in den Bauch treten mußten.

»So. Nun kommen die Arme an die Reihe.«

Sie hält Tinos Handgelenke fest und beschreibt mit seinen Armen einen Halbkreis auf der Gummimatte.

»Und jetzt machen wir uns ganz groß. Ganz groß! Und nun drükken wir die Ärmchen fest an die Seite. Prima hast du das gemacht. Bist schon ein richtiger großer Junge.«

Tinos Gesicht, das sich eben zum Weinen verziehen wollte, wird liebevoll gestreichelt. Wo sie bloß die Geduld hernimmt! Täglich absolviert sie unverdrossen mit kleinen Kindern derartige Übungen. Und allen redet sie so aufmunternd zu wie meinem Sohn. Kein einfacher Beruf ist das, Physiotherapeutin.

Nach Feierabend holt sie ihren vierjährigen Sohn aus dem Kindergarten und ihren Mann von der Klinik ab. Abends bestrickt sie die Familie. Der Mann sieht fern. Das Kind bemüht sich, das Spielzeug kleinzukriegen. Sie lächelt mich an. Sie ist zufrieden mit ihrem Leben.

Sonntags wird mit dem Auto an die »frische Luft« gefahren, und alle vier Wochen gehen sie ins Konzert.

Probleme?

»Probleme habe ich keine.«

»Ärgern Sie sich denn nicht über irgendwelche Dinge? Möchten Sie gern jemand anderes sein?«

Solche Fragen ist sie von mir gewöhnt. Die anderen Patienten erzählen viel von sich. Ich frage dafür mehr als die anderen. Ich wundere mich selbst über meine unbezähmbare Neugier zu erfahren, wie der andere neben mir lebt. Am liebsten ginge ich mit jedem in die Wohnung, um zu erkunden, wie er sich sein Leben eingerichtet hat. Wie er sich daheim bewegt.

»Probleme? Meiner Mutter geht es nicht gut. Da müssen wir uns mal wieder richtig kümmern. Mein Mann und ich. Aber sonst? Sonst fehlt es uns an nichts.«

Mich macht es froh, wenn es jemandem gut geht. So wie uns. Ich staune manchmal über unser Leben, das so gerade verläuft, so ohne Unregelmäßigkeiten. Kein Abgleiten in irgendwelche Untiefen. Kein Aufsteigen in unermeßliche Höhen. Durchschnitt. Es verläuft alles gerade. Mit vierzehn Jahren haben wir uns kennengelernt. Beide besuchten wir brav die Oberschule, bemühten uns um Treue. Beide haben wir ordentlich studiert. Mit einundzwanzig geheiratet, mit vierundzwanzig ein Kind bekommen und eine Wohnung. Wir sind gesund und auch zufrieden. Höre ich von anderen, daß bei ihnen auch alles in Ordnung ist, freue ich mich. Ich finde mich und mein Leben bestätigt. Nur wenn andere von Schwierigkeiten umgeben sind, die sie nicht zu überwinden glauben: keinen Mann, keine Kinder, nicht die rechte Arbeit – dann will so etwas wie Furcht in mir anklingen. Furcht, daß es bei uns auch nicht immer so glatt gehen könnte. Obwohl – warum eigentlich nicht?

Frau Harenberg drückt mir Tino in den Arm.

»Sie vergessen es doch nicht: Zu Hause immer schön die Übungen wiederholen. Nicht wahr? Unser Schatz soll doch bald richtig sitzen und stehen lernen. Da muß die Mutti schon fleißig mit ihm üben.«

Ich verspreche es, weil ich weiß, daß dem Jungen sowieso jede freie Minute gewidmet wird.

»Bis übermorgen dann. Wiedersehen. Und wieder so schön pünktlich!« Lachend werde ich entlassen.

In einer Stunde beginnt die Probe. Die Arbeit wird nicht leicht werden, denn am Wochenende ist Premiere. In dieser einen Stunde muß ich den Kleinen gefüttert, ins Bett gelegt,den Ofen zugedreht und mich zurechtgemacht haben. Aber erst einmal muß ich dem Regen auf einem langen Weg beweisen, daß ich nicht aus Zucker bin.

Das Publikum applaudierte zögernd. Die ersten Zuschauer hatten das Theater bereits in der Pause verlassen. Dabei war der Zuschauerraum noch nicht einmal zur Hälfte besetzt gewesen. Die, die noch geblieben waren, standen Stück und Inszenierung etwas ratlos gegenüber. Anscheinend hat sich die Ratlosigkeit sehr rasch ausgebreitet. In der zweiten Vorstellung waren höchstens hundertfünfzig Plätze besetzt. Über fünfzig Zuschauer verließen auch dieses Mal während der Pause unser gastliches Haus. Die Platzanweiserinnen baten die Verbliebenen in die vorderen Reihen. So hatten die wenigen das beruhigende Gefühl, eine Mehrheit zu sein. Außerdem mußten die Schauspieler von der Bühne herab nicht ihr Publikum mit schweifenden Blicken im Raum zusammensuchen.

In der dritten Vorstellung waren es knapp zweihundert, die uns die Treue bis zur Pause hielten. Die zweiundsechzig, die dann schimpfend oder kopfschüttelnd verschwanden, habe ich zum großen Teil befragt, weshalb sie uns verließen.

»So ein Mist, da soll einer draus schlau werden – nee!«

»Wir haben einen kranken Jungen zu Hause und keine Ruhe mehr.«

»Vom Krieg sieht man schon genug im Fernsehen. Da will man nicht noch im Theater damit konfrontiert werden.«

»Ich gehe ins Theater, um mich zu erholen und nicht, um mir politische Abhandlungen anzuhören.«

»Wissen Sie, Ärger hab ich auf Arbeit genug. Da will ich wenigstens mal im Theater lachen.«

»Lassen Sie mich mit Ihrer dämlichen Fragerei in Ruhe! Mir langt es ohnehin schon!«

Eine vierte Vorstellung findet nicht mehr statt.

Um die Leute zum Lachen zu bringen, sind musikalische Komödie, Komödien überhaupt und auch der Zirkus da. Was erwartet man denn, wenn man »V wie Vietnam« hört? Eine Klamotte? Wie soll man über ein Land, das im Krieg lebt, unzählige Opfer zu beklagen hat und sich nicht in die Knie zwingen lassen will, lachen können? Natürlich, später, wenn Frieden sein wird, endlich Frieden, da wird es an Begebenheiten und Anekdoten nicht fehlen, die Lachen und Heiterkeit hervorrufen werden. Aber noch ist Krieg.

Mit welcher Einstellung also geht unser Publikum, ein Teil unseres Publikums, ins Theater? Da hat man ein Anrecht und trottet los. Und wenn's nicht lustig zugeht, wenn mal von Klassenkampf, Arbeit und Not die Rede ist, erhebt man sich erzürnt von den Plätzen und geht beleidigt ein Glas Wein auf den Abend trinken. Damit er nicht ganz verdorben ist. Der Abend.

Wie läßt sich der Solidaritätsgedanke mit einem leeren Theater in Einklang bringen? Ist Geld spenden leichter, als sich den Kampf derjenigen, denen man gespendet hat, vor Augen führen zu lassen? Oder verlassen die das Theater, die noch nichts für die Solidarität getan haben? Schämen sie sich?

Warum kommen so wenige? Warum gehen von den wenigen, dic kommen, so viele? Unser Kollektiv bemüht sich um eine gute Aufführung. Sind die Mühen aller Beteiligten umsonst gewesen?

Die Inszenierung ist vom Spielplan abgesetzt worden. Sang- und klanglos. Mit uns hat niemand darüber gesprochen. Auch nicht der Regisseur.

November 1968

Wenn nach wochenlangem Nieselregen die bleierne Wolkenwand endlich einmal aufreißt und der Himmel mit durchsichtigem Blau seine Weite ahnen läßt, fühle ich das Verlangen, dieser Helligkeit und Weite nahe zu sein. Ich möchte den Himmel fassen und seine Heiterkeit auf die Erde herabziehen.

Gestern wanderte ich mit Tino durch den Park. Noch am Morgen hißte der Nebel auf den äußersten Spitzen der Pappeln und Kastanien seine Fahnen. Doch die Mittagssonne hatte auch die letzten Schleier hinweggeleckt. Wir schlenderten zum Teich. Die Schwanenfamilie glitt ruhig über das kalte graue Wasser, und die Weide spiegelte ihr gelbes Haar im Tümpel. Der stille Park und der seidige Himmel darüber umfingen uns wie eine schützende Glocke und hielten Lärm und Großstadtgetöse von uns fern. Glänzende Krähen hockten behäbig auf den Wiesen und beäugten argwöhnisch die wenigen Menschen. Die Menschen waren in Eile. Sie hielten die Augen starr auf den Weg gerichtet, den festgetretenen Pfad vor ihren Füßen. Sie fanden keine Zeit für das Blau über ihnen, keine Zeit für einen wolkenlosen Himmel. Zur Stadt trieb es sie hin. Zur Arbeit und ... zum Lärm.

Auf den Wegen krümmten sich braungelbe Ahornblätter. In der Hand knisterten sie und zerfielen, wollte man sie fester fassen. Solch ein Blatt und ein Stück borkiger Rinde hatte ich Tino in die Faust geschoben und bummelte mit ihm an leergefegten Freiluftrestaurants und überquellenden Papierkörben vorüber. Tino blinzelte träge vor sich hin. Gelegentlich versuchte er, das Blatt in den Mund zu schieben. Immer wieder ging es daneben, weil er sich bei jeder kleinen Unebenheit des Weges erschrocken an den Armlehnen des Kinderwagens festklammerte. Tino saß. Endlich konnte er sitzen. Dieser Schritt nach vorn in seinem achtzehnmonatigen Leben, der feuchte Geruch der noch regennassen Wiesen und die sanfte Helligkeit der Novembersonne sendeten Stromstöße von Glück in meine Adern. Jeden Baum spürte ich als Freund, dem ich auf die Borke klopfen und meine Zuneigung antragen mochte. Jede sonnenhelle Wegbiegung verführte mich zu einem unbeschwerten Hopser am Sportwagen und einem ungestümen Kusse auf mein Kind. Ich ersehnte einen Menschen, der meine Fröhlichkeit nötig haben könnte. Jemanden, dem ich, gleichgültig wie und weswegen, meine gutgemeinte Hilfe aufdrängen dürfte. Der mich gerade jetzt brauchte und genau so einen Jubel empfand wie ich selber.

Auch in die Beine strömte mir der Frühling. Ich mußte losrennen, um ihn völlig auszukosten. Rannte vor Freude, weil ein Herbst vergänglich ist und ein Frühling schon jetzt für mich seine grünen Augen schillern ließ. Ich rannte um das Rondell mit den Rhododendronstauden, die schläfrig ihre Schlappohren hängen ließen. Keuchte an einem zu Gußeisen erstarrten Sportlerpaar vorüber und verlangsamte endlich den Schritt vor einem morastigen Teich, auf dem Schwäne Ausschau nach aufgeweichten Brotresten hielten. Den Kinderwagen drehte ich dem Wasser zu, um Tino zum Beobachten zu verführen. Weißer Schwan auf braunem Wasser – ein verlockender Kontrast.

Ein paar Schritte von uns entfernt lehnte ein Mann mit einem speckigen Wildlederhütchen über dem Geländerrand. Er warf in immer kürzer werdenden Abständen zerbröckeltes Brot ins Wasser. Dabei schnalzte er mit der Zunge, gurrte und lockte mit merkwürdigen Tönen oder mit seinen Brotstücken, was mir wahrscheinlicher schien, die kleinköpfigen Langhälse ans Ufer.

An diesem Tag hätte mich nichts in Erstaunen versetzt. So fand ich es ganz normal, daß sich ein Mann mit Schwänen unterhielt und diese ihm aus der Hand fraßen, als sei das eine Selbstverständlichkeit für Schwäne. Vorsichtig berührte er ihre schmalen Köpfe. Die in ihrer Freßlust nicht mehr scheuen Vögel hielten geduldig still, in der Hoffnung, weitere Brotbrocken herunterwürgen zu können.

»Jaja, ihr mögt das. Jeder Schwan, der etwas auf sich hält, frißt Landleberwurst. Natürlich! Du mußt wieder von allen eine Ausnahme machen und den Daumen dazuverlangen.«

Er schüttelte auch noch die letzten Krumen aus der Plastetüte. Ich bedauerte insgeheim, zu diesem Dressurakt zu spät gekommen zu sein. Wer weiß, vielleicht hatte er gerade vorher mit ihnen ein Ballett geübt? Schwanensee natürlich.

Ein merkwürdiger Vogel, dieser Mann. Sieht unscheinbar aus. Ob ich ihm meine übersprudelnde Hilfsbereitschaft anbieten kann? Bedürftig sieht er zwar nicht aus. Da geht er auch schon.

Nein, er dreht sich noch einmal nach den Schwänen um, die das Wasser zerfurchen und sich immer weiter vom sättigenden Ufer entfernen.

Komisch. Wir kennen uns. Bei einer Umbesetzungsprobe habe ich kurz mit ihm zusammengearbeitet. Dabei hatte ich, ganz unbemerkt von den anderen, seine Augen bewundert. Manchmal erscheinen sie erloschen, grauer Asche ähnlich. Aber wenn er auf der Bühne steht, beginnen sie zu leuchten. Da ist der graue Schleier wie weggeweht, und sie strahlen in einem Blau, das ich für einen Trick oder ein filmisches Farbwunder halten würde, wäre mir der Mann auf der Leinwand erschienen...

Aber wie ich nun in aller Ruhe feststellen kann, gefallen mir die Augen auch ohne Bühne, Rampenlicht und Schminke.

»Wenn du mal Geld brauchst oder Hilfe – der da, der hilft dir bestimmt. Alf Brügge. Na, du kennst ihn sicher. Von dem habe ich mir schon paarmal was geliehen. Der nimmt keine Zinsen, weißt du.«

Diese Versicherung hatte mir ganz am Anfang meiner Theater-Rennbahn die Souffleuse gegeben und auf den Mann gewiesen, der jetzt neben uns stand. Damals fand ich ihn nicht besonders attraktiv und hatte ihn aus den Augen verloren.

Nun musterte dieser Blauäugige eingehend die entlaubten Bäume, die dicken Krähen auf den Ästen und mich darunter. Mir schien es, als krabbelten seine Blicke bis unter das Gefieder der Vögel, kontrollierten die Rinde der Bäume nach Schädlingen und versuchten auch mir etliche Zentimeter unter die Haut zu dringen, um prüfend abzuwägen, wie mein Wesen beschaffen sein könnte. Er kam ein paar Schritte auf mich zu, deutete die Winzigkeit einer Verbeugung an und schob die Mundwinkel in Richtung Ohren.

»Guten Tag«, murmelte ich etwas verlegen und bemühte mich, ihm möglichst unbefangen entgegenzugehen.

Der Mann neben mir war etwa fünfzehn Jahre älter als ich. Seine aufmerksamen hellen Augen ließen ihn jünger aussehen. Ein grüblerisches Gehirn oder die Kurzsichtigkeit hatten über der Nasenwurzel zwei tiefe Kerben geschlagen. Um die Augenwinkel strahlte ein Kranz fröhlicher Falten. Der Mund über dem breiten, kräftigen Kinn bestand vorwiegend aus einer wohlgeformten, energisch vorgeschobenen Unterlippe. Ein Lächeln und die faltige Ebenmäßigkeit machten das Gesicht bei genauerem Hinsehen anziehend.

Damals muß ich sehr oberflächlich hingesehen haben. Ein gelangweilter Blick auf das Gesicht des anderen Menschen – man hatte es nicht im herkömmlichen Sinne als »schön« empfunden, und sofort machte sich eine Überheblichkeit breit. Der Mann war für mich nicht attraktiv – also weg damit aus Gehirn und Sinn. Habe genauso leichtfertig reagiert wie die lieben Kollegen bei meiner Ankunft. Dabei gehört er als Schauspieler hier zu den Ersten. Also mußte schon etwas an ihm »dran« sein. Sein variables Können und seine persönliche Ausstrahlung forderten sowohl Tränen der Heiterkeit als auch der Rührung beim Publikum heraus. – Aber so als Mann? Als ungeschminkter Mann? Als Mann hatte ich ihn übersehen. Und damit ganz unauffällig für mich selbst auch den Menschen beiseite geschoben.

Wie er jetzt neben mir herschritt, die Hände in den Manteltaschen vergraben, das Gesicht lächelnd Tino oder mir zugewandt, gefiel er mir plötzlich. Vielleicht nicht als Mann schlechthin. Ich empfand Zuneigung zu dem *Menschen* neben mir und ließ das Gefühl sich wohlig in mir ausbreiten. Nur langsam fanden Worte Zugang zu meinem weggewandten Gehör.

»... unter den Büschen durch und suchen ihre Lieblingsspeise: fette, rosa Regenwürmer.«

Brügge nickte mit dem Kopf in Richtung gelbschnäbliger, schwarzer Vögel, die über den Rasen hüpften und flink die Köpfe hin und her wandten.

Hatte er die ganze Zeit über sie gesprochen? Meine eng mit ihm verknüpften Grübeleien hatten mich weit von seiner Gegenwart fortgetragen. Ich hatte nicht einmal bewußt wahrgenommen, daß wir gemeinsam Tinos Sportkalesche über eine Riesenpfütze mit ausgedehnten Schlammrändern gehoben hatten, um die Speichen vor dem zähflüssigen Brei zu bewahren.

»Sie werden oft mit Staren verwechselt. Aber deren Schwanz ist kürzer. Außerdem schreiten Stare sehr würdevoll über die Wiese und springen nicht drauflos wie die Amseln.«

Ich nickte, Verständnis vortäuschend. Um Amseln also ging es. Ich mag diese Schwärzlinge ebenfalls, deren Gesang an Frühlingsabenden aus Nachtigallenkehlen zu strömen scheint. Mit ihrem sehnsüchtigen Jubel könnten sie eine Stadt erobern – wenn ihnen jemals eine ganze Stadt zuhören würde.

»Tagsüber hüpft sie wie ein Clown, und abends flötet sie wie Zoltán Jenei.«

Brügge zirpte und pfiff. Als Antwort erscholl aus den Büschen ein lautes Zetern. Die Vögel rannten unter den entlaubten Ästen, noch geschäftiger pickend als bisher, auf und ab. Fürchteten sie in Brügge einen riesigen, gierigen Regenwurmfresser? Aber wieso Zoltán Jenei? Ich hatte den Namen noch nie gehört. Vermutlich ein Flötist, der den Amseln alle Ehre machte. Allerdings ähnelte das erzürnte Gezeter der Amseln unterm Busch jetzt eher dem Krächzen eines mit Stimmbruch behafteten Krähenschwarms als den lieblichen Tönen eines gekonnt geblasenen Holzblasinstrumentes.

Alf Brügge nannte die Namen alles Vorüberfliegenden. Auch über die Nistgewohnheiten sämtlicher im Park und in der Stadt herumflatternden Vogelarten ließ er in seinen Erklärungen keine Zweifel aufkommen. Meine Verblüffung verwandelte sich fortschreitend in ehrfürchtiges Schweigen. Brügge belehrte mich geduldig, wenn ich eine Linde für eine Rüster oder eine kümmerliche Fichte für eine Edeltanne hielt. Ich versuchte eine karge Verteidigung.

»Wenn wenigstens Blätter dranhingen! Bestimmt könnte ich Ihnen dann auch mit einer botanischen Ahnung imponieren. Aber so? Die stehen mir alle zu nackt in der Gegend herum. Ehrlich. Wenn die Blätter hätten, wüßte ich, wie die heißen.«

Leider wußte es mein Kollege auch so, obwohl die Bäume oben »ohne« waren. Mir wurde unbehaglich zumute. Denn irgendwann, lag es auch schon sechs bis acht Jahre zurück, hatte man mich gelehrt, von der Baumform auf die Gattung zu schließen. Doch alle Fakten, die nicht täglich gefordert oder angewendet wurden, hatte mein Gedächtnis in den grauen Hirnwindungen für immer vergraben. Mir blieb nichts weiter übrig, als durch eifriges Fragen mein verlorengegangenes Wissen wieder aufzufrischen.

Brügge berichtete mir nun, durch mein Interesse angeregt, von seiner Zuneigung zu Tieren, zur Malerei und Musik.

»Waren Sie hier schon in der Galerie? Was halten Sie von Cranach? Diese fleischfarbenen Töne!

– – –

Und die holländischen Maler? Sagen Ihnen die mehr zu?«

Ich kannte nur Dix.

– – –

Oh weh! Konnte ich bei Pflanzen und Tieren wenigstens ein paar Worte mitreden, so erhielt nun die Unterhaltung in zunehmendem Maße monologen Charakter. Brügges Leidenschaft für geschilderte Bilder, seine Bewunderung für Farben versetzten mich in Erstaunen. Er schien nicht mal aufzuschneiden, nicht auf den Busch klopfen zu wollen. Hätte er wenigstens angegeben! So aber blieb mir weiter nichts übrig, als mich wegen meines oberflächlichen Dahingleitens über alle Kunstgattungen, die nicht Theater hießen, zu schämen. Brügges Ablenken auf die Musik verunsicherte mich vollends. Er hatte also bemerkt, wie mangelhaft meine Kenntnisse auf dem Gebiet der bildenden Kunst waren!

Gerade zur Musik, zur sogenannten »ernsten« Musik, hatte ich nie Zugang gefunden. Vielleicht lag das zum großen Teil an meiner Erziehung. Aber wie sollte ich das Brügge klarmachen, ohne den Eindruck einer Reinwäscherei hervorzurufen?

»Bei mir ist auf allen Gebieten Hopfen und Malz verloren. Bis aufs Theater vielleicht. Aber sonst hab ich keine Ahnung. Dabei möchte ich Ahnung haben. Mich interessieren Tiere, Pflanzen und so.«

»Musik nicht?«

»Ach, doch. Schon. Aber wenn ich meiner Mutter mit Musik gekommen wäre – mit richtiger, meine ich – du lieber Himmel!«

»Was dann?«

»Meine Eltern sind einfache Leute.«

»Ja, und?«

»Die haben keinen Nerv dafür.«

»Deswegen können *Sie* doch einen haben!«

»Fuge f-Moll.«

Er schaute mich fragend an.

»Das Lieblingswort meiner Mutter, wenn im Radio klassische Musik auftauchte«, erklärte ich.

»Fuge f-Moll«, wiederholte er amüsiert.

»›Töte die Hünne!‹ rief sie, wenn Opernarien erklangen.«

»Hünne?« fragte er.

»Na ja, die Henne eben. Und so hab ich nur Schlager im Hinterkopf. Wenn's hoch kommt, noch Operette.«

»Da wäre ja noch allerhand Platz für ›richtige Musik‹ «, erwiderte er lächelnd.

»Sie haben gut reden«, gab ich zurück. »Sie haben sicher schon in der Wiege Caruso gehört.«

»Mein Vater war Buchhalter«, sagte er.

»Ach so?«

»Meine Eltern hatten ein winziges Häuschen. Mit Garten und Hühnerstall. Und mein Vater war noch gar nicht richtig vom Rad 'runter, fummelte er schon draußen 'rum. Wissen Sie, ich hab das nie so richtig verstanden. Ich meine, wie einer Buchhalter sein und sich mit so viel Improvisation zufriedengeben kann. Den Hühnerstall hätten Sie sehen sollen!«

»Vielleicht kann man nicht volle vierundzwanzig Stunden genau sein«, gab ich zu bedenken. »Vielleicht brauchte er das.«

»Ja, vielleicht«, nickte er.

»Buchhalter sein ist ja nicht so einfach.«

»Möglich. Ich weiß es nicht. Aber, weshalb ich Ihnen das erzähle: Einmal im Monat ging er nämlich nicht zu den Hühnern. Er und meine Mutter schmissen sich in Schale. Und dann fuhren sie ins Theater. Sie hatten ein Anrecht, und das ließen sie nie verfallen. Sie waren eben sparsame Leute. Und nach und nach konnten sie ohne das nicht mehr leben. Sicher fehlte ihnen das berühmte Kunstverständnis. Aber sie liebten das Theater, die Oper und auch das Varieté. Und dafür bin ich ihnen dankbar. Denn ich bin da hineingewachsen, in diese Liebe zum Bau. Sie nahmen mich nämlich zu jeder Vorstellung mit. Nicht so sehr der Bildung wegen, sondern weil sie Angst hatten, ich könnte zu Hause Dummheiten anstellen. Na ja, seitdem gab es für mich nur zwei Berufe: Schauspieler oder Sänger. Zum großen Sänger hat es nicht gereicht, also bin ich Mime geworden. Mein Vater hätte es allerdings lieber gesehen, wenn ich ›Weiße Leghorn‹ gezüchtet hätte.«

»Bei mir lag's ja auch nicht nur am Zuhause.«

»Ach, nicht?«

»Mit vierzehn kam ich in ein Oberschulinternat an der Unstrut. Ein ehemaliges Zisterzienser-Kloster. Mit riesiger Mauer und verwildertem Park dahinter. Weitab von Konzertsaal und Bühne.«

»Ach so. Abitur ohne Musik.«

»Nein. Ganz so schlimm war's auch wieder nicht. Aber die Pauker legten nur Wert auf guten Gesang von Volksliedern. Und die Komponistenbiographien mußte man kennen! Na, das habe ich auch spielend bewältigt. Wozu sich mit Fuge f-Moll belasten? Freilich, Soldaten- oder Freiheitssender haben wir gehört. Aber eben auch wieder bloß Schlager. Ich will mich nicht entschuldigen. Aber wenn ich ehrlich sein soll: Es ging ohne Fuge f-Moll. Und sogar ausgezeichnet. Ich habe nichts vermißt. Die anderen auch nicht, soviel ich weiß. Ich kenne nicht mal Noten.«

»Na, und später?« –

Ich schwieg.

»Die ganze Sache muß Ihnen doch nicht peinlich sein. Wirklich nicht. Von meinen Kollegen haben so viele keinen blassen Schimmer von Musik. Und die leben auch. Und nicht schlecht. Sie machen sogar ›Kunst‹. Mir geht's ja auch nicht darum, ob Musik zum ›guten Ton‹ oder zur ›guten Bildung‹ gehört. Ohne Musik – versäumt man was.

Und wenn man das erstmal mitgekriegt hat, möchte man am liebsten jeden mit der Nase drauf stoßen.«

»Auf Konzerte oder wie?«

»Ja, auf Konzerte, aber Opern auch. Waren Sie schon mal im Konzert?«

»In 'nem Jazz-Konzert. Oldtime-Jazz. Ich verstehe so gut wie nichts davon. Aber höre ihn gern. Der möbelt mich so richtig von innen her auf.«

»Das geht Ihnen nicht alleine so.«

»Ja, im Konzert ging's allen so. Wir kamen richtig in Ekstase. Haben am Schluß vor Begeisterung geschrien und getrampelt. Ich hätte so was nicht für möglich gehalten, wenn ich nicht selbst dabeigewesen wäre.«

Das Jazz-Konzert, Chris Barber ... Gedankenlos und leichtfertig schob ich schon wieder einen Bach, einen Händel oder einen Mozart beiseite. Was mir nicht in den Kram paßte, räumte mein Gehirn, wenn niemand einen dicken Balken davorschob, geschwind ins letzte Kleinhirnkämmerchen. Aber heute schob einer den Balken davor.

»Nach dem Krieg hab ich jahrelang kein Konzert ausgelassen. Wenn sich's einrichten ließ. Ich gebe Ihnen recht – das erste bleibt doch immer im Gedächtnis haften. Es erhält durch seine ›Einmaligkeit‹ den Wert des Besonderen. Mein erstes Konzert nach dem Kriege – Sie waren da noch fast ein Baby – hörte ich im Frühjahr '46. Der Krieg war vorbei. Ich einundzwanzig. Man spielte die Dritte d-Moll von Bruckner. – Kennen Sie zufällig Bruckner?«

»Nein.«

»Damals wurde noch im ›Capitol‹ musiziert, wenn keine Kinovorstellungen stattfanden. Ich hatte oben im Rang einen Stehplatz ergattert. Die Instrumente setzten ein – Musik nach einem Krieg. Die Musik erst machte mir bewußt, daß keine Bomben mehr fallen. Keine Granaten heulen. Daß es still geworden war. Der Krieg war vorbei, und mich hatte er verschont. Ich lebte. Lebte und konnte Musik hören. Unbeschreiblich. – Die Musik überströmte, füllte die Menschen. Ich glaubte damals, sie müsse die Mauern der Häuser durchdringen. Die Mauern um die Herzen.

Ich war jung, und für mich hieß Musik – Leben. Die Menschen um mich herum haben damals wohl ähnlich empfunden.«

Brügge schwieg. Vielleicht hatte ihn die Vergangenheit überwältigt, und er stand in Gedanken wieder oben auf dem Rang, eingekeilt zwischen andächtig lauschenden Menschen. Was es auch sein mochte, ich beneidete ihn um die Tiefe jeder Empfindung. Mich hatte noch nie so ein beseligendes Gefühl beim Hören von Musik durchströmt. Mich hatte noch nie ein Gemälde zu leidenschaftlichen Bekenntnissen hingerissen. Ich wollte Kunst aber ebenso tief empfinden. Alles, was es auf der Welt gibt, so richtig mit Verstand von Herzen genießen können! – Ein herbeigesehntes oder echtes Bedürfnis? Wann wurde es geboren? Dazu die quälende, mißtrauische Frage: Ist Empfindung erlernbar? Kann man ein Gefühl anerziehen? Noch dazu sich selbst?

»Wenn Sie wollen, leihe ich Ihnen ein paar Platten. Wir müssen nicht gleich mit Bach anfangen. Es gibt kleinere, leichtere Konzerte. Auch musikalische Themen mit einem verständlichen Inhalt. Da können Sie nachlesen, was der Komponist mit seiner Musik ausdrücken will. Sogenannte ›Programm-Musik‹. Schon davon gehört?«

»Ach, am besten, ich mache den Mund überhaupt nicht mehr auf. Jedes Mal blamiere ich mich.«

»Wieso denn? Wenn einer etwas lernen will – ist doch alle Achtung wert. Wenn ich weiß, wo es bei Ihnen fehlt, um so einfacher ist es für mich. Da macht man nicht so viele Fehler.

– – –

Morgen lege ich Ihnen eine Platte zum Pförtner ins Theater. Hören Sie sich die mal in aller Ruhe an. Lassen Sie sich bißchen Zeit dafür. Vielleicht hören Sie sie am nächsten Tag noch mal. Und am übernächsten. Sie freuen sich dann über jeden bekannten Ton. Musik ist ein guter Eroberer.«

Brügge gab mir wie einem vertrauten Kumpel die Hand. In puncto Musik bist du bei mir richtig, verriet sein Lächeln.

»Wir schaffen's schon.«

Er ging. Inmitten vertrauter Bäume, schwarzseidener Krähen und unter einem blauen Himmel fröstelte ich plötzlich vor Einsamkeit.

Am liebsten wäre ich dem Mann nachgerannt und hätte ihn gebeten, daß er bleiben soll. In seiner Gegenwart war es mir behaglich. Aber meine Beine trugen mich brav in Richtung Parkausgang und dem unvermeidlichen Straßenlärm entgegen.

Von so einem Mann müßte ich ein Kind haben. – Ein Kind? Wieso gerade ein Kind? Noch fuhr ich eins im Wagen. Warum kam mir nicht der Gedanke, mit ihm schlafen zu wollen? Warum ausgerechnet ein Kind? Wollte ich Brügges schützende Augen darauf wissen? Seine um das kleine Wesen besorgte Liebe verspüren? Seine Anteilnahme durch ein Kind auch für mich erringen? Mit einem Kind seine Liebe kaufen?

Wie mag wohl seine Liebe zu einer Frau sein? Seine Gedanken und Gefühle erfassen alles übrige schon so innig.

Wohin verirrten sich meine Gedanken? War ich denn unglücklich? Daheim erwartete mich ein Mann, der mich liebte. Auf mein Läuten an der Haustür würde er heruntergeeilt kommen, unseren Jungen aus dem Wagen heben, um ihn in die Wohnung zu tragen. Er wird ihn küssen und mich mit. Zu Hause, da war jemand, den ich kannte. Alles an ihm war mir vertraut. Dieser Mensch von vorhin blieb ein Fremder für mich. Anonymes Glück gibt es nicht. Von einem Fremden wollte ich ein Kind!

Ob es daran lag, daß mir das Miteinanderschlafen keinen Spaß machte? Daß es mir eigentlich nichts bedeutete – Kinder dagegen alles?

Ob sich Männer im Bett ähneln? In der Art ihrer Liebesbeweise? Im Körperbau? Ich kenne nur Klaus. Er war mein erster Freund. Ich seine erste Freundin. Wir lieben uns. Lieben wir uns sehr? Ja, tagsüber schon. Bloß im Bett klappt's nicht. Er findet Zärtlichkeiten überflüssig. Ich könnte sie gebrauchen. Ich habe gelesen, daß Frauen beim Lieben seufzen, stöhnen, schreien. Ich muß da was falsch machen. Mir ist nie nach Stöhnen oder Seufzen. Am wenigsten nach Schreien. Höchstens vor Empörung.

Trotzdem: Ich liebe Klaus. Mann bleibt Mann. Auch wenn der eine was von Musik versteht. Im Bett sind bestimmt alle gleich.

Eben komme ich vom Pförtner. Tatsächlich – man hatte ein Päckchen für mich abgegeben. Hastig reiße ich das Papier herunter. Eine Platte – Beethovens Sechste. Mit einem kleinen Zettel dabei:

»Ich wünsche Freude beim Zuhören. Gefällt Ihnen die Musik? Sie gefällt Ihnen. Ich wußte es. ›Fuge f-Moll‹ kann viel Freude machen, nicht wahr? Behalten Sie sie.

Gruß Alf Brügge.«

Dezember 1968

Adventszeit. Räuchermänner rufen Hustenreize hervor. Tannenzweige werfen ihre Nadeln auf den Teppich. Pyramidenkerzen kleckern aufs neue Tischtuch. Und Großmutter und Tanten bekommen verklärte Augen, wenn sich Tino andächtig einen Schokoladenpfefferkuchen auf dem weißen Pulli zerquetscht.

In diesem Jahr fehlt mir der Sinn fürs Weihnachtliche. Auch ohne Fliege an der Wand stehe ich kurz vor einer Explosion. – Jeden Tag im Dezember und die Wochen davor habe ich bis über beide Ohren in den Proben zum Weihnachtsmärchen gesteckt.

Für Kinder ist so ein Märchen eine feine Sache. Im besten Kleid, der dunklen Hose und blankgewienerten Schuhen sitzen sie im Theater und rutschen ungeduldig neben Oma oder Lehrer auf dem Hosenboden herum. Die Schulaufgaben wurden vorher erledigt, oder es sind Ferien und die Pflichten eines Schülers auf den Nullpunkt herabgesunken. Die Kinder sind auf dieses vorweihnachtliche Vergnügen vorbereitet. Aufgeregt knistern sie mit Bonbonpapier und Schokoladenumhüllungen und benutzen die Pausen, um zwischen dem Gestühl herumzutoben. Sofern die Erwachsenen ein Auge zudrücken.

Nach der Vorstellung stehen sie blankäugig und rotnäsig an den Straßenbahnhaltestellen, rudern mit den Händen in der Luft herum, um Mitschülern und Freunden Aktionen, die sie auf der Bühne besonders beeindruckten, nochmals unmißverständlich vor Augen zu führen. Zu Hause erwarten sie eine warme Stube, Pfefferkuchen und Kaffee.

Das Märchen wird immer nachmittags gespielt, mittwochs und sonnabends. Sonntags darf es außer am Nachmittag auch vormittags gespielt werden. Das heißt, an den jeweiligen Tagen kann ein Schauspieler außer im Märchen auch noch abends auf der Bühne stehen, und ein Regieassistent, wenn er Pech hat, dahinter. Natürlich, wie könnte es auch anders sein, habe ich Pech. Ich verbringe alle Adventssonntage vom Vormittag bis in den späten Abend im Theater. Welch eine Freude für meinen lieben Mann! Welche Erfüllung für mein braves Kind! Welch unaussprechliches Glück für mich beneidenswerte Frau und Mutter!

Nichts gegen Arbeit. Ich bin gern im und am Theater. Aber wenn in der Küche eine Kinderbadewanne voll eingeweichter Windeln steht, ein Eimer voll bekleckerter Kindersachen, zwei Schüsseln mit Pullis, Strumpfhosen und Hemden, wenn das Kind den Durchfall hat und der Handel keine Wegwerfwindeln anbietet, dann möchte man am liebsten das Märchen an den Nagel hängen und nur noch seine hausfraulichen Pflichten erfüllen.

Viele jubeln, wenn sie im Märchen besetzt sind. Jede Doppelvorstellung am Tage wird extra honoriert. Uns wird das Geld auch einen befreienden Seufzer entlocken. Aber keines der »Märchenwesen« betreut wie ich ein Kleinkind zu Hause. Beneidenswert, um wieviel gelöster und lockerer sie ihrem Beruf nachgehen können.

Vielleicht hätte man sich bei dem Beruf kein Kind anschaffen sollen. Anschaffen – das klingt schon wieder so nach gekauftem Tisch oder Schrank. Es ergreift Besitz von dem Gegenstand, den man sich »angeschafft« hat. Ich dagegen komme nicht einmal zum Besitzergreifen. Versorgen muß ich Tino zwar, aber mich ihm liebevoll widmen, ihn zu meinem Lebensinhalt zu machen, dazu langt meine Zeit nicht. Dabei möchte ich trotz des Berufstätigseins so viel Zeit für ihn haben können. Für meinen ruhigen, schweigsamen Jungen. Aber ich habe Rotkäppchen zu begutachten, den Wolf zu ermahnen, die Großmutter zu loben. Ich muß den Jäger unterstützen, die Hasenkinder zusammensuchen, den Fuchs im Auge behalten und, und, und ... und manchmal bei Erkrankung der Kollegen eine kleine Rolle selber spielen. Märchenhaft, das alles zu bewältigen. In der Realität wird nichts wie im Märchen geregelt. Für Reglungen bin ich allein zuständig. Ich bin ein schlechter Regler. Und das Ergebnis: Das Märchen bedeutet für mich Belastung bis an die Grenze des für mich Möglichen. Denn der Abenddienst geht weiter, neue Proben haben begonnen, und die Krippe hat noch immer keinen Platz für meinen Sohn. Unsere Ehe ähnelt allmählich einem Damm, der von einer langanhaltenden Sturmflut bedrängt wird.

Dabei hat alles völlig harmlos begonnen. Hans Gnöller, ein junger Regisseur, knopfäugig und bis zu den Ohren vollgestopft mit heiteren Einfällen, erkundigte sich bei mir, ob ich Märchen mag.

»Oh, Märchen liebe ich sehr. Ich habe 'ne ganze Sammlung davon. Soll ich dir paar pumpen?«

»In Ordnung, pump sie mir. Ich drück dir meins mal in die Hand.«

Was mir unter die Finger kam, war kein Produkt seines eigenen schöpferischen Geistes, sondern ein Grimmsches Märchen, gekonnt und heiter von Schwarz zu einem Bühnenstück umgearbeitet. Gnöller hatte die Regie dafür übernommen und ich damit die Assistenz.

Freilich, die Probenzeit war die lustigste meines Lebens. Was der Regisseur an Bonmots von sich gab, übertraf alle unsere Erwartungen. Und wir erwarteten viel. Seine Regieanweisungen hätte man sammeln und dem Eulenspiegel-Verlag als Kuriosum anbieten sollen.

Gnöllers Spott war stets gutmütig, nie verletzend:

»Wesler, du brauchst nichts dazuzumachen. Du hast sowieso ein Gesicht wie eine Kartoffel. Natürlich wie eine von der besten Sorte, die wie Spargel schmeckt.« – Dabei bleckte Gnöller seine vorderen, schiefgewachsenen Zähne und grinste Wesler friedlich an, der verzweifelt mit seinen Gesichtsmuskeln ganz große Kunst zu machen versuchte.

»Also, Fritz, die Beleuchtung ist mir zu mies. Bei so einem Licht sieht die Großmutter aus wie Ali Baba als Raumfahrer. –

Die Großmutter, mein lieber Wolf, drückt dir die Männlichkeit durchs Fenster. Und gerade so mußt du dann auch aussehen. –

Los, Igel, lauf zu mit deinen Wieselfinkchen. Du liebst mir Rotkäppchen noch nicht genug. Brauchst deswegen nicht immerzu auf ihren Busen zu starren! –

Wurzel aus 25 mal 87 über die linke Schulter mal rosa, unten durch, und schon hast du's im Griff. So einfach ist das.«

Sämtliche Regieanweisungen wurden durch seine groteske Gestik lebhaft unterstützt. Er agierte in jeder Rolle, spielte jeden Ausdruck vor und arbeitete so lebhaft mit Gesicht und Körper, daß unser Zwerchfell selten zur Ruhe kam. Wir waren ein ziemlich junges Team alle miteinander. Großmutter und Förster hatten sich ihre Jugendlichkeit auch gut erhalten, so daß am Ende der Proben ein jugendliches Stück in heiterer, frischer Inszenierung mit jungen Akteuren ein junges Publikum zu Begeisterungs- und Jubelstürmen hinriß. Und natürlich immer noch hinreißt, so kurz vorm großen Fest.

Der Weihnachtsmann steht schon in allen Schaufenstern. Dabei habe ich noch nicht einmal eine Ahnung, was für Geschenke die Verwandtschaft von mir erwartet. Wo soll ich die Zeit hernehmen, sie zu bedenken, zu kaufen, sie einzupacken, zu verschenken?

»O du fröhliche...«, jubilieren Kinderstimmen im Radio, während ich die Kaffeetasse im Stehen zu leeren versuche. Meine Hand zittert. Die Tasse scheppert, als ich sie auf den Unterteller zurückstellen will. Der Löffel fällt klappernd auf den Fußboden. Klaus sieht hoch. Sein Blick ist verschlossen. Er kaut wortlos weiter. Ich bücke mich nach dem Löffel, lege ihn auf das Tischtuch und nehme die Flecken wahr, die sich groß und braun im Umkreis meiner Tasse ausdehnen.

»Dein Werk! Es war das letzte saubere. Kannst du nicht mehr richtig sehen oder was?« In Klaus' Stimme schwingt unterdrückte Gereiztheit mit.

»Mußt du's denn waschen? Na also. Dann reg dich nicht auf. Außerdem hab ich keine Lust auf Streit. Muß in zwei Minuten ins Theater.«

»Theater! Theater! Theater! Dieses Scheißtheater! Diese Scheißarbeit! Du reibst dich auf. Machst dich verrückt. Und wofür? Für ein paar Kröten. Da lohnt sich nicht mal das Hingehen. Wenn ich das Wort schon höre – ›Theater!‹ Dann kotzt es mich an. Es kotzt mich an!«

Er schlägt im Rhythmus seiner lauten Worte auf den Tisch. Die Teller und Tassen darauf beginnen zu hüpfen. Ich bin ganz ruhig.

Äußerlich. Ich erfasse noch, wie ich mir innerlich zurede, mich zu beschwichtigen suche: Bleib ganz ruhig. Ganz ruhig. Es hat keinen Sinn. Bewahre Ruhe.

Doch meine Hände hören nicht auf diese innere Stimme. Sie greifen langsam, ganz langsam nach dem Tischtuch, krampfen sich in den glänzenden Stoff und ziehen ihn mit einem kurzen Ruck über die Tischfläche auf den Fußboden. Prozellanscherben. Zerbröckelter Mohnkuchen. Kaffee rinnt am Läuferrand entlang. Die Kaffeekanne – eine große Scherbe mit Henkel.

Und ich bin völlig ruhig. Unbegreiflich. Mein Herz schlägt ruhig. Nur die Zähne habe ich zu fest zusammengebissen. Die Kiefer schmerzen.

Ich nehme Klaus' blaßgewordenes Gesicht in mir auf, seine erschrocken blickenden Augen. Dann gehe ich.

Pünktlich 19 Uhr stehe ich auf der Bühne und unterhalte mich kurz mit dem Inspizienten. So, als wäre nichts gewesen. Trotzdem habe ich das Gefühl, als schnitte ein Unbekannter langsam, aber beharrlich mein Herz in zentimeterdicke Scheiben.

Januar 1969

Ein neues Jahr beschert uns seine ersten Tage, und wir müssen mit ihnen fertigwerden. Meine Nerven schleifen wie zu flach gespannte Taue am Boden. Während meine Kollegen laut murrend die sonntäglichen Vorstellungen verwünschen, werden meine Seufzer immer schwächer. Ohne mein Zutun und ohne meinen Willen verlassen mich mitunter die Kräfte. Gegenstände, die ich in der Hand halte, lösen sich wie von selbst aus den Fingern. Grundlos laufen mir Tränen über die Wangen. Nachts schluchze ich im Bett und werfe mich weinend von einer Seite auf die andere. Ich finde keinen Schlaf. Tief liegen meine Augen in den Höhlen, und bläuliche Schatten darunter unterstreichen die Blässe des Gesichts. Mit einem derartigen Aussehen zähle ich nicht zu den Schönen dieser Stadt. Wo andere ihr Selbstbewußtsein haben, gähnt bei mir ein Vakuum.

Durch mein miserables Aussehen fühle ich mich auch bei der Arbeit mit meinen Kollegen verunsichert. Lust und Freude am Schminken sind mir längst vergangen. Zu intensiver Nagelpflege fehlt mir die Zeit.

Ein wenig bin ich mir selbst gleichgültig geworden. Ohne mein Äußeres direkt zu vernachlässigen, fühle ich mich gegenüber den gepflegten Kolleginnen mehr oder weniger zurückgesetzt. Ich beneide sie um die Zeit, die sie für ihr Schönsein finden. Und beneide sie um den Erfolg, den sie dadurch bei Männern haben.

Warum wollen Männer unbedingt von schönen Frauen umgeben sein? Sie gockeln um einen Lidstrich wie der Hahn um die Henne. Kein männliches Wesen interessiert sich für die Ursachen von Augenringen. Und noch viel weniger für die Frau, die selbige im Gesicht trägt. Trotz Verpflichtungen bis zum Hals komme ich mir schrecklich überflüssig vor. Niemand versichert mir, daß er mich braucht. Auch Tino nicht, da er das »Brauchen« einer Mutter noch nicht empfindet. Eine Tante oder Großmutter könnte ihm unbemerkt die Mutter ersetzen. Klaus heftet seine Blicke auf Lehrbücher, nicht auf mein Gesicht.

Wie eitel man als Frau doch ist. Wie wehleidig man fehlenden Männerblicken nachtrauert. Wie sehnt man sich danach, heil in einer »heilen« Welt zu leben. Schön und klug, umgeben von Schönheit und Klugheit. Und die Güte? Und die Wärme und die Menschlichkeit? Würde man sie für Erfolg eintauschen wollen? Würde man? Würde ich? Im Moment würde ich, vielleicht. Vielleicht! Feigling. Sag doch »ja«. Gib doch zu, daß du bewundert sein möchtest, begehrt, umworben.

Ich lehne an einem Tisch in der Gasse zur Bühne. Es ist Stückprobe. Das Gewimmel auf der Bühne rauscht mir an Ohr und Auge ohne Widerhall vorüber. Ob zu große Belastung gleichgültig macht? Andere werden möglicherweise dadurch angespornt, Neuerungen zu erfinden, die die Belastung mindern. Ich erfinde nichts. Ich stehe nur herum. Ich bin im Begriff zu versagen. Zu Hause spukt in meinem Hirn die Bühne. Hier im Theater steht vor meinem geistigen Auge ein Kinderbett, in dem ein Junge jämmerlich schreit. So hab ich noch kein Kind schreien sehen. So noch nie. Es wird puterrot im Gesicht.

Die Adern an den Schläfen füllen sich mit Blut und treten hervor. Die Arme zucken unruhig vor dem Kopf.

Mir wird schwindlig. Meine Hände tasten und finden die Stuhllehne. Ich lasse mich auf den Sitz fallen. Die Bühne, die Gasse, die Stimme des Regisseurs, die leuchtenden Punkte am Inspizientenpult wirbeln um mich herum und wollen mich vom Stuhl reißen. Krampfhaft umklammere ich die Stuhlkanten.

»Frau Riezy, ist Ihnen nicht gut? Kann ich Ihnen helfen?«

Von ganz weit her höre ich eine bekannte Stimme. Ich will aufstehen und sagen: »Danke, es ist schon vorüber. Es ist nichts. Nein, wirklich. Bemühen Sie sich nicht.«

Aber meine Lippen scheinen sich nicht geöffnet zu haben. Kollege Brügge kauert sich vor mich hin und blickt mir besorgt ins Gesicht.

»Bleiben Sie sitzen. Ich hole Ihnen eine Tablette und ein Glas Wasser. Davon wird es Ihnen besser.«

Er springt auf und ist wenige Augenblicke später wieder zurück. Im Glas schlingert ein weißer Bodensatz.

»Trinken Sie. Na, machen Sie schon. Es ist keine Blausäure.« Er nimmt mir das leere Glas aus der Hand und stellt es wieder auf den Tisch zurück.

»Pause!«

Der Regisseur ruft vom Zuschauerraum auf die Bühne, und die Kollegen stieben, nach Kaffee und Zigaretten lechzend, auseinander.

Meine Knie zittern, als hätte ich die Hauptrolle probiert und seit Stunden nicht gesessen. Brügge kauert noch immer vor mir, das Gespött seiner freundlichen Kollegen nicht beachtend.

»Bedrückt Sie etwas? Ist der Junge krank? Kann ich ...«

Wenn ich ihm sage, daß ich nicht mehr weiß, wohin mit der schmutzigen Wäsche, daß die Waschmaschine kaputt ist, daß Klaus sich geweigert hat, den übervollen Korb mit mir zum Waschstützpunkt zu tragen, daß ich's allein aber nicht schaffe – wird er mich da nicht für eine Schlampe halten? Ich möchte nicht für eine Schlampe gehalten werden. Weil ich keine bin.

»Hör auf zu arbeiten und schaff zu Hause Ordnung. Das kann ich dir nur raten, wenn du noch eine Weile einen Mann haben willst.«

»Klaus, hör doch zu. Nächsten Monat ist das Märchen abgespielt. Im nächsten Stück bin ich nicht drin. Da wird alles anders werden. Ich schaff's jetzt einfach nicht. Theater, Kind, Wohnung, Wäsche. Ich schaffe es nicht. Und nun noch diese verflixten Simmeringe, die es nicht gibt. Ich kann doch nichts dafür, daß die Waschmaschine ausläuft.«

»Dafür kannst du nichts. Aber du kannst dafür, daß ich Tinos Windeln ein paarmal in der Woche waschen muß, daß sich der Abwasch auf den Tischen stapelt. Wie komme ich mir denn vor? Bin ich hier als Küchenhilfe eingestellt oder was? Vergiß nicht, daß auch ich noch einen Beruf habe. Ich arbeite auch bloß neun Stunden am Tag. Und mein Fernstudium macht sich nicht von selbst. Das scheint dir alles entfallen zu sein. – Gleichberechtigung, daß ich nicht lache. Von mir aus kann jede Frau arbeiten gehen, bitteschön. Aber sie muß wissen, daß sie auch ein Zuhause hat, für das sie verantwortlich ist. Wenigstens mitverantwortlich. Nicht, daß nur noch der Mann in der Küche steht und wühlt. Ich habe nämlich den Kanal voll davon.«

Fast gegenwärtig ist mir wieder der gestrige Streit zwischen Klaus und mir. Er endete mit Türenknallen. Klaus hatte sich ein reines Hemd angezogen, den neuen Sakko aus dem Schrank genommeen und war vor 3 Uhr nachts nicht wiedergekommen. Da hatten seine Sachen nach Rauch gerochen und sein Atem nach Alkohol. Leise war er ins Bett gestiegen, hatte zart mein Haar berührt und wenige Sekunden später tief geatmet.

»... danke für Ihr Angebot. Wirklich, sehr freundlich von Ihnen. Bloß ... ich wage nicht ... es ist wegen ...«

»Aber bitte. Machen Sie sich's doch nicht so schwer.«

»Ja. Nein ... könnten Sie bitte, ich meine, wenn es Ihnen nichts ausmacht ... Unsere Waschmaschine ist nämlich kaputt. Und Simmeringe gibt es nicht vor einem halben Jahr ... Würden Sie bitte meine Wäsche zum Stützpunkt fahren? Allein ist es mir zu schwer. Und mein Mann hat nicht ... er kann nicht ...«

»Klar. Mache ich. Heute gleich?«

Brügge schien irgendwie beruhigt zu sein, daß mich nichts Schlimmeres bedrückte.

»15 Uhr dann. Tschüs. Ich hole Sie ab. Wo...?«

»Neuberinstraße 8.«

»Gut, bis dann.«

So einfach löst ein Außenstehender ein Problem, an dem man selbst bis zur Verzweiflung gekaut hat.

Probenschluß.

Beim Pförtner liegt ein Schreiben vom Intendanten. Er bittet mich um eine Aussprache. Heute nachmittag schon. Absagen? Wegen der Wäsche? Unmöglich.

Wäsche absagen. Auf morgen verschieben. Kind füttern. Eigenes Essen ausfallen lassen. Pulli wechseln. Zähne putzen, Gesicht frisch machen. Auf zum Intendanten. Herzklopfen.

»Nehmen Sie bitte Platz, Frau Riezy.«

Ich bin wieder mal die letzte. Etliche Regisseure sitzen um den Tisch. Sie drehen Bleistifte oder Kugelschreiber zwischen den Fingern und warten die Tagesordnung ab.

Persönlichkeitsentwicklung steht zur Debatte. Regisseure werden sich an neuen Stücken ausprobieren. Der junge Falz fährt für ein halbes Jahr nach Moskau zur Weiterbildung. Regieassistent Walter inszeniert erstmalig in D. – Gastvertrag.

»Und nun zu Ihnen, Frau Riezy. Was soll aus Ihnen werden? Sie sind lange genug am Theater Assistent gewesen. Zweieinhalb Jahre, wenn ich mich nicht irre. Wie sehen Sie Ihre zukünftige Laufbahn? Wollen Sie bei uns ständiger Assistent bleiben? Für eine Regie an diesem Theater scheinen Sie uns nicht geeignet. Jedenfalls jetzt noch nicht. Gehen Sie als Regisseur an ein kleineres Theater. Probieren Sie sich aus. Leisten Sie etwas. Dann kommen Sie wieder. Lassen Sie mich in Kürze Ihre Entscheidung wissen.«

Da ist kein »wenn« und »aber« möglich. Da wird man unerbittlich vor eine Entscheidung gestellt. Da muß man sich entscheiden.

Ein kleineres Theater – warum nicht? Aber was wird aus Tino? Was sagt Klaus? Wie steht es mit meiner Befähigung? Kann ich so etwas überhaupt? Regie führen – Menschen anleiten, Menschen leiten. Allein die Verantwortung für alles tragen?

Und Regieassistent bleiben? Hier im Ort? Nie weiterkommen? Nie eigene Ideen verwirklichen können? Allen Ehrgeiz aufgeben? Nie wirklich etwas leisten, worauf man stolz sein kann?

Was mach ich nur? Wen kann ich um Rat fragen?

Die Eltern? Wenn sie erführen, daß ich weggehen könnte, ich glaube, sie würden es nur schwer verwinden. Und sie sind schon alt. Ihnen jetzt noch solchen Kummer bereiten?

Und Klaus? – Er ist so froh, endlich hier im Ort angekommen zu sein. Nur hier kann er sein Fernstudium erfolgreich über die Runden bringen. Hier ist die Hochschule, sind die Dozenten. Klaus erklärt mich für verrückt, wenn ich gehen will.

Meine Freundin Maria in Berlin? – Seit der Studienzeit haben wir uns nicht gesehen. Allmählich ging der Kontakt zueinander verloren. Jeder hatte eigene Sorgen und Verpflichtungen. Selbst wenn sie mein Problem jetzt zu dem ihren machte, könnte sie für mich richtig entscheiden? Sie ist den ganzen Tag über zu Hause und betreut Mann und zwei Kinder. Weiß sie überhaupt, wie sauer einem das Berufstätigsein werden kann? Welche Freuden eine Arbeit außer Haus mit sich bringt?

Nein. Entscheiden muß ich allein. Ich muß wissen, was ich will. Nur dann kann ich ergründen, was mir bevorsteht.

Warum eigne ich mich eigentlich nicht als Regisseur für dieses Theater? Für dieses hier, in der Stadt, in der ich geboren wurde, aufwuchs, studierte? – Ich bin nicht energisch genug. Die Kollegen, vor allem die älteren, können sich bei jeder Auseinandersetzung gegen mich behaupten. Sie sind redegewandter, unerschrockener im Angriff, zielsicherer mit den Pfeilen, die sie verschießen. Das spricht sich herum, natürlich auch bis ganz oben hin.

Ginge ich an ein kleineres Theater, wäre ich dann sicherer im Auftreten? Oder stellt ein kleineres Theater geringere Ansprüche an den Regisseur als ein großes? Das hieße, daß die Begabten in der Großstadt sitzen, die Unbegabten auf dem Lande – oder, wie wir sagen, in der »Provinz«. Das bedeutete, daß Kollege Fax aus D., der den Faust dort spielt, mit bescheideneren Gaben gesegnet zu sein braucht als Zillerbach an unserer Bühne, der an manchen Abenden nur einen Hut durch die Szenerie trägt oder fröhlich lächelnd mit galantem Schritt einmal die Bühne überquert.

Oder sagt sich Fax: Lieber der Erste im Dorf als der Zweite in Rom. Und er spielt Rollen, die ihm liegen, und nimmt die Gage, die um die Hälfte geringer ist als die von Zillerbach. Werde ich deswegen hier nicht Regisseur?

Oder fehlt es mir wirklich an Talent? Wer will mir sagen, daß ich keins habe? Wann wurde ich *hier* einmal ausprobiert? So, wie man es mit mir an einem kleineren Theater machen soll. Ich habe Phantasie. Meine Vorschläge bei der Zusammenarbeit mit Regisseuren beweisen es. Sicher hätte ich auch den Verstand, ein Stück zu analysieren, zu besetzen, einzustudieren.

Mir fehlen zwei Dinge, um richtig arbeiten zu können:

Selbstvertrauen und Zeit. Ersteres wüchse mit letzterem. Hätte ich Zeit, könnte ich beweisen, was in mir steckt. Bei Besprechungen über Regie, Stück und Autor müßte ich nicht immer fehlen. Zeit brauchte ich und einen Menschen, der Vertrauen zu mir hat. Der weiß, daß ich etwas leisten kann und mir bei den ersten Schritten noch hilfreich seine Hand hinhält. Einen Menschen, der mich, meine Begabung, mein Talent, meine Phantasie fördert. Einen, der daran glaubt, daß ich sie habe.

Und wieder stürzen mit meinen Wünschen Welten ein. Wenn mir schon hier niemand glaubt, wie soll erst jemand in einer fremden Stadt Vertrauen in meine noch nicht bewiesene Leistung setzen können? Daß ich überhaupt in der Lage bin, eine Leistung zu vollbringen.

Da kommt auch schon das nächste Problem auf mich zu: Selbst in der kleineren Stadt habe ich meinen Sohn. Vielleicht auch dort keinen Krippenplatz. Die Ansprüche aber und die Verpflichtungen werden größer sein. Wie soll ich hier, wie dort, überhaupt eine eigenständige, schöpferische Leistung vollbringen können? Überall fehlt es mir an den notwendigen Voraussetzungen.

Ich werde Helen um Rat fragen.

Februar 1969

»Ich finde dein Verhalten nicht in Ordnung. Da kannst du sagen, was du willst. Wäre ich an deiner Stelle, ich würde mich zuerst mit meinem Mann beraten. Du nimmst doch nicht an, daß Klaus ohne ein ausführliches Gespräch mit dir deine jeweilige Entscheidung wortlos akzeptieren wird? Wozu, so frage ich mich, hast du denn einen Mann? Doch nicht nur zum Schlafen und Geldverdienen, nicht wahr? Wenn ihr schon miteinander verheiratet seid, ist es doch normal, daß ihr euch über strittige Fragen aussprecht. Selbst dann, wenn es nicht ganz friedlich dabei zugehen sollte. Einen tüchtigen Puff kann jeder vertragen, ohne daß er gleich umfällt. Ihr auch, davon bin ich überzeugt.«

Helens helles Gesicht rötet sich. Sie kneift die Augen zusammen und behält mich mit einem Ausdruck der Unzufriedenheit im Blick. Ohne die Augen von meinem Gesicht zu lassen, zerdrücken ihre Klavierfinger nervös eine Zigarette im Aschenbecher.

»Du kannst dich nicht einfach woanders bewerben. Einfach hier weglaufen. Nur, weil du denkst, man könnte mit dir ungerecht verfahren sein. Sicher, die Art und Weise, in der man mit dir umgesprungen ist, entspricht nicht den sozialistischen Normen. Aber deshalb kannst du nicht deine Unzufriedenheit mit dir selbst an dem Mann auslassen, der dein Partner ist und dich liebt.

Überlege mal: Auch in einer Kleinstadt landest du im Ungewissen, wenn du nicht vorher deine Fähigkeiten genau überprüft hast. Traudl, vor Entscheidungen weglaufen – bis ins Mark kannst du den anderen damit treffen. Ich hab das schon mal durch, weißt du ja. Natürlich verstehe ich, daß du dich mit einer Freundin beraten wolltest. Und so sehr ich dich auch mag und dir helfen möchte – sprich erst mit Klaus über alles. Klaus ist der Partner, mit dem du entscheiden mußt. Nicht ich. Das andere Problem ist, daß du von mir verlangst, ich solle unparteiisch entscheiden. Wie denn? Ich kann nicht ›unparteiisch‹ über das Leben deines Mannes entscheiden. Ihm dadurch womöglich ein vollkommen anderes Leben aufzwingen. Dazu bin ich nicht berechtigt. Als eine einigermaßen ehrliche Freundin muß ich Partei ergreifen – entweder für dich, das hieße in deiner

Wunschvorstellung: Flucht in die Kleinstadt, weg mit den persönlichen Sorgen des Partners; oder aber: Ich gebe deinem Mann recht, deiner Familie und sage: Bleib hier. Du hast deinen Mitmenschen gegenüber auch noch Pflichten. Wie ich dich kenne, wäre ich bei der letzteren Entscheidung die längste Zeit deine Freundin gewesen. Hab ich recht? Siehst du, du blickst mich nicht einmal an. Aber ich denke nicht daran, deine Probleme zu lösen. Räume sie dir selber aus dem Weg. Ich kann dir nicht zu etwas raten, das dir momentan vielleicht nützen wird, den anderen aber unglücklich macht. Das kannst du nicht von mir verlangen.«

Stille. Über Minuten schon. Nicht lähmend, aber doch so, daß man weiß, hier wurde alles gesagt.

In mir kriecht Enttäuschung hoch. Gerade von Helen hatte ich Hilfe erwartet. Sie hätte mich doch verstehen müssen. Sie, die erfolgreich ist im Beruf. Die an ihrem Beruf hängt. Sicher alles für ihn hingeben würde. Alles? Aber daran wird es liegen: Sie hat keine Familie. Kann nicht wissen, was man da noch alles mit sich 'rumschleppt. Sieht nur die Partnerschaft, nicht die Stricke, die einen an den anderen fesseln können. Bloß einmal möchte ich frei von Rücksichten entscheiden können! Einmal in aller Ruhe sagen können: Hier ist die Arbeit, und ich stehe mittendrin. Ich leiste was, kann Rechenschaft über Vollbrachtes ablegen. Ich habe etwas Nützliches getan.

Sie denkt an meinen Mann bei ihren Ratschlägen. Ich wollte jemanden, der an mich denkt. Also doch keinen »unparteiischen« Rat?

»Mir zeigt sich noch ein Problem, Traudl. Bis jetzt hab ich Zeit gewinnen wollen, um in Ruhe zu prüfen. Ich hab keine Zeit mehr – fahre für längere Zeit zum Arbeitsaufenthalt in die SU. Guck mich bitte nicht gleich so entsetzt an. Was ich dir sagen will ... Ich darf's nicht hinausschieben ... Auch wenn's dich erst einmal mitnimmt. Die Gedanken, die ich mir gemacht habe, könnten sogar deine Entscheidung, diese Stadt zu verlassen, beeinflussen. Mir geht es um Tino. ›Deinen‹ Tino, wie du immer betonst. Fahr nicht gleich hoch, um Himmels willen. Bleib doch sitzen. Höre mich erst mal in aller Ruhe an. –

Ich fange gar nicht erst mit Lobliedern auf seine Drolligkeit an. Wir wissen beide, wie er ist. Du hast den Glauben, daß er sich noch völlig normal entwickelt, und ich die Hoffnung. Mir gefällt sein Entwicklungsstand nicht. Ich sage dir das ganz ehrlich. Ich weiß, daß du dich in jeder freien Minute um ihn kümmerst. Daß er dadurch sogar mehr Unterhaltung hat als andere Kinder, deren Mütter den ganzen Tag zu Hause sind, die Abwasch und Staubsaugen dem Spielen mit dem Kinde vorziehen. Eben weil das so ist, weil du dich so viel bemühst, erschrecken mich die geringen Erfolge. – Laß mich bitte ausreden. Suche nicht schon wieder irgendwelche Schuld bei dir. Laß endlich deine Komplexe aus dem Spiel. Wenn Tino sich nicht entsprechend entwickelt, so ist das keine Schuldfrage, sondern eine Frage der ärztlichen Beratung.

Ich bin kein Kinderarzt. Hals, Nase, Ohren sind bei ihm in Ordnung. Das ist mein Gebiet, und dafür gebe ich dir jede Garantie. Aber seine Motorik ist nicht in Ordnung – soviel steht fest. Da muß ein Fachmann her. Du brauchst nicht mit deinen Mütterberatungsbesuchen zu argumentieren – ich weiß, daß du darin genau warst. Aber die dort sind auch bloß Menschen. Sie können etwas übersehen, etwas nicht erkannt haben. Gut, sie haben festgestellt, daß der Kleine ein Spätentwickler ist. Diese Tatsache erschüttert dich nicht weiter, weil du weißt, Klaus war als Kind auch einer, und hat sich großartig entwickelt. Aber es muß nicht so sein, Traudl. Es muß nicht so sein. Ein Kind kann in seiner Entwicklung auch gehemmt bleiben. Dann braucht dieses Kind außer der ärztlichen Fürsorge jemanden, der jede Minute um es herum ist. Der auf jede seiner Bewegungen achtet, sie fördert, sie entwickelt. Wenn's mit deinem Tino so wäre? …

Ich will doch den Teufel nicht an die Wand malen. Ich will dich auch nicht erschrecken oder beeinflussen. Nur die Eventualität will ich dir vor Augen führen. Damit du gewappnet bist, falls – ich sage: falls so ein Fall eintreten sollte. Du bist die Mutter. Du mußt dann für ihn da sein. Nur für ihn. Weißt du, was das für dich bedeutet? Du könntest, willst du deinem Kind nützen, überhaupt nicht mehr arbeiten gehen. Du brauchst dann Klaus, die Familie. Allein hältst du diese Belastung nicht durch.«

Ich kann Helen nicht ansehen. Traut sie mir auch nicht die Fähigkeit zu, mich am Theater zu beweisen?

Helen hat eindringlich und ruhig gesprochen.

»Traudl, sag doch was. Mir geht es doch um dein Kind. Verstehst du mich denn nicht? Er ist ein kleiner Mensch. Er kann nicht sagen, was ihm fehlt. Wir müssen für ihn mitdenken. Denke an ihn, falls du zu Hause bleiben müßtest. Falls! Du tust es doch für deinen Jungen. –

– – –

Ich kenne jemanden, der sagt, er würde für Kinder alles tun. In der Theorie ist jedes Opfer leicht. – Traudl, dein Mann wird auch froh sein, wenn er ein geregeltes Leben kennenlernt. Durch deine Arbeit lebt ihr doch nur wie Reisende im D-Zug. An Haltestellen wird ein Wort gewechselt, ein Kaffee getrunken. Dann verschwindet jeder wieder in einer anderen Richtung. Wie soll da Harmonie aufkommen? Wie sich eine Gemeinschaft entwickeln? Nun komm mir nicht mit der Gleichberechtigung. Im Vordergrund steht der Mensch, auch wenn's manchmal nicht den Anschein hat. In unserem Fall dein kleiner Mensch. Du bist berechtigt, dich um ihn zu kümmern. Damit hört dein Leben aber doch nicht auf. Das sind ein, zwei Jahre, dann kannst du in deinem Beruf weitermachen. Niemand verlangt von dir, daß du nur noch für den Kochtopf da sein sollst. – Galerie, Konzerte, Büchereien: Alles steht dir offen. Würde Klaus weniger als du verdienen, er bliebe vielleicht sogar gern zu Hause. Nur mit deinem Gehalt allein könnt ihr keine großen Sprünge machen. Und außerdem: Ich rede und rede. Noch weiß ja kein Mensch, ob du überhaupt aufhören mußt ... Zerquäl nicht dein Gehirn, bevor du nichts Sicheres weißt. Ich wollte dich nur auf mögliche Tatsachen aufmerksam machen. Helfen wollte ich, das ist alles.«

Helen hat sich erhoben. Sie schüttelt, meinen weggewandten Dickschädel betrachtend, verständnislos den Kopf. Beharrlich blicken meine Augen in die Richtung, in der sich Helen gerade nicht befindet. Sie macht eine unschlüssige Bewegung in Richtung Tür.

Soll sie doch gehen. Von mir aus. Wenn das alles ist, was sie mir zu sagen hat. Zu Hause bleiben. Nach vierjährigem Studium. Als gäbe es in unserem Staat keine Krippenplätze, in denen Helferinnen auch jederzeit für das Kind da sind. Einen Hochschulkader einfach vor den Kochtopf stellen, und schon sind alle Probleme gelöst. Mit mir nicht. Nicht mit mir. Morgen gehe ich noch einmal zur Mütterberatung und dann zu meinem Chef.

Helen ist grußlos gegangen.

Mir graut vor der Diskussion mit Klaus. Wie soll ich ihm beibringen, daß mir daran liegt, weiterzuarbeiten? Nicht nur wegen des Geldes, natürlich nicht. Auch nicht wegen des Prestiges. Ich habe richtige Lust auf Zusammenarbeit mit anderen. Auf einen sogenannten Wettstreit der schöpferischen Menschen. Dabeisein möchte ich, wenn etwas in der Kunst geleistet wird. Am allerliebsten aber selbst mitmachen. Etwas Bedeutsames auf die Beine stellen. Nicht ein geniales Stück für hundertfünfzig geniale Zuschauer. Sondern ein Spiel vom Menschen, wie er wirklich lebt. Wie er mit seinen Problemen oft genug ins stille Kämmerlein geht. Wie er leidet. Wie er jubelt. Wie er sich zufriedengibt mit Kleinkram, weil er das Große nicht sieht oder nicht in den Griff kriegt. Einfach etwas zeigen, das nicht nur den Verstand in Bewegung setzt. Wo die Theater besetzt sind bis auf den letzten Platz. Bei so einer Art von Kunst möchte ich dabeisein, mitmachen. Wo der Zuschauer mit übervollem Herzen den Saal verläßt, wissend oder grübelnd, daß er dem anderen ein mitfühlender Mensch zu sein habe. Einer, der sich um die Sorgen der anderen sorgt.

Kunst als Brennglas für die zwischenmenschlichen Beziehungen – das wär schon etwas für mich. Ein Aufgabenbereich, das noch fündig ist.

Aber Helen will mich hinter den Kochtopf stellen.

»Hm, so etwas ist einfach nicht zu glauben. Die können doch nicht sagen, du sollst dich woandershin aufmachen, wenn du deine Familie hier hast. Noch dazu mit einem Kleinkind. In welchen Kategorien denkt eure Leitung denn? Wie soll eine Frau ihren Verpflichtungen als Frau und Mutter nachkommen, wenn die beruflichen sie in eine andere Stadt treiben? Na ja, du wärst nicht die einzige, deren Kind in ein Wochenheim müßte. Ich sehe schon ein, daß du in der Arbeit weiterkommen willst. Mir geht es ja genauso. Ich versteh dich da schon. Bloß, was soll aus unserer Ehe werden? Wieder eine Wochenendehe?«

Klaus hat die Brille abgesetzt und reibt sich mit Daumen und Zeigefinger müde die Augen.

»Lassen sich überhaupt noch Familie und Beruf miteinander vereinbaren? Ich bezweifle das allmählich.«

»Sag mal, Klaus, hast du Wochenheim gesagt? Und da soll unser Junge 'rein? Diese kleine Rübe, die nichts mit sich anfangen kann? Also, dorthin kann ich unseren Jungen nicht geben. Soviel Zeit können die sich ja gar nicht nehmen, um ihn auf Vordermann zu bringen. Ich glaube schon, daß er uns sehr nötig braucht. Was meinst du? 'ne Tageskrippe, das wäre das richtige für ihn. Abends könnten wir ihn dann wurschteln und liebhaben und es ihm gemütlich machen. – Sag mal was!«

»Kleine, was da auf uns zukommt, ist nicht einfach. Das läßt sich nicht über den Daumen peilen. Wir müssen alles ganz gründlich überlegen: Bleibst du hier in der Stadt, mußt du auf eine selbständige Arbeit verzichten. Außerdem reibst du dich künftig noch mehr auf als jetzt. Der Junge wird größer. Er kann dann überhaupt nicht mehr allein gelassen werden. Wie es mit einem Krippenplatz aussehen wird, wissen wir nicht. Du mußt ihn also weiterhin mit ins Theater nehmen. Früher oder später macht dich das fertig.« Klaus hält den Kopf auf den Handrücken gestützt und holt tief Luft. Er gefällt mir sehr in seiner Ruhe. Sein Ingenieurgehirn arbeitet ruhig und zuverlässig. Ihm kann man vertrauen.

Um einem heftigen Gefühlsausbruch vorzubeugen, hatte ich unser Gespräch aufs Wochenende verlagert. Da hatten wir bis jetzt die meiste Ruhe und Zeit für uns finden können. Wir konnten eine Flasche Wein zusammen trinken und am anderen Morgen, wenn Tino es zuließ, ausschlafen. – Der Einfall war gut. Klaus hatte endlich Gelegenheit, sich seine Fernstudiumsorgen vom Herzen zu reden. Auf diese Weise sichtbar erleichtert, fand er auch die Ruhe, sich meinen Problemen ohne Aufbrausen zu widmen.

Auf einmal ist alles viel einfacher, als ich erwartet hatte. Wie früher ist es, als wir gemeinsam Pläne durchdachten, die wir in den künftigen Jahrzehnten gemeinsam verwirklichen wollten. Ein wenig nur wird mir der Abend trotz allem verbittert: Es geht um ein Problem, das mich, so oder so, insgeheim treffen wird. Bleibe ich, wird nichts Rechtes aus mir. Gehe ich, wird nichts Rechtes aus meinem Sohn. Wem gebe ich den Vorrang?

»Zum anderen müssen wir bedenken, daß unsere Familie auffliegt, wenn du in eine andere Stadt gehst. Ich komme nicht mit. Soviel steht fest. Es sei denn, du gehst nach Berlin. In Berlin hätte ich auch Möglichkeiten, in meinem Beruf weiterzukommen. Woanders nicht. Das ist dir auch klar, nicht wahr? Ich denke mir nur, daß du in Berlin keine Aufstiegschancen hast, wenn man sie dir hier schon nicht geben will. Und kleine Städtchen oder größere Dörfer können mich persönlich nicht reizen. Ziehst du also woandershin, bleibe ich auf alle Fälle hier. Ob das dann gut für uns ist? Schließlich bin ich kein Eunuch oder Eremit, der alles Diesseitige abgeschrieben hat. Ich will noch was von meinem Leben haben. Du kannst nicht von mir verlangen, daß ich nur zu Hause 'rumsitze. Außerdem bin ich überzeugt, daß du in deinem Theater die Abende auch nicht nur mit einem Buch verbringst. Na ja. Irgendwann kommt dann einmal der Anfang vom Ende.«

»Klaus, und wenn ich ganz aufhöre zu arbeiten?«

»Du? Wie kommst du denn darauf?«

Ich verschweige ihm die Diskussion mit Helen. Ich will seine Meinung über diese Angelegenheit von ihm unbelastet hören. Klaus scheint erfreut zu sein.

»Hast es wohl langsam selber satt gekriegt, was? Diese elende Jagerei immer.«

Er wiegt den Kopf hin und her, abwägend, welche Vor- und Nachteile sich für uns daraus ergäben. Er schiebt die Lippen nach vorn und blickt gedankenverloren ins Weite.

»Ganz aufhören? Die Idee ist nicht schlecht. Ich fände es schon prima, wenn du immer zu Hause wärst. Und der Murkel hätte auch was davon. Nur, wie sollen wir finanziell zurechtkommen? Mit meinem Gehalt allein? Das wird ganz schön happig. Und eine Gehaltserhöhung ist vor dem nächsten Jahr nicht drin. Wir haben dann fünfhundert Mark auf die Hand. Die Wucht ist das nicht.«

Für mich sind fünfhundert Mark eine Menge Geld. Im Augenblick. Wenn mir aber das Wirtschaftsgeld nur so zwischen den Fingern zerrinnt, werde ich die Summe lächerlich gering finden. Diese verflixte Relativität. Außerdem hatte ich gehofft, mein Vorschlag würde heftigen Protest hervorrufen. Damit ich für mich selbst die Bestätigung finde, Unzumutbares angeboten zu haben. Niemand protestiert. Es scheint also dem anderen zumutbar zu sein, daß ich aufhöre zu arbeiten. Ich will aber nicht. Begreift das denn niemand? Schon beginne ich innerlich zu hadern, mich unverstanden zu fühlen und gallige Abneigung zu empfinden. Wenn Klaus doch wenigstens impulsiv auf unseren Sohn gewiesen hätte, wie: Denke an Tino. Der hat's nötig. Der braucht dich. Da bist du nützlich. Dein Opfer wird nicht umsonst sein. So wie Helen neulich, wenn ich's ehrlich vor mir selber zugeben will. Aber nein. Er überprüft die Finanzen, befindet die Aussicht eher kläglich und läßt mich um seiner Gemütlichkeit willen zu Hause bleiben.

Ich bin ungerecht, ich fühle es. Aber ich will jetzt ungerecht sein. Ich will jetzt leiden, um den anderen besser beschimpfen zu können. Zürnen, weil er das Normale will: ein Zuhause mit einer Frau, einem Kind und Entspannung nach einem langen Arbeitstag. Aber ich gönne ihm diese Zufriedenheit nicht, das ist es. Weil ich durch seine Zufriedenheit unzufrieden mit meinem Leben werde. Für ihn geht alles wie gehabt weiter: Sammelkanäle, Flachverlegung, über die er nie spricht, weil sie »geheime Verschlußsache« ist, Rohre aus Berlin, Prüfstrecken bei Wurzen, Rechenlösungen auf dem Papier und beim Studium und zum Abendbrot Bratkartoffeln mit Sülze. Sonnabends ein Bier. Sonntags ein Spaziergang mit Kinderwagen in Richtung Zoo oder in den Stadtpark. Das nächste Wochenende mal zu den Großeltern, und wenn ein Betriebsvergnügen stattfindet, wird mit stolzem Gesicht und stolzem Herzen die gutaussehende Frau serviert.

Und ich? Ich bin doch auch noch jung und soll schon vor verschlossenen Toren stehen? Mann und Kind abfüttern, für die nächste Fütterung in Geschäften anstehen, Staubkrümel aus den Ecken scheuchen, Windeln auf die Leine klammern. Mit dem Jungen spielen und auf den Mann warten. Warten, daß er kommt, daß sich bei ihm etwas Erzählenswertes ereignet hat, als verständnisvolle Ehefrau seine Kollegen mit ihm beschimpfen. Warten, ob ihm Lust zum Ausgehen kommt. Warten, ob ihm Lust kommt. Warten. Eine Zukunft, die man sich nicht mal als Vergangenheit wünscht.

Klaus rechnet immer noch. »Wir werden alles in allem dreihundert Mark Kostgeld im Monat haben, wenn Miete, Lichtgeld, Kohlen, Reinigung, ein Buch und ein paar Biere im billigsten Lokal bezahlt worden sind.«

»Dreihundert Mark für drei Personen für vier lange Wochen?«

»Das sind pro Tag – laß mich's ausrechnen...«

»Nein. Hör auf damit. Ich kann es schon jetzt nicht mit anhören. Hör auf! Diese Pfennigfuchserei dann. Das Gestreite um das Geld. Schon jetzt ist mir das alles verhaßt. Ich bleibe, solange es mit Tino geht, hier am Theater. Als ewiger Regieassistent. Immer ein wenig über die Schulter angesehen, weil es zu mehr nicht gereicht hat. Aber darüber werde ich mich schon im Laufe der Zeit hinwegsetzen. Es wird alles so weitergehen wie bisher. Zufrieden?«

»Nein!«

»Und warum nicht, wenn ich fragen darf?«

Klaus' Gesichtsausdruck ist zerquält. »Ich will nicht, daß du das so sagst, Kleine. So, als müßtest du dich für uns aufopfern.«

Seine Hand langt über den Tisch und legt sich auf meine.

»Ich lieb dich doch und möchte, daß du auch froh bist.«

Hilflos streicheln seine breiten Finger meine offene Faust. Ich umfasse, wie sonst, wenn wir miteinander spazierengehen, seine Zeige- und Mittelfinger und halte mich daran fest. Klaus' Hände sind gut zum Festhalten.

März 1969

»Hat's vielleicht dieses Mal geklappt?« Die aufkeimende Hoffnung, seit eineinhalb Jahren beständig genährt, wird von dem bedauernden Kopfschütteln der Fürsorgerin erneut weggefegt.

»Tut mir leid, Frau Riezy. Sie stehen aber mit vorn dran. Die Karteikarte hatten Sie schon ausgefüllt?«

»Ja, bereits vor einem halben Jahr.«

»Nun schön. Wir wissen nun, daß Sie einen Krippenplatz brauchen. Aber leider, leider ... Es warten zu viele. Vor September brauchen Sie nicht wieder herzukommen. Schade um den Weg und die Zeit.«

»Und ab September? Wie sieht's dann aus? Soll ich zwischendurch anrufen? Winken Sie doch nicht ab. Vielleicht hat es einen Sinn?«

Immer wieder zwängt sich Hoffnung hervor, tastend und suchend nach einer sich möglicherweise versteckt anbietenden Lösung. Meine Augen blicken erwartungsvoll auf den sich öffnenden Mund der Fürsorgerin. Der Mund wird wortlos wieder zusammengepreßt.

»Ich brauche nur für vier Stunden den Platz. Vielleicht kann ich mich mit einer anderen Mutter 'reinteilen?«

»Nein! Nein!« Die Fürsorgerin streckt mir abwehrend die Innenfläche ihrer rundlichen Hand entgegen und bewegt sie im schnellen Rhythmus nach links und rechts. »Das ist ganz unmöglich. So etwas machen wir nicht. Nein. Sie können mir glauben, wir tun ansonsten alles Menschenmögliche. Ich melde mich selbst bei Ihnen, wenn ich etwas für Sie habe.«

Die Frau blättert geschäftig in Formularen, die auf dem Schreibtisch verstreut liegen. Ich nehme meinen dicken Sohn auf den Arm und lasse die Hoffnung in dem engen, unpersönlich getünchten Zimmer zurück.

Vor dem ungastlichen Haus wirbelt ein erster lauer Wind die Haare langmähniger Mädchen durcheinander und trocknet Tinos schwarzweiß gemusterten Anorak. Tino hatte, während wir bei der Fürsorgerin saßen, sich nicht davon abhalten lassen, fleißig seinen Mund auszuräumen. Seit einiger Zeit schon läuft ihm so viel Speichel zwischen den Lippen hervor. Ob das vom Zahnen kommt? Seine Pullis werden auf der Brust feucht und fleckig, daß vorgebundene Lätzchen kann gar nicht so schnell die Flüssigkeit aufsaugen. Auch jetzt wische ich ihm wieder behutsam sein feuchtes Schnäuzchen ab, damit es nicht wund wird. Energisch schiebt Tino die hilfreiche Hand fort. Er mag es nicht, wenn man ihm ins Gesicht faßt. Dabei ist mir der Gedanke unerträglich, mein Kind leiden zu sehen, nur weil ich in irgendeinem Moment unachtsam gewesen sein könnte. – Jede Mutter müßte ein Gesundzauberer sein. Alle Wehwehchen und Leiden der Kinder wegpusten, mit Röntgenaugen den kleinen Körper durchforschen und den Keim einer Krankheit mit weisem Spruch vertilgen können.

Ich schiebe den Kinderwagen dem Frühlingswind hinterher, der durch die Bombenlücken der Innenstadt ein Lied pfeift. Windgepfiffene Lieder stimmen übermütig. Tino lacht verschmitzt vor sich hin und prustet wahre Fontänen aus seinem Mund. Er kickert und kichert bei den Windküssen, als krabbelten ihm zahllose Finger über Gesicht und Nacken. Vor der messingbeschlagenen Tür des Theaters entreiße ich dem windigen Spaßmacher meinen Sohn und trage den Jungen in seinem abermals feucht gewordenen Anorak in das Zimmer unseres BGL-Vorsitzenden.

»Was denn, Frau Riezy, das ist doch sinnlos. Wir haben keinen Platz für das Kind. Die Krippe ist voll. Der sieht so brav aus – mein Süßer, du bist doch ein lieber Junge, nicht wahr – also der sieht so brav aus, den können Sie noch zu Hause lassen!«

Er kitzelt meinen Jungen mit dem Zeigefinger und freut sich über Tinos vergnügtes Gesicht.

»Den können Sie noch zu Hause lassen. Der macht noch keinen Unfuch.«

Der BGLer betont die ersten beiden Worte, um seinen Sätzen gewichtige Überzeugungskraft zu verleihen. Dann wartet er auf unser Gehen. Was sollen wir noch bei ihm? Helfen kann er uns nicht.

Wenn's um die Schwiegertochter ginge, ums herzlich geliebte Enkelkind, wäre man da rühriger? Ist es das fremde Schicksal, das einen ruhiger im Sessel sitzen läßt? Fremde Sorgen tun nicht sehr weh.

»Mein Gott, wenn man doch helfen könnte. Aber einem sind auch die Hände gebunden. Müßte noch mal beim Stadtbezirk nachfragen...«

»Ach ja. Bitte!«

»Also, mein Mädchen, sobald was frei wird, geb ich Bescheid. –

Also, meine gute Frau Riezy, ich verspreche es Ihnen: Die Nächste sind Sie. Sie kriegen sofort Bescheid.«

Er legt mir väterlich die Hand auf die Schulter, und ich fühle, daß er es ehrlich meint. Aber es werden noch viele Mütter kommen, er wird wieder und wieder Mitleid und einen Krippenplatz haben müssen. Manche wird lauter jammern als ich, wird weinen, ihm ihr baldiges Ende ankündigen – diejenige wird dann den Krippenplatz bekommen, nicht ich. Ich weiß schon, wie das ist. Doch ich kann nicht aus meiner Haut heraus und einem alten Mann große Tragödie vorspielen, bloß weil das vielleicht wirksam sein könnte. Ich kann nur meinen letzten Mut zusammennehmen, mir ein Lächeln ins Gesicht zwingen und mich erschöpft vom Stuhl erheben. Mehr kann ich nicht. Ich nehme Tino wieder in die Arme, allein kann er noch nicht stehen, und fühle seinen klebrigen Mund an meinem Gesicht. Er versucht, sachte meine Wange abzulecken.

Ein Kollege aus der Parteileitung winkt ab, als er mich mit meinem Bündel Mensch kommen sieht.

»Nichts da, meine Liebe. Laß den Kopf nicht hängen. Er ist ja fast noch ein Baby. Unser Kleiner war während der Proben immer allein. Auch jetzt noch. Ein strammer Bursche ist er trotzdem geworden, unser Dirk. Und klug. Ein kluger Junge.«

Mir hilft sein kluger Junge nicht über das Wissen hinweg, daß mein Junge nicht so klug ist und ich ihn eben nicht mehr allein lassen möchte.

Der Chefdramaturg hatte sogar seine Gattin bemüht. In ihren Bekanntenkreisen, beim Friseur und bei Freunden wurde nach einem geforscht, der wieder einen kannte, dessen Bekannte ihr Kind aus der Krippe nehmen wollte, es aber letztendlich doch nicht getan hat. Ganz großes ehrliches Bedauern auf der anderen Seite. Ich weiß das zu schätzen. Aber wie geht es nun weiter?

April 1969

Meine Verbitterung nimmt in dem Maße zu, wie die Chancen für einen Krippenplatz abnehmen. Da sich jede Möglichkeit als Niete erwiesen hat, bleibt nur Groll und Resignation gegenüber denjenigen übrig, die sich erfolglos mühten. An der Suche nach einem Krippenbett, einem Gemeinschaftsteller und einem hilfsbereiten Menschen für mein Kind waren eine ganze Anzahl Leute beteiligt gewesen, deren Aufgaben und Pflichten auf einem ganz anderen Gebiet lagen, in denen aber trotzdem der Funken Hoffnung nicht erloschen war, für den anderen etwas aurichten zu können. Trotz ihrer Hilfsbereitschaft waren sie erfolglos geblieben.

Zum erstenmal in meinem Leben bin ich an Grenzen gestoßen. An eine Grenze im Sinne einer Beschneidung. Meinem Drange, mich mit allen Fähigkeiten den vielen zur Verfügung zu stellen, die mir überhaupt erst den Weg zu einer »Fähigkeitserwerbung« geebnet hatten, wurde Einhalt geboten. Hier war eine Gummiwand, die ich nicht einrennen konnte. Ihre Biegsamkeit ließ sie unbesteigbar werden. Anremplung verursachte keinen Schmerz, weil auf der anderen Seite keine Härte war, nur sanft tönendes »Tutmirleidjetztnochnichtgeduldensiesichnoch«. Ich fand keinen, auf den ich zornig sein, den ich angreifen, beschimpfen konnte. Man hatte ja alles versucht. Alles?

Ich zergrübelte mir das Hirn, wem wohl noch daran liegen könnte, daß ich am Theater blieb. Wer könnte Interesse daran finden, daß ich die in mich investierten Groschen in Arbeit ummünzte? – Der Leiter der Einrichtung, in der man beschäftigt ist. Natürlich.

Nach einer sehr gründlichen Beratung mit Klaus setzte ich ein Schreiben auf, höflich, aber bestimmt. Ich bat um unbefristeten Urlaub, da mein Kind, das mir nun selbst in seiner Entwicklung zurückgeblieben erschien, keinen Krippenplatz fand, wo man sich tagsüber liebevoll seiner annahm.

Das Ergebnis war vernichtend. Ein bündiges Antwortschreiben riet mir, mich meines Vertrages mit dem Theater zu erinnern und auf diesem Wege eine Vereinbarung zu treffen.

Die kurze Rücksprache mit dem Intendanten verlief ergebnislos. Auch er könne keine Krippenplätze aus dem Boden stampfen, und unbefristeten Urlaub während der Spielzeit gäbe es nicht. Man könne mir einzig zur Lösung meines Vertrages raten und wünsche alles Gute für meine weitere Entwicklung und natürlich das Allerbeste für mein Kind.

Schluß. Aus. Rausschmiß mit höflicher Geste.

Benommen stand ich vor dem Theater, ab Mitte des Monats arbeitslos. Auf meinem Gebiet arbeitslos – um es richtig zu definieren. Ohne Arbeit. Das hatte ich nicht gewollt. Ich war der sicheren Überzeugung gewesen, ich würde noch gebraucht. Der Intendant, der höchste Mann in unserem kleinen Theaterstaate, brauche mich, die Assistentin. Wolle mich halten, wolle einen Platz mit mir suchen für den Jungen. Bei seinen Beziehungen könnte ein Krippenplatz schnell gefunden sein.

Irrtum.

Ich schäme mich. Weil ich einsehen muß, daß ich nicht gebraucht werde?

Ich bin beleidigt. Weil man mein Problem mit einer flotten Handbewegung keß vom Schreibtisch wischte?

Furcht kommt geschlichen. Furcht, daß ich versagt haben könnte. Denn an gedankenlose Selbstherrlichkeit kann ich nicht glauben. Angst kriecht in mir hoch, daß ich in meinem Beruf unwissentlich alles falsch gemacht haben könnte.

Warum hat man mir meine Fehler nicht eher gesagt? Warum hat man mir Prämien für gute Arbeit gezahlt? Man hat mich vor den Kollegen und in Privatgesprächen gelobt. Um mich bequemer fallenzulassen? Weiß man nicht, daß ich stürze, wenn mich niemand hält?

Wie erblindet tappe ich durch die sonnenhelle Stadt. Ungehört verweht frühlingshaftes Locken junger Männer. Ausgefallene Roben in exquisit herausgeputzten Schaufenstern verführen nicht zum Verweilen. Mein willenloses Treibenlassen reizt Eilige zu Beschimpfungen. Eiskalt überläuft es mich bei dem Gedanken, nach Hause gehen zu müssen und zu erzählen. Beistand zu suchen für erlittene Enttäuschung. Mitleiden für erlebte Schmach. So klein will ich nicht vor Klaus treten. Ein: »Nimm es dir nicht so zu Herzen, Kleine. Ihr habt eben genug Assistenten. Außer dir wurden noch zwei eingestellt. Alles Männer, nicht wahr? Na bitte. Die verbringen den ganzen Tag im Theater, teils auf der Probe, teils in der Kantine. Jedenfalls immer am Platze, immer greifbar, wenn man sie braucht. Daraus mußt du dir nichts machen. Frauen, scheint's, eignen sich eben nicht so sehr zu diesem Beruf«, soll mich dann vielleicht trösten.

Mich braucht man nicht mehr. Nicht die anonymen ›Frauen‹.

Weiter stolpere ich ziellos durch die Straßen, blicklos die Augen auf die Bordkante gerichtet. Der Bordstein ist zu Ende. Der Fuß stößt nach unten, knickt leicht ein. Der andere Fuß wird nachgezogen. Ein neuer Bordstein nähert sich. Mühevoll wird das Bein gehoben, aufgestellt. Das andere folgt willenlos. Im Geiste höre ich Klaus' argumentierende Stimme, sauge empfindlich Trost daraus auf. Und wage mich nicht zu ihm nach Hause.

Der kleine Zeiger rückt auf fünf. Die müden Beine taumeln Stufen hinauf. Mein Klopfen an der Tür ist fast unhörbar.

»Meine Kleine, da bist du ja endlich! Wo hast du nur so lange gesteckt? Wir haben schon auf dich gewartet. Mischa ist da. Er hat Kuchen und seine Freundin mitgebracht. Ich habe den Tisch gedeckt und Kaffee gekocht, und du kommst und kommst nicht. Wo warst du denn solange? Oder hat's etwa dort (Kopfbewegung nach hinten in Richtung Häuserwände) so lange gedauert? Wie war *er* denn zu dir? Bist ja so niedergeschlagen. Na, wir reden nachher mal drüber. Jetzt mach mal ein fröhliches Gesicht, ja?«

Klaus' aufgeräumtes Schwätzeln trägt mich wie eine Flutwelle ins Zimmer zu den beiden Gästen. Mischa umarmt mich strahlend, als hätten wir uns Jahre nicht gesehen. Die Freundin, großäugig, schiebt mir verlegen eine Schachtel Pralinen in die Hand. Hilflos blickt sie mich, um Entgegenkommen bittend, an. Ich küsse sie auf die Wange. Mischa weist mit dem ausgestreckten Arm bedeutungsvoll auf mich. Für ihn habe ich, wie immer, das Richtige getan.

»Na bitte. Ich hab's ja gewußt. Traudl freut sich, dich kennenzulernen. Und da«, er wendet sich der schüchtern blickenden Freundin zu, »hattest du solche Angst vor ihr. Weil sie am Theater ist! Christa denkt nämlich, ihr Theaterleute seid ein arroganter Haufen. Aber...« Mischa schubst mich freundschaftlich, »...ich habe ihr gleich meine Meinung zu diesem Thema geflüstert. Alle anderen vielleicht. Aber Traudl nicht. Die zuallerletzt. Na, glaubst du's nun?«

Christa bekommt rote Flecken auf den Wangen und lächelt vorsichtig.

»Alles halb so wild«, versuche ich zu scherzen und mich durch laute Fröhlichkeit Mischas bewundernden Blicken zu entziehen. Für ihn ist Theater mit Waltraude Riezy verbunden, seiner Schwägerin. Bei Theater kann er mitreden. Schließlich hat er ja ein begabtes Familienmitglied bei dem Verein. Und diese Frau, so versichert er jedem, wird noch einmal ganz groß. Das weiß er bestimmt.

Sie wird nicht groß. Doch das weiß er nicht. Sie wird gar nichts. Sie wird zu Hause sitzen und grübeln und fluchen, weil sie nicht als Junge zur Welt gekommen ist.

Auch Klaus lächelt jetzt stolz. Wenn staunende Dritte dabei sind, ist es für ihn etwas Wunderbares, eine Frau am Theater zu haben. Etwas Besonderes, wobei auch auf ihn dadurch der Schimmer der Besonderheit fällt. Vorausgesetzt, das Stichwort »Haushalt« fällt nicht.

Aus dem Nebenzimmer ertönt zufriedenes Schmatzen. Wie auf Verabredung stürzen Christa und Mischa an Tinos Bett. Von drüben hört man nur »Drollig!«, »Ist der aber süß!« und »Die großen braunen Augen zu dem blonden Haar!« Dann das Geräusch von Küssen.

Mich zieht es eifersüchtig durch die Tür zu den dreien. Tino steht im Gitterbett, hält sich mit einer Hand fest und bohrt mit der anderen in Mischas Gesicht herum. Er blubbert mit den Lippen und prustet und benetzt die beiden Bewunderer mit einer Ladung aus seinem nassen, immer aktiven Mund. Mischa lacht. Christa wischt sich, für einen Moment unangenehm berührt, verstohlen die Tröpfchen vom Gesicht. Sie bringen den Jungen an den Kaffeetisch. Er äugt begehrlich auf ein Stück Torte und müht sich um das Wort »Pappap«. Klaus hält ihm bereitwillig seinen Löffel hin, aber Tino greift nicht zu. Unwirsch, weil von niemandem gefüttert, strampelt er mit den Beinen und wippt mit dem Oberkörper in Richtung Kuchen.

»Du kriegst Pappap«, höre ich mich beruhigend versichern. Und schon halte ich den rundlichen Jungen auf dem Schoß. Meine drei Zuschauer öffnen bei jedem Happen Torte, der in Tinos Mund verschwindet, unbewußt weit die Lippen. Sie schließen sie fest, wenn der

Löffel in seinem Mund verschwunden ist, als hätten sie die Torte zu zerkauen und einen säuberlich abgeleckten Löffel wieder nach draußen zu befördern. Noch vor Stunden hätte mich dieser Vorgang, bewußt provoziert, zu Heiterkeitsausbrüchen hingerissen. Heute, wo der Gag unverschuldet gelang, läßt er mich kalt.

Die im Theater brauchen mich nicht. Aber Tino wird mich brauchen. An dem Jungen halte ich mich fest. Er wird mir die Kraft geben, wieder zu mir selbst zu finden. Noch kann er nicht mit dem Löffel essen. Er wird es lernen. Noch kann er nicht laufen. Er wird es lernen. Täglich werde ich mit ihm üben. Geduldig, stundenlang. Wenn es wirklich an den vier Stunden Alleinseins täglich gelegen haben soll, daß er in seiner Entwicklung hinterherhinkt – ich will es wiedergutmachen. Die paar Monate sind schnell aufzuholen. Ein Prachtkerl soll der Junge werden. Nun erst recht.

Tino ist gesättigt und wird ins Gitter gesetzt. Es bleibt ständig für ihn im Wohnzimmer aufgestellt. Behutsam spielt er am Gürtel der Puppe herum, die ihm seine neue Tante und sein Onkel mitgebracht haben. Mischa ist entzückt.

»Paßt später bloß auf euren Jungen auf. Der bindet den Mädchen die Gürtel ab, sobald er sie im Arm hält.«

Das Witzeln und Lachen dauert bis in die Abendstunden an. Dann wird es still bei uns. Mischa und Christa sind zurück nach Magdeburg gefahren. Tino schläft. Klaus wäscht freiwillig ab. Ich blicke ihn stumm an.

»Na, was hat dein Boß gesagt?«

Die entscheidende Frage ist ausgesprochen. Nun gibt es kein Entrinnen mehr. Von jetzt an zählt nur die Wahrheit. Auch wenn sie verschwiegen würde. In Klaus' angespanntes Gesicht lasse ich meine Enttäuschung, meine Bitterkeit fallen. Ich überrenne ihn mit Hoffnungslosigkeit.

Nach langer Zeit höre ich, hilflos in meinem Kummer, die gutgemeinten Wort:

»Wir werden es schon schaffen. Irgendwie.«

Da will sich ungerechter Haß in mir aufblähen. Schon wieder geht es ihm ums Geld. Und meine Zukunft steht auf dem Spiel. Aber rechtzeitig senken sich die Schwaden, die mir die Sicht verdunkeln wollen. Nicht nur um das Geld geht es ihm. Von »schaffen«, also von »bewältigen« ist die Rede. Vom »wir«. Er läßt mich nicht im Stich. »Wir werden« – da liegt Hoffnung drin. Zukunft. »Irgendwie« – das ist noch kein Weg, noch kein Ziel. Aber es ist keine Resignation. Mit uns wird es weitergehen, mit Klaus, Tino und mir. Wir werden leben. Werden versuchen, auf alle Fälle das Beste aus allem zu machen. Wir sind gesund, haben Kraft. Irgendwie werden wir es schon schaffen.

Seit heute bin ich Hausfrau. Wider Erwarten sind dieses Gefühl und die Umstände nicht unangenehm. In aller Ruhe gebe ich mich mit Tino dem Frühstück hin. Dauernd versuche ich den Jungen zum Lachen zu reizen, weil er dann anstelle seiner braunen Kullern Sehschlitze wie ein kleiner Chinesenjunge bekommt. Bei jeder drolligen Reaktion wird der sich heftig verteidigende Knabe umarmt und geküßt.

Wir zwei beiden, nicht wahr, wir verstehen uns schon, könnte ein Dolmetscher unseres genußvollen Morgens für die Umwelt übersetzen. Tino lächelt, lacht. Er gluckert vor sich hin und sprudelt wie ein Springbrunnen.

Mit meinem stadtfeinen Jungen bummle ich durch die Straßen und laufe langsam, ganz und gar ferienhaft, zur Großmutter. Wir werden schon erwartet. Das Kind wird mit Kuchen gefüllt und ich mit Trost. Vater und Mutter verströmen Zärtlichkeiten und liebevolle Blicke. Und ich weiß nicht, ob sie nur ihr Mitleid zu verhüllen suchen oder glücklich über die nun öfter stattfindenden Enkelbesuche sind. Sie lieben bedingungslos und unermüdlich.

Gegen abend kommt Klaus vorbei. Wir laufen geruhsam mit Tino im Wagen zurück zu uns, nach Hause. Über dem Kanal versinkt die Sonne im Dunst und läßt Sporthallen und Ufer messingfarben aufleuchten. Langsamer werden die Schritte, und selbstvergessener gleiten die Blicke über Lindenallee, überfüllte Straßenbahnen und vorüberrasende Autos. Der erste Abend ohne Sorgen. Nur sonnenfarbener Himmel, frühlingsgrüne Büsche und Besinnlichkeit. Ich muß nicht mehr zum Abenddienst. Morgen nicht, übermorgen nicht. Eine

Ewigkeit nicht mehr. Wenn ich will, kann ich mitten in der Spielzeit mit Tino verreisen. Ich könnte auch einfach bei meiner Mutter übernachten, wenn ich das wollte. Ich könnte überhaupt viel unternehmen. Noch kann ich die Reichweite meiner neuen Handlungsfreiheit nicht ermessen. Noch lebe ich im Konjunktiv. Aber morgen, übermorgen vielleicht, werden »könnte«, »hätte«, »würde« Wirklichkeit. Da kann ich machen, was *ich* will.

Ich will meinen Jungen an die Hand nehmen, ihn Laufen und Sprechen lehren, mit ihm die Tiere im Zoo bestaunen, auf Karussellpferden reiten und viel, viel lachen.

Mai 1969

Er soll ein Idiot sein. Tino. Ein Idiot. Und ist er es noch nicht, so wird er einer. Bald. Wird blöd vor sich hin stieren, kreischen, im Wege sein. Mein Kind. *Mein* Kind! In einem Heim vielleicht. Hinter Gittern, gefesselt. Von Pflegern, die ihn hassen. Ihn schlagen. Er kann sich nicht wehren.

Mein kleiner, geliebter Junge. Du lachst so herzlich, völlig normal. Du wirst kein Idiot, nicht wahr? Andere vielleicht. Andere, die von ihren Eltern vernachlässigt, mißhandelt werden. Wir lieben dich doch. Der Doktor hat sich geirrt. Er weiß nicht, wie verschmitzt du sein kannst. Einmal hat er dich nur angesehen. Zufällig brüllend. Ein einziges Mal nur.

Frühkindliche Hirnschädigung. Vielleicht bei der Geburt.

Deine Geburt verlief ruhig, so normal.

Du kannst nicht krank sein, mein Junge. Du nicht.

Er sagt, du wirst nie eine Schule besuchen können. Er hätte seine Erfahrung mit solchen Kindern, wie du es bist. Langjährige Berufspraxis. Nicht mal eine Sonderschule. Woher will er das jetzt schon wissen? Er sagt, ein Wunder wäre es, wenn du überhaupt laufen lerntest. Selbständig wirst du nie etwas können, sagt er. Dein Leben lang wird man dich füttern müssen. Dich in Windeln packen.

Wir sollen dich weggeben. In ein Heim. Du würdest uns nur zur Last werden. Und der Umwelt auch.

Ich liebe dich, mein Kleiner. Wie soll ich ohne dich leben können? Ohne dein vergnügtes Jauchzen, deine weichen, murkligen Hände? Ohne dein ungeduldiges Strampeln morgens im Bett. Dein Rütteln an den Gitterstäben, wenn du Mittelpunkt sein willst.

So große Pläne habe ich mit dir. Warum sollst ausgerechnet du, mein Kind, krank sein? Warum kein fremdes, ungeliebtes? Ich will nicht, ich *will* nicht, daß du krank bist. Ich will nicht, daß du »geistig behindert« bist.

Ich muß etwas unternehmen. Ich muß los. Aber wohin? Zu wem? Wen frage ich? Wer hilft? Wer kann mir den Jungen retten?

»Da kann man nichts machen, Frau Riezy. Sie müssen sich mit dem Tatbestand abfinden. Mit diesem Problem stehen Sie nicht allein in der Welt. Es gibt viele unglückliche Mütter mit solchen Kindern. Trösten Sie sich!«

Was interessieren mich jetzt die anderen Mütter? Meins ist krank, mein eigenes. Meins, das ich geboren habe. Und nun soll's unheilbar krank sein? Unheilbar? Irre? – Ich mich trösten! Ich fasse es nicht. Niemals!

Junge, du kannst doch etwas. Lache! Lache! Bitte lache, damit ich sehe, wie gesund du bist. Wie fröhlich! So lache doch!

Ich zittere am ganzen Körper.

Den Jungen habe ich ins Bett gelegt. Hab ihn unzählige Male geküßt. Das Gesicht, die Arme, seine Finger. Ich habe seinen Bauch geküßt und die Füße. Gesundküssen wollte ich ihn. Sein Gehirn, die schuldige graue Masse, können meine Lippen nicht berühren.

Ich hasse den Arzt. Alle Ärzte. Und Tino lächelt und spielt zierlich mit seinen Fingern. Er wendet sie vor den Augen, anmutig und graziös. Und lächelt dabei, friedlich und weltenfern. Er ist zufrieden. Wie lange noch?

Auslachen wird man dich. Verspotten. Heimlich quälen. Du kannst dich nicht wehren, niemanden zu Hilfe rufen. Im Buddelkasten werden die andern mit Fingern auf dich weisen und lachen: Seht mal den Idioten da! Der ist blöd! Ein Verrückter!

Du wirst leiden. Du wirst deine Arme ausstrecken und einen Spielgefährten suchen. Aber alle werden zurückweichen wie vor einem

Aussätzigen. Keiner wird dein Freund sein. Oh, mein Junge, das halte ich nicht aus. Ich kann dich nicht weinen sehen. Ich will nicht, daß du ausgestoßen im Schatten hockst.

Und wirst du größer, und ich habe nicht mehr die Kraft, dich zu beschützen, schiebt man dich ab. Von einer Anstalt in die andere. Findest kein Zuhause, keinen, der dich liebt. »Idioten« werden nicht geliebt.

Du bist Liebe gewöhnt, Zärtlichkeit. Aber du wirst in einem düsteren Raum in einem vergitterten Bett leben. Deine Hände werden die Stäbe umklammern. Jedem Vorübergehenden wirst du sehnsüchtig hinterhersehen. Du willst spielen. Du willst umarmt sein. Du willst lachen. Du bettelst mit den Augen. Und wirst übersehen – du kannst ja nicht sprechen. Keiner wird dich herausheben, dich hin- und herwiegen, leise Kinderlieder singen, damit du fröhlich wirst. Niemand wird dich verstehen.

Was denke ich an ein Heim! Wir bleiben ja zusammen. Für immer?

Bleiben wir zusammen, gewöhnst du dich an mich. Aber geht mir die Kraft aus, wirst du mir weggenommen. Dein vielleicht einziges, mühevoll bewältigtes Wort »Mama« verhallt ungehört.

Wer ist dir dort eine Mutter? Deine Jauchzer verstummen. Wen interessieren die Jauchzer eines »Idioten«? Wen sein Glück?

Mein Junge. Ich muß dich beschützen. Beschützen vor deiner Zukunft. – Wie? Dich töten? Ein Ausweg. Und du stehst anderen nicht mehr im Wege. Dein Tod könnte dich vor einem grausamen Leben bewahren. –

Nein! Unmöglich! So etwas auch nur zu denken! Ich kann's nicht. Ich könnte es nie!

Du lächelst. Du kannst lieb lächeln. Spürst Zärtlichkeiten. Schmerzen auch. – Was mach ich nur? Unglücklich sollst du nicht werden. Vielleicht...

Ja. Ich müßte dich auf deine Zukunft vorbereiten. Auf ein Leben *ohne* Liebe. Ich muß dir meine Liebe entziehen. Du mußt vergessen, was das ist, Liebe.

Nein, nein, nein. Was soll das alles? Mit dir leben und dich nicht lieben? Wahnsinn. Ich werde dich immer lieben. Meine Liebe aber wird dir die Trennung von mir erschweren. Das heißt: Ich müßte dich jetzt weggeben. Jetzt, wo du noch nicht genau ermessen kannst, was es bedeutet, eine Mutter zu haben. Es bleibt nichts weiter übrig – ich muß mich von dir trennen. Jetzt schon. Das heißt: das Heim.

Dich soll ich im Stich lassen? Und ich? Soll einfach weiterleben ohne dich? Ein unerträglich genußvolles Leben führen, während du hinter einem Gitter nach der Mutter lallst? Mit deinen Tränen soll ich lachen? Ich – deine Mutter? Nein! Ich wollte immer dein Freund sein.

Ja, ich bin dein Freund. Ich werde dich verlassen. Jetzt.

Nur noch einen Kuß.

Dich noch einmal zudecken.

Du wirst dich nicht an mich erinnern. Du kannst dich nicht nach mir sehnen. Du bist noch zu klein.

Ich muß sofort gehen. Sonst bleibe ich.

Aber ... wenn du kein »Idiot« wirst? Wenn sich der Arzt getäuscht hat?

Viele werden dich dann lieben. Andere Mütter. Und dein Vater. Dein Vater wird dich lieben, wenn du gesund bist. Er wird alles für dich tun.

Aber bist du krank ... Ich kann es ihm nicht einmal sagen. Ich bin zu feige. Dein Vater ist in dieser Frage kein Partner für mich. Ich fürchte seine Reaktion.

Ich gehe jetzt. Sei brav.

In meiner Hand liegen dreißig Schlaftabletten.

Dritter Teil

Mai 1969

Sterben habe ich mir anders vorgestellt: ein Schweben in blauen Gefilden vielleicht, in der Kühle eines unberührten Himmels. Einsam, weil der Himmel unendlich ist. Oder sich wälzend auf dem Grunde eines Vulkans in roter, kreischender Lava, selbst schreiend aus Lust an der Hitze. Umgeben von Freunden, von Fremden, denen die sündige Wärme lieber war als die Kälte des Alls. Immer aber verband sich mir der Gedanke an den Tod mit dem Glauben an ein Niewiederbewußtwerden.

Ich starb und blieb mir bewußt, daß ich bin. Ich sah mich auf lila Wirbeln kreisen, fühlte mich umarmt vom unersättlichen Sog, fuhr auf dem Karussell der Unendlichkeit mit dem Bewußtsein: Ich bin. Mein Herz pumpt, der Kreislauf arbeitet. Das sollte der Tod sein? Das ein Ende?

Ich lag und versuchte nicht mehr zu denken. Mir Schwärze vor die Augen zu holen, weil Farbigkeit mich wieder ins Leben hineinzwingen wollte. Ich versuchte bewußt, bewußtlos zu werden, um den Tod vollkommen zu machen. Ich verlor das Zeitgefühl. Jegliches Gefühl.

Irgendwann spritzte man mir etwas in den Arm. Man berührte mein Haar. Man flüsterte von Rücksichtnahme. Ich begann zu hören. Zerdachte die Worte und erfaßte keinen Sinn. Man arbeitete mit meinem Fleisch, man wollte mich lebendig machen. Lebendig im Geist, denn das Herz pumpte, der Kreislauf arbeitete.

Mein Geist hatte mit diesem Leben abgeschlossen. Falls ich wieder völlig zu mir finden könnte, und das schien mir beinahe wahrscheinlich, würde ich ein anderer Mensch sein. Man erwacht aus dem Tode nicht unverändert. Es würde etwas sein in mir, das die »Unendlichkeit« in mir zurückgelassen hätte: ein Stück Sterben und eine begreifliche Sehnsucht nach dem Leben. Zwischen diesen beiden Polen müßte ich von nun an *bewußt* leben. Die Vorstellung von diesem Leben verschwamm immer undeutlicher, je verständlicher sich das »Sein« vom imaginären Strudel abhob, je klarer die Gewißheit um ein »im Leben geblieben« wurde.

Düfte strömten in meine Nase, Geräusche zerklirrten an meinem Ohr. Und das Gehirn, das erwachende, ordnete bereitwillig zu: hierhin die Gerüche, dorthin die Töne. Es funktionierte wieder wie eine an Antrieb gewohnte Maschine. Ein Druck auf den Hebel, Stromzufuhr, der Keilriemen jagt um das Schwungrad. Arbeit.

Ich lag lange. Der Tod, aus dem ich erwacht war, hatte mich nicht erquickt. Unruhe durchwühlte mich, Furcht vor dem »später«. Obwohl ich nicht völlig erfaßte, was ich getan hatte und warum, graute mir vor einer Erkenntnis. Ich fühlte keine Ruhe. In dem Zustand, in dem ich mich befunden hatte, gab es für einen Menschen wie mich keinen anderen Ausweg. Das wußte ich. Würden sich die gleichen Verhältnisse unter gleichen Aspekten wiederholen, so hätte ich mich immer wieder für einen Selbstmord entschieden. Denn Mord war es, was ich mit mir vorhatte. Ein Mord aus Feigheit, bei dem ich wider Erwarten am Leben blieb.

Nun bin ich gezwungen, dieses neue Leben anzunehmen. Während andere, denen die Flucht aus einem unbewältigten Leid geglückt war, nur noch in den flüchtigen Gedanken der Mitmenschen an sie aufflackern, bin ich gezwungen, zu sein. Ohne Reue zwar, aber mit einer ungeheuren Schuldenlast denen gegenüber, die mich lieben. Sie werden Rechenschaft fordern. Werden sie mich verstehen? Kann man Verständnis von denen erhoffen, die man quälte?

Das erste Gesicht, das in mein neues Leben hineinstößt, gehört Klaus. Hinter stark vergrößernden Brillengläsern nähern sich mir verweinte Augen.

Er fragt nichts. Hält meine Hand, drückt sie und drückt fester. Wir schweigen. Nur seine Augen durchforschen mein Gesicht nach dem »warum«.

Er konnte nichts begreifen. Ich schlief fest, als er nach Hause kam.

Auch der Junge schlief. Sorgen kamen ihm, als der Junge erwachte und ich nicht. Nach Stunden wollte er mich wachrütteln. Wachschütteln. Wachschlagen.

Gegen Morgen hatte er dann einen Arzt gerufen. Der fand einen normalen Puls und beruhigende Worte. Da hatte Klaus das Kind mit Ausflüchten bei den Großeltern abgeliefert und war wieder zu mir gehastet.

Nun sitzt er an meinem Bett und weint. Weint, weil ich ihn gedankenlos verlassen wollte. Weil er fürchtet, von nun an stets ohne Bedenken verlassen zu werden. In jeder schweren Stunde würde es für mich, nun, da ich lebte, nur das Kind geben – immer wieder nur das Kind. Das Kind und mich selbst. Er kannte mich lange genug.

Ich lebe. Zum zweiten Mal auf diese Welt gedrängt. Sind diejenigen, die von sich behaupten können, zum zweitenmal »geboren« zu sein, glücklich darüber? Qualvolle Wiedergeburt.

Neben meinem Bett duftet süßlich ein Strauß Flieder. Aber der ganze Raum atmet die Gerüche meines Kindes. Seines Körpers, der Creme, der frischen Windeln. Die Gerüche lassen den Ausdruck seiner vergnügten Augen, seine Beine, deren Fettpölsterchen wie mit Fäden abgebunden aussehen, seine Zehen – diese zierlichen rosigen Perlen –, überhaupt den ganzen Jungen, wie ich ihn mir in meiner wohlwollenden Phantasie vorstelle, vor mich hintreten. Den strampelnden, unwissenden Jungen in den Arm nehmen und mein Gesicht auf sein spärliches Haar drücken können!

Obwohl ich seinetwegen sterben wollte, könnte ich nicht ohne ihn leben. Nicht, weil ich ihn geboren habe, weil er ein bißchen Fleisch, ein bißchen Nerv, ein bißchen Gemüt von mir ist. Nein. Weil ich jede seiner Regungen kenne. Seine Entwicklung miterlebte, weil er mir vertraut wurde durch ständiges Beobachten und Sorgen. Vertrauter, als ich mir selbst bin. An ihm blieb mir nichts verborgen.

Nichts?

Und das, was den Menschen ausmacht? Sein Verstand? Den Verstand hatte ich noch nicht vermißt. Aus blinder Liebe? Habe ich mich täuschen lassen von der äußeren Erscheinung, dem liebgewordenen Bild des anderen? War ich vertrauensselig aus Eitelkeit?

Nein. Nein! Mein Kind konnte ja nicht anormal sein. Allen anderen hätte ich's bedenkenlos zugebilligt. Bei anderen hätte ich an Schuld geglaubt. Man hört so vieles: Gezeugt in Trunkenheit. Versuchte Abtreibung. Kindesmißhandlung. So, dachte ich, so und nicht anders entstehen geistig behinderte Kinder. Vielleicht auch durch Vererbung. Aber wir hatten nur Gesundheit zu vererben. In keiner unserer Familien gab es einen Krankheitsfall, der auf eine geistige Behinderung schließen ließ. Bei unseren Familien war alles in Ordnung. Mein Kind mußte normal sein. Und nun das.

Ich werde es leichter haben als Klaus. Aus Leid bin ich schon einen Tod gestorben. Da ich lebe, bin ich über den größten Kummer hinweggekommen. Habe ihn überlebt. Aber er? Wie wird Klaus das Wissen, künftig ein krankes Kind um sich zu haben, überstehen? Ein Kind, das ihn vielleicht nie verstehen wird. Ein Kind, das man nicht stolz den Kollegen vorführen, nicht mit anderen vergleichen kann. Für das man nur Mitleid oder Unverständnis einheimsen wird. Kein Lob. Keine Bewunderung. Keinen Neid. Die beiden werden es schwer miteinander haben.

»Traudl, der Junge kommt mir aus dem Haus.«

»Klaus!«

Betonter, härter: »Der Junge kommt mir aus dem Haus! Ich bin kein Samariter wie du. Ich will noch etwas vom Leben haben. – Ich hab den kleinen Kerl auch gern, Traudl. Vielleicht nicht auf die Weise wie du...«

Ich sehe und höre alles wie durch einen hauchzarten Schleier. Die Konturen sind zum Teil verwischt, die lauten Töne milder, dadurch einprägsamer. Das Gehirn arbeitet noch unter der Betäubung, langsam.

»Klaus, du hast ihn lieb. Du hast ihn lieb, nicht wahr? Mehr brauchst du nicht. Liebe hat er nötig. Vor allem Liebe. Versteh mich doch! Ich glaube, wenn wir ihn lieben, wird alles halb so schlimm. Auch für uns beide. Wir müssen uns einig sein. Müssen ihn fühlen lassen, daß wir ihn akzeptieren.«

»Mag alles sein. Mach mir's doch nicht so schwer, Traudl. Ich habe mit dem Arzt telefoniert. Weißt du, was er gesagt hat? Weißt du das, ja? Und begreifst du es auch in der ganzen Tragweite? Hast es dir richtig vor Augen geführt? – Tino wird sich nicht mehr sehr verändern. Auch wenn er zwanzig ist, nicht. Das hat der Arzt gesagt. Ein Fachmann. Und weißt du, was das heißt? Nein? – Dann will ich es dir sagen: Er wird gefüttert, mit zwanzig. Er hat die Hosen voll, mit zwanzig. Wenn andere in seinem Alter ihre Freundin im Arm halten, räumst du unserem Jungen noch den Dreck aus den Windeln. Wirst mit ihm begafft, wenn du auf die Straße gehst. Angestarrt, weil er anders ist als die andern. Wenn du das alles mitmachen willst? Bitte schön. Ich kann darauf verzichten.

Traudl, so heule doch nicht. Ich hab's nicht so gemeint. Aber wie soll dir einer klarmachen, was da auf uns zukommt? Du denkst wieder nicht so weit, wie ich dich kenne. Siehst erst mal nur den kleinen Jungen. Und daß er allein ist. Aber er wird einmal erwachsen. Was dann? – Du mußt auch an uns denken. An später. Außerdem: Im Heim hat er seine Ruhe. Da sind alle wie er. Da fällt er nicht auf. Wenn er hierbleibt – dann werd ich mit verrückt.«

Klaus stöhnt auf, schlägt mit den Fäusten gegen seine Schläfen. Schluchzt, unaufhörlich. Weint, tränenlos.

»Ich werde mit verrückt. Ich – ich kann nicht mit ansehen, wie der Junge immer blöder wird. Nein! Er muß aus dem Haus. Er muß! Sonst machen wir unser Leben kaputt.«

»Klaus!«

Ich atme heftig. Ruckweise. Reiße mich vom Kopfkissen hoch. Bringe keinen Satz heraus. Kein Argument. Immer nur den Schrei:

»Klaus!«

Ich soll am Leben geblieben sein, um das Kind doch zu verlieren? Einen Tod, einen durchlebten Tod umsonst?

»Ich kann nicht anders, Traudl. Sonst bringe ich mich um. Und mir glückt's, darauf kannst du dich verlassen. Wird nicht nur ein Schreckschuß.«

Ein Schreckschuß?

Ein Schreckschuß. Für ihn war alles nur ein Schreckschuß. Nur Theater soll ich ihm vorgespielt haben. Wozu?

»Klaus, ich hab nicht weiterleben wollen. Nach dem. Hab keinen Ausweg mehr gesehen. Aber jetzt, wo ich langsam wieder zu mir komme, weiß ich... Klaus, es war falsch. Wir müssen am Leben bleiben. Für den Jungen. Er hat niemanden außer uns. Die Großeltern sind alt. Die Tanten auch. Und in ein Heim – nein, Klaus. Dorthin wollen wir unser Kind nicht geben. Nicht, solange *wir* noch Kraft haben. Dann läßt es sich sowieso nicht umgehen. Und – vielleicht können wir noch hoffen. Das war *ein* Arzt. Einer kann sich irren. Das hat Helen früher auch immer gesagt. Laß uns privat mit dem Jungen wohin gehen. Zu einem anderen Arzt.«

Das Wort »privat« bewirkt ein Wunder. Klaus richtet sich auf. Gier auf Hoffnung dringt aus seinen verquollenen Augen.

»Meinst du? Ja? Privat – ja, wenn du denkst. Vielleicht. Vielleicht wird alles... alles nicht so schlimm. Ich will mich um einen Arzt kümmern. – Aber Kleine, versprich mir: Wenn nichts zu retten ist... Wenn alle Hoffnung umsonst war... Dann geben wir ihn weg, ja? Ja? Traudl?«

Schweigen.

»Bedenke doch, wir könnten uns nichts mehr leisten. Kein Auto. Keine Reisen. Wer nimmt schon einen ›Idioten‹ in Pflege?«

Schweigen. Bitteres Nachdenken. »Idiot«. Mein Kind ist kein Idiot, auch wenn es geistig behindert bleibt. Dieses Wort, vor Tagen von mir noch selbst verwandt, soll von nun an, wo sich bei uns sein Inhalt als Tatbestand offenbaren kann, für immer aus dem Vokabular gestrichen werden. Ein unschönes und verletzendes Wort. Und trifft nicht den wahren Inhalt. Mein Kind soll von niemandem so genannt werden. Ein kranker Kopf ist noch lange keine Berechtigung für eine gebräuchliche Beschimpfung.

»Klaus, laß uns erst mal den Jungen herholen. Ich kann mich nicht festlegen. Ich kann's nicht. Verstehst du das denn nicht?«

Insgeheim hoffe ich, daß es mir durch die Gegenwart des Kindes, seine mollige Wärme, die Fröhlichkeit und seine behutsam-zärtlichen Hände gelingen könnte, den Vater umzustimmen. Ihn zu erweichen. Er muß selbst spüren, daß es ohne unser Kind kein gutes Leben mehr für uns ist. – Was in meinen Kräften liegt, will ich unternehmen, um meinem Kind die ungebrochene Liebe und Fürsorge seines Vaters zu bewahren. Wir fahren zu den ahnungslosen Großeltern, um unseren Jungen nach Hause zu holen.

Juni 1969

»Also, finden Sie nich auch, daß der Kleine von Riezys ganz schön...«

Frau Mäusekiel drückt den schmallippigen Mund Frau Müller ins Ohr und nuschelt asthmatisch. Als sie mich kommen sieht, verzieht sich ihr Gesicht zu verkniffener Freundlichkeit.

»Naa, junge Frau, wie geht's denn dem Kleinen? Immer wohlauf, was? Jaja, die Kinder. Denen geht's allemal gut. Bloß wir Alten!«

Sie stellt sich in genüßliche Tratschpositur und wartet hoffnungsvoll. Ich will nicht aufgehalten werden. Im Milchladen war es sehr voll gewesen, und der Junge steht oben in der Wohnung in seinem Gitter angehalftert. Passieren kann eigentlich nichts. Aber »uneigentlich«? Ich habe keine Ruhe mehr, wenn er allein bleiben muß. Nun erst recht nicht mehr. Man kann ja nie wissen, was plötzlich in seinem Kopf vor sich geht. Er kann unglücklich fallen, hängenbleiben. Der Milchladen hatte sich für mich mit grausamen Bildern gefüllt, während ich in der Schlange nur langsam vorwärtsrückte.

Gerede auf der Treppe hat mir gerade noch gefehlt. – Frau Müller, an unserem Kind durch meine Hausfrauentätigkeit arbeitslos geworden, rafft sich auch nicht mehr durch gelegentliches Kaffeetrinken bei uns zur Herzlichkeit auf.

»Wo ist denn der Kleine? Wohl allein gelassen, was?«

»Ich war nur Milch holen.«

»Na, hier im Hause findet sich ja auch keiner, der mal einen Blick 'reinwerfen würde...«

»Frau Müller, es ist wirklich sehr freundlich von Ihnen, aber ich kann Sie doch nicht immerzu belästigen.« (Leider hatte sie während meiner beruflichen Abwesenheit nur zu gern der Reihe nach alle Hausbewohner in unsere Wohnung geführt, um sie Kind und Einrichtung bewundern zu lassen.)

Bewußt hatte ich meiner Stimme den Klang des Bedauerns verliehen, aber die mißgünstige Miene kann ich damit nicht auflockern.

»Läuft der denn immer noch nicht?! Das Alter müßte er wohl schon längst haben!«

»Er ist ein Spätentwickler.«

»Soso.«

Und Frau Mäusekiel mit vieldeutigem Nicken zu Frau Müller:

»So was soll's geben. 's ist zwar selten, aber so was gibt's.«

Und zu mir:

»Na, junge Frau, keine Sorge. Der rennt Ihnen noch zeitig genug aus dem Hause. Aber 's ist 'n ruhiges Kind, was? Man hört ihn nie bläken.«

»Ja, er ist ein lieber Junge.«

Ich nicke den beiden Freudenspendern zu und überspringe beim Treppensteigen immer eine Stufe.

Tino sitzt im Gitter und spielt mit einem Fädchen, das er am Pulloversaum entdeckt hat. Der Teddy, die Bausteine und das Auto liegen draußen um das Gitter herum verstreut. Er wirft alles aus seinem kleinen Herrschaftsbereich, ohne sich damit zu beschäftigen. Vielleicht ist das Herauswerfen eine Art der Beschäftigung? Seine Art? Als er mich kommen sieht, verzieht er sein rundes Gesicht zu einem spitzbübischen Lächeln.

»Ma-ma. Mamama.«

»Ach, mein Süßer! Du kannst ja schon die Mama rufen. Ach, du lieber kleiner Kerl.«

»Vor Liebe auffressen« – ich könnte selig den Ausdruck in die Tat umsetzen. Tino kichert und prustet, als ich ihn auf den flaumigen Nacken küsse. Er sprudelt und lacht und steckt vier Finger auf einmal in den Mund, um begeistert daran zu saugen. Bestimmt freut er sich selbst über seine große Leistung. Vor Vergnügen strampelt er mit den Beinen gegen die Gitterstäbe und hört erstaunt auf den Lärm, den er damit verursacht.

Vielleicht kombinierte sein Gehirn: Trete ich gegen das Gitter, macht es Krach. Jedenfalls dauert der Radau jetzt schon über eine Stunde an. – Mich freut's. Er hat etwas gelernt. Ein Wort hat er gesprochen, sogar auf die richtige Bezugsperson hat er es angewandt. Und er kann durch Strampeln auf sich aufmerksam machen und seine Freude zeigen.

Aufgeregt kommt Klaus nach Hause. »Traudl, räum schnell auf. Frau Doktor Aufhaber kommt in ein paar Minuten. Ich habe sie angerufen. Sie ist die Mutter eines Schulfreundes von früher. Ich hatte erfahren, daß sie hier praktiziert und hab gleich telefoniert. Heute kommt sie nun zu uns. – Komm, wir suchen schnell alles zusammen.«

Klaus stellt die Aktentasche in die Ecke und bückt sich nach dem Spielzeug, das überall verstreut herumliegt.

»Du, Klaus, ich muß dir unbedingt was erzählen. Was zum Freuen.«

»Jetzt nicht. Wir müssen uns beeilen.«

»Tino hat ›Mama‹ gesagt.«

»Nein!«

»Ja!«

»Das bildest du dir vielleicht bloß ein?«

»Nein, ganz wirklich. Tino, sag ›Mama‹!«

Tino denkt nicht daran, das war ja zu erwarten. Wir lachen, hasten durch die Zimmer, als wäre eine Kommission für Ordnung und Sauberkeit zu erwarten. Tinos Spielzeug, das »Rumliegezeug«, denn er spielt ja nie damit, finden wir in allen Ecken wieder. Natürlich hat er es nicht dorthin getragen – das ist mein Werk. Ich verteile die Gegenstände gleichmäßig in der ganzen Wohnung, weil ich ihn, wenn ich im Zimmer bin, aus seiner Vergitterung entlasse. Wenn er die Sachen herumliegen sieht, soll er Lust bekommen, sie sich zu holen.

Gerade als wir meine »pädagogischen Hilfsmittel« alle zur Seite geräumt haben, läutet es. Eine hagere Dame, schwarzgrau meliertes Haar, sehr faltiges Gesicht, das Sorgen, aber nicht das Alter verrät, tritt ohne große Begrüßungsrede mit eiligen Schritten ins Zimmer. Tino sitzt phlegmatisch im Schaukelpferd – einem Stuhl mit Armlehnen, Kufen unter den Beinen und einem pferdegesichtigen Holzkopf, der dem Gegenstand seinen hochgestapelten Namen gegeben hat. Er interessiert sich weder für Frau Dr. Aufhaber, die ihn aufmerksam betrachtet und seine Hände befühlt, noch für uns, die wir ängstlich und aufgeregt um ihn herumlaufen und auf die Ärztin einreden.

»Frau Doktor Aufhaber, heute hat er ›Mama‹ gesagt.«

»Und wie er lacht – so richtig herzlich. Man möchte mitlachen, wenn man ihn hört. Sie sollten ihn mal so heiter erleben. Warum machst du denn jetzt kein freundliches Gesicht, Dickerchen?«

Rechtfertigungen von Klaus, Rechtfertigungen von mir. Wir überschlagen uns, um unser Kind im besten Licht zu zeigen. Wollen wir einen Schleier über seine Mängel decken?

Uns drückt die übergroße Sorge, die Ärztin könne vorschnell eine Meinung äußern, ohne Anerkennenswertes wahrgenommen zu haben. Gerade jetzt sitzt der Junge wieder so ganz still, von unseren Gesprächen unberührt. Wir wollen uns vor einem Urteil retten. Die Ärztin ist unsere große Chance – die letzte. Erklärt auch sie das Kind für unnormal, wird jedes Hoffen künftig sinnlos sein.

»Herr Riezy. Bei so einem kurzen Besuch kann man nichts Definitives sagen. Ich werde meiner Tochter Bescheid geben, sie arbeitet in einer Kinderklinik. Dort soll man Ihren Jungen gründlich untersuchen. Meines Erachtens kann es sich um eine Stoffwechselkrankheit handeln. Der Junge hat so teigige Hände und sehr krisselige Haut. Sein Verhalten und das, was Sie über ihn erzählt haben, deutet auch darauf hin. Wir müssen uns mit der Untersuchung dort sehr beeilen. Jeder ungenutzte Tag wäre ein nicht gutzumachendes Versäumnis.«

»Aber ... aber ... wird er ein ...? Ist er ...? Ist er geistig behindert? Läßt sich das noch ändern? Können *wir* etwas dagegen unternehmen?«

»Wenn er eine Stoffwechselkrankheit hat, kann man auf alle Fälle etwas unternehmen. Aber es muß sofort geschehen. Sie hören wieder von mir.«

Eine flüchtige Hand berührt Tinos Haarschopf. Ein ermutigender Händedruck für uns, und schon hören wir Frau Dr. Aufhaber die Treppen hinunterhasten.

Stoffwechselkrankheit. Kinderklinik. Also doch? Oder vielleicht doch nicht? Haben Stoffwechsel und Gehirn etwas miteinander zu tun?

»Erzähl doch mal ausführlich, Traudl. Tino hat heute ›Mama‹ gesagt?«

»Ach, Klaus.«

Juli 1969

Urlaub im Stadtpark, in der graugrünen Lunge unserer dichtbevölkerten Stadt. Kinder jagen Mütter im Galopp um den Teich mit den vertrauten, zutraulichen Schwänen. Ferienspiele auf niedergetretenem Rasen. Himmelwärts geworfene Bälle und sich duckende und Deckung suchende Rentner auf Parkbänken. Inmitten des fröhlichen Chaos eine buntkarierte Decke. Darauf Stullenpaket, Gummiteddy, Windelkind und Ferieneltern. Mittags ein Eilmarsch in die Neuberinstraße, um das Kind zu füttern, vom feuchten Ballast zu befreien und um ein Ei in die Pfanne zu schlagen. Sicher, die Rentner essen im Stadtpark-Restaurant, und nicht nur die Rentner. Nudeln – Eintopf überhaupt – ist dort immer sehr preiswert. Leider lieben wir mehrere Töpfe – und für uns drei ist das mit dem einen Gehalt unerschwinglich. Einmal in den drei Wochen vielleicht, auch zweimal. Aber täglich? Nur so aus Luxus? Dann schon lieber nachmittags drei leckere Eis, gelegentlich mit Sahne. Wenn wir schon die Wahl haben.

Tino ist bei allem selbstverständlich mit von der Partie.

Nach dem Essen ist er so unruhig, daß wir ihn nicht ins Bett legen und allein lassen können. Also schieben wir auch dann den Kinderwagen zurück in die Natur.

Dort werden Grashalme gerupft und probeweise in den Mund geschoben, Mama und Papa angeleckt und an jedem greifbaren Gegenstand die gutgewachsenen Zähne ausprobiert. Nur der Teddy wird ignoriert, der Ball desinteressiert zur Seite gekullert.

»A-a!«

»Was sagst du, Junge?«

»A-a!«

Wir reißen ihm die Windeln vom Leibe und entdecken einen noch trockenen Po. Die Bewässerung einer wenig betretenen Wiesenecke geht einwandfrei vonstatten.

»So ein gutes Kind. So ein lieber Junge. Hat sich gemeldet. Hat A-a gesagt.«

Da wird sich gewundert, die Schläue des Kindes gepriesen und jedes wohlwollende Lächeln der älteren Bürger befriedigt registriert. Eitelkeit. Wir wollen so sein wie alle. Wir verhalten uns wie alle. Wir wollen nicht auffallen. Es gelingt uns. Beginnt der Junge zu kreischen oder aus uns nicht ersichtlichen Gründen übermenschlich zu brüllen, packen wir eilig unsere Sachen zusammen und trösten das Kind lautstark.

»Ist unser Junge müde? Muß der Kleine ins Bettchen?« Und im Trab verlassen wir die Wiese, die neugierig-teilnehmenden Blicke und laufen auf Wegen, die nur von wenigen begangen werden. Nichts soll uns von anderen unterscheiden. Wir sind ein Ehepaar mit einem Kleinkind im Sportwagen, und wie alt der Junge ist, sieht man ihm nicht an. Daß er längst laufen müßte, weiß niemand. Wir wissen es. Und wir vertuschen es möglichst. Aus Liebe? Aus Eitelkeit? Aus Scham? Nein, ich glaube, Scham ist es nicht. Eitelkeit schon eher. Untertauchen in der Menge, nichts »Besonderes« sein wollen, wenn es nichts Besonderes im positiven Sinne sein kann. Mit dem Wissen um die Krankheit wuchs die Empfindlichkeit.

Doch, Liebe ist es auch. Ja. Wie sehr er sie empfinden kann, wissen wir nicht. Aber wir wollen ihn vor Blicken beschützen, die angreifen könnten. Könnten! Jetzt wird nur unwillig aufgesehen, wenn er zu laut schreit. Was kann noch kommen? –

Vor ein paar Tagen waren wir nach langem Warten endlich aufgefordert worden, in die Kinderklinik zu kommen. Ohne Überweisung wird man dort nicht aufgenommen. Wir mußten der Fürsprache Frau Dr. Aufhabers bei ihrer Tochter vertrauen. Sie war zuverlässig. Nur die Tochter selbst war erkrankt. Wieder ein Zeitverlust. Der Aufenthalt in der Klinik war dann von kurzer Dauer. Blut wurde Tino entnommen und sollte zu irgendeiner Untersuchung in irgendeine Stadt geschickt werden.

»Sobald das Ergebnis vorliegt, hören Sie von uns.«

Vor dem Ergebnis haben wir Angst. Tinos Kopf wurde auch noch von einer anderen Station untersucht. Er mußte ganz ruhig liegen. Drähte mit Kontakten wurden auf seinem Kopf befestigt. Ein Registriergerät zeichnete Kurven auf. Elektroenzephalogramm. Anblick einer Folter.

»Das tut dem Kind nicht weh. Die Eigenströme des Gehirns werden ermittelt. Damit wir wissen, ob eine Erkrankung vorliegt.«

Entsetzliche Ungewißheit.

Und jetzt dieser Urlaub, der, wenn wir ehrlich sein wollen, keiner ist. Man möchte ausschlafen, mal eine Fahrt in fremde Gegenden wagen, einfach bummeln. Eltern mit Kindern sind solche Freuden verwehrt. Omas können auch nicht immerzu auf ihren Urlaub verzichten. Mit dem Jungen verreisen? Mit Windeleimer, Breischüssel und Nachttopf? Bei anderen Kindern kann ich mir so etwas vorstellen. Aber bei Tino nicht. Er ist unruhig, oft unleidlich. Jammert grundlos, als quäle ihn neuerdings ein Schmerz, den wir bei aller Sorgfalt nicht entdecken und deshalb nicht lindern können. Er verhält sich nicht wie die beneideten »anderen«. Eine Möglichkeit bleibt uns zur Erholung im Urlaub: die Arbeitsteilung.

Vormittags schlendere ich mit dem Kind ins Grüne. Klaus schläft sich aus, liest oder wäscht Windeln. Nachmittags versorge ich den Haushalt, den Einkauf oder renne zu den Eltern, und Tino ist ein Vaterkind. Das geht. Ein paar Tage. Dann:

»Eigentlich hatte ich mir meinen Urlaub anders vorgestellt. Wennschon nicht gemeinsam, dann doch nicht mit Wascherei und ähnlichem. Wer soll sich denn da erholen? Das Jahr wird zum Jahresende noch anstrengend genug. Und das verfluchte Fernstudium. Ich hab auch keine Ruhe, wenn ich weiß, daß ihr allein im Park 'rumstromert. Weißt du was? Ich komme wieder mit euch mit. Ja? Den Haushalt machen wir, wenn unser Prachtkind im Bett liegt.«

Am nächsten Tag ziehen wir wieder zu dritt los, nur daß sich unser Vater nicht mit uns auf der Decke tummelt. Er sitzt bei den Veteranen auf der Bank und büffelt Statik. Am nächsten Tag »Gewi«, am übernächsten Russisch. Tino ruft alle paar Minuten sein dringendstes:

»A-a«, und ich packe ihn unentwegt aus den Windeln, wieder in die Windeln, weil ich möchte, daß er sauber wird, und begreift, daß er sich uns mit seinem Ruf »A-a« verständlich machen kann. Täglich braucht er auf diese Weise mehr als zehn Windeln. Zehn? So ein großer Junge? Ist das nicht ein bißchen viel? – Natürlich ist es viel. Aber man kann schließlich keine etwas angefeuchtete Windel wieder um das Kind schlingen. Wir würden uns auch nicht darin wohl fühlen. Und einfach nicht auf seine Rufe achten? Da quält einen spätestens beim zweitenmal das schlechte Gewissen, daß man selbst daran schuld ist, wenn sich das Kind nicht an Ordnung gewöhnt. Er könnte schließlich doch noch troeken gewesen sein. Also lassen wir uns lieber ein wenig tyrannisieren.

Klaus murmelt Lektionen vor sich hin und schickt sehnsüchtige und neidische Blicke in unsere Richtung.

»Komm, Dicker, wir laufen zum Papa.«

Ich greife nach Tinos Händen, drücke sanft meine Knie in seinen Rücken und schiebe ihn nach vorn. Ich schubse ihn mit dem jeweiligen Knie an, mit dem ich ihm die Marschrichtung vorgeben will. Rechtes Knie – rechtes Bein, linkes Knie – linkes Bein. Tino denkt nicht daran, das entsprechende Bein vor das andere zu setzen. Er steht leicht eingeknickt, verzieht weinerlich den Mund, und schon kullern die Tränen. Es läßt sich nichts erzwingen.

»He, Sie! Quälen Sie doch das Kind nicht so! Sehen Sie denn nicht, daß der Kleine noch nicht laufen will? Rabenmütter sind das heutzutage. Aber das hat man davon, wenn Kinder Kinder kriegen. Wissen nichts mit den Gören anzufangen. Lassen Sie doch endlich Ihr Kind zufrieden!«

Ich habe meinen feuchtäugigen Knaben wieder auf die Decke gesetzt und kullere ihm den Ball zwischen die Beine. Die ältere Frau auf der Bank sendet unentwegt drohende Blicke zu mir und teilt ihren Zorn Klaus mit, den sie anscheinend für einen strebsamen jungen Mann hält, der von Kindern und Kinderkriegen noch keine Ahnung hat. Klaus nickt beschwichtigend und kneift das ihr abgewandte Auge zu: Laß die Alte reden! heißt das. Oder: Siehst du, mich hält man für seriös! Ätsch!

Tino läßt sich auf den Rücken fallen, angelt nach seinem Fuß und steckt den großen Zeh in den Mund. Fotografieren! Schnell den Apparat her! Das muß für die Verwandtschaft im Bilde festgehalten werden. Mutter, Vater, Schwiegermutter – alle reichen stets mit Freude Fotos von Nachkommen den Kollegen im Betrieb oder zu Hause herum. Stolz sind sie, daß sie an so einem kleinen Wesen Anteil haben. Und sei es nur, der Erzeuger des Erzeugers zu sein.

Es klickt. Erschrocken läßt Tino die Zehe fahren. Er äugt groß auf den Apparat. Das hat gerade noch geklappt. – Wenn wir in den nächsten Jahren die verewigten Abbilder von uns im Album betrachten, wird immer die Erinnerung an einen harmonischen, friedvollen Urlaub auftauchen. Man sieht eine Holzbrücke, gelegentlich Schwanenhälse, Tinos Knubbelgesicht und ab und zu Mutters Lachen oder Vaters Kraftakte, wenn er den Jungen auf den Schultern balanciert. Wieder einmal narrt einen die verfluchte Relativität. Den übervollen Windeltopf, das schreiende Kind und die wütend gestikulierenden Besserwisser auf den Parkbänken hat natürlich niemand fotografiert, und so rutschen sie auf die Müllhalden des Vergessens.

August 1969

Kinder. Sie laufen einem gerade dann zahlreich über den Weg, wenn man es vermeiden möchte, ihnen zu begegnen. Sie lachen einen auf der Straße an und staunen, wenn ihre Fröhlichkeit kein Echo findet. Unbeachtet werden sie an der Hand der Erwachsenen hinterhergezogen, werfen hilflose Blicke um sich und sehen bei einem aufmunternden Augenblinzeln verlegen zur Seite. Einige stellt man im Kinderwagen vor dem Geschäft ab, während die Eltern drinnen nach Brot, Milch und Zigaretten anstehen. Die Kinder weinen, und man steht bebend daneben, weil man sein Kind hört, das da schreit, weil man sein Kind die Tränen weinen sieht.

Kinder drängeln in der Straßenbahn, in der man mit einem leeren Kinderwagen mühevoll Platz gefunden hat. Sie lachen einen aus. Sie stoßen sich an. Sie schubsen den leeren Kinderwagen.

»Guck mal. Die Alte fährt ihren Teddy spazieren!«

Gekicher der Kinder, Schmunzeln der Alten. Ich drücke die Stirn gegen die Kühle der Fensterscheibe und unbemerkt von anderen ziehen Tränen ihre feuchten Spuren über das Gesicht. Ja, ich fahre einen Teddy spazieren. Kein kleines Kind, das Tino heißt. Nur Tinos Teddy. Mein Kind hat man mir weggenommen. Einfach aus dem Arm. Ohne ein »Auf Wiedersehen«. Ohne die Möglichkeit, mein Gesicht an seine Wange zu drücken. Mit Strenge wollte man mich vor Traurigkeit bewahren.

Die Straßenbahn rattert an Geschäften vorüber, an graugewordenen Häuserfassaden, staubbeckten Bäumen. Mit leerem Wagen fühlt man sich in der Fremde. Vertrautes Lächeln fehlt, gewohnte Last. Unbewußt steigt man an der richtigen Haltestelle aus. Ein junger Mann, ein alter Mann, eine Frau – irgend jemand hilft, den Kinderwagen aus der Bahn zu heben. Dann steht man wieder nur vor Kindern. Sie lachen dich an, ignorieren dich, weinen.

»Bitte am 30. 8. um 10 Uhr zur nochmaligen Untersuchung in die Kinderklinik kommen.« – Eine nüchterne Karte. Wer weiß da schon, was bevorsteht?

Den besten Pulli hatte ich ihm angezogen, weil wir den besten Eindruck machen wollten. Die lange Strecke bis zur Klinik sind wir gelaufen. Tino saß im Wagen und sollte viel von der Stadt sehen, damit er müde würde vor dem Besuch im Krankenhaus, damit er schlafen könnte in meinem Arm.

Im Wartesaal aber schrie es rechts und schrie es links. Da brüllte ein kleiner Negerjunge, hier rasselte ein Zwillingspaar mit Klappern. Neben uns spielte eine zarte Blondgelockte mit einem Schwungradauto. Und Tino sah hin und her, zuckte bei jedem lauten Geräusch zusammen und brüllte unglücklich lauter als alle anderen.

»Lassen Sie doch den Kleinen ein bißchen 'runter und laufen.«

»Er kann es noch nicht.«

»Ach, nein? Dabei sieht er doch schon so groß aus. Älter als zwei hätte ich ihn auf alle Fälle geschätzt. –

Wie alt ist er denn?«

»Er ist zweieinviertel.«

»Und da kann er noch nicht laufen? Ist wohl zu schnell gewachsen?«

»Deswegen sind wir ja hier.«

»Schade, daß wir vor Ihnen dran sind. – Jutta, willst du wohl herkommen!!! – Sie ist ein kleines Biest, müssen Sie wissen. Die weiß ganz genau, daß sie ein Spritze kriegt, wenn wir hier sind. – Jutta!! Komm her! Mammi verspricht dir, daß du heute keine Aua-Aua vom Onkel Doktor bekommst. – Das glaubt die mir sowieso nicht mehr. Also, ich hätte ja gar zu gern gewußt, was Ihr Junge hat. Bei meinen Bekannten, müssen Sie wissen, war ein ähnlicher Fall. Aber der Junge war nicht richtig im Kopf. Vielleicht...«

Was machen sich fremde Leute für oberflächliche Gedanken über fremde Köpfe? Was interessiert sie der Kopf meines Sohnes? Sensationslüsterne Neugier, gepaart mit mitleidig-stolzer Zufriedenheit: Wir sind nicht so wie sie. Wir sind anders. Besser. *Unser* Kind hat nichts am Kopf. Unser Kind ist gesund. – Das kommt mir so bekannt vor. Die Gedanken sind so vertraut. Hatte ich nicht...? Vor Monaten erst...?

Trotzdem hatte ich mich mit meinem unentwegt schreienden Jungen woandershin gesetzt. 11 Uhr. Wir waren doch für 10 Uhr bestellt? Erregt suchte ich die Karte zwischen trockenen Windeln und Spielzeug. Ja, da stand es: 10 Uhr. Warum wurden wir nicht aufgerufen? Wir saßen hier nur sinnlos herum. Man hätte uns von vornherein später bestellen sollen.

»Tino Riezy bitte.«

»Hier!«

Den Jungen unter den Arm geklemmt, die Sachen zusammengerafft, und schon standen wir in dem schwülen, muffigen Vorbereitungszimmer. Tino mußte entkleidet, gewogen und gemessen werden. Er hielt kaum still und jammerte hilflos. Bei der Ärztin drin war es nicht anders.

»Jungchen, nun beruhige dich doch. – Sie sind die Mutter?«

»Ja.«

»Haben Sie noch weitere Kinder?«

»Nein.«

»Sind Sie schwanger, oder hatten Sie Fehlgeburten?«

»Nein.«

Was sollte die Fragerei? Ich war nicht der Patient. Was hatte eine Schwangerschaft mit meinem Jungen zu tun?

Die Ärztin saß mir gegenüber. Ihr Blick war ernst. Hinter mir hantierte die Schwester mit Spritzen und Ampullen. Ob Tino auch eine Spritze bekommen sollte? Er ahnte nichts Unheilvolles und ließ sich geduldig und ermattet von der Ärztin die Wange streicheln.

»Ihr Junge hat eine Phenylketonurie. Haben Sie von dieser Krankheit schon einmal gehört?«

Phenyl... was? Was soll er haben? Er ist wirklich krank? Aber wenn man eine Krankheit bei ihm gefunden hat, kann man ihm auch helfen? Man kann. Alles wird nicht so schlimm werden, wie ich befürchtet hatte. Fast wollte ich befreit aufatmen.

»Die Phenylketonurie ist eine Stoffwechselkrankheit, bei der Eiweiß in nicht genügendem Maße abgebaut wird. Sie ist erblich.«

»Erblich – Mein Mann und ich, wir sind nicht krank. Ich wüßte auch niemanden in der Verwandtschaft... An einer Phenyl...?«

»Phenylketonurie.«

»...ja, daran leidet bei uns keiner. Ich habe noch nie diesen Namen gehört. Wie ... wie äußert sich denn so was? Man kann doch etwas dagegen machen? Ich meine...«

Die Ärztin sah niedergeschlagen aus. Galt ihr Bedrücktsein uns? Aber warum? Wenn man diese Krankheit erforscht hatte, konnte doch etwas dagegen unternommen werden. Oder etwa nicht? – Sie suchte so nach Worten. Prüfte mich. Den Eindruck, den ich auf sie machte.

»Frau Riezy, wenn diese Krankheit nicht sofort erkannt und sofort behandelt wird, treten Schäden auf. Meist wird sie sofort erkannt. – Wir sind in der Forschung in den letzten Jahren ein ganzes Stück vorangekommen. Ihr Junge kann behandelt werden, aber... Aber...«

»Aber das ist doch die Hauptsache, nicht wahr? Daß man nicht tatenlos herumsitzen muß. Daß man etwas machen kann. Wenn ihm geholfen werden kann – ach, ich bin so froh! So froh!«

»Ja, aber...«

»... und Sie sagten ja, es treten keine Schäden auf, wenn die Krankheit rechtzeitig erkannt wurde. Wir sind doch rechtzeitig genug hier, nicht wahr?«

Ich fühlte mich so sicher, so zuversichtlich. Fast heiter war ich.

»Die Krankheit muß sofort nach der Geburt festgestellt und behandelt werden. Jeder weitere Tag bedeutet einen Verzug. Die Chancen für eine völlig normale Entwicklung des Kindes werden mit jedem Tag geringer, an dem das Kind nicht behandelt wurde.«

»Was? Was sagen Sie?«

Ich glaubte nicht richtig zu hören, einem Mißverständnis zu unterliegen.

»Mit jedem Tage? Aber Tino ist schon über zwei Jahre alt. Über zwei Jahre! Das hieße ja... Man kann also nicht... Aber wieso denn? Wieso denn nicht? ... Er ist doch noch ein so kleines Kind. Da muß ... da *muß* noch was zu retten sein. Da *kann* sich ja noch gar nicht alles bis ins letzte entwickelt haben. Nein, das kann ich nicht glauben. Das nicht. Er ist ... er hat ... sich so 'rausgemacht ... in der letzten Zeit. Nein, ich glaube Ihnen nicht. Wer weiß, was das für Schäden sind. Er ist anders ... als Ihre Kranken ... ganz anders ... Tino nicht.«

Die Ärztin hob die Schultern. Sie ließ sie entmutigt wieder sinken. Mir war übel. Wieso hat man »das« denn nicht erkannt? Ausgerechnet bei meinem Jungen. Wer mußte überhaupt »so was« erkennen? Ich war doch regelmäßig auf der Mütterberatung gewesen. – Eine Stoffwechselkrankheit? Von wem bloß? Ich fühlte, wie die Kraft, weitere Fragen zu stellen, meinen Körper verließ. Die Gliedmaßen wurden schwerer, und das Gehirn nahm außer der Umgebung nichts mehr auf. Tino begann mir aus dem Arm zu rutschen. Erschrocken faßte die Ärztin zu.

»Ist Ihnen nicht gut? – Schwester, ein Glas Wasser!«

Ach, was sollte mir ein Glas Wasser? – Ich trank trotzdem gehorsam. Es belebte.

»Frau Riezy, ich will Ihnen nicht die Hoffnung nehmen. Eines ist wichtig, und darauf müssen Sie und Ihr Gatte sich einstellen: Es wird eine schwere Zeit, die auf Sie zukommt. Noch wissen wir nicht, wie schwer die Schäden sind. Außerdem ist noch nicht einzuschätzen, wie stark die Veranlagung zu dieser Krankheit bei dem Jungen überhaupt vorhanden ist. Bei Ihnen beiden, bei Ihrem Gatten und Ihnen, ruht die Krankheit. Vielleicht liegt der Prozentsatz der Vererbung bei Ihrem Kind nicht hoch. Das muß noch festgestellt werden. Ich will Sie nicht billig trösten, Frau Riezy. Das hätte auch gar keinen Zweck. Was auf Sie zukommt, müssen Sie durchstehen. Aber wir dürfen die Hoffnung nicht aufgeben, daß mit der neuen Ernährung, auf die Ihr Junge umgestellt werden muß, doch noch etliches herauszuholen ist. Verlieren Sie nicht den Mut. Es gibt viele Eltern, denen es wie Ihnen ergeht, und die konnten ihrem kranken Kind noch eine ganze Menge beibringen.«

Ich nickte wie ein gehorsamer Schüler. Denken konnte ich nicht. Mir nicht vorstellen, wie unser Leben künftig verlaufen sollte. Hätte man eher... Er soll anders ernährt... Nicht die Hoffnung aufgeben... – Von fern hörte ich noch, daß mein Mann und ich zu Oberarzt Dr. Herrsche bestellt wären.

»... wird Ihnen noch Genaueres über den Krankheitsverlauf sagen. Jetzt gehen Sie erst mal dort hinüber in das flache Gebäude. Dort wird Ihr Junge auf eine andere, eine sogenannte eiweißarme Ernährung umgestellt. Bleiben Sie tapfer, Frau Riezy.«

Ich wurde sanft umarmt, dann schob man Tino und mich wieder in das Vorbereitungszimmer. Der Junge bekam eine trockene Windel um, seinen hübschen blau-weiß-roten Pulli übergestreift und schicke Shorts auf die fettgepolsterten Beine. Vergnügt knabberte er an dem Keks, den ich ihm in die Hand gedrückt hatte.

Nebengebäude. Durch die Fenster sah ich in hochvergitterten Betten Kinder sitzen oder stehen. Einige spielten. Hoffentlich dauerte die Umstellung jetzt nicht solange! Der Kleine hatte noch kein Mittagessen gegessen und würde sicher vor Müdigkeit bald ungemütlich werden. Er strahlte mich an.

»Pappap.« Und schon leckte er an den leeren Fingern, die eben noch den Keks gehalten hatten.

»Hat mein Kind schon wieder alles aufgegessen? So einen Hunger hast du? Warte, Mama schenkt dir noch einen Keks. Wir sind ja bald zu Hause. Da kriegst du Möhrchen und Fleisch. Freust dich schon drauf, was?«

Ich redete ihm beruhigende kleine Worte ins Ohr, um mich zu beruhigen. Flüsterte Zärtlichkeiten, weil ich Zärtlichkeiten jetzt nötig gehabt hätte. Tröstete, weil ich des Trostes bedurfte.

Tino zerbröselte auf meiner Brust den Keks und schmierte sich die Krümel ins Gesicht. Er sah lecker aus. – Ich läutete. Die Tür vor uns blieb verschlossen. Wir warteten. Nichts rührte sich. Außer fernen Kinderstimmen und noch entfernterem Kindergebrüll war nichts zu hören. Tino schniefte an meiner Wange. Er war schläfrig geworden. Da wurde die Tür geöffnet. Eine sehr junge Schwester mit adrettem Kittel und ebensolchem Häubchen nahm mir flott den Jungen aus dem Arm.

»Du bist der kleine Tino Riezy, nicht wahr? Frau Doktor hat schon bei uns angerufen und dich hier angemeldet. Na komm, mein Kleiner, wir werden uns bestimmt vertragen.«

Sie drückte den Jungen an sich und wollte die Tür, nachdem sie mir zugenickt hatte, schließen.

»Schwester! Schwester, so warten Sie doch! Wie lange soll ich denn hier auf ihn warten? Er hat nämlich noch kein Mittagbrot gegessen.«

»Mittag bekommt er bei uns. Da brauchen Sie sich keine Sorgen zu machen. Wir lassen dich kleinen Kerl doch nicht verhungern, nicht wahr, Tino? – Und wie lange es dauert, das kann ich Ihnen auch nicht sagen. Das kommt auf die Untersuchungsergebnisse an. Sollten Sie nicht irgendwann zum Oberarzt kommen? Der kann Ihnen dann Genaueres sagen.«

»Aber wieso denn? Mit welcher Begründung bleibt mein Junge hier bei Ihnen? Davon weiß ich ja nichts!«

»Na so etwas! Man hat Ihnen bestimmt gesagt, daß Ihr Kind auf eine andere Ernährung umgestellt werden muß. Sonst hätten Sie auch kaum bei uns geläutet. Diese Umstellung geht schließlich nicht in zwei Minuten vonstatten. – Die Mutti macht vielleicht Spaß, was, Tino?« Sie lachte ihm ins Gesicht, und mein Junge probierte ein Lächeln.

»Aber ... aber Sie können doch nicht einfach den Kleinen...«

»Doch, Frau Riezy. Wir können nicht nur, wir müssen. Wir wollen dem Jungen ja helfen. Und nun beruhigen Sie sich. Wir nehmen Ihnen den Jungen doch nicht für immer weg.«

Die Schwester betrachtete mich kopfschüttelnd, als hätte sie so viel Unvernunft und Dummheit noch nicht erlebt.

»Mittwochs und sonntags ist hier Besuchszeit. Von 14 bis 16 Uhr. Da können Sie Ihren Tino wiedersehen.«

Energisch wurde die Tür vor mir verschlossen.

»Schwester, wie lange muß er hier...«

Und die Antwort nun schon von fern:

»Etwa sechs bis acht Wochen. Ich sagte Ihnen doch bereits, daß der Oberarzt...«

Acht Wochen. Sechsundfünfzig Tage. Wie viele Stunden, wie viele Minuten ohne Kind!

Müde schob ich den verwaisten Kinderwagen durch die kinderüberfüllte Stadt. Lachen. Fröhliches Lachen. Für meine Ohren häßliches Gelächter. Alberne Fröhlichkeit. Niemand soll lachen, wenn ich nicht lachen kann. Niemand soll lieben, wenn ich nicht liebe. Keiner darf glücklich sein, denn ich bin unglücklich. – Verständliches Unverständnis einer kinderlosen Mutter.

Unser Zuhause. Ein Gemisch von Düften, die an mein Kind erinnern. Dort liegengebliebene Strümpfe, hier der Schlafanzug. In der Ecke die Gummipuppe Suse. Das Bett ist noch warm unter der Zudecke. Wärme von den Füßen meines Kindes. Noch vor Stunden hat es hier gelegen, gejubelt beim Ankleiden, gelacht beim Füttern. Jetzt ist die Wohnung leer. Leer bis auf die Gerüche, die mich brutal an seine Abwesenheit erinnern. Leer bis auf die nutzlosen Gegenstände, die ohne Erbarmen in meine Augen stechen.

Ich irre durch die Zimmer, unfähig, einen klaren Gedanken zu fassen. Ich hebe auf und lege weg, ordne und glätte. Berühre Tinos Besitz liebkosend mit meinen Fingern. Erschrecke vor eigenem, lautem Stöhnen. Mein Herz ist ein fühlbarer Klumpen geworden, der an dünnen Fäden linksseitig in meinem Körper baumelt. Eine unbekannte Schwerkraft versucht ihn aus seinen Halterungen zu reißen und in die Tiefe zu ziehen. Aus mir herauszuziehen. Ich vergrabe meine Hände in der Wärme des unbelebten Bettes, und meine Phantasie gaukelt mir Trugbilder vor. Kinderfüße strampeln gegen meine Handfläche, ungestüme Hände zerren in meinen Haaren. Den Schmerz auf meiner Kopfhaut nehme ich als eine unaussprechlich willkommene Zärtlichkeit dankbar hin. Ich fühle mein Kind. Ich rieche es. Ich spüre es. Und leide unsagbar.

Ich fliehe aus der Wohnung. Mir graut vor der Einsamkeit eines Kinderbettes. Klaus! Klaus ist die Rettung. Er ist ein Mann. Er kann trösten. Er wird die Argumente finden, die erleichtern. Ich muß zu ihm.

»Genosse Riezy, deine Frau. Draußen.«

Ich vernehme ein Flüstern. Hastig weggedrückter Stuhl. Und Klaus kommt aus der Versammlung gerannt, von der ich weiß, daß sie wichtig für ihn ist. Er scheint auf Unerwartetes vorbereitet zu sein. Schimpft nicht wegen der Störung, tadelt nicht mein unangemeldetes Eindringen. Seine Arme umfassen mich fest.

»Was gibt's denn, Kleine? War's schlimm? Wo hast du denn den Jungen?«

Mein Kopf liegt an seiner Schulter. Ich rieche sein Hemd, seinen Körper. Geborgenheit. Die Ruhe läßt die Augen überlaufen. Ich kann mich gehenlassen. Hier ist niemand, der beobachtet. Ein endlos erscheinender schmaler Flur, beiderseits von Türen begrenzt. Wie in einem Krankenhaus. Krankenhaus! Die Worte, nicht durchdacht, nicht aus auf Schonung, verlassen leichtfertig die Lippen und treffen den anderen ins Herz. Klaus lehnt sich gegen die Wand, bleicher noch als sie. Er starrt mich an, als hoffe er, Lügen gehört zu haben. Wo bleibt meine Geborgenheit? An wen soll ich mich anlehnen? Wenn er nicht standhaft bleibt, wer dann? Klaus dreht mir den Rücken zu, stützt die Ellbogen gegen das Mauerwerk. Sein Schluchzen klingt hilfloser als das eines Kindes. Ich registriere alles wie ein Computer, ohne es zu empfinden. Meine Hoffnung auf Geborgenheit, auf Trost, auf Hilfe, die ich für mich erwartet habe, erweist sich als Trugschluß.

Zerstreut tasten meine Fingerspitzen über Klaus' Rücken.

»Wann können wir zu ihm?«

»Ich weiß nicht. Ich weiß gar nicht ... habe es vergessen.«

Ratlos suche ich in meinem Gedächtnis nach Terminen und Zeitangaben. Nichts ist haften geblieben. Leere. Klaus tappt nach meiner Hand.

»Ich lass' dich nicht gehen. Du gehst nicht nach Hause. Ich sage drinnen Bescheid. Ich komme mit.«

Behutsam schließt er die Tür. Ich höre nur mitfühlendes Gemurmel. Die Tür wird von Klaus' Vorgesetzten wieder geöffnet. Seine Augen suchen voller Anteilnahme nach mir. Wir kennen uns nur flüchtig.

»Malte Haug. Ich bin ein Kollege Ihres Mannes. Uns tut es sehr leid, daß Ihr Junge ins Krankenhaus mußte. Aber wir hoffen alle, daß ihm bald geholfen wird.«

Er drückt impulsiv meine Hand, klopft Klaus kameradschaftlich auf die Schulter. Bevor er geht, dreht er sich noch einmal nach uns um und ruft Klaus zu sich. Er redet mit Nachdruck auf ihn ein, als wolle er ihn von etwas Wichtigem überzeugen. Dann verschwindet er hinter der Tür. Man hört Gemurmel, darauf eine beruhigende, sachliche Stimme. Es wird wieder gearbeitet.

»Darfst du denn so einfach mitkommen? Hat man dich so ohne weiteres gehen lassen?«

»Ja, Kleine. Ich hab für heute frei. Unser BGLer, der Kollege, der dich bis hierher zur Tür begleitet hat, fand, daß man dich nicht allein lassen dürfe in dieser Situation. Es wäre herzlos, meinte er. Alle Kollegen waren seiner Meinung.«

»Und dein Chef?«

»Der ist schon in Ordnung. Ist ein Kumpel. Der konnte nicht anders als 'rauskommen und dir was Nettes sagen.«

Der Klumpen in meiner Brust wird leichter. Ich kann freier atmen. Wir sind nicht mehr allein. Da hinter den Türen sitzen Leute, die etwas für uns empfinden. Sie fühlen mit uns. Der Kummer wird dadurch nicht kleiner. Aber ein warmes Gefühl breitet sich aus. In diesem kahlen Gang hat man mir Geborgenheit geboten.

Klaus und ich finden stundenlang nicht den Mut, unsere Wohnung aufzusuchen. Wir setzen uns in ein kleines Café, trinken wenig, essen fast nichts und fürchten uns vor dem Abend, der uns unweigerlich in die Neuberinstraße treibt.

Vor einem Blumenladen füllen sich meine Augen mit Trost. Eine Farbenpracht strahlt durch die riesigen Fenster. Büsche von Rosen stecken in dickbauchigen Tonkrügen. Vasen mit weiß-rosa Nelken überragen Schalen mit fröhlichen buntfarbigen Astern. Ein Blumengebirge.

»Unbeschreiblich, nicht wahr? Sie sind einfach *zu* schön. Blumen dürften nicht käuflich sein. Sie sind zu zerbrechlich, um erhandelt zu werden.«

Meine letzten Worte hat Klaus schon nicht mehr vernommen. Er steht inmitten der ausgestellten »Ware« und verhandelt mit der Verkäuferin. – Zehn, elf, fünfzehn Rosen sucht er aus. Fünfzehn rote Rosen.

»Um Gottes willen ...«

»Du brauchst nicht gleich ängstlich unser Kostgeld zu überschlagen, Traudl. Die Blumen haben wir geschenkt bekommen.«

»Geschenkt?«

»Ja.«

»Was? Von wem? Und wofür?«

»Von meinem Chef. Du hast doch gehört, wie er mich noch mal zurückgerufen hat? Er wollte dir eine Freude machen. Ich konnte ihm das Geld nicht abschlagen. Wenn *ich* die Blumen aussuche, meinte er, wäre doch nichts Tadelnswertes an der Sache. Ich sag ja, er ist 'n Kumpel.«

Geborgenheit.

September 1969

Ein magerer Blumentopf auf dem Schreibtisch, ein farbenprächtiger Gebirgskalender an der Wand. Helle Gardinen, ein grauer Sessel. Der wuchtige Schreibtisch steht quer im schmalen Zimmer. Überladen mit Zeitschriften, dicht bedruckten Blättern, Stiften und Ordnern. In der Ecke Waschbecken, kaum benutztes Handtuch, Ablage, Wandspiegel.

Klaus und ich sitzen auf spartanisch harten Stühlen um einen winzigen quadratischen Tisch. Das Zimmer eines Oberarztes. Vor uns liegt eine Skizze. Die linke Senkrechte stellt den Intelligenzquotienten dar, die sich im rechten Winkel anschließende Gerade das Lebensalter in Jahren. Eben wurde Dr. Herrsche telefonisch ins Nebenzimmer gebeten.

Obwohl herzlichst eingeladen, fühlen wir uns nicht als Gäste. Die Furcht, nur Unangenehmes zu erfahren, läßt uns unruhig auf den Stuhlkanten sitzen und sorgenvoll die Wiederkehr des Oberarztes erwarten. Die nüchterne Umgebung eines sehr rationalen Menschen lockert unsere innere Erstarrung nicht auf. Noch immer ist es unbegreiflich: Unser Junge soll nie das Leben eines völlig normalen Menschen führen können. Bis in unser Alter, bis in seins wird er immer ein Außenseiter der Gesellschaft bleiben.

»Bei Ihrem Jungen ist der Phenylalaningehalt des Blutes sehr hoch, der Zustand der Erkrankung beachtlich fortgeschritten.«

Ausgerechnet da hatte das Telefon geläutet, und Dr. Herrsche war, ein unbestimmbares Lächeln auf seinem Gesicht, mit wehendem Kittel aus dem Zimmer geeilt.

Vor uns liegt die begonnene Skizze, und ein paar Häuserblocks weiter liegt unser Sohn. Und die Besuchszeit rückt näher, und noch haben wir nichts erfahren.

Klaus und ich hatten uns vor der Kinderklinik verabredet. Er kam abgehetzt aus einer Sitzung. Ich war unruhig, viel zu früh von zu Hause abgefahren und wartete auf ihn. Unsere Begrüßung war vorsichtig – freundlich. Vergeblich hatten wir in den vergangenen Tagen versucht, aneinander Halt zu finden. Klaus' berufliche Anspannung ließ ihn nicht zu geduldiger Freundlichkeit für mich klägliche, nicht begreifende Mutter finden. Während der reichlich acht Stunden Arbeit am Tag fand er Ablenkung und Konzentration. Ich aber, die ich zu Hause hockte, nur von Dingen umgeben, die mir den Jungen jede Minute vor Augen führten, die mir all seine kleinen Eigenheiten wieder ins Gedächtnis zurückholten, ich lebte nur in den Gedanken an das Kind und seine Krankheit. Nicht, daß ich gejammert hätte. Ich war nur erfüllt von Furcht vor der Zukunft, vor dem Leben mit einem ungewöhnlichen kleinen Menschen, zu dem ich vielleicht nie richtigen Zugang finden konnte und der trotzdem ein Lebensinhalt für mich zu sein hatte. Abends war ich nicht mehr in der Lage, dem anderen Trost zukommen zu lassen, den er nun nötig hatte, weil auch er in der vertrauten Wohnung weilte. Vielleicht warfen wir uns insgeheim die »Erbkrankheit« unseres Kindes vor. Aber so energisch, wie ich es bestritt, Urheber einer krankhaften Anlage zu sein, so verbat sich Klaus nachdrücklich jede Bemerkung, die ihn versteckt zum Schöpfer einer Geisteskrankheit abstempeln konnte. Wir griffen uns nicht an, aber jedes unserer Worte, das Tino betraf, war eine Verteidigungsrede für die eigene Unschuld. Jeder lebte im Hader mit dem anderen, denn ohne diesen anderen wäre möglicherweise – oder sogar mit Gewißheit – das Kind gesund geblieben. Zufällig tragen wir beide die gleiche krankhafte Anlage in uns. Zufällig wurde unser Sohn krank. Aber warum ausgerechnet wir? Warum ausgerechnet unser Kind? Diese Fragen blieben unbeantwortet ud quälten deshalb um so schlimmer.

Klaus sieht gut aus in dem hellen Anzug und der gemusterten Krawatte. Ich rede ihm immer ein, daß er in seinem Beruf repräsentieren müsse. Wenn man grau und ärmlich kommt, läßt es der andere leicht an Achtung fehlen.

Dr. Herrsche hatte vorhin einen kurzen, prüfenden Blick über uns hinweggleiten lassen, bevor er mit uns sein Zimmer betrat. Das hatte wohl eher mit einem Vergewissern um die psychische Verfassung seiner Besucher zu tun als mit einer Vermögenskontrolle. Trotzdem war ich froh, daß Klaus so gut aussah. Wenn man ein geistig behindertes Kind hat, muß man besonders auf sich halten. Sonst wird man vielleicht auch als nicht »besser« hingestellt. Als könne man von schmucken und klugen Eltern keine dummen Kinder erwarten, wohl aber von verkommenen oder sonst irgendwie unscheinbaren.

Wie ich zu dieser kleinbürgerlichen Lebenshaltung gekommen bin, weiß ich selbst nicht genau. Mit einemmal war sie da. Ich saß zu Hause, grübelnd, wie es weitergehen solle. Bangend, wir könnten unser bescheidenes, harmloses Leben nicht so weiterführen wie bisher – wenn wir auffällig wären in irgendeiner Weise. Ich wollte noch nie auffallen. Auch mit Tino nicht. Und besonders tapfer bin ich auch nicht. Hänseleien von anderen, ihre Verachtung könnte ich nur schwer ertragen. Da kam mir der Gedanke: Wenn wir uns gut halten, gepflegt kleiden, wird keiner auf uns herabblicken wie auf Menschen, denen das Kind verblödete, weil sie selbst blöd sind oder zu blöd, um sich um das Kind zu kümmern. Man wird höchstens sagen: »Mein Gott! Daß so etwas möglich ist! So sehen die doch gar nicht aus, als daß sie so ein Kind haben könnten.« Diese Worte sind zwar schon niederträchtig genug, aber sie rehabilitieren die Eltern. Ich wollte rehabilitiert sein. Auch für Klaus wünschte ich es. Sein Selbstbewußtsein sollte ebenfalls nicht leiden. Er mußte noch viel leisten. Dazu brauchte er seine Kraft und sein Selbstbewußtsein. Wer rehabilitiert mein Kind? – Für den Jungen fand ich eine rasche Entschuldigung: Ihm war mit geringschätzig betrachteten Eltern wenig gedient.

Nun sitzen wir hier. Und ich bin beruhigt, weil mein Mann gut aussieht. Ich müßte mich schämen. Ich schäme mich nicht. Jeder Mensch braucht etwas zum Festhalten, wenn er in einen Strudel gerät. Jeder Mensch. Ich habe mich kleinmütig an die Eitelkeit geklammert. An die Eitelkeit, einen gutgekleideten, gutaussehenden Mann zu haben. Für mich selbst reicht die Eitelkeit nicht mehr aus. Mein Pulli, sauber zwar und ordentlich, trägt schon einige Jahre auf dem fusselnden Rücken. Dafür bin ich geschminkt. Mit Make-up und Lippenstift. Die Augen habe ich freigelassen. Ich weine zuviel, wenn Tino Besuchszeit hat. Und wenn alles an den Augen ausläuft, lohnt die ganze Schminkerei nicht.

Wie wohlbedacht man an alles herangeht. Sogar an eine Besuchszeit beim eigenen Kind.

Woran mag Klaus jetzt denken? Jetzt? Er schaut sich diskret im Zimmer um, als könnte hinter dem Spiegel einer sitzen, der uns heimlich beobachtet.

»Er läßt ziemlich lange auf sich warten. Findest du nicht?«

»Wer weiß. Vielleicht ist es sogar unser Kleiner, der ihn braucht.«

»Quatsch. Jetzt beginnt gleich die Besuchszeit, da ist doch keine

Visite oder so etwas. – Tino war zur letzten Besuchszeit sehr bleich, nicht wahr?«

»Ja.«

»Ich finde, er ist auch viel magerer geworden.«

Ich nicke. Ich habe Angst vor der Besuchszeit, obwohl ich sie nicht erwarten kann. Tinos Bett steht am Fenster, und das Fenster ist geöffnet. Wir können mit ihm reden und lachen. Aber er wird zunehmend ernster. Das letzte Mal hat er gar nicht auf seinen Namen reagiert. Er saß nur und starrte vor sich hin. Wir hatten eine Menge Spielzeug mitgenommen, damit er etwas zum »Rauswerfen« hat. Nicht ein einziges Mal hat er geworfen. Ich habe solche Angst, daß es dieses Mal schlimmer sein könnte. Und dabei sehne ich mich so nach dem Jungen.

»Vielleicht ist jetzt nicht der rechte Zeitpunkt, Traudl. Aber ich sag's dir schon, weil wir uns dann beeilen müssen, um zum Jungen zu kommen. Und vorhin, als wir uns unten am Tor trafen, hatte ich auch nicht gleich daran gedacht: – Deine Mutter liegt im Krankenhaus. Vater hat heute bei mir im Betrieb angerufen. Sie muß an der Galle operiert werden. – Ich habe ihn so schlecht verstanden. Weiß nicht, ob die Operation heute ist oder die Besuchszeit. Ich glaube aber, die Operation war's.«

Erwartet er ein Erschrecken, einen Nervenzusammenbruch? Klaus staunt jedenfalls über meine Gelassenheit.

»Hat sie Gallensteine? Ob so eine Operation kompliziert ist?«

Und innerlich leide ich mit der Mutter. Unsere Sorgen werden wohl ihre Galle angegriffen haben. Tinos Krankheit. Sein Aufenthalt im Krankenhaus. Sie war nur ein einziges Mal mit hier gewesen. Nie wieder seitdem. Mutter hat am Fenster gestanden. Hat auf den Jungen geschaut. Zwei Stunden ohne ein Wort. Zwei Stunden lang hat sie lautlos geweint. Ihr Gesicht war verquollen.

»Ich halte das nicht noch mal aus«, hatte sie mir anschließend auf der Straße gestanden. Sie war fast an meinem Arm zusammengebrochen.

Vater scheint seit den Aufregungen um unser Kind schlechter zu sehen. Er fühlt sich auch nicht mehr richtig wohl. Muß sich häufig hinlegen. Schon seit Wochen ist er krankgeschrieben. Die Tatsache, daß der Junge, sein einziges Enkelkind, für immer ein Dummerchen bleiben soll, hat seinen Lebensnerv angegriffen.

Nun muß ich den Vater zu Hause besuchen, die Mutter im Krankenhaus und mein Kind im Krankenhaus. Ich habe noch Kraft.

»Es tut mir leid, daß ich Sie so lange warten lassen mußte. Bitte, entschuldigen Sie. Aber da waren Eltern von außerhalb mit dem Transport gekommen, der wieder zurückmußte. Ich konnte sie nicht länger warten lassen. Im Transport sind immer mehrere Patienten. Alle mit Kindern. Die werden zu unruhig.«

Dr. Herrsche, soeben im Zimmer erschienen, lächelt wieder oder immer noch.

Sofort greift er zu der auf dem Tisch liegenden Skizze, malt eine Kurve und strichelt eine weitere. Krakelt Zahlen und lächelt.

»Das ist die Intelligenzentwicklungskurve bei einer Phenylketonurie in Relation zum Therapiebeginn.«

Dr. Herrsche fährt mit der Spitze des Bleistiftes über die gestrichelten Linien.

»Wird ein Kind in den ersten Tagen nach der Geburt behandelt, ist sein Entwicklungsverlauf völlig normal. Der Intelligenzquotient liegt auch mit zunehmendem Alter gleichmäßig bei hundert. – Hier auf dieser Skizze habe ich Ihnen dargelegt, wie die Entwicklung eines Kindes verläuft, dessen Behandlung nicht in den ersten Lebensmonaten erfolgte. Mit einer völlig normalen geistigen und statischen Entwicklung kann nicht mehr gerechnet werden. Allerdings ist bis zu Beginn des dritten Lebensjahres immerhin noch eine Besserung möglich. Sie sehen also, wie wichtig es ist, das Kind rechtzeitig auf diese Erkrankung hin untersuchen zu lassen. Wir haben nun ...«

»Verzeihen Sie. Aber da habe ich eine Frage.«

Klaus ist auf die äußerste Kante des Stuhles gerutscht und errötet.

»Ja? Bitte?«

»Sie wissen ... Tino ist über zwei Jahre alt. Und bevor wir hier bei Ihnen, ... das heißt ... bevor wir hierher ... hier in die Kinderklinik kamen, waren wir bei einem Nervenarzt. Wieso hat der nicht – ich meine, er müßte doch ein Spezialist sein –, wieso hat der denn nicht diese Krankheit erkannt? Da hätte sie doch schon viel eher behandelt werden können. Und uns wäre so viel erspart geblieben.«

Für einen Moment verliert der Oberarzt das Lächeln. Sein Blick ist ernst, die Stimme belegt.

»Um ehrlich zu sein, Herr Riezy, ich hatte mich auch gewundert und mich diesbezüglich an den Herrn Kollegen gewandt. Der teilte mir mit, daß seine Reagenzien nicht in Ordnung waren. Es ist außerordentlich bedauerlich. Denn gerade in unserer Stadt können die Fälle von Phenylketonurie am ehesten behandelt werden. Wenn man uns rechtzeitig eine Blutprobe des verdächtigen Kindes einschickt. – Sie sehen hier auf der Skizze, wie der Intelligenzquotient von hundert auf zwanzig absinkt, wenn keine Behandlung dieser Krankheit erfolgt. Zum Glück ist Ihr Sohn bei uns und kann auf die richtige Ernährung, die die Grundlage der Behandlung ist, eingestellt werden. Wie ich hörte, hat er sich bereits an die Umstellung gewöhnt. Sie wissen, daß die Phenylketonurie eine erbliche Krankheit ist. Man hat Sie informiert?«

»Ja.«

»Gut. Bei Bestehen dieser Krankheit kann die Aminosäure Phenylalanin von der Leber nicht richtig verwertet werden. Die Folge davon ist, daß sie das Gehirn angreift und zerstört. Darauf tritt eine Hemmung der geistigen und statischen Entwicklung ein. In fast jeder Nahrung, die der Mensch zu sich nimmt, ist Phenylalanin enthalten. Deshalb waren bis vor einigen Jahren die Kinder, die mit dieser Stoffwechselstörung geboren wurden, dazu verurteilt, im höchsten Grade geistig behindert zu werden. Unsere Entwicklung war noch nicht soweit, um eine Nahrung herzustellen, bei der dieses Phenylalanin herauskristallisiert wurde, die aber dennoch vollwertig ist. In den USA, in der Schweiz hat man ebenfalls dieser Krankheit erfolgreich den Kampf angesagt. Auch in der Bundesrepublik. Bei uns ... wurde so ein phenylalaninfreies Kasein entwickelt: Berlophen. Alle lebensnotwendigen Aminosäuren, natürlich mit Ausnahme des so gefährlichen Phenylalanins ...«

Wieder dieses Lächeln. Ist er stolz auf dieses Produkt? Lächelt er, um uns zu trösten?

»... enthalten.«

Die Besuchszeit hat begonnen. Ob Tino wartet? Ob er merkt, wenn wir nicht kommen? Ob er Sehnsucht nach uns hat? Weiß er überhaupt, was Sehnsucht ist?

Dr. Herrsche erklärt genau die chemische Zusammensetzung dieser neuen Nahrung, Eiweißgehalt anderer Speisen, und mein Mann nickt verstehend. – Es ist gut, daß so ein Essen entwickelt wurde. Wie kocht man es? Muß man etwas anderes dafür weglassen? Was? Und – schmeckt es dem Kind überhaupt? – Fragen, die ich ungefragt lasse. Die Besuchszeit hat begonnen. Mich drängt es zu dem roten Backsteinbau mit den umgitterten Kinderbetten.

»Höre jetzt genau hin, Traudl. Das sind Dinge, die ganz besonders dich angehen. Du bist zu Hause, mußt den Jungen füttern.«

»Nein, Herr Riezy, diese Ansicht kann ich nicht teilen. Sie müssen genauso Bescheid wissen wie Ihre verehrte Gattin. Man kann bei der Ernährung unserer kranken Kinder nicht achtsam genug sein. Sie müssen über diese Ernährung auch alle Verwandten und Bekannten, mit denen Sie verkehren, verständigen. Jeder Bissen Wurst, den Sie nicht berechnet haben, kann dem Kind schaden. Jeder nicht berechnete Happen Brot.«

Er macht eine Pause, holt tief Luft und spricht schnell weiter.

»Ihrem Kind sind folgende Nahrungsmittel streng verboten: Fleisch, Schinken, Speck, Leber, Niere, Fisch, Fleischsaucen, Wurst, Eier, Käse, Speiseeis sowie alle anderen tierischen Nahrungsmittel. Ausgenommen sind einige Fette. Der Junge darf keine Suppen- und Gemüsekonserven bekommen, kein helles und dunkles Mehl, keinen Reis, Sago, Mais, Brot, Kuchen, Keks und anderes Gebäck. Bitte geben Sie ihm keine Getreideprodukte wie Haferflocken, Nudeln, Graupen und Gries. Keine Rosinen, Nüsse, Datteln, Schokolade, Kakao, Erdnüsse, Erbsen, Bohnen, Linsen.«

»Das kann doch nicht – das ist doch nicht möglich! Wollen Sie, daß mein Kind verhungert? Keine Wurst! Kein Brot! Wenn es alles nicht essen darf, wozu ist dann die ganze Behandlung nütze? Soll er eine Abmagerungskur durchmachen? Und wie lange soll diese Hungerkur dauern? Wird er sie überhaupt überleben?«

Die Fragen stolpern aus mir heraus. Ich bin völlig fassungslos. So etwas Schlimmes kann man ja nicht einmal träumen! Ein kleines Kind verhungern lassen und das dann eine Behandlungsmethode nennen! Nein! Ich muß mich verhört haben. Oder der Arzt hat sich geirrt.

»Frau Riezy, anfänglich scheint allen Eltern eine derartige Ernährungsweise unzumutbar. Aber Sie werden sich genau wie alle anderen daran gewöhnen. Daran gewöhnen müssen. Und Sie werden sehen: Mit der Zeit ist alles nur noch eine Frage der Gewohnheit. – Obst und Gemüse darf Ihr Sohn in begrenzten Mengen verzehren – die genauen Angaben übergebe ich Ihnen bei Entlassung des Kindes aus unserer Klinik. Ihr Kind wird nicht verhungern. Dafür gebe ich Ihnen jede Garantie.«

Ein wenig Obst und ein wenig Gemüse! Unsere kleine Kuchenschnute! Wie genau konnte er schon die verschiedenen Gebäcksorten unterscheiden! Und mit welcher Sicherheit griff er immer nach dem Kuchenstück, das ihm am besten schmeckte. Und erst beim Fleisch. Da blieb der Schnabel wie bei einem hungrigen Spatz unentwegt geöffnet. Was wird das für ein Leben für ein kleines Kind? Nichts kann man ihm erklären, weil es nichts begreift. Man nimmt ihm die wenigen Freuden, die es haben kann – Essen und Trinken. Es darf nichts von den Leckereien, die es täglich sieht, riecht und die andere genüßlich verspeisen, ebenfalls verzehren. Was wird das für ein Leben!

»Ja, im Grunde genommen haben Sie die Wahl: Entweder Ihr Kind wird nach unseren Angaben ernährt und kann noch eine Besserung seiner geistigen und statischen Entwicklung erwarten, oder aber ...«

Wieder eine Pause, ein abschätzender Blick trifft meinen Mann, trifft mich, wieder ein Lächeln, gewohnheitsmäßig oder höflich:

»... oder aber Sie verwöhnen es mit Lebensmitteln, die es gern verzehren möchte, aber nicht darf, und Ihr Kind wird – entschuldigen Sie bitte den harten Ausdruck – ein Idiot. Die Entscheidung liegt bei Ihnen.«

Was soll dieser Wahnsinn? Soll ich mich entscheiden, mein Kind einen Idioten werden zu lassen? Dazu kann ich nichts mehr sagen.

Soll das eine Alternative sein? Was für eine? Dazu kann ich nur schweigen. – So ein Mediziner weiß vielleicht nicht, was in einer Mutter vorgeht. Solche Art von Wahrheiten zu verkünden, gehört zu seinem Beruf. Mitgefühl kann man nicht erwarten. Wohl aber Verständnis.

»Wir werden uns sicher öfter sehen. Es ist noch längst nicht alles gesagt worden. Aber ich möchte Sie jetzt nicht davon abhalten, Ihren Jungen zu besuchen. Wir sehen uns dann ein anderes Mal. Ist es Ihnen recht?«

Und wie es mir recht ist. Ich springe so schnell von meinem Sitz auf, daß das Lächeln wieder auf dem Gesicht des Arztes erscheint. Nur ist es diesmal belustigter als zuvor. Klaus scheint noch von Fragen geplagt zu sein. Er druckst herum. Kann sich nicht entschließen zu gehen.

»Nein, nein, Herr Riezy, sparen Sie sich die Fragen auf bis zum nächsten Mal. Sie sehen doch, Ihre Gattin kann es nicht mehr erwarten, Tino zu besuchen. Sie müssen Sie schon begleiten. Ich rufe Sie an, dann vereinbaren wir einen neuen Termin. Auf Wiedersehen!«

Was ist an Tinos Fenster los? Eine Menschentraube hängt davor, gestikuliert, lacht, winkt mit Püppchen und Teddybär. Wir drängeln uns mühsam durch. Am Fenster steht wie immer Tinos Gitterbett. Ein kleines, rothaariges Mädchen befindet sich darin. Es lehnt sich an die Stäbe und zerdrückt strahlend eine Banane in der Hand. Die Mütter und Tanten, die Omas und Väter feuern das Mädchen an und amüsieren sich königlich. Das hintere Bett ist leer.

Mein Gott! – Wo ist unser Junge geblieben, was ist ihm passiert? Ich weine laut auf. Klaus hält mir seine Hand vor den Mund. Die Leute am Fenster drehen sich überrascht um, verschwimmen vor meinen Augen zu undeutlichen Gnomen. Sie wenden sich wieder ihrem Besuchskind zu. Das lacht. Das jubelt.

»Tino! Wo ist mein Kind?«

Meine angstfeuchten Hände verschmieren das tränennasse Gesicht. Gleichgültig geworden sind Schminke und Schönheit. Nur eines zählt noch: mein Kind. Die ganze Qual einer halben Woche Wartezeit auf diese Minuten mit ihm fließt mit meinen Tränen aus mir heraus. Jede Stunde war in meinen Gedanken mit der Besuchszeit verankert gewesen – nur noch zwei Tage. Nur noch einen. Einen halben. Ein paar Stunden. Und dann das Warten auf den Beginn von Dr. Herrsches Ausführungen, die, wie ich fürchtete, in die Besuchszeit hineinreichen würden. Und jetzt, jetzt, wo endlich die Möglichkeit besteht, dem Kind zärtliche Worte zuzurufen, oder, wenn keine Schwester vorbeikommt, sich weit in das Fenster hineinzubeugen, um liebevoll die Hand oder den Fuß des Jungen berühren zu können – jetzt hatte man mein Kind aus seinem Bett genommen und ein fremdes hineingestellt.

Klaus putzt mir mit seinem riesigen Taschentuch die Nase und wischt mir Tränen und Schminke von den Wangen. Dann läuft er los, um eine Schwester ausfindig zu machen. Seine Ruhe täuscht nur. Ich sehe, wie fest er die Zähne zusammenbeißt.

Die Minuten verlängern sich für mich zu Ewigkeiten. Wo Klaus nur bleibt!

Noch dreißig Minuten bis zum Ende der Besuchszeit. In einer halben Stunde alle Zärtlichkeit, die tagelang in einem aufgespeichert war, dem Jungen durch ein Fenster zukommen lassen. So schnell kann man keine Liebe weitergeben.

»Traudl, komm! Tino liegt um die Ecke in einem Zimmer. Die dachten, der kriegt heute keinen Besuch.«

Wir hasten um die Mauern des langgestreckten Backsteinbaus.

»Dort ist es! Dort, wo die Schwester winkt!«

Die Fenster auf der Nordseite sind höher gelegen als die anderen. Um die kleinen Patienten überhaupt sehen zu können, führt eine hölzerne Stiege zu jedem Fenster. Dort, wo die Schwester winkt, haben sich bereits drei Leute auf die Stufen gezwängt, um einen Blick ins Krankenzimmer werfen zu können. Verständnisvoll rückt ein Herr zur Seite, als er uns angejagt kommen sieht. Mitleidig blickt er in mein verweintes Gesicht.

Tino sitzt im hinteren Bett im Schneidersitz. Er hält den Kopf gesenkt und schaukelt in einem ruhigen Rhythmus hin und her. Von rechts nach links. Von links nach rechts.

»Tino! Süßer! Guck mal zur Mami. Sieh mal, hier, was die Mami hat!«

Aufgeregt halte ich eine kleine Puppe mit synthetischen Haaren in die Höhe. Er mag doch Fädchen so. Vielleicht gefallen ihm die Puppenlocken. Tino schaukelt hin und her. Hin und her. Ohne aufzublicken. Er ist sehr blaß. Das Gesicht ist ein wenig zerkratzt. Schmal ist der Junge geworden. Sicher von dieser Wundernahrung. Und die soll ich ihm bis zum zehnten Lebensjahr verabreichen? Tino, mein armer Junge.

Wenn ich ihn doch wenigstens mal hier haben könnte. Hier vorn, bei mir. Mal an mich drücken, ihn küssen. Sicher, ach was, sicher – ganz bestimmt würde er aus seiner Lethargie erwachen. Er würde uns erkennen, würde »Mama« sagen, vielleicht »Pappap«. Und wir könnten ihm einen Keks geben. – Ach nein. Nicht einmal das dürfen wir. Auch Klaus versucht auf der Stiege Halt zu finden. Er klammert sich an der Wand fest. Tränen laufen über seine Wangen.

»Die Besuchszeit ist zu Ende! Bitte verabschieden Sie sich von den Kindern.«

Nein. Nein. Bitte, bitte noch nicht. Nicht jetzt schon. Wir haben unser Kind doch kaum richtig gesehen. Bitte, Schwester, bitte.

Ich bringe keinen Ton heraus. Aber mein Anblick muß jammervoll gewesen sein. Die Schwester hebt Tino aus dem Bett und trägt ihn zu mir ans Fenster. »Komm, mein Tinomann, sag ›tschüs‹ zur Mama. ›Tschüs‹ bis zum Sonntag.«

Sie drückt mir Tinos feuchten Mund gegen das Gesicht, und Klaus bedeckt Tinos Hand mit Küssen. Dann wird unser Junge, der überhaupt nicht reagiert hat, wieder in sein Bett gesetzt. Die Puppe wird neben ihn gelegt und das Fenster geschlossen.

Wie viele Stunden werden sich noch zäh dahinschleppen, ehe es Sonntag wird. Wäre ich ein Kind, ich kniete nieder und betete:

»Lieber Gott, mach, daß die Wochen nur aus Mittwoch und Sonntagen bestehen. Nur aus den Nachmittagen. Nur aus zwei Stunden von den Nachmittagen – den hundertzwanzig Minuten vor einem Klinikfenster.«

Ich bin kein Kind mehr. Und Gott ist taub.

Oktober 1969

Mit wieviel Hoffnungen gehe ich jedesmal zur Besuchszeit in die Kinderklinik. Jedesmal werde ich enttäuscht. Immer fehlt ein bißchen mehr von der Beziehung, die ich zu meinem Kind früher hatte. Immer fremder wird mir der Junge. Das liegt nicht an meiner Einstellung zu ihm. Nach wie vor kann ich die Besuchszeiten nicht erwarten. Bin viel zu zeitig da, habe viel zu viele Süßigkeiten und Obst mitgenommen. Stets drängt es mich, den kleinen Kerl dort aus dem Bett zu heben, ihn an mich zu drücken und für immer mit mir fortzunehmen. Ich habe unentwegt das Gefühl, ihn mir retten zu müssen. Ihn mir zu erhalten. Ihm die karge Erinnerung an mich, an das Zuhause bewahren zu helfen.

Aber je länger Tino in der Klinik bleibt, desto fremder werde ich für ihn. Bis ich ihm schließlich eine Fremde bin. Er interessiert sich nicht mehr für mich. Komme ich ans Fenster, blickt er nicht auf, schaukelt die beiden Stunden lang vor sich hin, nimmt gar nicht wahr, wenn ich mit Beendigung der Besuchszeit wieder verschwinde. Ich zerbeiße mir die Lippen, um den Schmerz zu unterdrücken. Das ist kein Schmerz, von dem man sich eine Heilung erwarten könnte. Hier weiß man, das dauert. Vielleicht endet es auch nie. Denn das fehlende Vermögen, mich als vertraut zu empfinden, sich meiner zu erinnern, ist ein Symptom seiner Krankheit. Die Schwestern, die ihn pflegen, lächelt er an. Manchmal lacht er auch. Ich beobachte es, wenn ich mich vormittags heimlich in die Klink schleiche, um hinter geschlossenen Fenstern mein Kind zu suchen. Aber so beiläufig wie er lächelt, so schnell wird er auch die Schwestern wieder vergessen, hat er sie nicht mehr stündlich um sich. Die Krankheit war schon zu weit fortgeschritten, ehe sie behandelt wurde. Die Dinge, die ich täglich mit ihm geübt habe, können hier in der Klinik nicht unentwegt mit ihm wiederholt werden. So geraten sie in Vergessenheit. Sie verschwinden, ohne jemals wieder aufzutauchen. Er spricht kein Wort mehr, er greift nicht mehr zu. Das Spielzeug, das wir ihm ständig mitbringen, wird, weil er es nicht beachtet, jubelnd von anderen Kindern in Besitz genommen. Schwester Renate, die sich besonders liebevoll seiner annimmt, hat einen gelben Plastebären, der alle anderen Kinder auch sehr entzückt, fest an Tinos Gitterbett gebunden. Das ist »seines«, sein Eigentum. Diesen Begriff will sie ihm sicher nicht vermitteln, und es würde ihr auch kaum gelingen, aber sie will ihm mit dieser Geste ein Zuhause in der Klinik schaffen. Bei ihr lacht er noch gelegentlich, wenn sie ihn ihren »Tinomann« nennt, ihn in die Luft wirft und wieder auffängt.

Zu Hause habe ich ihn bei jedem »A-a«, das ich vernehmen konnte, aufs Töpfchen gesetzt oder abgehalten. Hier herrscht ein Rhythmus, dem sich natürlich alle kleinen Patienten unterordnen müssen. Zur gleichen Zeit sitzen alle auf ihrem »Thron«, zur gleichen Zeit kommen sie wieder herunter. Ich verstehe nur zu gut, daß man mit meinem Kind keine Ausnahme machen kann – wo soll das hinführen, wenn alle Mütter für ihr Kind eine Ausnahme beanspruchten? Die Folge davon ist, daß er wieder unsauber wurde. Auf seine unentwegten A-a-Rufe kommt niemand mehr, nachdem die ersten dieser Rufe, auf die man noch reagiert hatte, nicht von sichtbarem Erfolg gekrönt gewesen waren.

Natürlich ist beruhigend zu wissen, daß die Erkrankung unseres Kindes jetzt unter Kontrolle ist, daß sie sich künftig nicht mehr verschlimmern kann. Aber gleichzeitig ist es erschreckend zu erleben, wie wenig in der kurzen Zeit von dem Kind, das wir kennen und lieben, an Liebenswertem und Beglückendem noch übriggeblieben ist.

Der Arzt erklärt uns, daß die augenscheinliche Verschlimmerung seines Zustandes nicht durch den Aufenthalt in der Klinik hervorgerufen worden ist. Auch nicht durch die neue Ernährungsweise. Vielleicht hätten wir zu Hause nur nicht so rasch bemerkt, wie unser Kind immer mehr geistig abbaute. In der Klinik können sich die Schwestern immer nur Minuten allein mit Tino befassen. Der Vorgang des Rückfalls wird komprimierter und offensichtlicher.

Obwohl ich weiß, das das Warten vor dem Klinikfenster eine einzige Quälerei für mich ist und dem Kind nichts bedeutet, hetze ich zu jeder Besuchszeit, als könnte ein Wunder eintreten. Es kommt kein Wunder.

»Ich bewundere diese Frau Riezy, die immer wieder zu ihrem Kind kommt, obwohl es sie gar nicht erkennt. Es weiß nicht mal, daß die Mutter überhaupt draußen steht. Andere Eltern denken nicht im Traum daran, ihre Sprößlinge zu besuchen, obwohl die sich vor Sehnsucht die Augen ausheulen.«

Eine junge Schwester sagte diese Worte im Vorraum einer anderen. Und ihre Zuneigung spüre ich, als ich wie gewohnt am Fenster meines Jungen hänge und, krampfhaft die Tränen unterdrückend, mit ihm scherze.

»Warten Sie, Mutti, wir ziehen den Jungen warm an. Und dann nehmen Sie ihn mit nach draußen und gehen während der Besuchszeit mit Ihrem Tino auf dem Klinikgelände spazieren.«

Wie jagt mein Herz! Wie zittern die Hände vor Gier, mein Kind berühren zu dürfen. Wie steigt mir ein Lachen und Jubeln in die Kehle. Ich möchte sie alle küssen, die Schwestern, die Kinder, die Eltern an den Klinikfenstern. Meins, mein Kind bekomme ich für zwei wunderbare Stunden heraus.

Ich trage den Jungen durch den kleinen, sorgfältig gepflegten Klinikpark, stelle ihn vor den Blumenbeeten ab, damit er die herbstliche Farbenpracht in sich aufnehmen kann. Selig lasse ich ihn ein paar Grashalme rupfen und stupse ferienhaft mit dem Knie gegen seine Beine, um einen Schritt mit ihm zu laufen. Zwanzigmal oder öfter spreche ich ihm »Mama« und »Papa« vor und küsse ihn wohl an die hundertmal, bis er kläglich das Gesicht verzieht. Wie sehr wird es Klaus bedauern, daß er es mittwochs nicht mehr ermöglichen kann, das Kind zu besuchen.

Daß ein Mensch eine so große Freude aushalten kann! Mir könnte das größte Übel geschehen, ich würde es dankbar noch als eine gute Gabe empfinden. Nur, weil ich Tino in meinen Armen halte. Der wolkenverhangene Himmel strahlt mir in seinem tiefsten Blau. Ich ahne Tausende von Sonnen und fühle die Kraft in mir, mich vom Erdboden zu erheben und mit meinem Kind zu fliegen. Hineinzufliegen in das Blau und zu den Sonnen.

Der Abschied schmerzt nicht mehr. Ich habe die Stunden genossen, so intensiv, wie ich es vermag. Und der anschließende Besuch bei meiner Mutter im Krankenhaus, der man einen taubeneigroßen

Gallenstein entfernt hat, ist so heiter, so beglückend, daß Mutter und alle anderen Patienten von meiner Freude angesteckt werden.

»Sind Sie zu beneiden um so eine lustige Tochter!« sagt eine Patientin zu meiner Mutter.

Der lächelnde Dr. Herrsche hat angeordnet, daß man mir das Kind an drei Vormittagen außerhalb der Besuchszeit für eine Stunde »ausleiht«, damit ich mich ihm zuwenden, mit ihm spazierengehen oder mit ihm spielen kann. Zu den Besuchszeiten darf ich das Kind wieder nur vom Fenster aus betrachten. Eltern haben sich aufgeregt, daß eine »Ausnahme« mit mir gemacht würde. Aber das Drängeln auf der Stiege schmerzt nicht mehr so stark. Bleibt mir doch der nächste Morgen.

Dr. Herrsche begegnet mir, als ich Tino im »Leihwagen«, einem abgewetzten Sportwagen der Klinik, um die Blumenrabatten fahre.

»Ach, guten Morgen, Frau Riezy. Erfreulich, Sie zu treffen. Die Einstellung Ihres Jungen ist mittlerweile so gut, daß wir daran denken können, ihn Anfang November zu entlassen.«

Ich will den Wagen stehenlassen, um überglücklich auf den Oberarzt zuzustürzen. Im letzten Moment halte ich mich zurück. Überwältigt von der guten Nachricht, streichle ich unablässig Tinos Kopf.

»Jetzt wird es schwer für Sie und Ihren Gatten. Ich gebe Ihnen noch eine Broschüre und eine Tabelle für die Ernährungsweise Ihres Kindes mit. Das alles wollen Sie bitte bei mir abholen, wenn Sie das Kind mitnehmen. Den genauen Zeitpunkt erfahren Sie noch von uns. Es wäre ratsam, Sie machten sich einmal die Mühe und gingen zu unserer Diätköchin in die Küche. Sie kann Ihnen ein recht schmackhaftes Rezept vermitteln, wie man diesem Kind ein Spezialbrot bäckt, ohne Mehl natürlich, das aber in der Tat recht wohlschmeckend ist. Täglich darf es davon zwei Scheibchen zu sich nehmen. Außerdem kann sie Ihnen manchen wertvollen Fingerzeig zur Zubereitung von Mahlzeiten geben, die den Kindern mit einer Phenylketonurie recht gut munden. Also – wir sehen uns dann Anfang November wieder. Grüßen Sie mir Ihren Gatten herzlich.«

Er hebt die Hand in die Höhe und winkt mir einen Abschiedsgruß zu. Das Lächeln verläßt sein Gesicht nicht. Ich muß einen merkwürdigen Eindruck bei ihm hinterlassen haben. Bis auf die schnell abgestoppte Reaktion habe ich mich nicht gerührt, habe kein Wort hervorgebracht. Auch kein Wort des Dankes dafür, daß ich Tino vormittags ausfahren darf.

November 1969

Krähen. Ein Himmel voller Krähen. Müdegeflogen taumeln sie über der Stadt. Ich starre ihnen nach. Jeden Abend. Und warte. Stehe am geschlossenen Fenster und warte. Denn unter meinem Fenster müssen die Kollegen vorbei, wenn sie zur Vorstellung wollen. Sie, die Extravaganten und die Biederen, die mit und ohne Vehikel.

Scheu trete ich vom Fenster zurück, wenn sie hochblicken, gedankenverloren oder unbewußt. Ich will nicht gesehen werden in meinem Neid auf sie und ihre Arbeit. Ich möchte nur wie sie durch die Straßen zum Theater laufen, irgendwelchen Gedanken nachhängend, die Vorstellung erwartend. Mit ihnen möchte ich das große graue Gebäude zwei Straßen weiter betreten, den Pförtner begrüßen, nach Post fragen. Den Garderobieren salopp die Hand schütteln, am Schminktisch Platz nehmen, kurz zum Textbuch greifen und die Worte murmeln, die fünfundvierzig Minuten später das Publikum in den Bann ziehen sollen.

Krähen. Nichts als Krähen.

Und die da oben auf der Bühne, in ein Kostüm geschlüpft wie in eine zweite Haut, im Lichtkegel der Scheinwerfer jeder ein Gott, agieren. Spielen anderen vor, wie man lebt. Wie man leben kann oder muß.

Große Kinder sind sie. Die geschminkten Männer und Frauen, die jeden Abend Andershäutigen. »Groß« im zweifachen Sinne des Wortes.

Seltsam. Da kommt jemand, drückt den anderen ein Buch in die Hand und befiehlt: »Der bist du, dieser du, und du spielst den!« Er läßt jeden seine »Rolle« üben, lesen, spricht darüber und schickt die Willigen, die Bereitwilligen auf die mit einem schäbigen Teppich belegten Bretter der Bühne. Er läßt sie nach seinem Willen sprechen und sich bewegen. Und sie gehorchen. Und haben in dem Moment, wo sie diese Bretter betreten, vergessen, daß sie den Partner, den sie als Liebhaber, Vater oder Freund auf der Bühne lieben müssen, im Alltag beneiden oder hassen. Und sie spielen so, daß man ihnen ihre »Liebe« abkauft. Sie spielen zur Schau. Sie sind nicht die, die sie spielen, spielen aber die, die wir alle sind. Und müssen sie »wahr« spielen. Denn wir kennen uns. Und sind kritisch. – Es ist ein großartiger Beruf.

Wenn sie draußen auf der Bühne stehen, liebe ich sie alle. So häßlich, so gemein, so niederträchtig sie im Leben sein mögen.

Ich starre in einen leeren Himmel. Die Krähen hat der Wind aus der Stadt getrieben.

Ich habe keinen Kollegen getroffen, seit ich aus dem Theater ausschied. Keine Kollegin. Und wir wohnen nur um die Ecke. Gelegentlich habe ich ein Zusammentreffen provoziert. Nichts. Niemand kam oder ging zur Probe, wenn ich die am Bühneneingang ausgehängten Vorstellungsanzeigen mit interessiertem Gesicht zum dritten oder vierten Male las.

Heute bin ich in Eile. Tino darf heimgeholt werden. Heute ist das Theater ein Haus wie jedes andere. Ohne Glorie. Ein grauer Bau, auf dem die Tauben ein Domizil gefunden haben, wie ihre Abfälle auf dem Gehsteig bezeugen. Heute fliegt meine Sehnsucht in eine ganz andere Richtung. In zwei Stunden soll ich in der Klinik sein. Ich werde den Jungen in den Arm nehmen und mit ihm laufen, laufen – so lange, bis nichts mehr von Klinik oder Arztkittel zu sehen ist.

Ausgerechnet heute treffe ich gleich mehrere Kollegen hintereinander. Heute, wo die Zeit fehlt, ausgiebig zu schwätzen, Erinnerungen heraufzuholen, sich zu laben an Vergangenem.

Aufgekratzt, weil im Geiste schon mit dem Kinde vereint, lächle ich Gräberling an, der auf der anderen Straßenseite sehr eilig vorwärts strebt.

»Hallo – wie geht's, wie steht's? Haben uns lange nicht gesehen!«

Er kommt flott über die Straße auf mich zu und schüttelt intensiv und herzlich meine Hand.

»Was macht der Junge? Was macht der Mann?«

Die Fragen kullern oberflächlich aus ihm heraus. Er scheint nur auf erfreuliche Antworten erpicht zu sein, und ich bin nicht in der Laune, ihm die heitere Stimmung mit eigenem Ballast zu beschweren. Auf der nebligen Straße läßt es sich schlecht über meine Probleme diskutieren. Außerdem: In zwei Stunden wird es mir so ausgezeichnet gehen, wie ihm nicht im Verlaufe eines ganzen Tages.

»Danke, ich kann nicht klagen. Hole heute mein Kind heim. Meinem Mann geht's blendend.«

»Hast du ein Glück, daß du deinen Jungen – es war doch ein Junge? – immer mal zu einer Oma geben kannst. Beneidenswert, wirklich beneidenswert. Auf die Art konntest du auch immer beruhigt auf den Proben erscheinen. Warst immer so gelassen und gelöst. Aber bei einigen jungen Kolleginnen ist wegen der Kinder gerade tüchtiger Klamauk. Denen fehlt's an so einer Kinderfrau. Du kannst dir ihre Nöte nicht vorstellen. Und unsere mit. Mal wird die Probe umgeschmissen, weil das Kind krank ist, ein andermal stehen die Kinderwagen im Theater herum, und die Kollegin ist auf der Bühne nicht bei der Sache. Katastrophale Zustände. – Du bist ja jetzt zu Hause. Da müßte deine Kinderfrau doch frei sein?«

»Kinderfrau? Was für eine Kinderfrau?«

»Na, wer war das denn gleich – wer hat mir davon erzählt? Na, ist ja auch egal. Jedenfalls ist neulich die Sprache auf dich gekommen . . .«

Ich fühle, wie mir vor Freude die Röte ins Gesicht schießt. Man hatte mich nicht vergessen. Vielleicht sogar bedacht, daß es kein schlechtes Arbeiten mit mir war . . .

». . . brauchst nicht gleich rot zu werden, 's war nichts Schlimmes. Ist bei dir wohl auch gar nicht drin – hahaha. Wir haben uns jedenfalls darüber amüsiert, wie du einmal, als deine Kinderfrau, oder was weiß ich, verhindert war, dein Kind im Bett des Regisseurs Regie führen ließest. Hahaha – das ist seitdem allerdings noch nie wieder vorgekommen.«

Das war es also bloß. Man hat sich belustigen können, auf meine Kosten. Na ja.

Gräberling hat sich erneut meine Hand gegriffen, hält sie fest, um noch einmal sehr eindringlich nach meiner Kinderfrau zu fragen. Dann läßt er meine Finger einfach aus seiner Pranke fallen, um sich schleunigst auf den Weg zu machen. Die Probe beginnt in wenigen Minuten. Und ich bin nicht einmal neidisch.

Einmal redet man über mich. Ein einziges Mal – und dann ist es bloß ein Witz. Die lieben Kollegen. Eine Kinderfrau! Wenn die wüßten, wie oft Tino seine eigene Kinderfrau sein mußte! Und wie oft mich der Gedanke schon belastet hat. Er quält mich immer wieder aufs neue, sobald die Sprache darauf kommt. Vielleicht hätte ich den Jungen die vier Stunden während der Proben nicht allein lassen dürfen!

Nein – alles hat an dieser verfluchten Krankheit gelegen. Daran, daß niemand wußte, wie krank er war und daß man etwas dagegen unternehmen mußte.

Fort mit dem Gedanken und fort mit der Grübelei, ob eine Kinderfrau gut für ihn gewesen sein könnte oder nicht. Er hatte keine, basta. Ich wünsche den anderen jungen Kolleginnen von Herzen, daß sie eine finden. – Wenn nicht: Ihre Kinder werden normal. Trotzdem. Ich werde sie immer beneiden.

Die Menschen drängeln im Blumenladen. Bläßliche Nelken haben sie ins Geschäft gelockt. Ich drängle mit. Für mein Kind. Mit zwei Alpenveilchen fürs Doppelfenster und drei der sündhaft teuren Treibhausgewächse im Arm stoße ich mit der Souffleuse zusammen.

»Grüß dich. Du hast ja noch Glück gehabt und so ein paar Mikkerlinge erwischt. Ich freu mich, dich mal zu sehen. Ist dir der Abschied von uns schwergefallen? Na, ich glaube nicht. Diese falsche Bande. Da ist man doch froh, wenn man ihr den Rücken kehren kann. Hab ich recht?«

»Nein, kann ich eigentlich nicht behaupten. Manchmal...«

Die Souffleuse läßt mich gar nicht erst zu Wort kommen. Sie redet unaufhörlich weiter, und ich wundere mich, daß sie dabei noch in der Lage ist, gelegentlich ein- und auszuatmen.

»Den Jungen hast du wohl gerade oben, wie? Hätte den kleinen Kerl gerne mal wieder gesehen. 's war 'n hübsches Kind damals.«

»Wieso war? Na hör mal! Ist er noch.«

»Na ja. Aber wenn sie älter werden, ist meistens die Schönheit im Eimer. Sieh mich an, da hast du den lebendigen Beweis.«

»Aber...«

»Brauchst mich gar nicht trösten zu wollen. Ich weiß, wie ich aussehe. Na, man wird eben nicht jünger. Vielleicht müßte man öfter einen Mann haben. So was soll ja unerhört aufladen. Aber das ist mir wieder zu nervenraubend. Ich bleibe lieber allein in meinen vier Wänden. Kannst mich ja mal besuchen, wenn du Zeit hast. Aber Leute mit Kindern haben keine.«

»Ich würde gerne...«

»Naja, ich versteh dich schon. Kinder machen Arbeit. Brauchst dich nicht zu entschuldigen. Tschüs, Kleine, und laß es dir gutgehen.«

Und ich wäre sie gern besuchen gegangen.

Bald kann ich in die Klinik fahren. Leider ohne Klaus, der in Berlin auf einer Tagung wichtige Informationen für seine Arbeit erhält. Ob der Junge empfindet, daß sein Vater fehlt? Hoffentlich sitzt er nicht nur da und schaukelt vor sich hin. Aber selbst wenn, dieses Mal verzweifle ich nicht.

Komisch, meine Kollegen. Gräberling will ein paar nette, oberflächliche Worte loswerden. Unsere Souffleuse läßt mich nicht zu Wort kommen. Sie wollen nicht wissen, ob der andere Sorgen mit sich herumschleppt. Bloß nicht mitschleppen müssen.

Wie bin ich? Genauso? Gedankenlos oder seicht? Habe ich Gräberling nach seinen Belastungen gefragt? Oder will er nicht gefragt werden? Die Souffleuse auch nicht? Gibt es Menschen, die nicht nach ihren Sorgen gefragt werden wollen? Hat die Souffleuse Angst, gefragt zu werden, und redet deshalb so schnell? Gibt sie sich mit Äußerlichkeiten zufrieden, weil sie enttäuscht wurde?

»Falsche Bande« – Erfahrungen?

»Man müßte öfter einen Mann haben« – Sehnsüchte?

Ich habe nicht gefragt.

»Kollegin Riezy!«

Der offensichtlich erfreute Ausruf läßt mich zusammenfahren.

Kollege Brügge. Der dritte heute im Bunde. Was für ein Zufall! Bei ihm will ich es gleich zu Beginn richtigmachen.

»Hallo, Kollege Brügge. Ich freu mich. Geht's Ihnen gut?«

Die verflixte flache Frage, auf die niemand ernsthaft antwortet. Alf Brügge sieht mich kurz an. Nickt.

»Danke. Und Ihnen? Die Hausfrauenpflichten schon über? Manchmal nicht einfach, wie?«

»In der ersten Zeit hatte ich mächtig zu kämpfen. Ich war zuviel allein.«

»Wieso allein?«

»Der Junge lag im Krankenhaus.«

»Lag oder liegt?«

»Liegt.«

»Da könnten wir ja eine Tasse Kaffee trinken gehen. Bißchen klönen.«

»Ich komme bestimmt noch mal darauf zurück. Aber im Moment – ich bin in Eile. Heute kann ich ihn nämlich aus der Klinik holen. Ich wollte alles noch ein bißchen nett für ihn machen. Aber ein andermal – ein andermal ganz bestimmt. Ja?«

Da ist endlich mal einer, der Interesse aufbringt. Und den muß ich vor den Kopf stoßen.

»Holen Sie den Jungen im Kinderwagen, mit der Bahn?«

»Ja.«

»Allein?«

»Ja.«

»Das ist doch so umständlich. Ich mache Ihnen einen Vorschlag: Ihre paar Sachen erledigen Sie in aller Ruhe. Ich muß auch noch einiges besorgen. Dann klingle ich bei Ihnen. Wir können den Jungen mit dem Auto abholen. Der freut sich bestimmt, mit einem Auto dem Krankenhaus zu entkommen. Oder nicht?«

Er ist der gleiche geblieben, der er war. Am liebsten flöge ich ihm um den Hals.

Ich kann sogar Treppen hinaufschweben, wenn zu einer Freude noch eine hinzukommt. Auf dem Treppenabsatz drehe ich beschwingt eine Pirouette. Frau Mäusekiel unterdrückt hinter der

Tür mühsam ein Niesen. Ich grüße sie strahlend, obwohl sie unsichtbar bleibt.

»Tino-Tino-Tinomann kriegt die schönsten Hosen an.«

Bei meinem Gesang packen sich die Kindersachen von selbst. Da wird ein Keks wie vom Wind in die Tasche geweht. Der Apfel kullert rotbackig hinterdrein. Die Nelken gleiten von allein in die Vase, und die Alpenveilchen springen ins Doppelfenster. Da säubert das Staubtuch heiter Schränke und Bilder. Der Besen fegt willig Krümel und Aschereste auf die Schippe. Im Nu ist das Laufställchen mit Plasteaffe in rot und Plasteauto in grün behängt. Tinos Spielzeug soll in der Klinik bleiben. Für Kinder, die noch nicht nach Hause dürfen.

Es klingelt. Ich springe zur Tür. Es ist noch viel Zeit. Alles hat sich wie von selbst gemacht. Frist gewonnen für eine Tasse Kaffee.

Brügge sieht sich aufmerksam im Zimmer um. »Gemütlich haben Sie's. Sollen Sie das sein?«

Er weist auf ein Bild in Tempera, das über dem Plattenspieler hängt. Es stellt in blaugrünen Farbschattierungen das Gesicht einer langhaarigen Frau dar, der ich in dreißig Jahren möglicherweise einmal ähneln werde.

»Ein Mitschüler aus der Oberschule hat mich damals konterfeit.«

Ich stelle den Kaffee auf den Tisch neben die Nelken, balanciere zwei dünnwandige Tassen daneben und genieße das Gefühl, einen Menschen in meiner Wohnung zu haben, der sich offensichtlich bei mir wohl fühlt und mir in Kürze mein Kind heimholen hilft. Er greift in die Tasche, legt eine Schachtel Pralinen »Für die Mutter« und ein buntbemaltes Bilderbuch »Und den Sohn« auf den Tisch. Ich lache ihn erfreut an, als wäre es für mich selbstverständlich, Pralinen und Bilderbuch geschenkt zu bekommen und fühle mich beschwingt, als hätte ich anstelle des Kaffees Sekt in langstieligen Kelchen serviert.

»Ist der Kleine ganz gesund, oder muß er zu Hause noch liegen?«

Sein faltiges Gesicht wendet sich mir mit dem gleichen interessierten Ausdruck zu, mit dem es zuvor das Gemälde an der Wand bedacht hatte.

Ich möchte so gern mit jemandem reden können. Ich werde es

versuchen. Ganz ruhig, ganz unverbindlich das Problem an ihn herantragen, mit dem ich mich seit Wochen abschleppen muß.

»Mein Kind ist geistig behindert und wird es bleiben.«

Nein, ich will nicht das Erschrecken auf seinem Gesicht wahrnehmen, will die plötzliche Blässe nicht sehen. Er darf nicht zu Worte kommen, bevor ich nicht geendet habe.

»Es ist eine Stoffwechselkrankheit, die das Gehirn angegriffen hat, ohne daß wir es bemerken konnten. Fast wäre er ein ... ein ... Glücklicherweise haben ein paar Monate daran gefehlt. Nun ist er ein dünnes Blässerchen, schaukelt im Sitzen unaufhörlich hin und her und lebt nur durch die Hilfe der anderen. Er kann nichts, beziehungsweise nichts mehr, muß mit einem üblen Brei ernährt werden und wird viel hungern müssen. Er wird sich nie mehr richtig entwickeln. Sagen die Ärzte. Aber – ich ... ich gebe die Hoffnung nicht auf. Ich nicht.«

Er könnte etwas sagen. Etwas Belangloses vielleicht. Etwas Tröstendes. Er schweigt. Und es ist gut, daß er schweigt.

»Überhaupt keine Medikamente können helfen? Auch nichts aus dem Ausland?« fragt er schließlich.

»Nein. Wir haben alles versucht. Zwei Jahre zu spät.«

Der Kaffee erkaltet in Brügges Tasse. Er hält die Augen niedergeschlagen und malt mit dem Finger Kreise und Ornamente auf das Tischtuch. Er kann mich nicht ansehen.

Ich hätte nichts sagen dürfen. Ich habe kein Recht, andere mit meinen Sorgen zu belasten. Wenn wir uns nun begegnen, wird er vielleicht flüchtig den Hut ziehen, sich eilig wegen Zeitmangels entschuldigen und weiterhasten. Noch einmal möchte er nicht in die Nöte des anderen eingeweiht werden.

Hätte ich geschwiegen, wäre ihm die Chance geblieben, unverbindlich nach uns zu fragen. Er hätte die Möglichkeit gehabt, ein Gräberling zu werden.

Wäre mir das lieber gewesen?

Eilig, um eine Spur zu gehetzt, brechen wir auf. Meine frohe Stimmung ist in Bedrücktsein umgeschlagen. Der Gedanke, ein krankes Kind zu haben, ist mir vertraut. Meine Hoffnung ist unerschöpflich.

Er aber hat Bitterkeit unerwartet erfahren. Er muß mit einer Sache fertig werden, die ihn zwar nicht direkt angeht, die aber aus der Anonymität herausgetreten ist. Denn sie ist an eine Person gebunden, die er kennt und der er freundschaftlich zugetan ist. Er will damit fertig werden, irgendwie.

Vielleicht schafft er es, indem wir uns nie wieder begegnen? Die beste Möglichkeit. – Oder wird er damit fertig, indem er sein Herz für das kranke Kind öffnet?

Während ich mein Kind in den Arm gelegt bekomme, läuft Brügge unruhig vor dem roten Backsteingebäude auf und ab. Als ich aus dem Tor trete, geht er auf mich zu, nimmt mir behutsam den Jungen aus dem Arm, von dem er annimmt, daß er bei seiner Länge schwer sein müsse. Er staunt erschrocken über die Leichtigkeit des armen Körpers und trägt den Jungen wortlos zum Auto.

Tino nimmt das Auto, in dem er gefahren wird, nicht wahr. Seine dunkelbraunen Augen liegen tief in den Höhlen und lassen das Gesicht noch bleicher erscheinen, als es ist. Gesicht und Haare, Wäsche und Hände haben einen maggiartigen Geruch, der mir den Magen umkehren will. Ich halte an mich, küsse das Kind. Will mit meinen Lippen den Geruch von Krankenhaus und Medizin wegküssen. Tinos beide Daumen sind geschwollen und völlig zerlutscht – ein Zeichen des Unwohlseins und Unglücklichfühlens in den vergangenen Wochen. Mitleid will mich überkommen. Ich hasse diese oberflächliche Empfindung. Sie verhindert ein Mitleiden, erschöpft sich im Bedauern. Mein Kind braucht nicht meine Tränen, sondern mein Lachen. Es soll wieder fröhlich bei mir werden.

Brügge trägt den Jungen nach oben. Er setzt ihn ins Gitter und wagt nicht, ihn zu betrachten. Schämt er sich, in Tinos Gesicht zu blicken? Befürchtet er, ich könne diesen Blick als Kontrolle auslegen, inwieweit man »etwas« sieht?

»Man sieht es ihm an. Sehen Sie ruhig hin!«

Brügge blickt hoch, mir in die Augen. »Ich habe ihn mir angesehen. Er ist ein krankes Kind. Andere sind auch krank. Deswegen muß man sich nicht seiner schämen.«

Ich schäme mich. Für mein Verhalten. Aber – Tinos Gesicht hat so ausdruckslose Augen. Das ganze Gesicht ist ohne innere Bewegung. Fast eine Maske. Muß man da nicht die Blicke der anderen fürchten? Warum wollte ich Brügge provozieren? Suche ich sein Mitleid? Seinen Trost?

Meine Augen füllen sich mit Tränen. Ich will nicht weinen. Obwohl es vor Brügge leichter wäre als allein. – Klaus kommt erst in zwei Tagen zurück. Solange muß ich meinen Kummer allein ertragen. Eltern und Tante, die sich für den Nachmittag angesagt haben, werden sich mit Hilfe der Tränen erleichtern. Sie werden weinen, froh, weil das Kind wieder in unserer Mitte ist, unglücklich, weil sein Zustand sie erschrecken wird. Mir kommt die Rolle des Trösters zu. Wer tröstet mich?

»Wann kommt Ihr Mann zurück?«

»Übermorgen.«

»Heute abend habe ich keine Vorstellung. Ist es Ihnen recht, wenn ich Ihnen und Ihrem Sohn Gesellschaft leiste?« Ich nicke.

Die Tür ist ins Schloß gefallen. Der einzige Mensch, mit dem ich über Tino reden könnte, ist gegangen.

Mein Junge liegt phlegmatisch im Gitter. Er starrt geradeaus, reagiert nicht auf mein zärtliches Ansprechen. Interessiert sich nicht für die Kinderlieder, die ich heiser für ihn singe. Ich lege mich klein und gekrümmt zu ihm ins Gitter und weine lautlos. Seine Finger berühren zufällig mein Gesicht und verwischen mit unkontrollierten Bewegungen die Tränen.

März 1970

Im Dezember vorigen Jahres habe ich mir einen Brief abgerungen, einen »Bettelbrief«. Einen Brief, mit dem man in der Bundesrepublik Politik machen kann.

Ausgerechnet ich, die ich nichts von Anbiederung halte. Ich schreibe so einen Brief. Man wird uns bedauern. Das »Regime« beschimpfen. Sich auserwählter vorkommen, bedeutender. Verdientermaßen, natürlich.

Der Brief regt mich auf. Jetzt, nach vier Monaten, wo mir ein Licht aufgegangen ist. Jetzt, wo ich nichts mehr ändern, nichts mehr rückgängig machen kann.

Meine liebe Beate! Dez. 1969

Jedes Jahr haben wir uns um die Weihnachtszeit und gegen Ostern freundliche Wünsche gesandt, um uns auf diese Weise gegenseitig zu versichern, daß wir aneinander denken.

Du weißt, daß Klaus und ich ein Kind haben, das nicht gesund ist.

Im vorigen Monat haben wir Tino aus dem Krankenhaus geholt. Still und blaß sitzt er entweder in seinem Laufställchen oder im Schaukelpferd. Gleichgültig hält er einen Faden oder eine Schleife in der Hand, um sie Augenblicke später aus den Fingern gleiten zu lassen. Er bemerkt es nicht. Ich habe mir das Stricken angewöhnt, damit er einen Faden bei der Hand hat, den er nicht immer verliert. Auf diese Weise kommt Tino außerdem zu preiswerten Pullovern. –

Aber deswegen schreibe ich dir nicht. Ich hab ein Problem und hoffe, daß du mir hilfst.

Tino wird, wenn man so sagen darf, »künstlich« ernährt. Das heißt, morgens und abends muß er einen Brei essen, der aus einem übelriechenden und ebenso schmeckenden Eiweißhydrolysat besteht, der mit Maisan, Öl und Zucker vermischt wird. Es ist ein elender Fraß. In der ersten Zeit konnte ich diesen Brei nie selber zubereiten – mir wurde übel. Die Wohnung nimmt den Geruch an, ebenso die Kleidung. Jetzt habe ich mich allmählich daran gewöhnt.

Aber Tino nicht. Früher kannte er normales Essen. Die Umstellung ist ihm schwergefallen. Für die Schwestern in der Klinik war das Füttern eine Strapaze. Auch jetzt weint er noch kläglich, strampelt und wehrt sich mit seinen geringen Kräften, wenn sein Brei auf den Tisch gestellt wird. Ich bin vor Kummer danach wie ausgelaugt. Aber es nützt nichts. Wir müssen uns weiter quälen, soll der Junge nicht noch kranker werden. Außerdem: Wir sind ja froh, daß Tino dieses Zeug überhaupt verordnet bekommt. Er braucht zwei Dosen monatlich. Eine kostet über zweihundertfünfzig Mark. Das bezahlt die Sozialversicherungskasse. Wir wären auch gar nicht in der Lage dazu.

Ich schreibe Dir das alles, liebe Beate, weil Tino täglich nur 2,5 Gramm Eiweiß zu sich nehmen darf. »2,5 Gramm?« wirst Du fragen. »Das ist doch eine ganze Menge.«

Verflucht wenig ist das, versichere ich Dir. Jeden Tag befürchte ich aufs neue, mein Junge könnte verhungern, so dünn ist er. Er besteht wirklich nur noch aus Haut, Knochen und den Haaren auf dem Kopf. Überlege mal: 100 Gramm Apfel haben schon 0,4 Gramm Eiweiß. Das ist ein mittlerer Apfel, den er zum zweiten Frühstück bekommt. 100 Gramm Kartoffeln – 1,5 Gramm. Da ist noch keine Soße dabei – und was sind schon 100 Gramm Kartoffeln? Alles hat Eiweiß, alles. Möhren und Äpfel haben noch das wenigste. Und nun kommt mein Problem: Es gibt zwar Möhren, aber keine Äpfel. Nirgends. Er darf aber nur Obst und Gemüse essen. Was soll ich da machen?

Ich denke, daß wir vor Weihnachten Apfelsinen bekommen werden. Die hat es noch in jedem Jahr gegeben. Aber der Junge muß was zum Knabbern haben, seine Zähne sollen sich festigen. Immer nur eine Möhre oder eine kleine rohe Kartoffel in die Hand drücken? Andere Kinder können essen, was ihnen Spaß macht. Unserer kriegt nicht mal einen Apfel. Jämmerlich.

Bitte, könntest Du uns alle vierzehn Tage ein Päckchen mit Äpfeln schicken? Sie müssen nicht von der besten Sorte sein. Tino ist froh, wenn er überhaupt einen bekommt.

Ich bitte nicht für mich, nicht für Klaus. Wir bitten Dich für unser Kind. Weil es schwer ist, an allen Lebensmittelgeschäften so schnell man kann vorbeizurennen, damit der Kleine nicht die appetitlichen Auslagen sieht und leise sein begehrliches »Pappap« sagt, ohne etwas zu bekommen. Könnten wir ihm dann wenigstens einen Apfel in die Hand drücken, wäre uns wohler.

Versuche bitte, uns zu helfen. Herzliche Grüße und danke im voraus.
Deine drei Riezys

Nichts war übertrieben, nichts gelogen. Es gab kein Obst, man konnte machen, was man wollte. Wir fuhren in die Vororte. Wir bestachen Verkäuferinnen. Wir taten ihnen auch leid in unserem Jammer.

Aber: »Wo nichts ist, ist nichts«, sagten sie und zuckten bedauernd die Schultern.

Kurz vor Weihnachten bekamen wir ein Kilo Apfelsinen im Geschäft.

»Wir haben ein krankes Kind, das nur Obst essen darf. Bitte geben Sie uns ein paar mehr.«

»Das kann jeder sagen. Haben Sie eine Bescheinigung darüber?«

Hatten wir nicht. Wir rechneten nur – 100 Gramm Apfelsine = 0,8 Gramm Eiweiß. Nur so dachten und lebten wir. Von den Apfelsinen haben Klaus und ich nicht eine Scheibe angerührt, obwohl meine Mutter besorgt feststellte, auch wir hätten Vitamine nötig. Erst das Kind – dann alles andere.

Da kam kurz vor Weihnachten ein Paket aus München. Ein schönes Paket: Apfelsinen, Äpfel, Zitronen, eine Pampelmuse. Beate hatte uns nicht vergessen.

Aber dann kam ein Brief von ihr, später. Darin stellte sie fest:

daß es besser für alle wäre, wenn das Kind tot wäre

daß sie sich nun keine Kinder anschaffen würden, man wüßte ja nie

daß man laufend Obst schicken wolle, beste Sorte selbstredend

daß man der Ostzone helfen solle

daß sie Weihnachten eine Kerze ins Fenster stellen wollten, um unseren weiteren Weg zu erhellen.

Das Päckchen aller vierzehn Tage sei eine Selbstverständlichkeit für sie.

Das Paket zu Weihnachten war das einzige geblieben. Jetzt haben wir März. Einmal habe ich noch angefragt aus Furcht, die verderbliche Ware könne irgendwo auf einer Post liegengeblieben sein und verkommen. Aber da kam eine Karte mit den tröstenden Worten:

daß auf alle Fälle ein Päckchen abgeschickt werde.

Das war Ende Januar. Bald wird es April. Ich hätte nicht schreiben dürfen.

Wir sind auch ohne Münchener Obst über den Winter gekommen. Es war schwer, ich will es nicht leugnen. Aber wir hatten Helfer gefunden.

Malte Haug, Klaus' Chef, vergab mit jedem Dienstauftrag an die Kollegen einen weiteren:

»Bring mir ja für den Tino von Riezys Obst mit. Ohne einen Apfel oder eine Birne für den Jungen hast du deinen Auftrag nicht erfüllt. Merk dir das.«

Dieser »Befehl« wurde gewissenhaft ausgeführt. Da brachte der eine Äpfel aus Dresden mit, der andere hatte in der Berliner Markthalle eine Pampelmuse erwischt. Wieder ein anderer (er war lange ohne einen Dienstauftrag geblieben und hatte uns gegenüber, wie er sagte, seinen »Auftrag« nicht erfüllt), schrieb seiner Mutter nach Mecklenburg und bat für uns um »Eiweißarmes«. Die fremde Mutter – nein, nicht die fremde –, die andere Mutter schickte uns Unbekannten einen Korb voll süßer saftiger Birnen. 100 Gramm = 0,5 Gramm Eiweiß. So ging es von Apfel zu Apfel weiter. Wir retteten uns mit Hilfe von Vitamingeschenken für unser Kind über einen sonst trostlosen Winter.

Und das ist der Grund, weswegen ich mich meines Briefes schäme. Ich hätte ihn gar nicht nötig gehabt. Hätte ich doch wenigstens jetzt die Courage und schriebe in einem gepfefferten Brief meine ehrliche Meinung nach München:

daß ich's schofel finde, Versprechungen großen Formats zu machen und nicht zu halten

daß ich auf ihre Pakete nicht angewiesen sei

daß mir Kollegen und Freunde aus der DDR von überall her das Obst zusammengesucht haben.

Aber da klingt schon wieder heraus, was ich vermeiden will: Wieviel Mühe es macht, momentan Obst aufzutreiben. Es könnte wieder falsch ausgelegt werden.

Aber was geschieht, wenn Klaus' Kollegen auch in Dresden, Halle und Berlin nichts mehr bekommen? Würde ich noch mal schreiben? Nein. Ich könnte es nicht.

Auch nicht für das Kind? fragt das mütterliche Gewissen. Für das Kind würdest du nicht deinen Stolz aufgeben? Gingest du nicht für dein Kind betteln?

Wo leben wir denn? fragt mein Bewußtsein. Der Junge bekommt

Vitamine in Konzentraten verschrieben. Er wird ärztlich so betreut, daß keine Mangelerscheinungen auftreten werden. Und – mit dem Obst muß es doch einmal besser werden. Das kann doch nicht ewig so bleiben. Wo leben wir denn? Wie gesagt: Es ist März, fast April. Wir sind ohne Münchener Äpfel über den Winter gekommen. Jetzt gibt es schon Treibhausgurken: 100 Gramm haben nur 0,6 Gramm Eiweiß. Man kann eine Mahlzeit davon bereiten, Tino ein Stück in die Hand drücken. Schnittlauch gibt es auch, manchmal rumänische Tomaten. Es geht immer wieder weiter. Morgens stinkenden Brei, mittags zwei kleine Kartoffeln und etwas Maisansoße mit Butter, Apfelkompott. Nachmittags eine hauchdünne Scheibe selbstgebackenen Brotes, abends wieder den bräunlich-glasigen Brei.

Morgen wird mein Kind eine Banane essen: Geschenk der Putzfrau aus Klaus' Betrieb. Eine große Freude für den Jungen. Ein Glück für uns, wenn wir sehen können, wie es unserem Kind schmeckt.

»Von meiner Tochter«, hatte die Putzfrau vertraulich geflüstert, als sie die Banane in Klaus' Hand schob.

Wir leben hier.

April 1970

»Nun sag schon ›Papa‹! Sei brav! Sieh mich an! Nicht immer den Kopf wegdrehen. So, das ist lieb. Nun sag ›Papa‹.«

Zärtlichkeit, Überredung und ein Phon Zwang schwingen in meiner Stimme mit. Der Junge soll sprechen lernen. Er muß sprechen lernen, wenn er sich uns und anderen verständlich machen will. Er muß es lernen. Unbedingt.

Ich artikuliere geduldig: »Pa-pa.«

Tino hat mir das Gesicht zugewandt, blickt mir auf den Mund. Lacht. Ein gluckerndes, williges Lachen. Er freut sich über meine Anstrengungen ... und schweigt.

»Er soll nicht ›Papa‹ sagen, sondern gefälligst den Mund halten. Und du mit. Das ist ja nicht mehr auszuhalten. Jeden Tag, jeden Abend dasselbe: Sag Papa. Sag Mama. Mach dieses, mach jenes. Laß das und nimm die Hände dort weg. Man wird verrückt hier.«

Klaus' Gesicht ist von Erregung verzerrt. Er ist vom Stuhl aufgesprungen und fuchtelt unbeherrscht mit den Armen in der Luft herum. Tino jauchzt und steckt den Finger in den Mund, um inbrünstig daran zu saugen. Auf dem Tisch liegen Broschüren, Ordner und Vorlesungsmitschriften übereinander. Klaus hat den ganzen Nachmittag exzerpiert und will sich das Herausgeschriebene einprägen. Morgen ist Statikprüfung. Vor diesem Tag graut uns.

Klaus ist in den letzten Wochen wenig zum Lernen gekommen. Die Feierabende gestalteten sich zu Sitzungsabenden. Zu Hause fiel er todmüde ins Bett. Wann hätte er lernen können? Am Wochenende? Da lärmte der Junge den ganzen Tag über. Seine gellenden Schreie, zumeist unergründlich, sein übermütiges Kreischen und überhaupt alle Laute, die bedeutend kräftiger und unartikulierter waren als bei gesunden Kindern, strapazierten Klaus' Trommelfell und seine Nerven. Nachts fanden wir kaum noch die nötige Ruhe, wir quälten uns in den Schlaf. Nach kurzer Zeit fuhren wir wieder in den Betten hoch, weil Tino mit aller Kraft gegen den Giebel seines Gitterbettes trampelte. Stundenlang. Oft bis zum Morgengrauen. Zermürbt wankte Klaus zum Dienst und bemühte sich, Anforderungen gerecht zu werden. Vergeblich. Er schlief am Schreibtisch ein, fand keine Konzentration. Dazu das Fernstudium.

Ich verstehe das alles – seine Nervosität, die kleinen Ungerechtigkeiten dem Jungen gegenüber. Und doch kann ich sein Verhalten nicht dulden. Ich tadle verärgert seine Explosivität, empöre mich über seine gereizten Äußerungen. Und merke nicht, wie der Ehemann dabei für mich immer mehr an Wichtigkeit verliert, wie ich ungerecht zu ihm werde. Das Kind – und nur das Kind ist mir wichtig. Ohne meine Hilfe, meine Fürsorge würde es im wahrsten Sinne des Wortes in seinem Schmutz umkommen.

Tino ist immer noch nicht sauber. Bald wird er drei Jahre alt werden. Aber täglich drei- bis viermal hat er noch immer die Windeln zum Bersten voll. Von den nur nassen Windeln ganz zu schweigen. Und das, obwohl ich ihn pünktlich jede Stunde auf den Topf setze, um ihn an einen bestimmten Rhythmus zu gewöhnen. Umsonst. Ich komme kaum noch von der Waschwanne weg.

Beharrlich verteidige ich meinen Sohn.

»Bestimmt liegt das an der Ernährung. Da geht's so schnell unten durch, daß er's gar nicht mitkriegt. Er steht dann bloß noch breitbeinig da und wundert sich.«

»Ja, wenn's beim Wundern bliebe! Das ginge noch hin. Aber nein. Dein Prachtjunge muß den Salat aus den Windeln polken, gleichmäßig im Bett oder im Gitter verteilen und möglichst auch noch die Tapeten damit beschmieren. Aber die liebe Mutter nimmt ihren Goldjungen in Schutz. Und wenn der 'n paar Klapse auf den Hintern kriegen soll, ist das Theater groß. – ›Laß den Jungen in Frieden! Er begreift nicht, warum du ihn prügelst! Nimm die Hände weg von dem Kind!‹ Da soll man nicht die Wände hochgehen! Behindert – gut und schön. Aber deswegen muß er doch auch erzogen werden.«

Insgeheim sehe ich alles ein. Spätestens abends im Bett. Wenn ich nicht einschlafen kann, weil der Junge noch munter ist. Klaus hat recht, das Kind muß erzogen werden. Aber nicht mit Prügeln, sondern mit Liebe und Geduld. Ich bin unglücklich über die bisherige Erfolglosigkeit meiner Methode. Wie soll ich Klaus beweisen, daß sie die einzig richtige ist?

Es ist ein beschwerliches Leben mit einem kranken Kind. Die Umwelt orientiert sich nicht am Kranken, sondern am Gesunden. Also dem Normalen. Im Betrieb interessieren nicht die Ursachen mangelhafter Leistungen. Das weiß ich aus Erfahrung. – Vielleicht fragt man bei Klaus danach. Ich weiß es nicht.

»Für das Geld, das ich am Monatsende erhalte, muß ich etwas Konkretes leisten. Das ist Fakt. Selbst in einem guten Kollektiv kannst du dich nicht ständig auf die Bereitwilligkeit der anderen verlassen, einen Teil deiner Pflichten zu übernehmen. Bloß, weil du zu Hause keine Ruhe findest.«

So hat es mir Klaus erklärt. So habe ich es auch begriffen. Aber darf der Junge an seiner Entwicklung gehindert werden, nur weil der Vater noch lernen muß?

Der Vater kann sich mit allem Material in seinem Büro einquartieren. Der Vater kann in eine Bücherei gehen. Der Junge ist an das Zuhause gebunden. Ich vertreibe den Vater, um das Kind zu unterstützen. Ein paarmal ist das gut gegangen. Nun nicht mehr. Klaus will nicht mehr.

»Ich habe auch ein Anrecht auf das Zuhause, nicht nur das Kind. Kahle Wände umgeben mich schon im Dienst. Da will ich wenigstens beim Lernen etwas Gemütlichkeit um mich haben.«

Er setzte sich an seine Bücher.

Tino soll schweigen. Also müßten wir hinaus. Aber es gießt seit Tagen. – »Man wird verrückt hier!«

Ja, es ist wahr. Aber nicht nur er. In dieser Spannung kann man nicht leben, ohne an eigener Substanz Schaden zu nehmen. Schreit Klaus, beschwichtige ich ihn und laufe mit dem Jungen auf dem Arm in der winzigen Küche umher. Schreit das Kind, und ich gestehe, es schreit viel häufiger als sein Vater, gehe ich zum Vater und bitte um Schonung. Dann versuche ich das Kind zu beschwichtigen. Gelingt es mir für Momente, beschwöre ich mich, innerlich bebend, bei einem erneuten Lärmausbruch standhaft zu bleiben.

Morgen steht die Prüfung bevor. Wir sind alle in der letzten Zeit geprüft worden. Zensiert wird nur der Vater. An Erfolg oder Mißerfolg jedoch sind Tino und ich zu gleichen Teilen beteiligt. Wir tragen mit an der Verantwortung. Ich also zwei Teile.

Nur Lasten? Nur Belastungen? – Nennt man das »Leben«? Ist es das, wozu man in die Welt gequält wurde? Man wurde nicht gefragt. Wer ist für die fehlenden Freuden verantwortlich? Man selbst? Bin ich für mein Leben verantwortlich? Kann man mich verantwortlich machen für ein krankes Kind? Für ein Leben, das nur durch dieses Kind bestimmt wird. Das Normale wird vom Unnormalen dirigiert. Darf man so denken? Darf ich so denken? Ist es falsch, den gesunden Mann um eines kranken Kindes willen zur Nebensache zu degradieren? Wie verhalten sich andere Eltern mit den gleichen Schwierigkeiten?

So viele Fragen und keine Antwort. Ich grüble zuviel. Ich kann zu wenig über meine Nöte sprechen. Mir bleibt nur Klaus – fast ein Gegner.

Klaus: »Seit du mit Tino zu Hause bist, hast du dich verändert. Der Junge, der Junge und nur der Junge! Wozu hast du eigentlich einen Mann? Es ist dasselbe wie mit dem Theater. Damals war es nur die Arbeit, heute ist es nur das Kind.

Wo bleibe ich? Wann sagst du einmal: ›Und jetzt bin ich nur für meinen Mann da, nur für ihn‹?«

Ich: »Das kann ich mir nicht leisten. Du wirst ohne mich fertig, er nicht. Er braucht mich. Du? – Ich weiß es nicht.«

Klaus: »Ist 'ne schöne Ehe geworden. Lange mach ich das nicht mehr mit. Darauf kannst du dich verlassen.«

Ich: »Ich verlasse mich auf deinen Verstand und dein Gefühl. Es ist doch auch dein Kind. Wir wollen das Beste für den Jungen. Das weißt du doch.«

Klaus: »Der Junge gehört in ein Heim.«

Ich: »Nein!«

Klaus: »Ja! Auch wenn du es nicht wahrhaben willst. Er zerstört unsere Ehe.«

Ich: »Nein. Er könnte sie festigen. Wenn du genauso über ihn denken könntest wie ich. Noch braucht er die Nestwärme. Ich – du und ich – wir könnten sie ihm geben. Da kann sich sein Charakter formen, seine kleine Persönlichkeit. Auch geistig Behinderte können, den Umständen entsprechend, Persönlichkeiten sein. Ich will, daß er eine wird. Zumindest soweit, daß er sich durchsetzen lernt und nicht in irgendeinem Heim in die Ecke drängen läßt.«

Klaus: »Und das alles ...«

Ich: »... weil wir Verantwortung haben. Begreif das endlich mal.«

Klaus: »Du wirst einiges erst begreifen, wenn es zu spät ist!«

Wir schreien uns an. Morgen ist Prüfung. Klaus zittern die Hände. Er darf sich nicht aufregen.

Und ich? Wer fragt mich, ob ich mich aufregen darf? Kann man nur selbstlos sein? »Man« vielleicht. Ich nicht. Ich muß doch dieses Leben auch leben und mich einschränken. Nicht nur er hat Sorgen. Aber selbst die trage ich noch mit. Er ist ein gefragter Mann im Betrieb. Bin ich eine gefragte Frau zu Hause? Er bekommt Prämien, Auszeichnungen. Wer zeichnet mich aus für unermüdlichen Eifer, nie versagende Hoffnung, für dreihundertfünfundzechzig übervolle Eimer gewaschener Windeln im Jahr? Wer erkennt das überhaupt an? Dabei wäre alles so einfach. So einfach. Ein liebes Wort, Verständnis, eine Liebkosung für das Bewältigte ließen mich jede Hürde nehmen. Meine gepriesene »Selbstverständlichkeit« bedarf dringend einer Ermunterung durch Liebe.

Klaus räumt resigniert die Bücher vom Tisch.

»Bitte, Klaus, morgen ist Prüfung. Sieh dir alles noch einmal an. Noch hast du Zeit. Ich lege den Jungen ins Bett. Wir geben ihm ein paar Beruhigungstropfen, dann schläft er vielleicht mal eher ein. Und du hast deine Ruhe. Ja? – Sag doch was dazu.«

»Es hat keinen Zweck. In meinen Kopf geht nichts mehr 'rein. Jedenfalls jetzt nicht. Vielleicht stehe ich morgen zwei Stunden eher auf, um alles nochmals durchzupauken. – Kochst du Kaffee?«

»Ja, gern. Besonders stark wird er nicht. Es ist der letzte. Aber stark bekäme er dir auch nicht. Stimmt's?«

Ich buhle um gut Wetter. Um freundliche Stimmung. Ich kann die gespannte Atmosphäre nicht ertragen. Klaus druckst herum. Die Angst vor der Prüfung steht ihm im Gesicht geschrieben. Auch er braucht Harmonie. Wir schließen Frieden. Ich umarme meinen Mann, schnaufe und drücke mein Gesicht an seinen Hals. Er küßt mich aufs Haar.

Frieden – für wie lange?

Prüfungszeit. Ich sitze mit Tino im Arm auf der Liege und versuche mit der freien Hand den Daumen zu drücken.

»Hänschen klein...« Mein Gesang tönt kläglich. Die Worte sind meinem Gedächtnis entfallen. Ich singe auf »Lalala« die vertraute Melodie, und Tino lächelt müde. Ich möchte glauben, er fühlt, daß etwas Schweres bevorsteht. Oder vielleicht Großes. Aber mein Gefühl sagt mir, daß nach dieser Nacht nichts Großes zu erwarten ist.

Trotz der Beruhigungstropfen hatte Tino getobt. So, als hätten ihn wilde Krämpfe geschüttelt, Krämpfe vor Vergnügen. Er lachte und kreischte, rüttelte an den Bettstäben, bis sich das Bett vorwärts bewegte. Er drehte sich mit den Füßen zum hölzernen Kopfende des

Bettes und trampelte mit einer Kraft dagegen, die man seinem kleinen Körper niemals zugetraut hätte. Ein Getöse wie von Preßlufthämmern. Wir banden ein Bein mit einer Mullbinde am Gitter fest. Er wandte sich mit dem freien Bein dem Gitter zu und stieß weiter gegen die Stäbe. Stundenlang.

Klaus ächzte. Wälzte sich schlaflos im Bett. Fluchte. Sprang schließlich auf, um Tinos anderes Bein gegrätscht am gegenüberliegenden Gitter anzubinden. Der Junge schrie unmutig auf. Begann zu weinen.

»Klaus, bist du wahnsinnig geworden? Willst du das Kind zu Tode quälen? Binde sofort das Bein los!«

»Ich denke nicht daran.«

»Sofort, sage ich dir. Sonst lernst du mich kennen!«

Ich schrie in die Richtung, in der ich Klaus' Gesicht vermutete. Die Fäuste hielt ich geballt, um sinnlos zuzuschlagen, falls er meiner Aufforderung nicht nachkommen sollte. Der Junge weinte stärker.

Ich schluchzte laut, aus Furcht, der Kleine könne Schmerzen erleiden und ich ihn nicht vor seinem Vater retten. Ich sprang aus dem Bett, riß an den Fesseln, fühlte die erkaltenden Füße meines Kindes und ging auf meinen Mann los.

Nun sitze ich auf der Liege, völlig erschöpft. Tino ist zufrieden eingeschlummert.

Wir, Klaus und ich, hatten vor Erregung und einer Art von Haß in der vergangenen Nacht kein Auge mehr zugetan. Obwohl Klaus tatsächlich zwei Stunden eher aufgestanden war, wußte ich, er konnte nichts mehr aufnehmen. Durch meine Schuld. Meine Hysterie. Hätte ich Tinos Beine blau anlaufen lassen sollen, damit der Vater Ruhe hat?

Ich sitze auf der Liege. Behutsam habe ich Tino neben mich gelegt. Meine Handflächen drücken gegen die Knie. Der Rücken ist gebeugt. Ich warte. Worauf?

Auf einen gebrochenen Mann mit mutlosem Gesicht, der auf meine Kraft vertraut?

Auf einen strahlenden Sieger, der auf die müde Krümmung meines Rückens veständnislos herabblickt?

Vierzehn Jahre war ich alt, als wir uns im Internat kennenlernten. Vierzehn Jahre jung. Ein Kind, dessen Gehirn mit Idealen vollgestopft war, dessen Herz vor Mitgefühl für jedermann überlief. Alle wollte ich lieben. Von allen wollte ich geliebt sein. Immer lebte ich in der Welt desjenigen, der mir seine Nöte beichtete. Immer litt ich mit. Litt schlimmer, weil die Phantasie mitarbeitete. Jeden verstand ich, jedem wurde vergeben.

Die Folgen: Man bewunderte mich. Dann lachte man mich aus.

»Die ist zu gutmütig und deshalb schon doof!« – Eine üble, wahre Nachrede.

Ich fand einen Freund – Klaus. Er fand mich hübsch und sich in seiner siebzehnjährigen Männlichkeit durch mein Anlehnungsbedürfnis bestätigt. Er war der große Beschützer. Ich ergab mich seinem Schutz und wurde sein Besitz. Zum erstenmal fühlte ich feuchtwarmes Fleisch mit sanftem Druck auf meinem Mund und in mir die ungläubige Frage: Das ist ein Kuß? So küßt man also? – Und ließ mich küssen, geduldig. Er besaß mich bedingungslos.

So stolperte ich in die Liebe. Klaus stolperte vor mir her. Oft habe ich ihn dabei aufgefangen. Mich hat niemand gehalten. Auch nicht davor bewahrt.

Klaus' Besitzer- und Beschützerrolle hat Jahre überdauert. Sie äußerte sich manchmal doktrinär. Und ich war froh darüber. Entband sie mich doch der Eigenverantvortung. Manchmal habe ich mich dagegen gewehrt: Wahllos griff ich zu den verschiedensten Mitteln. Seit ich zu Hause bin, überdenke ich das Problem häufiger. Durch Klaus' gebieterische Bestimmungen werde ich des öfteren in eine Unmündigkeit gedrängt. Ich wehre mich nicht mehr. Ich habe ein Gebiet, wo ich der Bestimmende bin – Tino. Da muß Klaus sich fügen, weil er hier meine Stärke erkennt. Doch gerade bei dem Problem um unser Kind hätte ich einen Mitstreiter nötig, einen Beschützer. Jemanden, der mit mir übereinstimmt, der die Hand über mich hält, wenn allzu Schweres auf mich stürzt. Der dann gemeinsam mit mir und nicht über mich hinweg die Schwierigkeiten bewältigen hilft.

Klaus beschützt nur noch sich selbst. Vor der Arbeit, dem Studium, dem Kind und mir. Alles stürzt auf ihn zu, glaubt er, stellt Forderungen an ihn, will von ihm verkraftet sein. Er hat nicht mehr viel Kraft – der nächtliche Ausbruch hat es bewiesen.

Braucht er jemanden, der ihn beschützt? Vorrangig vor sich selbst? Vor der überwallenden Hilflosigkeit, der Schwäche, der Furcht vor dem Versagen? Ich möchte es, ihn beschützen. Aber ich bin selbst kraftlos. Nur die Liebe zu meinem Kind hält mich aufrecht. Und die Liebe zu meinem Mann?

Liebe ich noch? Wo ist das Sehnen nach ihm geblieben, das Verlangen, bei ihm zu sein, sich auf seine Nähe freuen zu können? Zermahlt der Alltag in hundertfacher Wiederholung, mit unbewältigten Sorgen, bleibenden Mißverständnissen und Unduldsamkeiten das einst große und innige Gefühl? Oder ist es nicht stark genug gewesen, da es sich zermahlen läßt?

Laß keinen Mann zu mir kommen, von dem ich denke, daß er ist, wie ich möchte, daß er sein soll. Ich kenne einen Mann – meinen Mann. Wer schont mich vor ungewollten Erkenntnissen?

Liebe contra Gewohnheit.

Gewohnheit contra Liebe.

Liebe ohne Gewohnheit?

Gewohnheit ohne Liebe?

Oder gibt es noch etwas dazwischen? Gibt es zwischen beiden sogar eine Brücke, die verbindet? – Ich will es nicht wissen.

Die Prüfung ist vorüber. Für beide. Und das Ergebnis?

Juni 1970

Der Frühling fand in diesem Jahr für uns nicht statt. Teilnahmslos glitten unsere Blicke über Knospe und Halm. Blind blieben unsere Augen für die Kastanienblüten, die sich aus ihren Blätterkragen rekelten. Jetzt streckt schon längst verblühter Flieder seine braunen Dolden gegen den blassen Junihimmel. Es ist auch ohne unsere Anteilnahme Sommer geworden.

Klaus hockt seit April fast tatenlos in der Wohnung. Er leidet, unglücklich über sich selbst. Seine einzige Zerstreuung sucht er beim

Geschirrspülen, Staubwischen und Fensterputzen. Die abgegriffenen Lehrbücher für Mathematik, Physik und angewandte Geometrie sowie das schwere »Kapital« verbirgt ein Koffer weit oben auf dem Schrank vor seinen Blicken. Wochenlang verlor ich darüber kein Wort. Sie verbrauchten kein Brot da oben. Nun aber, wo uns hier unten im Zimmer die Mägen knurren, sind sie mir wieder eingefallen.

»Wir könnten die Bücher zum Altstoffhändler bringen, Klaus. Oder in ein Antiquariat. Ein paar Mark werden es bestimmt. Was meinst du? –

– – –

Na gut. Das ›Kapital‹ können wir ja behalten. Obwohl – gerade das macht vielleicht das Zünglein an der Waage aus. Bei dem Gewicht?! Marx hätte nichts dagegen, wenn wir sein Gedankengut in Brot verwandelten. Er wollte es, glaube ich, sogar so verstanden wissen. –

– – –

Vielleicht nicht direkt wörtlich genommen. Im höheren Sinne. – Na, dann eben nicht. Ich habe noch ein silbernes Kinderbesteck. Weißt schon, das Tino von der alten Tante Grete bekommen hat. Tino benutzt es sowieso nie. Und sollte er wirklich mal allein essen lernen, tut es eins aus Alpaka genauso. – Scheißleben! – Sag doch mal'n Wort! –

– – –

Also gut. Ich verkauf's.«

So verlaufen unsere Gespräche seit zwei Monaten. Ich rede mit mir selbst. Häufig mit dem Jungen. Manchmal mit den Eltern. Mit Klaus kaum. Das heißt, ich rede schon mit ihm, nur er nicht mit mir. Das macht seine Krankheit. Nein, richtiger gesagt, sein Fernstudium.

Das Direktstudium vor Jahren hatte Klaus mit Leichtigkeit und »sehr gut« bestanden. Um so mehr mußte ihn das Ergebnis vor ein paar Wochen deprimieren. Eine Fünf in der Statikprüfung bildete den Anfang. Danach Tränen. Tagelanges Pauken. Zweite Prüfung. Fünf. Er hatte alles Gelernte durcheinandergebracht. Tränen. Hilflosigkeit. Nachts nicht geschlafen, geschwitzt, aufgedeckt, erkältet – Lungenentzündung.

Der Kontakt zu seinen Kollegen, der ihn immer noch ermutigt hatte, wurde durch die Krankschreibung unterbrochen. Doch kaum war die Lunge wieder leidlich in Ordnung, lernte er, in Decken gehüllt am Fenster sitzend, Physik – für die dritte und letzte Prüfung des Studienjahres.

Am liebsten hätte er vierundzwanzig Stunden am Tage gelernt. Aber wenigstens achtzehn davon waren angefüllt vom Geschrei und Getöse unseres immer lebhafter werdenden Jungen. Ständig penetranter Geruch von gekochter Wäsche und ständig Berlophengestank. Niemals Ruhe. Niemals Harmonie. Klaus ging nicht ein einziges Mal aus dem Haus. Er lernte.

Dann kam die letzte Prüfung heran. Unfähig zu arbeiten, ja, selbst zu schwach, mich zu rühren, kauerte ich zu Hause im Sessel. Angst würgte mich. Was sollte mit Klaus geschehen, falls... Was geschähe mit Tino und mir, falls...

Klaus kam. Ernst, bleich. Gebrochen.

»Fünf.«

Das Studienjahr wiederholen? Unter den Bedingungen? Klaus hat das Studium aufgegeben.

Ich hatte mich mit dem Prüfungsergebnis schnell abgefunden. Ich suchte nach Trost für ihn. Gelegentlich huschten mir auch boshafte Gedanken durch den Sinn: Ich habe Opfer bringen müssen. Warum nicht er? Da sieht er endlich, wie weh das tut – auf ganzer Linie versagen. Doch diese Gedanken vergingen schneller, als sie kamen. Ich wollte trösten. Aber jedes Wort erschien mir dürr im Vergleich zum Ausmaß seines Jammers. Sein Zustand erschreckte mich. Er saß verstört da, murmelte Formeln vor sich hin, als würde er geprüft. Sein verkniffenes Gesicht verriet, daß er unentwegt den Prüfungsablauf aufs neue durchlebte, durchlitt und – nicht begriff. Er, der früher der beste Theoretiker seines Studienjahres war, hatte in der Theorie versagt.

Ich hoffte, daß die Zeit sein inneres Wundsein heilen würde. Vor allem müßten die Bücher aus seinem Gesichtskreis verbannt werden. Der ausgediente Koffer tat mir gute Dienste. Nun wird alles wie früher, dachte ich.

Aber Klaus wurde noch unruhiger. Schlug mit den Türen, was bei ihm stets verpönt gewesen war. Ließ seine Kleidungsstücke und Toilettengegenstände überall herumliegen, was ich nicht von ihm kannte. Lief wie ein Gefangener im winzigen Flur auf und ab und knirschte verbissen mit den Zähnen. Ein erschreckender Anblick. Noch immer war er krank geschrieben – Rekonvaleszenz. Ich nahm an, das seien die Nachwehen der Lungenentzündung. Der verfluchten Prüfungen. Und ließ ihn in Ruhe.

Die eigentliche Ursache seines Verhaltens wurde mir erst viel später offenbar. Das auslösende Moment war eine Straßenbahnfahrt gewesen.

Da Klaus Ausgang hatte, wollte er mir für ein paar Stunden den Jungen abnehmen. Am späten Nachmittag war er mit ihm zu meiner Mutter gefahren. Unglücklicherweise im Berufsverkehr, weil meine Mutter noch arbeitete. Vater war auch im Dienst, diese Woche aushilfsweise als Tagespförtner. Klaus wollte nicht vor Arbeitsschluß dort in der leeren Wohnung herumsitzen.

Die Straßenbahn war überfüllt. Die Leute waren abgespannt und unduldsam. Klaus fuhr zum erstenmal ohne mich mit Tino in der Bahn. Ich hatte ihn gewarnt. Ich kannte Tino in allen Situationen. Ich wußte, daß er in einer ungewohnten Umgebung nicht ansprechbar und schwer zu beruhigen ist. Aber Klaus war sich seiner erzieherischen Fähigkeiten sicher.

Er hielt den schweren Jungen im Arm. Der Junge machte sich steif, um aus der Umklammerung herauszurutschen. Es gelang ihm nicht. Er begann zu jammern. Immer mehr Leute stiegen zu. Sie schoben, drängelten, stießen den Jungen. Bedrückende, lähmende Schwüle im Waggon.

Vielleicht hätte Klaus gerade an so einem Tag nicht fahren sollen. Keiner ist da besonders hilfsbereit. Keiner besonders freundlich. Man ist froh, wenn man selbst heil über die Runden kommt.

Tino fing an zu weinen. Man murrte. Man meinte, ein Vater habe das Kind aus der Krippe geholt und führe nach Hause. Und das Kind sei unartig.

Tino schrie unwillig. Die Leute regten sich auf. Sie rieten dem

Vater, den Jungen mit Ohrfeigen zur Ordnung zu rufen, damit endlich Ruhe würde. Klaus redete besänftigend auf den Jungen ein. Das Schreien wurde stärker.

»Der Junge ist krank«, verteidigte der Vater seinen Sohn.

Man beruhigte sich etwas.

Tino brüllte in Tönen, die nur Tiere ausstoßen können. Schrill, unmenschlich, in höchster Not. Er schlug um sich, trat, spuckte und schrie und schrie und schrie.

Klaus klammerte inmitten der Menschen den Jungen immer krampfhafter an sich. Niemand bot ihm einen Sitzplatz an. Lauter fast als der Junge schrien die aneinandergedrängten Leute. Die Straßenbahn quietschte in den Kurven, schüttelte die Menschentraube von einer Seite auf die andere. Man stieß und trat sich. Man suchte Halt. Man schwitzte. Und dazwischen immer das entnervende Gebrüll eines kranken Jungen. Da ging es los. Wie eine tollwütige Herde umtobte man den Vater.

»Scheren Sie sich 'raus, Sie Rindvieh!«

»Lassen Sie das nächste Mal Ihren brüllenden Idioten zu Hause!«

»So ein Wanst gehört in eine Anstalt hinter Gitter!«

»Aussteigen!«

»Werft ihn 'raus!!«

»'raus!!!«

Klaus wurde aus der Straßenbahn geworfen. Aus »Menschlichkeit« erst an einer Haltestelle. Mit dem weinenden Kind auf dem Arm hetzte er zur Großmutter. Der Heimweg zu mir wäre noch länger gewesen.

Ich habe ihn von dort abgeholt. Bin mit dem leeren Kinderwagen hingerannt. Mutter hatte beim Klempner nebenan angerufen und mir voller Verzweiflung alles berichtet. Am darauffolgenden Tag mußte ich Klaus zu einem Nervenarzt begleiten. Er weinte nur noch und versuchte ständig das Kind zu schlagen.

»Der ist schuld an allem. An allem. Wir sind nur noch Wracks, Nieten, untauglich. Der ist schuld!«

Er stöhnte, wenn ich seine Hände von dem Jungen wegriß und festhielt.

»Laß mich! Ich schlage ihn krumm und lahm! Ich zahle es ihm heim.«

Zähneknirschen und der Versuch, mich wegzustoßen.

Der Arzt stellte einen Nervenzusammenbruch fest.

Seitdem nimmt Klaus an einem Lehrgang für autogenes Training teil. Er ist bedeutend ruhiger geworden. Aber den Jungen lasse ich nicht mit ihm allein im Zimmer. In Klaus' Augen flackert es zuweilen beängstigend, wenn er Tino sieht. Sein Blick wird unstet und wild.

Über ein Vierteljahr ist er schon krankgeschrieben. Wir leben zu dritt von einem minimalen Krankengeld. Unser Antrag auf Fürsorgeunterstützung für die Zeit seiner Krankheit wurde abgelehnt.

Ich werde wohl doch das »Kapital« verkaufen müssen.

August 1970

Urlaub mit Kind. Lieblingsspielzeug wird eingepackt, ein paar Kleidungsstücke, Bilderbücher, und schon kann die Reise losgehen. Das Kind ist gut erzogen. Es lehnt sich während der langen Fahrt an Mutters oder Vaters Schulter und lauscht ungeduldig kleinen Geschichten. Zwischendurch knabbert es Süßigkeiten und Obst. Endlich schläft es für ein paar Minuten ein. Wieder wach geworden, schielt es neugierig aus dem Fenster, ob es Zeit ist, auszusteigen.

Ist ein Kind ungezogen, tyrannisiert es mit teuflischem Vergnügen das ganze Abteil und die Leute auf dem Gang dazu. Es nörgelt, jammert und quält die geplagten Eltern, die spätestens jetzt erkennen, daß Erziehung etwas mit »Zucht« zu tun haben könnte. Trotz allem: Urlaubsfahrt mit einem gesunden Kind.

Wir wollten nicht in den Urlaub fahren. Das Gerede der Leute! Die neugierigen Blicke! Das Waschen ohne Maschine und die Unkosten dazu! – Das wäre nichts für uns.

So waren Klaus und ich übereingekommen, wieder wie im vergangenen Jahr im Park spazierenzugehen. Allerdings war jetzt alles noch schwieriger geworden. Tino hatte sich zu einem unberechenbar impulsiven Kind entwickelt, das man keinen Augenblick unbeobachtet lassen konnte. Klaus war trotz autogenen Trainings ein ständig gespanntes Nervenbündel geblieben, von dem man alle Aufregungen möglichst fernhalten mußte.

»In der Stadt herumquirlen – und das im Urlaub. Nee, Kinder, das ist nichts für euch. Ich wüßte was. Mitten im Grünen. Und ruhig. Ruhiger findet ihr's nirgends. Die Leute? Die Leute sind auch nett. Und preiswert ist es ebenfalls. Soll ich mal anfragen?«

Malte Haug, der nichts von einem Urlaub in der Großstadt hielt, fragte bei den Leuten an.

»Holzhaus mit Selbstverpflegung – pro Nacht zehn Mark«, schrieben uns die Vermieter.

»Ein ganzes Haus für uns allein? Wo wir waschen, kochen und lärmen können, wie wir wollen? Ohne den Mitmietern reuevolle Entschuldigungen vorbringen, unsere Situation genau erklären zu müssen? Und für alle drei zusammen zehn Mark?«

»Ja.«

Malte Haug, der die Leute genauer kannte, bestätigte es. Da zögerten wir nicht länger. Wir sagten zu.

Wir ahnten nicht, daß der Preis extra für uns so niedrig gehalten wurde. Wir sollten uns wie Urlauber fühlen, die ihren »Platz« bezahlt haben. Nichts sollte uns von ihnen unterscheiden. Malte Haugs Idee. Verständnisvoll aufgegriffen von diesen Leuten, bei denen er groß geworden war.

Für zehn Tage wollten wir verreisen. Das bedeutete: Dreimal Kinderbettwäsche abschicken, einmal für uns. Vier Pakete Wegwerfwindeln, eine Dose Berlophen, etwa zehn Pullover, ungezählte Höschen und Windelhöschen, Strumpfhosen für den Jungen; dazu die Briefwaage, Töpfchen, Badewanne, Kochtöpfe, Quirle, Meßbecher. Die Gegenstände, deren wir selber bedurften, wollten wir in einem Koffer mitschleppen, dazu Sportwagen, Schaukelpferd und stinkenden Brei: abgewogene Kost für den ganzen Tag. – Sollte der Junge im Zug weinen, konnten wir ihn nicht mit einer in die Hand gedrückten Semmel oder einem Keks trösten. Wir mußten auch die kleinste Gabe eines wohlmeinenden Mitreisenden ablehnen. Wir durften nur zum Löffel greifen, dem Beutel das warmgehaltene, schlierige Essen entnehmen und versuchen, das sich sträubende Kind damit zu füttern. Natürlich nicht ohne vorher alle Mitreisenden um Nachsicht und Distanz zu bitten, da das Kind beim Essen sabbern und sprudeln würde. Falls die Mitreisenden nicht schon in Voraussicht des zu Erwartenden von selbst die Flucht ergriffen hätten, um auf dem Gang das Ende der Mahlzeit abzuwarten.

Die Vorbereitungen für den Urlaub waren so kraftraubend, daß der bleibende Rest nicht genügte, um die Fahrt reiselustig anzutreten.

Tino war weder gut erzogen noch schlecht. Er würde schreien, wenn es ihm gefiel, und kreischen, wenn er den Drang danach verspürte. Nach den Erfahrungen in der Straßenbahn konnte man auf Verständnis der Mitreisenden nicht hoffen.

Wir fuhren im Schwerbeschädigtenabteil, ohne uns des »schwer Beschädigtseins« ausweisen zu können. Der Kontrolleur, ein grauhaariger, hagerer Griesgram, nahm unser Entschuldigungsgestammel mürrisch entgegen. Er besah sich Tino von allen Seiten. Stupste ihn an.

»Naa?«

Tino sah auf, lächelte. Der Kontrolleur setzte sich zu uns auf die Bank. Drückte Tino die Lochzange in die Hand. Tino ließ sie aus den Fingern rutschen.

»Festhalten mußte! Wenn alles schiefgeht, Junge, Kontrolleur schaffste. Mit mir is ooch nicht viel los. Und was bin ich? Kontrolleur.«

Tino versuchte die Lochzange mit den Zähnen zu benagen.

»Siehste, mißtrauisch biste schon. Das brauchste für den Beruf. Laß dir nur nischt vormachen. – Aber die Zange kriegste nich kleen. Wetten?«

An der nächsten Haltestelle blieb er vor unserer Wagentür stehen, befestigte ein Schild mit der Aufschrift »Bestelltes Abteil« daran und wünschte uns gute Fahrt. Er winkte mit der Zange.

Bis Berlin hatten wir Ruhe. Dann mußten wir umsteigen. Wir fielen einer kinderreichen Familie ins Abteil. Vater und Mutter waren die nächsten drei Stationen damit beschäftigt, uns ihre sechs Kinder vorzustellen und deren Vorzüge zu preisen, während dieselben die

Fahrt über unser Kind als »doof«, »blöde« und »verrückt« belachten. Ich dachte flüchtig an meine Reise damals nach Adlershof und an die Rückreise, bei der ich sehnsuchtsvoll alle Kinder an meine Brust drücken wollte, um sie zu beschützen. Die streitbaren sechs hier im Abteil ließen mir wenig Zeit, meinen damaligen Gefühlen nachzuhängen. Sie zwangen mich viel eher, an meinen Schutz und meine Verteidigung zu denken.

Als Klaus endlich alle Koffer und Utensilien fachgerecht verstaut hatte, mußten wir in die Kleinbahn umsteigen. Sitzplätze alle besetzt. Tino schrie wild im Sportwagen. Brauner Brei kleckerte aus seinem Hosenbein. Die Windelpackung war verrutscht. Ich entschuldigte mich bei den Reisenden. Trotzdem vertrieb der Gestank einige von ihnen aus dem Abteil. Der Rest beobachtete interessiert meine mühsame Reinigungsaktion mit feuchtem Waschlappen, Reinigungsöl und Zellstoff. Der Zug warf uns hin und her. Ich fiel über den Kinderwagen und erhielt Ratschläge für eine Reise mit dem Kind in einer Waschmaschine mit Schleudereffekt. Geduldig ließen wir uns beleidigen, »so ein großes Ferkel« im Zug reisen zu lassen, der ja schließlich ein öffentliches Verkehrsmittel und keine öffentliche Toilette sei. Und überhörten eine betont laut geführte Unterhaltung, die es Eltern verbieten sollte, »Dreckschweine« großzuziehen. Einem gesunden Kind, ein, zwei Jahre jünger, hätte man dieses Malheur bereitwillig verziehen.

Am Reiseziel bemühten wir uns vergeblich um ein Taxi. Wir quetschten uns in den überfüllten Bus.

Im winzigen Haus duftete es nach Harz und alten Büchern. Die zu ebener Erde gelegene Bauernstube mit rundem, hellgescheuertem Tisch, hölzernen Schemeln und rot-weiß karierten Gardinen verhieß Geborgenheit. Ein rot-weiß karierter Vorhang verbarg ein Kinderbett.

»Wieso . . . ?«

»Das Jungchen soll sich wohl fühlen. Wie zu Hause.«

Die alten Leutchen nickten sich verstehend zu. Auf dem blanken Holztisch lockte eine Schale Äpfel.

»Malte hat uns verraten, das Jungchen darf nur Obst essen. Nein,

nein, nicht bedanken, das Jungchen braucht Vitamine. Wir haben reichlich. Essen nur Obst und Gemüse, ja.«

Die weißhaarige Frau nickte, jedes Wort ihres Mannes bestätigend. Nun standen sie etwas verlegen in der Tür. Sie hielten uns ihre harten, verarbeiteten Hände entgegen, wünschten einen geruhsamen ersten Abend und wanderten einträchtig Hand in Hand zu ihrem eigenen Häuschen hinüber. Wie Bruder und Schwester aus dem Märchen erschienen sie uns. Sie schritten in einer unbewußt würdigen Haltung. Wir schauten ihnen hinterher, bis in dem winzigen Zimmer drüben ein Licht aufglomm. Sie waren zu Hause.

Sie hegten ein Stück Natur. Ein Schutzgebiet. Gelegentlich halfen ihnen Schüler der Oberschule. Manchmal ein alter Genosse. Sie gruben von morgens fünf und harkten noch abends, wenn die Sonne versunken war. Jeder Baum trug ein Schild, jede Pflanze: Art, Gattung, Alter, Pflegehinweise. In einer Hütte warteten Auerhahn, Rebhuhn und Großtrappe auf Besucher. Sorgsam gehütete, ausgestopfte Raritäten. Unter Apfelbäumen hatten Kretzschmars ein Stück Wiese abgegrenzt.

»Das Jungchen braucht Freiheit. Muß laufen lernen. Die Luft hier ist gut. Gesund. Jaja.«

Morgens standen ein Krug bunter Sommerastern oder ein Korb saftiger, gelber Birnen neben unserer Tür.

Einmal setzten sie Tino in einen mollig ausgepolsterten Handwagen und fuhren mit ihm in den Wald, wo er im Schatten der Bäume vor sich hin döste. Währenddessen markierten sie mit Farbtopf und Pinsel Wanderwege neu.

Urlaub im Urlaub. Einmal für Stunden entspannen. Ohne Sorge um das Kind und ohne ständig aufspringen zu müssen, im Liegestuhl liegen. Zu sich selber finden. Insekten lauschen, gedankenlos Wolken nachstarren, entferntes Autohupen als nicht existent überhören.

Klaus' Augen bettelten.

»Ach nein, Klaus, laß mich. Ich mag nicht.«

»Aber jetzt wäre es gerade günstig. Wegen Tino.«

»Ich kann nicht, bloß weil's günstig ist.«

»Wenn's danach geht, kannst du nie.«

Seine Hand versuchte zärtlich meine Hand festzuhalten. Ich wollte aufstehen.

»Wann ist dir denn mal so? Kannst du mir das vielleicht sagen?«

Gegen diese Art der Werbung erwachte meine Antipathie. Das war Drängen, Fordern. Ich wollte nicht zur Liebe aufgefordert werden. Ich floh aus dem Liegestuhl. Dann saß ich auf der niedrigen Bank vor dem Haus. Die Insekten waren verstummt, die Wolken davongesegelt, und die Autos hupten lauter als in der Großstadt.

Als die Räder des Handwagens näher ratterten, rief die vertraute Altfrauenstimme:

»Familie Riezy! Aufwachen! Das Kindchen ist wieder da. Das Kind hat Hunger! Das Kind will Brei-ei!«

Der Wagen rumpelte den kleinen Hügel zum Haus empor. Die Vize-Großeltern nahmen den feuchten Jungen heraus. Er jauchzte auf und wurde uns in die Arme gedrückt. Heiter schoben die beiden Alten den leeren Handwagen in den Schuppen. Später sahen wir sie auf ihrer Veranda sitzen und Tee trinken. Die weißhaarige Frau mit dem Gesicht eines jungen Mädchens lächelte dabei. Ihre Hand zitterte nur wenig, während sie die Teetasse zum Munde führte.

Ein Mißklang hatte sich in den Urlaubsglockenton eingeschlichen. Schuld daran trug wieder einmal, wie immer, das Kind. Diesmal das abwesende Kind. Wäre der Junge bei uns gewesen, hätte es keine Möglichkeit für einen »Streit« gegeben. Von nun an trugen wir Unzufriedenheit mit uns herum, über die wir kein Wort verloren. Klaus drängte nicht mehr. Er wusch den Jungen, kleidete ihn an, spielte pflichtgetreu und sachlich mit ihm. Tino lachte selten.

Mir nahm Klaus jeden Handgriff ab. Schweigend. Er kochte. Er spülte das Geschirr. Er kaufte ein. Er wollte mir seine Selbstlosigkeit beweisen. Ich befürchtete die Spekulation auf eine Liebesbezeigung als Lohn. Und konnte meine wachsende Abneigung nicht unterdrücken.

Das alte Ehepaar lächelte weise, wenn es in unser Spannungsfeld geriet. Der Mann mit seinem Furchengesicht und den Knochenhänden richtete sich auf, als wir eines Morgens an ihm vorüberkamen.

»Man muß etwas schaffen, das Bestand hat im Leben. Ich zum

Beispiel – Bäume pflanzen –, das hat Bestand. Die nach uns kommen, die werden's brauchen. Ihr müßt etwas schaffen. Für euch. Zum Aufrichten. Bestand. Das ist wichtig. Das Jungchen da – das braucht's auch. Das braucht Freude. Freude braucht das. Und Zuversicht.«

Er nickte schwer.

»Zuversicht. Pflanzen muß man. Meine Frau und ich, wir arbeiten an einem Landesschutzgesetz mit. Das ist wichtig. Das wird man brauchen. Zuversicht und Bestand.«

Er bückte sich wieder zu Seidelbast, Bergtäschelkraut und Steinbrech.

»Großstadt – das ist nichts für das Jungchen. Verseucht, verseucht. Da wird nichts. Hier muß er her, hier zu uns, in die Natur. Schützen muß man, bewahren!«

Fast drohend hatten seine Worte geklungen. Schützen muß man, bewahren.

Am Wochenende kam Malte Haug zu Besuch. Klaus atmete auf und wurde freundlich zu mir.

Er fürchtet die Blamage vor dem Chef und macht Männchen, glaubte ich und blieb zwiespältig. Wir redeten über Douglasien, die selten vorkommen, über den einmalig zarten Blattsalat der beiden Alten und darüber, daß Naturschutz wenig Helfer findet. Das Windlicht auf der Bank vor unserem Häuschen flackerte Fratzen in unsere Gesichter.

Tino schlief in dieser Nacht fest. Die Nacht war blind, und mir blieb das Betteln in Klaus' Augen in der Finsternis verborgen.

September 1970

Tino rutscht auf dem Töpfchen durch das Zimmer. Er gelangt bis zur Tür und hämmert freudig mit beiden Händen dagegen. Dann richtet er sich auf und tappt mit den Händen an der Tür nach oben. Der Topf, der eng am Po angesessen hat, fällt zu Boden, der Inhalt ergießt sich über den Teppich.

»Der Topf kneift ihn. Er merkt das. Und da steht er eben auf. Er lernt aus Erfahrung.«

»Das ist alles eine einzige Ferkelei. ›Lernt aus Erfahrung‹ – na, ich danke. Ich sag dir noch mal: Binde den Jungen an, wenn er auf dem Topf sitzt.«

»Nie versucht er sonst sich hinzustellen. Immer nur vom Topf aus. Eben weil der Topf kneift und ihm das lästig ist. Binde ich ihn fest, kann er nichts lernen. Weiterkommen soll er aber, da mache ich lieber den Dreck weg.«

Wer hat recht?

Um Tino zu einem Schritt vorwärts in seiner Entwicklung zu verführen, klammere ich mich an jeden Zipfel. Auch an einen Topf mit Inhalt.

Aber Klaus hat recht. Die Angelegenheit bleibt selbst dann eine Ferkelei, wenn ich den Topf geschwind auffange, und das Schlimmste damit verhüte. Eine Lösung ist es nicht. Und wenn ich ihn mit einer Windelpackung auf den Topf setzte? Ein pädagogischer Fehler. Wie soll er begreifen, wann er den Topf nur als »Aufstehvehikel« benutzen soll und wann als Toilette?

Ich habe eine Fußbank gekauft. Die schiebt er auf Knien durch das Zimmer. Setzen wir ihn darauf, kippt er hinten 'runter. Also hat Klaus eine kleine Lehne angenagelt. Doch nun sitzt der Junge zu bequem und denkt nicht daran aufzustehen. Durch etwas eng angenagelte Querleisten haben wir der Bequemlichkeit ein Ende bereitet. Tino läßt sich nun nur unter Gebrüll auf die Fußbank setzen und fällt zur Seite, sobald wir einen Schritt wegtreten. Schreien. Brüllen. Klaus wirft die Tür zu.

Mutter: »Traudl, laß dich von so was nicht verrückt machen. Klaus hat nicht deine Geduld. Er ist ein anderer Schlag. Wenn das Kind gesund wäre, wäre vielleicht alles anders. Aber so? – Mußt es dir nicht so zu Herzen nehmen.«

Vater: »Wo gibt's denn so was – mit den Türen schmeißen?! Bloß aus Nervosität und weil er ein ›anderer Schlag‹ ist. Wenn wir alle gleich mit den Türen schmeißen würden, stünde schon längst kein Stein mehr auf dem anderen.

Komm, mein Kleiner, sei brav. Setz dich noch mal auf das Bänkchen. – So!«

Schreien. Gebrüll. Vater nimmt den Jungen auf den Arm und trägt ihn besänftigend durchs Zimmer.

Vater: »Wir dürfen ihn nicht quälen. Er ist eben noch nicht soweit. Wir wollen froh sein, daß er so ein hübscher, braver Junge ist.« Vater küßt ihn. Wiegt ihn im Arm. Tino lächelt und reibt sich die Tränen aus den Augen.

Ich: »Früher dachte ich, ihr habt recht, wenn ihr so was sagt. Und hab ihn oft in Ruhe gelassen. Aber ihr habt nicht recht. Ich muß Ansprüche an ihn stellen. Was soll aus ihm werden, wenn *mir* einmal etwas passiert? Soll er herumgestoßen werden? Nicht mal ausreißen können, wenn er von anderen geschubst wird? Immer nur liegen? Mit wundem Rücken? Ich weiß ja nicht. Und wenn ich ihn quäle – laufen muß er lernen.«

Wenn doch ein Wunder geschähe und mein Kind laufen lernte! Bald ist Tino dreieinhalb Jahre alt, und es fällt mir schwer, ihn täglich mehrere Male die Treppen hinauf- und hinunterzutragen.

Wir gehen wieder zur Gymnastik. Zu unserer Frau Harenberg. Es tut wohl, mit jemanden reden zu können. Während unserer Gespräche läßt sie Tino an der Sprossenwand entlangwandern. Das geht für ein, zwei Schritte gut. Dann taumelt er und fällt um. Aber er lacht, wenn er fällt. Danach rappelt er sich wieder auf. Greift nach den Sprossen und kommt zum Kniestand.

»Gucken Sie ihn an, Frau Riezy, der hat's bald geschafft. Der rennt Ihnen bald davon.«

Viel zu schnell ist das Rezept für die Turnstunden abgelaufen. Und unsere Wohnung ist zu eng, um eine Sprossenwand zu befestigen.

»Kommen Sie in meiner Mittagspause, Frau Riezy. Zweimal in der Woche. Das ist besser als gar nichts.«

»Das kann ich doch nicht...«

»Sie können!«

Nach vierzehn Tagen ein Telegramm:

Bitte nicht kommen Erkrankung Harenberg

»Die Nerven«, sagen die Kollegen.

Die Nerven? Sie war zusammengebrochen, mitten im Dienst. Vielleicht, weil sie sich mittags nicht ausruhen konnte?

»Nein, nein, wegen Ihnen bestimmt nicht«, sagen die Kollegen. Und: »Auf Sie und Tino hatte sie sich immer gefreut. Sie hatte zu Hause Sorgen.«

Zu Hause? Meine Sorgen hat sie mitgetragen. Und ich ihre? Sie habe keine, antwortete sie auf wiederholte Fragen. Und lächelte. Wollte sie mich nicht belasten? Wollte sie mir nicht vertrauen?

Alf Brügge besucht uns jetzt häufiger. Er nimmt Tino an die Hand und schiebt ihn durchs Zimmer.

»Eins-zwei, eins-zwei.«

Er zählt und schiebt. Tino setzt mißmutig die Beine. Nach einer Viertelstunde ruhen beide aus. Brügge stülpt sich ein Kissen über den Kopf und bläst die Backen auf, um Tino zum Lachen zu reizen. Oder er kullert ihm einen Ball zu. Der Ball bleibt vor Tino liegen. Brügge nimmt Tinos Ferse und schubst den Ball weg. Beim zwanzigsten oder dreißigsten Mal hat der Junge begriffen. Liegt der Ball vor seinem Fuß, kichert er und stößt ihn weg. Brügge lacht. Ich lache. Wir fühlen uns so erfolgreich.

Manchmal sitzt Brügge auf der harten Fußbank, Tino im Kinderstuhl vor dem Gitterbett. Das Gitter ist so weit wie möglich heruntergelassen. Brügge legt die Hände des Jungen auf den oberen Holm und schiebt ihn am Po in die Höhe. Er muß tüchtig schieben. Tino weigert sich. Brügge legt ein weiches Bonbon, ausgewickelt und von Tino sehr begehrt, auf das Bettuch.

»Na komm, Bursche, jetzt hoch den Hintern. Bonbon essen.«

Sie üben mit Pausen. Ich wasche während dieser Zeit, koche oder kaufe ein. Am Ende solcher »Probenvormittage« wird das Ergebnis vorgeführt – Tino hat innerhalb der letzten drei Wochen das Aufstehen gelernt.

Haben sich seine Anlagen entwickelt, oder wurde durch tägliches Üben ein Reflex hervorgerufen? Ich hoffe auf die Anlagen. Dann wäre noch so vieles möglich.

Draußen lassen Kinder Drachen steigen. Sie pfeifen etliche Male an unserem Fenster vorüber. Eine windige Ecke. Den kleinsten Jungen habe ich heimlich beobachtet. Könnte er ein Spielgefährte für Tino sein? Er ist nicht viel älter als mein Junge. Immer frech. Und immer schmutzig. Er befühlt die Reifen der großen Laster, die vor unserem Haus parken. Er zieht die Ritzen zwischen den Bordsteinen mit den Fingern nach. Er schaufelt mit den Händen den Straßendreck zusammen. Neugierig sieht er mir nach, wenn wir uns begegnen.

»Du, Tante, ich komm mit zu dir hoch.«

»Gut, wenn deine Mami nichts dagegen hat.«

»Die sieht mich ja nicht.«

»Na, ich weiß nicht?«

»Karsten!«

»Ich geh hier mit der Tante mit.«

»Du sollst doch nicht immer mit anderen mitrennen. Wie oft soll ich dir das noch sagen! Komm sofort 'rauf!«

»Nein.«

»Kannst du denn nicht hören?« Karstens Mutter lehnt sich weit aus dem Fenster. – »Nehmen Sie's ihm nicht übel, daß er mitkommen will. Der muß bei jedem in die Wohnung. Lassen Sie ihn einfach nicht 'rein, wenn er draußen steht. Sie werden ihn sonst nicht wieder los.«

»Ach, er kann gern mitkommen. Mich stört er nicht. Vielleicht spielt er ein bißchen mit meinem Jungen.«

Karsten schiebt erfreut seine krümligen Finger in meine Hand und steigt wichtig die Treppen nach oben.

In der Wohnung beguckt er sich die Möbel, die Bilder an den Wänden, Tino.

»Ist das dein Kind?«

»Ja.«

»Warum steht der denn nicht auf?«

»Er ist krank.«

»Krank? Da muß er ins Bett. Er folgt wohl nicht, was? – Junge, geh sofort ins Bett. Warte nur, bis der Vati kommt. Da kriegst du Haue.«

»Wollt ihr nicht ein bißchen miteinander spielen? Sieh mal, im Gitter liegt 'ne Menge Spielzeug.«

»Ich will nicht.«

Karsten wandert durch die Wohnung. Stellt Fragen. Tino interessiert ihn nicht weiter. Auf dem Schrank liegt eine Tüte mit Bonbons. Karsten schluckt, sieht einen Augenblick wehmütig aus.

»Sind wohl dem kleinen Jungen seine?«

Er bettelt nicht. Ich schenke ihm die Tüte. Er steckt sie beglückt in die Hosentasche. Als er gehen will, legt er verstohlen ein Bonbon neben Tinos Gitter.

Es läutet mehrere Male. Alf Brügge.

»Das ist wohl der Vati von dem kleinen Jungen, was?«

Eine Sekunde peinliches Schweigen.

»Nein, das ist ein Onkel.« Eilig schiebe ich Karsten zur Tür hinaus. –

Ach ja, Brügge könnte Tino ein Vater sein. Aber Tino – Brügges Kind? Niemals. Hätten wir miteinander ein Kind, es wäre gesund. Ich hätte ein gesundes Kind von ihm. Nur nicht an so etwas denken. Es ist eine Gemeinheit. Klaus kann nichts für unseren kranken Sohn.

Trotzdem. Der Gedanke an ein gesundes Kind – ich will ihn nicht mehr denken.

Aus dem Wohnzimmer ertönt Gelächter. Brügge hat Tino aus dem Gitter gehoben und kugelt ihn auf dem Fußboden entlang.

»Heute leisten wir etwas ganz Großes. Ich hab das im Gefühl. Du auch, Tino?«

Tinos Augen blicken unergründlich.

November 1970

Leckerer Duft von Selbstgebackenem und Kaffee. Weißes Tischtuch, weiße Kerzen, weißes Geschirr. Der Strauß zartroter Alpenveilchen lockert das strenge Weiß auf. An den Türklinken aller Zimmer hängen Luftballons. Auf den Fensterbrettern sitzen knopfäugige Teddys und Gummipuppen. Ein aufgeblasener bunter Ball kullert im Flur.

Wir geben eine Party. Eine Nachmittagsparty. Aus bedeutendem Anlaß und für besonders liebe Gäste: für Oma und Opa von Tino und seine alte Tante Grete. Für seinen »Freund« Karsten, der fast täglich zu uns heraufsteigt, um streng zu kontrollieren, ob »der kleine kranke Junge« endlich artig geworden ist. Für Karstens Mutti geben wir die Party, die ihren Jungen einmal bei uns abholte, Tino kennenlernte und seitdem unablässig Tino oder mich mit kleinen Geschenken überrascht. Für Malte Haug und Alf Brügge. Für die wenigen, die unserer Familie zugetan sind. Wir wollen ihnen danken.

Das Empfangsritual soll mit jedem Gast auf gleiche Weise zelebriert werden: Sobald es läutet, öffnet Klaus weit die Flurtür. Ich werde in der entferntesten Ecke des Flurs so lange vor Tino kauern und ihn festhalten, bis die Gäste neugierig oder erwartungsvoll zu uns herüberblicken.

Dann lasse ich Tino los.

Und er...

Er wird dann...

Er wird ein Bein vor das andere setzen und in großer Geschwindigkeit auf die Tür zustolpern. Wenn er nicht zwischendurch hinfällt.

Tino läuft.

Kann man ein Gefühl beschreiben, das einen vor Glück so unglücklich werden läßt, daß man fast auf das Glück verzichten möchte?

Unser Junge läuft. Endlich, mit dreieinhalb Jahren. Wir mußten lange warten. Ungeduldig manchmal, aber stets voller Hoffnung. Ein Stück näher wird er den gesunden Kindern sein, haben wir gedacht, und ihn mit unseren Laufübungen vielleicht gequält. Wir hatten Erfolg. Es war so beglückend zu wissen: Diese Hürde hat der Junge genommen. Wir tranken selig Sekt am Abend, obwohl wir wußten: Hiermit beginnt das Ende einer Entwicklung. Wir empfanden diese Wahrheit. Wir tranken uns über den Brocken hinweg, der uns erdrücken wollte: Laufen kann er, aber gesund wird er nie. Nie normal. Nie wie andere Kinder. Immer ein Pflegling. Er hat uns ein Zeichen gegeben, wie sich ein Kind normal entwickeln könnte. Entwickelt hätte.

Das Zeichen kam zweieinhalb Jahre zu spät.

Wir waren im Glück unglücklich. Unerwartetes hatte sich erfüllt. Aber von nun an mußten die Erwartungen schweigen. Die ungelenken Bewegungen Tinos dünner Beine brachten ihn den gesunden Kindern näher. Aber würden sie ihn nicht von ihnen wegtragen?

Und doch kamen sofort bereitwillig Hoffnungen geschlichen. Könnte es nicht doch bergauf mit ihm gehen? Nun, wo ein Ansatz zur normalen Entwicklung gegeben ist?

»Das ist das Mögliche. Mehr dürfen Sie nicht erwarten. Es ist sowieso schon ein Wunder. Hoffen Sie nicht auf mehr. Sie werden enttäuscht.«

Aber ich wollte hoffen. Mich betäuben im Glauben, von nun an entwickele sich mein Kind wie andere Kinder.

»Nehmen Sie die kleinen Freuden dankbar hin, die Ihnen Ihr Kind noch beschert. Und vergessen Sie nicht: Jeder noch so winzige Erfolg bedeutet für das Kind eine große Leistung. Der Junge läuft – er hat das für ihn Mögliche erreicht.«

Aber wir erwarteten weitere Wunder. Hatte er das eine erreicht, warum sollte er nicht noch ein übriges bewältigen? Wenn er schon laufen konnte, war damit vielleicht ein Knoten gerissen, und er würde sprechen lernen?

Wir warteten umsonst. Er lief. Und das war kein Wunder.

Es war das Ergebnis jahrelangen unermüdlichen Trainings. Wir durften uns nun nicht verzetteln. Wir mußten ein neues Trainingsprogramm für ihn aufstellen, eine neue Aufgabe für ihn ausdenken, um sie ihm wieder jahrein, jahraus einzubleuen, einzuhämmern, in ihn hineinzuquälen.

Seine ersten Schritte, die er quer durchs Gitter gestolpert war, hatten mich wanken lassen. Ich mußte mich setzen. Und sprang von da an unermüdlich auf, um ihn zu bewahren bei seinen Laufversuchen, um ihn zu schützen vor Verletzungen und vor Stürzen. Er fiel oft und wollte stets entmutigt oder verstimmt sitzen bleiben. Der Willen, sich vorwärts zu bewegen, entwickelte sich langsamer als das Vermögen, die Beine zu setzen. Ziellos tappelte er durch die Gegend, selbst erstaunt, daß er vorwärts kam, wenn er die Beine bewegte.

Anfangs hielten wir unser Wissen um die neuerworbenen Fähigkeiten unseres Sohnes vor der Umwelt verborgen. Wenn es ein Zufall wäre? Der Einfall einer glücklichen Stunde, der uns narrte? Der nach einem kurzen Freudentaumel wieder zu verlöschen drohte? Diese Enttäuschung blieb uns erspart. Tino lief ein, zwei Schritte frei im Zimmer und ließ sich dann fallen. Das mußte gefeiert werden. Und wir hatten die Vorfreude auf die überraschten Gesichter gehörig ausgekostet.

Wir warten lächelnd. Zum erstenmal können wir etwas vorweisen.

Es läutet. Ich raffe das Kind an mich, klemme mich in die hintere Ecke des Flurs. Klaus stürzt zur Tür. Öffnet. Malte Haug mit Chrysanthemen. Befremdeter Blick.

Langsam löse ich meine Hand von Tinos Hüften: Warte nur, mein Lieber, staunen wirst du noch. Wir sind ganz normal. Wie andere. Ich gebe Tino einen leichten Schubs.

Tino – läuft nicht.

»Na, Junge, mach schon!«

Tino dreht sich zu mir um. Grient. Setzt sich. Klaus wirft mir einen verzweifelten Blick zu. Ich blicke zurück: Warte noch.

»Komm, Tino, zeig mal dem Onkel, was du kannst.«

Tino setzt sich bequemer.

»Na, hat keinen Zweck. Komm 'rein, Malte. Die Vorführung ist geplatzt.« Klaus zieht bedauernd die Schultern hoch. Enttäuscht sieht er zu Tino herüber.

»Tino kann wohl allein ...?«

Bevor Klaus eine Antwort gibt, öffne ich den Mund.

»Wir verraten nichts. Sie werden schon sehen. Beim nächsten Mal klappt es bestimmt.«

Malte Haug bemüht sich, ein gespanntes Gesicht zu machen.

»Da bin ich aber neugierig!«

Ich will die zwei Worte nicht sagen müssen: Er läuft. Ich will die Tatsache vorführen. Lächerlich vielleicht. Doch wer bringt sich gern um einen Triumph?

Brügge kommt mit Karsten und dessen Mutter die Treppen herauf. Tino liegt im Flur. Karsten läuft gleichgültig an ihm vorüber. Er sieht den Ball, hebt ihn auf, preßt ihn fest an sich und rennt in die Stube.

Tino rührt sich nicht von der Stelle. Enttäuschung Nummer zwo.

Beim letzten Läuten bleibt Klaus neben den Gästen sitzen. Mit mir nicht, verrät sein Gesicht. So lehne ich Tino an die Rückwand des Flurs, während ich meinen Eltern öffne. Nur Mutter steht draußen. Mit verweintem Gesicht.

»Ach, meine Kleine. Meine Kleine.« Sie kümmert sich nicht um das Kind, nicht um meine bedeutsamen Gebärden. Ihre Arme umschlingen mich fest.

»Mutter...«

Tränen.

»A-a. A-a.«

Tino hat sich aufgerappelt und läuft eilig auf uns zu. Im letzten Augenblick kann ich mich aus Mutters Umklammerung reißen und den Jungen vor dem Sturz auffangen.

»Vater ist krank. Kriegt keine Luft. Ach Kleine...«

Tränen.

Hat sie nicht gesehen, daß... Das ist doch das Wichtigste jetzt. Der Junge. Er ist gelaufen. Fünf Schritte waren es bestimmt.

»Mutter, fünf Schritte...«

»Vater liegt. Ihr müßt mal kommen. Na, mein Kleiner? Bist du gesund?«

Ahnungslos hebt sie den Jungen auf den Arm. Nichts hat sie gesehen. Nichts bemerkt.

»Tino ist eben...«

»Ich komme nicht erst 'rein. Fahre gleich zurück. Tante Grete ist jetzt bei ihm. Grüße alle schön. Ein andermal... Ich muß zu Vater.«

Sie stellt Tino gegen die Wand. Nickt mir zu. Öffnet die Tür. Tino stolpert ihr hinterher. Sie schließt die Tür, kurz bevor er sie erreicht hat.

Drinnen klappern die Kaffeetassen.

Januar 1971

Er sitzt, durch zwei Kissen im Rücken gestützt, aufrecht im Ehebett, das wir ans Fenster geschoben haben. Seine Stirn erscheint noch höher als sonst. Die Augen liegen müde in den Höhlen. Ab und zu atmet er tief ein. Dann hebt sich sein Brustkorb, und ein krachendes Röcheln wird hörbar. Mutter hockt auf der Bettkante und tupft unablässig mit einem weichen Lappen die Schweißtropfen von Vaters Stirn.

»Es ist nichts ... Kleine ... wenn man ... nicht auf ... dem Posten ist. Die Luft ... die Luft ... wird knapp. Am liebsten ... am liebsten ... würde ich einen Draht ... nehmen und ... ihn mir in den Hals ... schieben. – Und Luft verschaffen.«

Vater spricht ruckweise und öffnet zwischen den Satzbrocken weit den Mund. Trotzdem befällt mich Furcht, daß der aufgerissene Mund nichts von der kühlen Winterluft in sich aufzunehmen vermag. Das Fenster ist angelehnt. Mutter und ich sind in Mäntel gehüllt.

»Wie geht's – dem Kleinen?«

»Gut, Vater. Er schläft gerade. Drüben, in der Stube. Wenn er munter wird, holen wir ihn hierher zu dir.«

Röcheln. Wie klein Vater geworden ist, wie mager und zerbrechlich. Ein greises Kind.

»Lungenkrebs« haben die Ärzte gesagt, und Mutters Augen waren hilfesuchend auf mich gerichtet gewesen: Sag du doch was! Aber ich hatte geschwiegen.

Mein Gott, Lungenkrebs, hatte ich gedacht, und ein enger Ring hatte sich um meine Brust geschlossen.

»Wir sagen nichts davon dem Vater, nein?« hatte Mutter gebettelt und ihm seine zunehmenden Schwächeanfälle als Folge seines Alters und eines untüchtigen Herzens erklärt. Vater hatte es bereitwillig geglaubt.

Seit Wochen sitzt er nun im Bett. Zu den Mahlzeiten hebt ihn Mutter heraus. Sie führt ihn zum Tisch, setzt ihn nieder, drückt ihm den Löffel in die Hand. Und Vater löffelt gehorsam den nahrhaften Brei. Nachts erwacht er häufig. Voller Appetit verlangt er eine Hühnerbrühe oder eine Tasse starken Kaffees. Einen Schluck davon – und er ist befriedigt. Mutter hat aufgehört zu arbeiten. Auch sie pflegt mit dem Wissen um Erfolglosigkeit. Vaters Geist ist wach. Sein Körper wird zerstört.

Tinos Körper ist gesund. Zwei gebrechliche Menschen – ergäben sie nicht einen gesunden? Einen gesunden Jungen für mich? Oder einen gesunden Mann für meine Mutter? Mich martern zeitweilig derartig abwegige Gedanken. Und Mutter und mir ist nicht zu helfen. So wie sie 3 Uhr nachts aus dem Bett springt, um Kaffee zu kochen, so stehe ich in der Nacht neben Tino und singe Kinderlieder. Sie rüttelt den Körper auf, ich besänftige einen zerstörten Geist.

Mens sana in corpore sano.

Vater ist eingenickt. Sein Kopf fällt vornüber auf die Brust. Mutter zieht vorsichtig ein Kissen unter seinem Rücken weg. Auf Zehenspitzen schleichen wir aus dem Schlafzimmer. Wir legen die Mäntel in der Küche griffbereit neben uns und blicken uns an.

»Unsere Familie ist vom Pech verfolgt.«

Mutter drückt das Tuch, mit dem sie noch vor kurzem Vaters Stirn abwischte, gegen die Augen. Auch sie scheint in der letzten Zeit in sich zusammengesunken zu sein.

»Mutter, wer sollte uns damit verfolgen? In anderen Familien gibt es auch Kummer. Jedem erscheint seiner als der größte.«

»Uns geht es am schlimmsten.«

»Weißt du's?«

Im Schlafzimmer raschelt es. Aus der Stube ertönt Klappern. Wir springen auf. Ängstlich klingt Mutters Stimme an der Schlafzimmertür: »Vatel, ist was?«

Tino will eben mit beiden Händen das Tischtuch vom Tisch ziehen. Ich halte ihn an den Handgelenken fest.

»-pa.«

»Hast du ›Opa‹ gesagt? Kannst du ›Opa‹sagen?«

Ich schleppe ihn ins Schlafzimmer.

»Vater, eben hat Tino ›Opa‹ gesagt. Wie findest du das?«

Ich will ihn erfreuen. Will, daß er lächelt, wenn er meine Worte hört. Er ist so voller Hoffnung, was den Jungen betrifft.

»-pa.«

Vaters Gesicht erblüht. Gleichgültig, welchen Ton Tino auch immer von sich gegeben hätte, wir wären bereit gewesen, aus jeglichem ein »Opa« herauszuhören.

Mutter reicht Vater den Jungen zum Kusse. Vaters feuchte Lippen berühren innig Tinos Gesicht. Mich überläuft es eiskalt. Mein Gott, er hat doch Lungenkrebs. Wie kann sie ihn das Kind küssen lassen...?

...Krebs steckt nicht an. Gönne dem Vater diesen Kuß. Laß ihm diese notwendige Freude... Wie willst du ihm erklären, warum du ihn daran hindern möchtest? Wegen seiner »Altersschwäche«?

Ich kann ein Aufseufzen nicht unterdrücken. Mutter blickt hoch. Schaut mir in die Augen. Hebt den Jungen aus dem Bett.

»Ist gut nun, Vater. Der Kleine wird dir sonst zu schwer.«

Vater nickt zustimmend und lächelt.

Zweimal wöchentlich diese Szenen. Zweimal wöchentlich hat Vater Abwechslung im Krankenzimmer. Und Freude.

Ein halbes Jahr geben ihm die Ärzte noch Zeit zu leben. Zeit, zu sterben. Vater leidet bei jedem Atemzug. Doch Mutter leidet mehr als Vater. Denn Vater hofft verzweifelt auf Besserung, während sie an dieser Hoffnung verzweifelt. Obwohl sie sie bewußt nährt.

»Er braucht etwas zum Festhalten.«

Sie kauft ihm die Fellkappe, die er im Sommer in einem Schaufenster bewundert und sich für den bevorstehenden Winter gewünscht hatte. Vater probiert sie, im Bett sitzend, auf.

»Kleidet mich ... nicht wahr? – Nächsten Monat bin ich ... hier 'raus ... dann kann's ... kalt werden.... Fühle mich ... heute viel besser ... als sonst.«

Etwas zum Festhalten. Was bleibt mir? Mir bleiben nicht einmal die Träume.

Da war ein riesiges schwarzes Tor gewesen. Und Menschengesichter, verrußt. Die Körper behaart, mit Bocksfüßen und Schwänzen.

»Komm tanzen«, schrien sie und sprangen um mich herum.

»Laß den Balg liegen, dort im Korb. Komm tanzen!«

Und sie schwangen ihre Bocksbeine und kreischten und drohten, falls ich länger beim Korbe sitzen bliebe.

Im Korb lag ein Kind. Ein Rosenkind. Es hatte einen hübsch geformten Kopf mit dunklem Haar und dunklen Augen. Dem Hals folgten keine Schultern. Da waren Blätter und Dornen einer Rose, der Körper war ein Rosenstiel. – Mein Rosenkind.

Ich folgte den Lockungen nicht. Ich tanzte nicht auf schwefelgelben Hügeln. Ich lief nach Milch. Und lief und lief und lief. Und so begannen dem Kind Schultern zu wachsen, und ein menschlicher Körper formte sich allmählich aus dem Stiel.

»Komm tanzen«, schrien die Bocksbeinigen und rissen mich an den Armen. Meine Beine begannen zu zucken, zu wirbeln, nach fernen Klängen zu stampfen. Und ich blickte in den Korb, auf das Kind und seine sich menschlich formenden Schultern. Hingerissen von der Lust zu springen und zu kreischen wie die Verrußten, gepeinigt von der Furcht, die Schultern könnten sich wieder in Rosenblätter verwandeln, stand ich unschlüssig vor einem Abgrund.

»Willst du Milch, mußt du springen«, johlten die Behaarten und fielen in ekstatische Verrenkungen.

Milch, Milch, dröhnte es in mir. Ich sprang. Und sah noch im Davongleiten dem Rosenstiel menschliche Arme wachsen, sah, wie auf dem kindlichen Gesicht ein Lächeln erwachte. Fühlte beglückt: Du hast es gerettet. – Und sah die Teuflischen den Korb ergreifen und hinter mir her in den Abgrund werfen.

Nein, die Träume werden mich nicht retten.

März 1971

Unaufhörlich fließt Speichel aus Tinos Mund. Er steht im Laufställchen und rüttelt an den Stäben.

»Ma-ma.«

Er grient. Schiebt mit einer Hand den Pulli in den tropfenden Mund, saugt daran. Kaut. Er zerkaut jeden Pullover. Alle sind schon mehrfach geflickt.

Ich stehe fast mechanisch auf, zupfe vorsichtig das Gewebe aus seinen zusammengebissenen Zähnen, wische Mund und Kinn ab. Dann streiche ich ihm das glatte, blonde Haar aus der Stirn. Tino hält meine Hand fest und legt sein Gesicht hinein. Der Speichel rinnt mir durch die Finger. Ich löse die Hand von seinem Gesicht nicht.

»Ma-ma.«

Tino lächelt aus dunklen Augen. Das sind seine Zärtlichkeiten. Die einzigen, die ich von ihm empfange. Und ich bin doch so gierig darauf. Die Feuchtigkeit seiner Lippen hindert mich nicht, wieder und wieder offen meine Hand vor ihm auszustrecken, um sein Gesicht darin zu spüren. Ich hungere nach kindlicher Liebe.

Brügge ist ins Zimmer getreten.

»Ma-ma.«

Dieses Mal gilt ihm der zärtliche Ton in Tinos Stimme. Auch Brügge ist »Mama« für Tino, wie jeder Mensch, der freundlich zu dem Jungen ist.

Brügge setzt sich neben mich. Geduldig erwartet er meine Klagen und Seufzer. Seit langem ist er es gewöhnt zuzuhören, meine Sorgen für mich zu zergrübeln, mir wortweise Mut einzuflößen.

Ich spüre. Erstmals bewußt. Seinen Arm neben dem meinen. Seinen Körper. Den Duft. Wärme. Langsam löst sich sein Arm von meinem, legt sich ermutigend um meine Schultern. Der Duft nähert sich und auch die Wärme. Ich lehne trostsuchend mein Gesicht an Brügges Wange. Krümme mich, um enger noch den Arm um mich zu spüren.

Ich fühle. Mein Herz klopft hart. Ein Kribbeln läuft über meine Haut bis hinab zu den Füßen. Da wende ich mich halb um. Ich presse meine Arme um Brügges Hals und ziehe mit den Lippen weiche Spuren über sein Gesicht.

Ich denke. Sekundenschnell: Klaus. Tausend Münder müßte man ... einen ganzen Körper ... Körper wofür? – Aber da drücke ich schon seinen Körper an mich, dränge ihn mit aller Kraft auf die Liege. Und liege ganz still. Ich spüre, fühle, denke und tue – nichts. Von den Beinen aufwärts, über den Bauch, die Arme entlang bis hin zum Kopf befällt mich Ruhe. Müdigkeit. Ich schlafe ein. Im Halbschlummer empfinde ich die Selbständigkeit meiner Hände. Sie gleiten über ein Gesicht, befühlen eine männliche Brust und streichen zaghaft über enganliegende Hosen.

Ich erwache. Erregt. Und sehe in ein Lächeln.

»Haben Sie – hast du – Kinder?«

»Ja. Eine Tochter.«

»Und wollt ihr noch?«

»Nein.«

»Warum nicht?«

»In dieser Welt?«

»Warum nicht?«

»In diesen Schmutz, diese Hektik? Das arme Wurm, das heutzutage gedankenlos in die Welt gesetzt wird. Wer weiß, was dem alles blüht!«

»Ich würde noch eins wollen.«

Schweigen.

»Ein gesundes.«

Schweigen.

»Weil Tino doch...«

»Du hast mit Tino genug Mühe.«

»Eben. Ich will auch die Freuden.«

»Wenn es wieder krank wird?«

»Es wird nicht.«

»Aber...«

»Kein aber. Ich will – ein Kind von dir.«

»Nein.«

»Ich will aber.«

Gründe fallen mir ein, warum ich ein Kind von ihm will. Warum ich es dringend brauche: Ich will wiedergeliebt werden, von dem Kind. Ich will ohne schmerzhaftes Ziehen im Herzen einschlafen können. Ich will etwas haben, woran ich mich klammere, falls Tino von mir getrennt wird. Ich will ein Kind fürs Weiterleben.

Gründe. Gründe. Gründe. Und alle beginnen mit »Ich«! Die Ehe erwähne ich nicht. Ich will ein Kind. Ein gesundes. Ein lachendes. Ein Kind für mich.

Brügges dürre Gegenargumente gleiten von mir ab. Die Zukunft ist nicht unsicher. Das Leben der Kinder in unserem Staat ist gesichert. Und der Umweltverschmutzung werden wir auch Herr werden. Ich werde auch keine egoistische Mutter sein, die ihr Kind nur als Spielzeug betrachtet. Und wenn das Kind einen gesunden Vater hat, kann die Erbkrankheit nicht auftreten. Brügge braucht sich wegen des

Kindes auch nicht an mich gebunden zu fühlen. Und sollte das Kind einen Vater brauchen und sich keiner finden, werde ich es allein aufziehen.

Brügge redet sich heiß, argumentiert. Und bleibt wehrlos gegen mich und mein Lächeln.

Ich liebe. Diesen Geruch, dieses Lächeln, diese zärtlich suchenden Finger. Liebe seine Haut, sein Fleisch, sein Zögern, sein Aufbegehren.

Ich werde geliebt.

Heute wird Klaus zeitiger als sonst nach Hause kommen. Ich werde ihn freundlich empfangen. Und es wird mir nicht schwerfallen. Ich werde nur gute Worte für ihn finden, denn ich bin froh und möchte ihn in mein Frohsein einbeziehen. Vielleicht werden wir Musik hören – die »Pastorale«. Ja, die »Pastorale«.

Vierter Teil

Juni 1971

Sieh mich nicht so sorgenvoll an. Natürlich bin ich bleich. Aber das ist nicht weiter schlimm. Das Kind – das ist die Hauptsache. Und das wird gerettet.

»Sie ist eine tapfere Frau, die Frau Riezy, sehr tapfer.«

Laß die Schwester reden, Liebster. Ich bin nicht anders als andere. Nein, es macht mir nichts aus, daß ich am Tropf hänge. Die paar Wochen erst. Hauptsache – das Kind.

Ende der Besuchszeit. Brügge geht.

Manchmal taumeln die Gedanken, werden zu Träumen. Zu Wunschträumen. Ich sehe das Kind vor mir, dieses neue, ungeborene. Wie werde ich Klaus die blauen Augen des Babys erklären? Brügge-Augen. Ein Brügge-Kind. Ich habe einen guten Vater gesucht. Und Tinos Vater? Ist der schlechter? Tino! Ich sehne mich nach ihm. Aber ich bin zu schwach, um sehnsüchtig zu leiden. Alle Kraft umhüllt das Gesunde, das Kommende. Bald wird sein Herz schlagen. Ja, der Tropf rettet uns. Er wird das Herz schlagen lassen, in drei oder vier Wochen vielleicht schon. Diese kleine Flasche da oben wird mein Kind retten, weil sie mich rettet.

»Schwangerschaftstoxikose.«

Die Ärztin, die freundliche, war ernst geworden, als sie den Befund des Labors zur Hand nahm.

»Wir behalten Sie gleich hier.«

»Nein. Unmöglich. Der Junge muß untergebracht werden, der Mann versorgt. Lassen Sie mich bis morgen.«

»Nein. Sie sollen am Leben bleiben.«

»Ich bleibe. Hab einen starken Willen.«

»Willen allein genügt da nicht.«

»Bei mir doch.«

»Auf eigene Verantwortung: Bis morgen früh 9 Uhr.«

Ich wankte, grünlich im Gesicht, aus dem Behandlungszimmer.

Brügge sehen!

Klaus telefonierte mit Krankenschwestern, Ärzten, Aufnahmestationen.

Ich war schon im dritten Monat. Ende des dritten Monats. Und dabei das alte Lied: seit dem ersten täglich mehrmals übergeben. Nichts Neues für mich, das kannte ich schon von Tino und war nicht beunruhigt. Gegen Ende des zweiten nichts mehr essen können. Wasser, Tee und Milch getrunken. Ob unser Kind gesund wird bei derartiger Verpflegung?

»Das Kind nimmt sich, was es braucht.« – Das war damals bei Tino. Galt der Satz noch heute?

Ich erbrach gegen Ende des dritten Monats Wasser, Tee, Milch, Galle und Blut. Nein, geistig behindert konnte das Kind nicht werden. Es hatte einen gesunden Vater. Aber – woher wollte ich das eigentlich wissen? Weil er ein gesundes Kind hatte? Nein, geistig würde trotzdem alles in Ordnung sein. Selbst bei einer PKU – Abkürzung für diese heimtückische Krankheit. Denn jetzt wäre man gewarnt, könnte von Anfang an darauf achten. Außerdem: Jetzt war die Untersuchung auf Phenylketonurie zum Gesetz erhoben worden. Ein paar Tropfen Blut aus der Ferse des Neugeborenen, weggeschickt zur Untersuchung in die Klinik nach G. – und schon würden alle notwendigen Schritte unternommen werden. Zwar hieße das dann wieder Berlophenbrei, aber das wäre schließlich das geringste Übel.

Aber nein. Ich will kein PKU-Kind. Ich will ein dickes, rotbackiges, gesundes. Eins, das lacht. Am liebsten gleich aus der Wiege heraus.

Nun bin ich krank. Eigentlich ist es keine Krankheit. Toxikose. Vergiftung. Hoffentlich merkt das Kind davon nichts. Einen Kreislauf haben wir. Einen kranken Kreislauf für uns beide.

»Hätten wir doch nie ...« Selbstanklagen Brügges. Seine verzweifelten Ausbrüche. »Es wird krank.« Brügges wahnsinnige Angst. Seine entsetzten Augen.

Seine unbeholfenen Geschenke: Blumenkohl, Kotelett, die ersten Erdbeeren, die ersten Äpfel, saure Gurken, Sahnetorte. In schöner Reihenfolge.

»Auf irgend etwas mußt du doch Appetit haben.«

Ich hatte nicht.

»Laß uns wegfahren für einen Tag. Die andere Umgebung. Vielleicht...«

Die Umgebung richtete nichts aus.

Und nun der Tropf. Ist es Kochsalzlösung oder Traubenzucker? Ich frage nicht. Auch dann nicht, wenn ich Spritzen bekomme. Fast dankbar verspüre ich die Stiche: Es ist für unser Kind. Nein, an eine Ehe mit Brügge denke ich nicht. Er kann sein Kind nicht verlassen. Er liebt es zu sehr. Mich liebt er auch. Wen mehr?

»Das ist eine andere Liebe. Die Kleine braucht mich.«

»Ich brauche dich auch.«

Dieses Schweigen kenne ich. Auch die Worte: »Das Kind braucht mich – du, ich weiß es nicht.« Ein Bumerang.

Nein, an eine Ehe mit Brügge denke ich nicht mehr. Ich hab ja Klaus. Klaus, der fest daran glaubt, daß das blauäugige Kind seins ist, seins wird. Es wird seins. Ich habe keine Gewissensbisse mehr wegen der Vaterschaft. Ich habe nicht richtig gehandelt. Aber wie hätte ich handeln sollen?

Ein Kind von Klaus? Noch einen Tino? Jetzt werden wir beide ein gesundes Kind haben. Was macht es schon aus, daß der Samen, dieses winzige bißchen Etwas, aus einer anderen Quelle kam? Niemand wird es erfahren.

Niemand? Und ich selbst? Werde ich mit einem guten Gewissen leben können? Werde ich stolz Klaus das Kind vorzeigen: »Hier, sieh, was ich dir geboren habe.«

Einen kleinen Bastard. Nein, keinen Bastard. Kind ist Kind. Gleichgültig, wer Vater oder Mutter sind.

Und werde ich mich nicht nach dem eigentlichen Vater sehnen? Will ich ihn nicht das Kind bewundern lassen. Als seines? Soll er es nicht küssen, lieben, nie verlassen? Weil's seins ist? Werde ich in Unfrieden mit mir selbst leben?

Ob ich mich Klaus anvertraue? Könnte ich sagen: »Es war nur um des Kindes willen! Damit wir eins haben, an dem wir uns erfreuen, uns aufrichten können.«?

Und wie antworte ich auf die Frage:

»Blieb es bei diesem einen Mal?«

Sag ich schlicht »Ja« und erröte bis ins Herz?

Sag ich: »Nein, aber ich bereue nichts.«

Klaus wird sich abwenden mit unglücklichem Gesicht, zutiefst verwundet.

Dieses eine Mal wäre zu entschuldigen gewesen. Würde er entschuldigt haben, ich weiß es. Großzügig hätte er verziehen und dieses Kind später auch geliebt, soviel ist sicher. Aber die anderen Male, von denen ich schweigen müßte. Bei denen ich beglückt und staunend in einen endlosen Himmel getrieben wurde, diese anderen Male sind nicht zu entschuldigen. Oder doch? Bei Klaus habe ich nicht geschrien, nicht gejammert vor Glück, nicht gestöhnt. Ich habe stillgehalten und gedacht: Es ist ja bald vorüber.

Ich werde schweigen müssen.

Drei Wochen am Tropf. Drei Wochen der Besinnung. Die ältere Schwester hier verwöhnt mich, weil ich geduldig bin. Sie bringt mir Bücher aus ihrer kleinen Bibliothek mit. Bücher, die sie liebt und die ich lieben lernen soll: Remarques »Drei Kameraden«, »Jane Eyre« von der Brontë, Zweigs »Ungeduld des Herzens«.

Mittwochs kommt Brügge zu Besuch, falls Klaus verhindert ist. Oder meine Mutter kommt und prüft verstohlen mein verschlossenes Gesicht. Sonntags sieht mir Klaus forschend in die Augen:

»Wirst du das Kind behalten können?«

Eifrig bejahe ich, verweise auf das lebensspendende Elixier da oben in der Flasche. Und Klaus nickt gläubig.

Gut sieht er aus in dem neuen Anzug. Er hat ihn ohne mich gekauft. Er braucht, scheint es, auch etwas zum Festhalten. Ob er etwas ahnt? Er spricht jetzt oft so unpersönlich, als wären unsere Probleme nur noch die meinen.

»Tino habe ich besucht. Am Mittwoch. Er kann sich nicht in die Gruppe einfügen. Er ist der – Dümmste da. Das beste wäre es, die behielten ihn gleich dort. Aber solche wie ihn nehmen die nicht. Wiedererkannt hat er mich auch nicht.«

Ich will mich nicht aufregen. Das bekommt dem Kind nicht.

»Sei nicht so hart, Klaus. Hast du mit ihm gesprochen, mit ihm gespielt?«

»Was denkst denn du? Wir sind spazierengegangen. Den Ball hatte ich mit. Nichts. Denkst du, der hätte wenigstens mal danach geguckt? Nichts. Den Ball habe ich gleich den anderen Kindern da gegeben. Was braucht Tino einen Ball?!«

»Laß uns von was anderem reden, ja?«

Klaus überlegt, druckst herum.

»Gestern war ich in der Nachtbar.«

»Ja?«

»War ganz nett.«

»So?«

»Ja.«

Bin ich neidisch? Eifersüchtig? Weil es auch ohne mich gut mit ihm weitergeht? Vielleicht bin ich gekränkt, weil er nicht mit mir leidet – zu Hause im stillen Kämmerlein? Weil er sich amüsiert, lacht, flirtet?

Man sieht auf diesen weißen Kissen zu unvorteilhaft aus. Zu blaß. Da muß der Mann ja... Muß er? Klaus hat mir ein Nachthemd gekauft, hellblau, viel durchsichtige Spitze. Zur nächsten Besuchszeit ziehe ich es an.

»Na, denn tschüs, Waltraude. Gute Besserung. Und – ich weiß noch nicht, ob ich am Sonntag kommen kann. Muß wahrscheinlich übers Wochenende nach Berlin. Soll ich Brügge Bescheid geben, oder kommt Mutter?«

Mich durchfährt es heiß. Ahnt er? Was will er sonntags in Berlin?

»Tschüs. Mir ist egal, wer kommt. Hauptsache, ich bin nicht allein. Und daß zum Tino jemand geht.«

Wieder drei Tage nur der Tropf, Krankenschwestern, leidende Mitpatienten. Eine mit Myom, die andere mit Blutungen.

»Ihr Mann sieht gut aus. Passen Sie nur immer schön auf ihn auf!«

»Ach, der doch nicht. Wer so eine Frau hat, hat's woanders doch nicht nötig.«

»Momentan hat er sie aber nicht.«

»Lassen Sie ihn ruhig was wegtragen, der kommt schon wieder.«

Nein, ich rege mich nicht auf. Allmählich esse ich sogar wieder. Ein paar Häppchen, aber dem Kind wird es nützen. Wozu aufregen? Wenn das Kind da ist, wird alles gut. Kann sein, ich muß bis zur Entbindung hier liegen. Fast sechs Monate noch. Nie richtig bewegen – der Tropf. Nie ganz tief schlafen – der Tropf. Nie meinen Tino sehen. Er wird mich nicht wiedererkennen. Ob ich ihn dann noch liebe? Wenn ich eine Fremde für ihn bin? Bestimmt. Er wird nie fremd für mich werden. Nicht an ihn denken, den kleinen, hilflosen Jungen. Nicht aufregen!

Dann Windeln waschen für zwei. Essen kochen für zwei. Ob Tino das neue Baby schlägt? Unsinn. Er ist nie grob, nie aggressiv gewesen. Sechs Monate Klaus ohne Frau. Ich sechs Monate ohne Brügge. Ohne Himmel.

»Heute spendieren wir Ihnen etwas ganz besonders Feines.«

Der Arzt, jungenhaft fröhlich, hängt einen neuen Tropf ein.

Augen öffnen sich nicht. Zentnerschwere Lider. Erbrechen. Beine zucken. Wo sind die Arme? Bekümmertes Schwesternhäubchen.

»Meine gute Frau Riezy, was machen Sie uns denn für Sachen?«

Quallenarme – weich, fett, glibbrig. Blaue Augen. Sekundenschnelle Erkenntnis: Du brauchst dich nicht zu bewegen, wenn du nicht willst. Genießen der Unbeweglichkeit.

Kopf – hohle Kugel. Kugel mit Echo. Elefantenkugel.

Verzweifelte blaue Augen. Ach, mein Kind. Schon geboren. Jaja, heutzutage geht alles schneller. Früher, da war alles ...

Augen mit Bartstoppeln. Brügge? Brügge ... Ich will nicht bleiben. Will nicht.

»... Riezy, aufwachen!«

Schläge ins Gesicht.

»Frau Riezy, kommen Sie zu sich!«

Müdigkeit, Lallen: »Was ist? Lassen – Sie – mich.«

»Frau Riezy, sind Sie wieder bei Bewußtsein? Unterschreiben Sie. Wir müssen Sie ... wir müssen das Kind ... Sie dürfen Ihr Kind ... nicht austragen. Sie überleben es nicht. Unterschreiben Sie. Geben Sie Ihre Zustimmung zur Operation.«

»Nein.«

Geräusche. Sich entfernende Schritte.

Schwesterngesicht.

»Sie werden doch noch gebraucht. Denken Sie an den Jungen.«

»Nein.«

»Der Junge braucht Sie. Und der Mann auch.«

Brügge?

»Du bist wichtig. Nur du. Unterschreib. Ich liebe dich doch. Unterschreib. Du darfst nicht – bitte unterschreib.«

Unterschrift. Krakel, die kein Name sind. Mein armes Ungeborenes. Mein Unser-Kind.

Schritte.

»Tut nicht weh, Frau Riezy.«

Stich.

Draußen ein Besuch – »Mutter ...«

Schwärze. Schwarzes Kostüm. Tasche. Schwarzes Gesicht. Nein. Grau.

Schwarz. Schwarz. Wer ist die schwarze Frau? Warum schwarz?

Das wissen Sie nicht, Frau Riezy? Schwarz ist der Tod. Mein armes Ungeborenes. – Nein, Frau Riezy, das doch nicht. Denken Sie nach, junge Frau. Es tut nicht weh.

»Mutter? – Vater? Vaater? Vater!«

»Ja, meine Kleine.«

»Vaaater!«

Die Operation habe ich gut überstanden.

Oktober 1971

»Vielen geht's wie Ihnen, meine liebe Frau Riezy. Vielen. Aber man darf nicht verzagen. Bei Gott nicht. Ihr Los hat Gott Ihnen auferlegt, und diese Kinderchen hier (sie strich Tino zärtlich über den Kopf) sind Ihm die liebsten. Nicht wahr, mein Junge?«

Tino räumte die Hand von seinem Haar und stürmte zur Tür, um kräftig mit beiden Händen dagegenzuschlagen.

Ich sagte ihr nicht, was ich dachte: Daß es mich weitaus mehr beglückt hätte, wenn Gott mein Kind weniger liebte, aber dafür gesund werden ließe.

»Was Sie eben dachten – so darf man nicht denken. Meine liebe Frau Riezy. Seien Sie Gott dankbar für dieses Kind. Gott weiß, was Er tut. Sie haben einen hübschen, lieben Jungen. Seien Sie dankbar. Ich kenne viele Eltern, die schlimmer dran sind. Viel schlimmer. Die froh wären, wenn sie so einen Jungen hätten, der so lustig herumspringt und lacht. Wie Ihrer, liebe Frau Riezy.«

»Ach? Und die sind wohl auch noch dankbar, weil ihr Kind nicht lacht und springt, was?«

»Ich bitte Sie, meine Liebe. Warum dieser Ton? Er bringt uns nicht weiter. Ich will Ihnen doch nur ein wenig helfen. – Ja, auch sie sind dankbar. Weil Gott ihnen ermöglicht, ihre Güte zu beweisen, ihre Menschlichkeit.«

»Aha. Und wenn so ein Kind in ein schlechtes häusliches Milieu hineingeboren wird, was dann?«

»Gott sagt nicht: Du mußt das oder das tun. Er stellt den Menschen die Entscheidung frei: für das Gute oder das – Böse. Aber jeder ist für seine Taten verantwortlich – vor sich selbst und vor Gott.«

»Wie schön! Dann kriegt der Übeltäter, der sich kein Gewissen draus macht, im Himmel einst seine Strafe. Aber das kranke Kind, das er vielleicht mißhandelt hat, hier, auf dieser Welt, darf leiden, weil ihm Gott nicht beisteht, hier, auf dieser Welt.«

»Unsere Tage hier sind gezählt. Die Ewigkeit...«

»Vielleicht. Aber so ein Kranker kann alt werden, uralt. Und dann ewig mißhandelt werden, sich nie verteidigen, ja nicht einmal mitteilen können – Nein, es gibt keinen Gott.«

»Frau Riezy!«

»Und wenn es einen gibt, ist Er höchst unbarmherzig.«

»Ich verstehe Sie, Frau Riezy. Verstehe Sie sehr gut. Aber Gottes Wege sind unerforschlich. Deshalb – ich sagte es Ihnen ja bereits, verzagen Sie nicht.«

»Ich verzage nicht. Ich wundere mich nur über die Unbarmherzigkeit Gottes. Andere kriegen die gesunden Kinder, andere. Die sie prügeln, die das Glück, ein gesundes Kind zu haben, gar nicht zu schätzen wissen.«

»Aber, Frau...«

»Und was ist mit mir? Was macht Er mit mir? Das Kind, das vielleicht gesund geworden wäre, mußte weggenommen werden. Bleibt nur der kranke Junge. Und nie wieder die Aussicht auf ein gesundes. Keine Kinder mehr bekommen dürfen. Wo bleibt da Gott?«

»Überlegen Sie doch, Frau Riezy, überlegen Sie. Ist so ein krankes Kind bei Ihnen nicht besser aufgehoben als bei Menschen, die es quälen würden? Hat Gott damit nicht recht getan, indem Er Ihr Kind glücklich bei Ihnen werden ließ? Glücklich, weil Sie es lieben? – Und wer sagt Ihnen denn, ich möchte Ihnen nicht zu nahetreten, aber wer sagt Ihnen denn, daß das andere Kind gesund geworden wäre? Hätte nicht ein noch größeres Elend über Sie hereinbrechen können? – Ich betreue alle Eltern mit geistig behinderten Kindern in unserer Gemeinde. Alle stellen die gleichen Fragen: ›Warum ausgerechnet wir, warum nicht die anderen?‹ Bei jedem sogenannten Übel wird mißgünstig des anderen gedacht. Keiner überlegt, daß der andere ja auch beladen ist, auch sein Kreuz zu tragen hat. Was glauben Sie, meine liebe Frau Riezy, wie selten jemand bei großem Glück die Frage stellt: ›Wieso ich, ausgerechnet ich und nicht der andere?‹ – Fragen Sie nicht nach dem ›Warum‹. Wir können es nicht beantworten. Gottes Weisheit werden wir nie ergründen. Aber wir dürfen Seine Gaben annehmen und das Beste aus ihnen machen. Wir sollten es lernen, dankbar zu sein. Dankbar, weil es uns so gut geht. – Sehen Sie doch selbst, meine liebe Frau Riezy. Sie haben ein gemütliches Heim, einen treusorgenden Gatten. Sie haben Begabungen, wie ich sehe. Wie vielen gebricht es an solchem Luxus.«

Sie schaute sich aufmerksam im Zimmer um, und ihre Blicke blieben an den Bildern hängen, die die Wände des Raumes füllten: simple Leinwände ohne Rahmen, auf denen mit Ölfarben und Fingern, seltener mit dem Pinsel, einfach und ziemlich naiv ganz persönliche Sichten einer Umwelt wiedergegeben waren.

Ein rot-orange-gelb-grüner Hahn läßt sich fröhlich in ein schwarzblaues Nichts fallen. Sein Schnabel hat sich einer friedlichen Welt angepaßt: Die spitze Form ist einer runden, zum Hacken unfähigen, gewichen.

Ein Alter steht am Fenster. Traurig-groß aufgerissene Augen hinter einer Nickelbrille, zu kurze Hemdsärmel, abgewetzte grüne Weste, ordentliche Krawatte. Neben den kraftlos herabhängenden Armen steht einsam ein Topf mit einer roten Pelargonie.

Am Ende eines weinrot-düsteren Feldes ragt eine weiße, gläserne Fabrik mit zahllosen Schornsteinen in den Nachthimmel. Rosaroter, leuchtend blauer und weiß-gelber Rauch quillt aus den Essen – ein schöngefärbter Umweltverschmutzer.

Ich habe die Bilder selbst gemalt. Brügge hatte mir Leinwände, Pinsel und Farben geschenkt und mir Bilder gezeigt, die seine Phantasie und Weltsicht widerspiegelten. Sensible kleine Kunstwerke waren das, voll ausgewogener Farbigkeit und von harmonischer Form. Die hatten mich herausgefordert. Meine Erstlinge waren zitternde, blasse Mumien geworden, die mutlos hingekrakelt schienen. Erst allmählich hatte sich ein eigener Gestaltungswille durchgesetzt, das Bedürfnis, Farben zu mischen, sie nach eigenem Wunsch nebeneinander oder übereinander aufzutragen, das gesunde »Ich« auf dem Bilde wiederzufinden.

Brügges Anliegen, mich durch die Malerei von meinem Kummer abzulenken, mich sozusagen »freizumalen«, hatte ich, ohne es zu bemerken, verwirklicht.

Meine Zweifel, ob ich noch Gutes oder Gesundes hervorbringen könnte, hatte ich durch mich selbst widerlegt. Seitdem wachte Brügge darüber, daß mich die Malerei nicht mehr in Ruhe ließ. Bände mit Gemälden alter und neuer Meister füllten die Bücherregale. Stöße von Grafiken und Reproduktionen stapelten sich auf dem Schreibtisch. Brügge ermutigte mich, sobald mich die Vollkommenheit anderer verzagt den Pinsel aus der Hand legen ließ. Er spornte an, weil die Freude an der Malerei, das »Farben fühlen«, meinen Lebenswillen hob.

So male ich vor mich hin – mit wenig Können und viel Phantasie und Liebe. Ich avanciere zum Sonntagsmaler, der den Sonntag in die Woche holt. Ich greife zu den Farbtuben, sobald der Junge im Bett liegt. Mit den gelungensten »Werken« behänge ich seitdem die Wände.

»Sie haben das alles selbst gemalt, nicht wahr?«

»Ja.«

»Wie schön. Ich kenne da auch eine Mutti, die malt. Sie hat auch ein krankes Kind. Mit ihr würden Sie sich bestimmt gut verstehen. Eine kluge Frau. Gute Verhältnisse. Hier ist die Adresse.«

Sie reichte mir einen kleinen Zettel, auf dem in leserlichen Buchstaben eine Anschrift stand. Darunter groß ein Mädchenname: *Carola.*

»Carola heißt das Kind.«

Sie hatten dem Mädchen einen schönen Namen gegeben, einen klangvollen. Ca-ro-la. Auch sie hatten auf ein schönes Kind gehofft, auf ein gesundes.

Die evangelische Fürsorgerin befahl mich der Obhut Gottes an und drückte Tino mütterlich an sich.

»Er ist ein braver, lieber Junge. Man merkt ihm an, wie gütig seine Mutter zu ihm ist.«

Sie nickte, lächelte. Rückte ihre moderne Brille etwas höher und reichte mir die Hand.

Woher sie meine Adresse hatte? Ich weiß es nicht. Sie war bei mir gewesen und kam nun öfter.

Mein atheistischer Geist rebellierte: Die Kirche, für mich war sie »die Kirche«, will dich einlullen, ans andere Ufer locken, einwickeln mit Güte. Ich war halsstarrig. Trotzig. Widerborstig. Doch Frau Mandels Freundlichkeit ermattete nie, nie ihre Güte. Und ich lernte sie achten als einen Menschen mit einem bewundernswert aufopferungsvollen Wesen, mit nie verzagender Hilfsbereitschaft und Hoffnung. Ihre Besuche wurden für mich zu einer Freude, die mich meine Voreingenommenheit nach und nach vergessen ließen. Für mich wurde sie, die gläubige und gutgläubige Frau Mandel, eine Quelle des Trostes. Während sie ihren Gott im Herzen und im Munde führte, wenn sie mit mir sprach, gelang es mir, diesen völlig zu vergessen, weil sie so war, wie sie glaubte, daß Er sein müsse.

Auch die Eltern von Carola Schmortte besuchte ich, Frau Mandel zuliebe.

Frau Schmortte war vor der Geburt ihrer Tochter Kindergärtnerin gewesen. Ihr Mann arbeitete als Arzt. Carola war schon geistig behindert auf die Welt gekommen. Ihre überlangen dürren Beine konnten den schweren Körper, auf dem ein riesiger Kopf hin- und herschaukelte, nicht tragen. Mit großer Mühe kam sie zum Stehen. Laufen konnte sie nicht.

Bei unserer Ankunft hatte Frau Schmortte mutlos auf Tinos flinke Beine geschaut und dann mitleidend ihre Tochter geküßt. Ich hatte beim ersten Anblick von Carolas Gebrechen eitel gedacht: Nein, zum Glück, so ein armseliges Kind hast du nicht, und Tino wie zum Schutz vor so viel Häßlichkeit in den Arm genommen. Wie kann man so viel Elend lieben? hatte ich mich gefragt und Liebe in »so einem Fall« für mich als unzumutbar abgewiesen. Mein schöner, gutgewachsener und fröhlicher Tino, hatte ich gedacht und bereits begonnen, das Mädchen eine Kategorie tiefer als ihn einzustufen.

Da hatte Frau Schmortte Kompott hereingetragen. »Für unsere Kinder«, hatte sie gesagt, beiden einen Löffel in die Hand gedrückt und sie essen lassen. Carola nahm den Löffel artig zwischen die Finger, schlenkerte den Kopf über den Teller und schob Löffel um Löffel fast sauber in den Mund.

Tino ließ den Löffel aus den Händen fallen. Griff mit beiden Händen in das Apfelmus, kleckerte, sabberte, schmatzte. Carola in ihrer »Häßlichkeit« aß, und Tino in seiner »Schönheit« versagte. Kategorien – lächerlich.

»Wir sollten uns vielleicht öfter treffen, Frau Riezy. Kann sein, die Kinder nehmen etwas voneinander an. Carola möchte zu gern laufen.

Sie gibt sich auch große Mühe, aber... Vielleicht spornt Ihr Tino sie an. Sie baut dafür schon Türme aus Bauklötzern. Dabei ist sie sehr geduldig. Was kann Tino besonders gut?«

Frau Schmortte säuberte Tinos Gesicht behutsam mit Waschlappen und Seife. Ich starrte unentwegt auf Carola.

»Tino? Tino, ja, also – er stößt den Ball weg, mit den Füßen. Manchmal wirft er ihn auch mit der Hand. Er wirft alles weg, was ich ihm in die Hand gebe.«

»Ballspielen, das ist schon sehr viel. Das könnten unsere Kinder als erstes gemeinsam spielen.«

Wir setzten Carola und Tino ins abgegitterte Kinderzimmer, das mit Matratzen ausgelegt war. Frau Schmortte kullerte abwechselnd den Kindern den Ball zu. Carola versuchte den Ball zu erreichen. Tino legte sich auf den Rücken, starrte an die Zimmerdecke.

»Sie sind wohl erschrocken über Carolas Anblick?«

»Ach nein. Wie können Sie...«

»Jeder erschrickt zuerst. Als die Fürsorgerin Carola zum erstenmal sah, hat sie gleich einen Antrag auf eine Neubauwohnung für uns gestellt. – Nicht wahr, Carola, die schöne Wohnung hier haben wir dir zu verdanken?«

Frau Schmortte kroch auf den Knien zu dem Mädchen, das krampfhaft den Ball festhielt und ihn intensiv mit vor Feuchtigkeit triefender Zunge ableckte.

»Nicht lecken, Carola! Das macht man nicht! Tino soll den Ball auch noch in die Hand nehmen.«

Tino kullerte sich auf die Seite und versuchte seine Schnürsenkel an den Schuhen aufzubinden.

»Wir hatten vorher nur zwei Zimmer, wissen Sie. Und mit Carola, die alles anfaßte und dabei natürlich viel Schaden anrichtete, war das nicht zu machen. Haben Sie eine schöne Wohnung? Soviel ich weiß, wurde in unserem Stadtbezirk allen Familien mit kranken Kindern geholfen.«

Ich dachte an Klaus' Fernstudium, an die verzankten Tage und die durchwachten Nächte. Und schwieg. Unser Stadtbezirk konnte unsere Wohnungssorgen bis jetzt nicht lösen. Vielleicht hatte man uns auch vergessen, mit unserem »schönen«, so wenig Abneigung und Schrecken einflößenden Kind.

»Was meinen Sie, Frau Riezy, wollen wir uns zweimal wöchentlich treffen? Dann haben die beiden Kinder Gesellschaft und wir auch.«

Fast kapitulierte ich vor dieser Frau. Wollte weglaufen, nicht wiederkommen. Wie selbstverständlich nahm sie an, daß es mich nicht berühren würde, mit ihrem Mädchen öfter zusammen zu sein. Grausamer Gedanke.

»Gern, ja, wir kommen. Tino wird es auch Spaß machen.«

Tino lag auf dem Rücken. Er hatte ein Bein über das andere geschlagen und betrachtete die Finger seiner Hand. Carola zwängte ihre dünnen, langen Finger in die Knopflöcher von Tinos Hemd und versuchte die Knöpfe herauszuschieben.

»Ich freu mich drauf. Carola ist sehr kontaktfreudig. Sie sehen es ja. Immer beschäftigt und immer neugierig.«

»Wie alt ist sie denn?«

»Vor ein paar Wochen ist sie vier geworden. Schon ein großes Mädchen. Nicht wahr, Carola? Wir geben uns auch alle Mühe, fleißig mit ihr zu trainieren, damit sie in eine Fördergruppe aufgenommen wird. Aber ich habe im Moment noch wenig Hoffnung. Man muß laufen können und sauber sein. Sauber ist sie. Aber das Laufen!«

Kinderkrippe für förderungsfähige Kinder? Sofort hakte sich der Gedanke in meinem Kopf fest. Könnte Tino dorthin...? Er läuft. Ich könnte halbtags arbeiten, etwas dazuverdienen... Tino läuft schließlich. Ja, aber wie! Realitäten bombardieren die Wünsche. Wie läuft er denn? Er zieht dich zur Seite. Rennt im Halbkreis um dich herum. Nennst du das Laufen? Gehst du einen Schritt nach vorn, rennt er in einem großen Bogen an deiner Hand um dich herum, so daß du dich nach ein paar Schritten um deine eigene Achse drehen mußt. Mühe hast du, den Jungen dabei nicht auf das Pflaster fallen zu lassen. Das nennst du laufen?! Gib doch zu, daß es viel einfacher wäre, ihn in einem Kinderwagen zu schieben, so wie Frau Schmortte Carola. Dann könnte er nicht weglaufen, nicht um dich herumkreiseln, dir fast den Arm ausrenken. Und wie steht es mit der Sauberkeit? Da bist du ganz still, nicht wahr? Wer muß denn jeden Tag Windeln waschen, obwohl der Junge weit über vier Jahre alt ist? Den sollen sie aufnehmen? Idealist. Dir bleibt nur Carola Schmortte, wenn du einen Spielgefährten für deinen Sohn haben willst.

So ließ ich mich zweimal wöchentlich in der Frühe von Tino durch die Straßen zerren. Wie üblich lief er im Halbkreis um mich herum, während ich ihn in die Gerade zu drängen versuchte. Die Passanten blieben stehen und lachten. Ich versuchte unsere mühsame Lauferei als einen Spaß abzutun, als einen absichtlichen Spaß. Ich lachte mit.

Frau Schmortte legte allen Ehrgeiz darein, Tino zum Turmbau anzuregen. Zu Hause übte ich täglich mit ihm. Aber mehr als ein Bauklotz blieb nie auf dem anderen liegen.

Carola konnte bereits Teile eines Steckbaukastens ineinanderschieben. Daher versuchte ich mit ihr zu laufen. Sie hielt krampfig meine Hände fest und schob angestrengt ein Bein etliche Zentimeter nach vorn. Ich hatte mit ihr so wenig Erfolg wie Frau Schmortte mit ihren Übungen bei Tino. Dabei waren diese »Spiele« zu viert viel anstrengender, als wenn jede Mutter mit ihrem Kind allein gearbeitet hätte. Aber wir wollten den Kindern die kindliche Gesellschaft erhalten. Und mit der Zeit fühlte ich mich immer mehr zu Carola hingezogen. Sie gab drollig-kullrige Töne von sich und konnte so herzlich lachen, daß jeder von uns angesteckt wurde. Sie lachte häufig. Viel öfter als Tino. Hatte sie mit ihren Eltern bessere Voraussetzungen, mehr Grund zum Fröhlichsein als Tino?

Ihr Vater spielte täglich mit ihr, wenn er von der Arbeit kam. Er alberte herum, tobte, provozierte sie zu Handlungen.

»Manchmal muß ich sogar eingreifen, so schlimm ist das mit den beiden. Sie sind wie die Wilden. Jubeln und kreischen, als wohnten wir nicht in einem hellhörigen Neubaublock. Zum Glück hat sich bis jetzt noch niemand beschwert, und ich hoffe, daß die Mitbewohner so verständnisvoll bleiben.«

Wenn Klaus nach Hause kommt, ist er abgespannt. Ihm fehlen Lust und Kraft, sich mit Tino zu beschäftigen. Er liest die Zeitung, legt sich hin. Ja, er nimmt Tino auch mit auf die Liege. Aber wehe, der Junge muckst sich. »Wir ruhen jetzt«, sagt der Vater und deckt das Kind zu. Das Kind strampelt sich frei.

»Nun ist aber Schluß!«

Die Stimme klingt schon drohend, und das Kind wird nochmals zugedeckt. Tino jammert, kämpft mit Händen und Füßen.

»Jetzt reicht mir's aber! – Traudl, nimm du ihn. Ich habe die Nase voll.«

Der Junge kommt zu mir ins Nebenzimmer, wo wir den Ball kullern oder auch nur herumsitzen, weil mir nach dem langen Tag mit Tino auch die Puste ausgegangen ist.

Dann kommt der Abend. Zum Ausgehen fehlt uns das Geld. Und Freunde? Ich habe hier in der Stadt niemanden außer meinen Verwandten. Und Brügge. Klaus ist mit seinem Chef befreundet. Doch der promoviert. Also – ebenfalls kein Mensch, der sich unentwegt danach sehnt, die Abende bei oder mit uns zu verbringen. So bleiben wir nur für uns selber übrig. Wir wissen wenig miteinander anzufangen. Lesen wir, schläft Klaus ein. Steckt er seine sorgfältig gesammelten und vom Papier abgelösten Briefmarken ins Album, werde ich unruhig. Mich juckt es in den Fingern, sie durcheinanderzuwirbeln, sie flattern zu sehen. Male ich, werde ich verspottet.

»Gib's auf, das bringt nichts ein. Es sei denn, du könntest mal eins verkaufen.«

Wem soll ich schon »so etwas« verkaufen, denke ich, und schon wird das Bild trüb in den Farben, einfallslos in der Form. Die Freude ist tot.

»Carola ist unsere große Freude. Wir sind sehr glücklich mit ihr. Jeder kleine Fortschritt macht uns froh. Das geht allen Eltern mit behinderten Kindern so, glaube ich. Unsere Freunde lieben Carola auch sehr. Gelegentlich nehmen sie uns die Kleine ab, damit wir mal richtig ausspannen können.«

»Und abends?«

»Was heißt ›und abends‹?«

»Na, was machen Sie da?«

»Was wir machen? Tja, was machen wir denn? Nichts Besonderes. Oft sind wir völlig fertig. Aber zu einer Schallplatte und zu einer Tasse Tee reicht's immer noch. Man muß sich ja regenerieren, nicht wahr? – – –

Dann haben wir noch ein Konzert-Anrecht, und ich besuche einen Malzirkel.«

Ich betrachte ihre Bilder an den Wänden. Dunkelgrün, Braun und Schwarz dominieren. Spärliches Weiß. Düsternis.

»Der Abend verläuft wie der Tag – harmonisch.«

Ihre Bilder – Ausdruck einer Harmonie?

Frau Schmortte lächelt freundlich.

Dezember 1971

»Du elender Balg! Dir werde ich's zeigen! Heimzahlen werde ich's dir! Alles!«

Ich höre Schreien, Weinen, Winseln fast. In höchster Not. Der Eimer mit nasser Wäsche, der zum Trockenboden getragen werden soll, rutscht mir aus den Händen. Nein! Diese Töne dürfen nicht aus unserer Wohnung kommen. Ich will kein Weinen hören.

Ich springe die Treppen nach unten, reiße die Tür auf. Klaus beugt sich über Tino. Starrt ihn mit wutverzerrtem Gesicht an. Schlägt ihn mit unkontrollierten Hieben auf den Rücken. Schlägt auf den Körper ein wie auf einen Ballen Stroh. Das Kind schreit verzweifelt. Ich stürze mich auf Klaus. Trete gegen seine Beine. Schlage auf die angespannten Arme. Fange die Schläge ab, die für mein Kind gedacht sind.

»Laß ihn in Ruhe – du, du Vieh! Laß ihn in Ruhe!«

Ich schlage und trete. Tino verschränkt die Arme schützend über seinem Kopf. Er krümmt sich, wimmernd vor Furcht. In Klaus' Augen rast es.

Ich weiß nicht mehr, wie wir auseinandergekommen sind. Habe nur das Kind an mich gerissen, bin hinaus auf die Treppe gelaufen, hin zum Boden. Dort kauerte ich mich in eine Ecke, schaukelte Tino besänftigend im Arm. Nein. Nein, so kann es mit uns nicht weitergehen. So nicht. Aber ich weiß nicht, wie.

Irgend etwas muß mit mir geschehen. Etwas, das mich beruhigt, mich wieder auf andere Gedanken bringt.

Bald feiert man Weihnachten. Gut. So will ich an Flitterkram, an Kerzen denken. An ein Geschenk für Klaus. Ich darf nur nicht die Augen dabei schließen. Muß immer wach bleiben. Wachsam. Und doch – auch die geöffneten Augen halten die Schreckensbilder nicht von mir ab. Schon stampfen sie wieder auf mich zu, bedrängen mich von allen Seiten. Nackte, weiß-rötliche Baumstämme, von Würmern zerfressen. Harzend und kahlästig. Vom Moder verquollen faulen die Nadeln auf dem nachgiebigen Waldboden. –

Nein, ich darf nicht an Weihnachten denken. Vielleicht an Tiere? An harmlose Schmetterlinge? Ich will sie mir vorstellen: das Pfauenauge, den Zitronenfalter, den Admiral. Doch da – was liegt da? Auf dem Bett? Es krümmt sich. Es bebt. Stummel sind es. Flügelstummel zertretener, zerrissener, zerquetschter Schmetterlinge. Fliegen zappeln im Wein. Würmer kriechen aus fauligen Eiern. Nein. Ich will auch nicht an Tiere denken. Nicht an Genüsse, an nichts. Nicht denken. Vor allem nicht an meinen Sohn.

Jede Nacht liege ich seit diesem Zwischenfall mit Klaus wach. Grüble, weine. Alles Schöne, Angenehme erschreckt mich zunehmend in mißgestalteter und ekelerregender Form. Klaus ist sehr still geworden. Wir sehen ihn selten. Er vergräbt sich in die Arbeit. Er schlug nicht aus Berechnung, nicht aus Haß. Das braucht er mir nicht zu beteuern. Ein von Tino heruntergerissenes Tischtuch, zerbrochenes Kaffeegeschirr und zertretene Tannenzweige sind keinen Haß wert. Klaus sah die Scherben, das sich furchtsam duckende Kind. Wie diese Scherben sah er sein Leben zerbrochen vor sich, nicht reparabel. Er suchte einen Schuldigen. Er fand ihn.

Als die Flecke auf Tinos Rücken zu Blutergüssen anschwollen, als sie sich blau-violett verfärbten und der Junge unter Schluchzen lächelte und zärtlich »Ba-ba« sagte, hat es ihm leid getan. Er riß das Kind an sich, küßt es wieder und wieder und weinte. Aber davon verschwanden die Flecke nicht. Und nicht meine Angst. Bei jeder Scherbe, jedem zerpflückten Blumentopf zittere ich und fürchte Klaus' erhobenen Arm.

Tino zerstört viel. Aus Unwissenheit und Ungeschicklichkeit. Ihn deswegen schlagen? Er zerstört nicht mutwillig. Soviel muß ein erwachsener Mensch wissen. Der Mensch, dieser eine, mit dem ich zusammen lebe, gerade der weiß es nicht. Oder ignoriert die Tatsachen. Ich zweifle an seiner Klugheit, seinem menschlichen Gefühl, dem Menschen überhaupt. Wie Fremde liegen wir nachts nebeneinander in den Betten. Ein ruhiger Schläfer und ein ratloser Grübler.

Ich bin ratlos. An wen kann ich mich mit derartig intimen Angelegenheiten wenden? Niemanden gehen sie etwas an. Das Wissen um die Sorgen anderer verführt zu leicht zur Überheblichkeit. Mir jemanden suchen, der mit gleichen Problemen beladen ist wie ich?

Brügge? Schilderte ich ihm das Verhalten meines Mannes, er würde ihn verachten. Verachtung ist keine Hilfe. Und Klaus ist sie nicht wert. Er ist unbeherrscht, aber nicht schlecht. In meinen Augen. Ich will nicht, daß ihn andere anders sehen.

Ich fühle mich so schwach. Der Junge ist so kräftig geworden. Ein Zeichen von Zärtlichkeit, von Zuneigung auf seinem Gesicht würde mich wieder aufbauen. Das fühle ich. Aber es ist ihm gleichgültig, ob ich komme oder gehe. Er nimmt es hin. So wie er alles hinnimmt, ohne nachzudenken: meine Liebe, Klaus' Schläge, Carolas unbeholfene Spiele. Er kichert. Er weint. Er lacht. Und hat den Anlaß längst vergessen.

Manchmal entreißt ihn Musik der Gleichgültigkeit. Dann sitzt er ganz still. Die Augen starren in ein Nichts, aber er hört zu. Fast andächtig. Ein sehnsüchtiger Ausdruck überfällt sein Gesicht. Er ist normal, denke ich. Du merkst es nur nicht. Aber plötzlich springt er auf, als hätte sich ein wilder Geist seiner bemächtigt. Er rast zur Blumenvase, reißt die Blumen heraus, stopft sie in den Mund, zerkrümelt den Rest zwischen den Fingern. Er rennt zum Schreibtisch. Zerrt Bücher und Papiere an sich, zerpflückt sie. Ergreift die Fußbank, schlägt mit ihr krachend auf Schrank und Tür ein. Er kreischt vor Vergnügen und erwartet, daß ich seine Heiterkeit verstehe, mit ihm lache. Erwartet er das? Oder bilde ich es mir ein? Erwartung setzt Denken voraus. Denken aber kann er nicht. Nicht nachweislich. Er wurde gründlich daraufhin untersucht. Er denkt nicht. Er staunt nur. Er kennt keine Gefahr, nur Wunder.

Wunder sind schön: das lodernde und zischende Feuer, das gurgelnde, blaugraue Wasser, das Eis, das unter den Schritten knirscht und zerbirst. Und die Menschen. Die Menschen sind das größte Wunder für ihn. Denn jeder Mensch ist für ihn Mutter oder Vater. Er reicht ihnen die Hand und geht mit ihnen – und wäre es bis ans Ende der Welt.

Vielleicht steckt in jedem Kind ein Stück von Tino, der alles als ein Wunder bestaunt. Aber in ihren Augen wachsen die Fragen nach den Wundern: woher sie kamen, was sie sind und was aus ihnen wird. Für Tino sind die Wunder da, und das genügt. Wunder sind gefahrlos. Er rennt auf die Fahrbahn, in die Autos hinein, sobald ich ihn für einen Moment loslasse. Er greift in die Flammen. Er stolpert behende die Böschung zum Fluß hinab, stürzt freudig schreiend auf das Wasser zu. Auf das Wunder. In das Wunder hinein. Er vertraut dem Wasser, wie er meinen Händen vertraut. Nein, er denkt nicht.

Aber er ist froh bei uns. Nicht nur froh bei mir. Er läuft freudig auf den Vater zu, blickt gläubig in dessen ernstes Gesicht. Sagt zärtlich »Ba-ba«, trotz der Schläge. Oder weil er sie wieder vergißt. Vielleicht erinnert er sich weder an Liebe noch an Härten. Dann könnte man ihn weggeben. Er würde nicht leiden, weil er keine Sehnsucht kennt.

Nein, man darf ihn nicht weggeben. Man kann etwas in ihm verwunden, zerstören, was im Keimen ist. Vertrauen vielleicht, Zuneigung. Wie wollen wir es je erfahren, wenn er nicht mehr bei uns ist? Wäre er in der Lage, eine Schwester dort im Heim anzusprechen, zu betteln: Ich will heim. Laßt mich nach Hause. Ich will zu Vater und Mutter! Ich will in mein Bett zu meinem Spielzeug. – Dann wüßte man's. Unsinnige Überlegung – dann würde sich auch Klaus von vornherein nicht von dem Kind trennen wollen.

Nein, ich kann ihn nicht weggeben. Er soll sein Lachen behalten. Ich wälze mich im Bett. Stöhne. Klaus wird munter.

»Ist was?«

»Nein. Nein. Ist nichts. Schlaf nur weiter.«

»Du mußt nicht soviel grübeln. Das bringt nichts ein. Außerdem mußt du morgen wieder früh 'raus und brauchst deine Kraft und deine Nerven. Sieh zu, daß du zur Ruhe kommst.«

»Ist schon gut. Laß mich nur.«

»'s ist wieder der Junge, was? Der macht uns alle kaputt.«

»Nein, nein, ich habe an Weihnachten gedacht. Nichts weiter.«

»Weihnachten! Daß ich nicht lache!«

Ich höre, wie Klaus verächtlich durch die Lippen bläst. Er dreht sich zu mir um.

»Ich hab noch nie erlebt, daß du stöhnst oder seufzt, wenn du an Weihnachten denkst. Und wir kennen uns lange genug.«

Im Dunkeln tastet er nach meiner Hand. Er drückt seinen Daumen in mein Handinneres, so daß ich ihn umschließen muß.

»Traudl, Kleine, hör mich mal an.«

»Klaus...«

»Ja, ich weiß.., es ist mitten in der Nacht. Aber am Tage weichst du einem Gespräch über Tino immer aus. Und mal muß es mir von der Seele. Ich verspreche dir, sachlich zu bleiben.«

Klaus bewegt sich unruhig auf dem Laken. Er atmet tief und fragt leise, fast verlegen:

»Willst du – willst du nicht zu mir ins Bett kommen? Bloß so, damit ich dich spüre?«

Er tut mir leid. Mein Mitleid möchte mich zu ihm unters Deckbett schieben. Geh doch, drängt es, laß ihn in so einer schwierigen Situation nicht allein. Er braucht auch einen Halt. Geborgenheit. Wärme. Nicht nur das Kind. Geh zu ihm. Dir schadet es nichts, und ihn stimmt es froh, zuversichtlich. Und ich möchte zu ihm. Meine ganze freundliche Zuneigung an ihn verströmen, ihn hätscheln wie ein Kind. Aber da rüttelt mich der Verstand: Du erweckst falsche Hoffnungen in ihm. Das ist unredlich. Er hofft auf Liebe, und du bietest Almosen. Das ist verletzend. Und ich ziehe meinen Fuß, der schon die Wärme des nachbarlichen Bettes genossen hatte, betroffen zurück.

»Wie du willst, Waltraude.«

»Klaus, ich kann nicht.«

»Schon gut. Die Sache hat sich erledigt. Um zu Tino zu kommen: Ich werde dafür sorgen, daß er wegkommt.«

»Da habe ich ein Wörtchen mitzureden.«

»Reden kannst du. Niemand wird zuhören. Ich am allerwenigsten. Meine Gründe wiegen zu schwer.

Erstens: Das Kind hat unsere Ehe zerstört.

Zweitens: Das Kind hat meine Laufbahn ruiniert.«

»Klaus ...«

»Drittens: Das Kind hat deine und meine Gesundheit völlig untergraben.«

»Klaus, so höre doch ...«

»Viertens: Das Kind ist nicht bildungsfähig, nicht förderungsfähig, nicht sauber und gehört unter seinesgleichen!«

»Bitte, bitte, Klaus ...«

»Fünftens: Das Kind ist allen eine Last. Ich werde mich um eine Unterbringung in einem Dauerheim kümmern. Darauf kannst du dich verlassen. Und nun: Gute Nacht!«

Klaus dreht mir den Rücken zu, und Minuten später verkünden tiefe Atemzüge: Er hat diese Nacht wieder seine Ruhe gefunden.

Januar 1972

Es war ein dürres Weihnachten gewesen. Der Tod des Vaters spukte noch in unseren Herzen und ließ keine Freude aufkommen. Mutter war noch immer schwarz gekleidet und verdüsterte uns und sich das Fest. Klaus hatte mich mit blauem Samt beschenkt, mir still auf das Gesicht gesehen und nicht gelächelt. Und Tino? Für den wir den Tannenbaum aufgestellt hatten, den wir lachend und fröhlich sehen wollten? Dem Klaus insgeheim sein »letztes« Weihnachten zu Hause so eindrucksvoll wie möglich gestalten wollte – Tino lächelte kaum. Er stand staunend vor den Kerzen, blickte versunken in den Glanz der Kugeln. Sein Gesicht war bleich. Er besah sich teilnahmslos seine Geschenke und warf sie auf den Boden. Dann setzte er sich in eine Ecke der Couch, legte die Hände in den Schoß und wartete.

Wartete worauf? Er blickte von einem zum anderen, wieder hin zu den Kerzen und verzog den Mund zum Weinen.

Warum? War uns das Fest nicht gelungen? Wir hatten weihnachtliche Platten gespielt. In den Zimmern duftete es nach frischer Tanne. Er hatte eine Banane bekommen und einen großen, selbstgebackenen Keks. Wir hatten ihn ausnahmsweise mit Berlophen-Brei verschont.

Er durfte Bonbons essen – so viele er wollte. Und er lachte nicht. Unglücklich und klein saß er da in der Ecke und begann zu weinen. Nicht laut und kräftig, wie es Kinder zu tun pflegen, um ihr Unglück zu verkünden und Hilfe zu fordern. Nein, er weinte eher wie ein erwachsener Mensch, der sich eines großen Kummers nicht erwehren kann. Ergriffen hob ihn Mutter auf den Arm. Sie kitzelte ihn, hüpfte mit ihm durchs Zimmer, um den glitzernden Tannenbaum herum. Doch Tino wehrte sich und drängelte sich aus der Umarmung. Dann saß er wieder still, bekam tiefe Schatten unter den Augen. Wir brachten ihn ratlos ins Bett.

Was empfand der Junge? Warum war er unglücklich? Spürte er die Worte, die nicht gesprochen wurden? War er hellhörig für innere Unstimmigkeiten, für Zwietracht und Lieblosigkeit?

Was empfand dieser kleine Mensch, der sich nicht ausdrücken konnte? Der nichts kann außer empfinden? Hoffte er auf gute Worte zwischen Klaus und mir? Auf Herzlichkeit, auf Liebe zueinander? Drückte sein Gesicht den Zustand aus, der zwischen uns herrschte, zwischen Klaus und mir?

Seit jener Nacht damals im Dezember hatten wir fast kein Wort mehr miteinander gewechselt. Jeder lebte in seiner Welt für sich allein. Meine Welt umschloß nur noch das Kind. Gelegentlich wurde mir bewußt, daß ich mit meinem Verhalten die Ehe zerstöre, die ich noch retten könnte, wenn ich mich änderte. Doch ich fühlte andererseits, daß es mir unmöglich war, die alten Beziehungen zu Klaus wiederherzustellen. In mir war nichts zerbrochen. In mir war etwas verschwunden, ohne Spuren zu hinterlassen.

Wenn wir auseinandergehen, wird es furchtbar werden, dachte ich häufig. Du hast nur das Kind. Du kannst es nicht behalten, weil du dein Brot, die Miete, dein Leben bezahlen mußt. Aber mein Kind wollte ich behalten, um jeden Preis. Ich mußte also Zugeständnisse machen. Mich verhalten und hinlegen, als wäre die Ehe vollkommen heil? Das widerspräche meinem Charakter. Vielleicht könnten wir als »Freunde« miteinander leben – so lange, bis das Kind unserer nicht mehr bedurfte? Das hieße – Freunde auf ewig. Denn das Kind brauchte uns immer.

Vielleicht ließ sich doch ein Kindergartenplatz für meinen Jungen finden? Eine Einrichtung, die solche Kinder wie meins aufnahm? Tagsüber, damit die Mutter arbeiten konnte? –

Während ich nur darauf hoffte, wurde Frau Mandel aktiv. Tino wurde untersucht, geprüft. Und mich befragte man aufs gründlichste. Sollte ich lügen? Versprechen, daß mein Junge sauber wäre, laufen könne und auch sonst allerlei beherrsche? Daß nur die fremde Umgebung, der unbekannte Arzt Schuld daran trügen, daß er versagte?

Ich sagte die Wahrheit. Den Krippenplatz für ein förderungsfähiges Kind bekam ein anderer. – Tino kann unsicher laufen. Nichts weiter. Es war wohl vermessen, für solch ein Kind einen Platz zu beantragen.

Februar 1972

»Sie hat zwei Kinder. Einen Jungen, ungefähr so alt wie Tino. Das Mädchen wird zehn.«

Klaus lächelte etwas eitel, kramte in der Brieftasche nach einem Foto. Fand keins.

»Du wolltest es ja nicht anders.«

»Aha.«

»Ja.«

Ich widersprach nicht. Ich hätte es gern anders gewollt. Seinen Stolz auf ihre zwei Kinder fand ich lächerlich. Ich wollte drei. Drei Kinder aus Freude am Leben, aus Freude an Kindern. Freilich, nicht mal mit zwei Kindern kann ich aufwarten. Zumal mit gesunden.

»Arbeitet sie, oder ist sie zu Hause, bei den Kindern?«

»Das kann sich heutzutage keiner mehr leisten. Äh – wollte sagen: fast keiner. Sie arbeitet als Ingenieur. Der Sinn für eine Familie ist ihr trotzdem nicht abgegangen. – Sie hat liebe Kinder.«

»Seit wann liebst du fremde Kinder? Wo deine Liebe kaum fürs eigene reicht?«

»Sie sind mir nicht mehr fremd. Ja, leider bin ich unseren gewöhnt. Komme deshalb mit ihnen noch nicht zurecht. Messe mit falschem Maßstab. Ich erwarte zuwenig oder fordere zuviel. Auf alle Fälle immer extrem. Kenne hier ja nur Extremes. Kein Wunder also. Verlange immer das Unmögliche. Das sind die nicht gewöhnt. Waren jahrelang ohne Vater. Die machen, was sie für richtig halten. Lassen sich von mir nicht die Nase putzen. Na, wie das eben so ist.«

»Klaus?«

»Ja?«

»Du lügst, nicht wahr? Du lügst, um mich zu provozieren.«

Klaus sah mir in die Augen. Und sagte nüchtern:

»Nein. Ich lüge nicht. Es gibt sie, und ich mag sie.«

»Willst du uns verlassen? Deswegen?«

Klaus senkte den Kopf.

»Weißt du, ich hab mir nämlich was überlegt. Wir sollten uns...«

Klaus sah hoch, abwartend. Worauf hoffte er?

»...uns ein Kind adoptieren. Ein gesundes. Einen Freund für Tino.«

Klaus sah mich an, als zweifle er an meinem Verstand.

»Bist du nun endgültig verrückt geworden, ja? Adoptieren! Ich werde wahnsinnig – die Frau ist verrückt! Tino! Tino! Tino! Merkt die denn nicht, daß ich's satt habe? Endgültig satt? Die will ein Kind adoptieren! Lächerlich! Lächer...«

»Hör doch auf, du! Was regst du dich denn auf?«

Klaus schlug heftig mit der Faust auf den Tisch. Trommelte dann mit beiden Fäusten auf der Tischplatte herum.

»Die ist wahnsinnig geworden!«

»Ich dachte...«

»Du dachtest! Wenn ich das schon höre – du dachtest! Du denkst nie! Du fühlst bloß immer. Und immer dasselbe. Fühlst bloß für das Kind. Fühle mal für dich selber, meine Liebe. Und fühle mal für die anderen neben dir. Für das Kind, das du adoptieren willst. Hat einen Kretin zum Bruder. Feine Sache. Wird in der Schule immer schön gehänselt deswegen. Zu Hause kann's nie in Ruhe spielen – da haut ihm immer einer das Spielzeug aus der Hand. Und das willst du, du ›Mutter‹, einem anderen Kind zumuten? Da kann ich doch nur staunen.«

»Man kann Tino liebenlernen, wenn man dazu angehalten...«

»Kannst dir höchstens einen Aufpasser erziehen.«

»Wie kannst du ... Tino ist ein Mensch. Und einen Menschen kann man lieben.«

»Dann liebe sie nur alle. Die Menschen. Vielleicht danken sie's dir mal. Für mich jedenfalls hat deine ›Liebe‹ nicht gereicht. Da muß man erst behindert sein, ehe man in den Genuß deiner Liebe kommt. – Adoptieren – daß ich nicht lache! Siehst selbst aus wie das Leiden Christi und will sich noch eins aufhängen. Adoptieren!«

»Der Junge...«

»Na, was braucht *dein* Junge schon wieder?«

»...der Junge braucht Geselligkeit.«

»Jaja, der Junge braucht ... der Junge braucht... Das habe ich genug gehört. Die Gesellschaft von Karsten war der reine Hohn. Den er angeblich auch ›gebraucht‹ hat. Der wollte nichts von Tino wissen. Was sollte er auch mit ihm anfangen. – Aber ich will dir um Himmels willen nicht in deine Träume reden. Mach, was du willst. Aber mich laß aus dem Spiel.«

»Klaus, bitte...«

»Tino – der braucht mich nicht. Soviel weiß ich. Und du – du brauchst mich nicht mehr. Soviel empfinde ich. Woanders werde ich gebraucht. Die Kinder brauchen einen Vater. Und die Frau möchte nicht mehr allein sein. Und – wollen wir's nicht verschweigen – ich, ich brauche auch jemanden. Jemanden, der mich liebt.«

»Klaus...«

»Nein. Kein Kommentar. Ich hab's einfach satt.«

»Klaus – Tino und ich –, wir brauchen dich auch. Wie sollen wir ohne dich...«

»Du meinst – ohne mein Geld?«

»Ich meine, das Kind braucht dich so gut wie mich. Ein richtiges Zuhause. Und wenn du weg bist... Du stellst uns einfach vor vollendete Tatsachen ... und gehst. Laß ihn erst etwas älter werden. Damit er die Nestwärme noch auskosten kann. Das ist so wichtig. So wichtig, wenn er in ein ... ein Heim kommen soll. Damit er was hat, wovon er zehren kann.«

Klaus reagierte nicht. Ich wußte nicht, ob er mir überhaupt noch zugehört hatte. Sein Gesicht schien verfallen zu sein. Er hatte die

Brille abgesetzt, vor sich auf den Tisch gelegt und den Kopf gegen die Hand gelehnt. Er sah aus, als schliefe er mit offenen Augen.

März 1972

Wir fuhren nach G., in die Stadt, in der es nach Meer riecht. Gespannt auf den alten Markt, den alten Hafen, beeindruckte uns bereits die Silhouette, die uns im Schnellzugtempo entgegenkam: Ein großer quaderförmiger Turm übertrumpfte die filigranzarten, patinabedeckten Kuppeln der übrigen Kirchen. Wir freuten uns auf drei Tage Urlaub in Salzluft, auf Entspannung, trotz des unangenehmen Gedankens, »Versuchstiere« zu sein.

»Bitte erklären Sie sich zu diesem Versuch bereit« – ein Brief aus G. Das Ersuchen eines leitenden Arztes. Eines Mannes, der etwas von der Phenylketonurie verstand, ja, der sich wesentlich um die Erkennung und Behandlung in unserem Land verdient gemacht hatte. Sollten wir ihm die Bitte abschlagen, uns nicht zur Verfügung zu stellen aus Furcht, es könnte Schmerzen bereiten, was man da mit uns vorhatte?

»Anlagenträger«. Vater und Mutter – Anlagenträger für Phenylketonurie. In welchem Maße waren Klaus und ich Anlagenträger? Vielleicht, so hatte man uns erklärt, könne man durch diese Untersuchungen künftig jungen Eheleuten helfen, indem man sie prophylaktisch als »Anlagenträger« ermittelte und auf die Gefahren aufmerksam machte, die diese Anlage, übertragen auf ein Kind, hervorrufen konnte? Wir fuhren nach G., um anderen zu helfen.

Bereitwillig hatte man Klaus von der Arbeit befreit – krank geschrieben. Tino wurde ohne Schwierigkeiten für eine Woche in das Kinderkrankenhaus aufgenommen.

Anderen helfen und dabei selbst ein bißchen Ruhe finden können – erwartungsvoll stiegen wir aus dem Zug.

Untergebracht waren wir in einem Krankenhaus. Rote Ziegel außen, weiße Ölsockel und gekalkte Wände innen. Die einzige Extravaganz im Zimmer: ein runder Tisch, zwei Sessel und an der kahlen Wand eine aschfarbene Zeichnung. Klaus bewohnte das Bett am Fenster. Mein Bett stand unweit einer gläsernen Wand, die man mit einem Flauschvorhang verhängt hatte.

Hinter der Glaswand schmatzte es gelegentlich. Ein Tier? Man hörte manchmal ein Zureden. Manchmal ein Kreischen. Meistens war es still. Lähmende Stille.

Ob man einfach kurz den Vorhang zur Seite...? Nein. Umsonst war er nicht angebracht worden. Schmatzen. Kreischen. Zureden. Stille.

Hätten wir unser Kofferradio mitgebracht! Ein Stück Außenwelt für diese Einöde. Aber wir hatten es zu Hause liegengelassen. Auf dem Küchenschrank, weil wir Tino erst in letzter Minute im Krankenhaus abliefern wollten. Einfach liegengelassen und vergessen. Der Zug fuhr planmäßig ab. Nun diese Stille.

»Mami und Papi bleiben nur für ein paar Tage weg, mein Tinomann«, tröstete Schwester Renate den Jungen. Sie nahm ihn in den Arm, nachdem wir unseren letzten Kuß auf sein Gesicht gedrückt hatten. Apathisch griff Tino mit spitzen Fingern nach einer Haarsträhne der Kinderschwester.

Er drehte sich nicht nach uns um.

Schmatzen. Kreischen. Zureden. Stille.

»Das ist der Korl-Heinz«, erklärte die Schwester, als sie uns das Abendbrot brachte und ich schüchtern nach den Lauten fragte, die durch die Glaswand drangen. »Das ist Korl-Heinz. Da machen Sie sich mal keine Sorgen drum.«

Sie hatte das Zungen-R gerollt und abweisend gesprochen.

»Wo soll es denn heute abend hingehen? Hier in die Stadt ist nichts los. Außerdem dürfen Sie keinen Alkohol trinken. Vergessen Sie dies nicht.«

Karl-Heinz? Ein Mensch also? Ein Mensch, trotz dieser Laute? Behutsam schoben wir den Vorhang zur Seite. Ängstlich starrten wir auf das Gitterbett. Da lag er. Da lag es. Ein menschliches Wesen. Kurzgeschorene Haare. Ausdruckslose Augen. Es schmatzte nicht. Was wir für ein Schmatzen gehalten hatten, war ein Schnalzen mit der Zunge. Und dazwischen war auch keine Stille. Da lallte es: »Lallelallelallelallela.« – Der Vorhang glitt uns aus den Händen. Um uns herum die bleichen Wände, eine aschfarbene Zeichnung und wieder bedrückende Stille. Wir flohen aus dem Zimmer.

Dann erlebten wir diese Stadt. Vielmehr, wir erlebten sie nicht. Wir waren in ihr wie tot. Es roch fischig. Fischig und modrig. Wir suchten ein Restaurant. Menschen. Lärm.

»Ruhetag!« – »Betriebsferien!« – »Geschlossen!«

Wie sollte der Druck von uns weichen, den diese Stadt auf uns ausübte? Die Stadt? Der Mensch Karl-Heinz? Die Menschen auf der Straße?

Sie hasteten in der Kühle des Tages an uns vorbei. Sie beachteten uns nicht. Sahen uns nicht an. Warum auch? Wir kamen ihnen nicht ungewöhnlich vor: zwei gutgekleidete Durchschnittsbürger. Sie konnten nicht wissen, was wir wußten: Daß wir fremd waren in der Stadt. Daß wir niemanden kannten, mit dem wir sprechen konnten. Daß wir in einem Krankenhaus mit einem debilen Kind Wand an Wand wohnten. Daß wir wegen dieses erbarmungswürdigen Wesens verzweifelt waren.

Es hätte sie nicht interessiert, wenn wir darüber gesprochen hätten. Niemanden hätte es interessiert. Wir irrten durch die naßkalte Stadt. Wir schwiegen. Unsere Beine trugen uns mechanisch zum rotgeziegelten Haus zurück, zum monotonen und gleichmäßigen »Lallelallelallelallela«. Da schützte keine Glaswand und kein Flauschvorhang mehr.

Am Morgen nach der ersten Nacht öffneten wir leise die Tür zum Nebenraum. Für einen Augenblick verstummte das »Lallelallelallelallela«, das Schnalzen. Auf Zehenspitzen schlichen wir zum Bett. Ein abwesender Blick auf Klaus, auf mich. Dann wurden die Finger gekrümmt, griffen in das Nachthemd, zerdrehten den Stoff. Das Nachthemd wurde losgelassen, die Hand glitt zum Ohr. Der Mittelfinger rutschte am Daumen entlang und gab einen schnipsenden Ton von sich. Der Mund öffnete sich. Die quallige Zunge wurde gegen den Gaumen gedrückt. Es schnalzte. Ein blödes Lächeln glitt über das Gesicht. Dann hörten wir nur noch: »Lallelallelallelallela!«

Ein Hüsteln rüttelte uns aus dem Entsetzen.

»Das ist Korl-Heinz. Nicht wahr, Korl-Heinz?«

Die Schwester klopfte ihm herzhaft auf die Wange, und Karl-Heinz grinste.

»Korl-Heinz ist schon über Johre hier. Nicht war, Korl-Heinz?«

Die Schwester sprach mit Mecklenburger Akzent.

»Er hat die Phenylketonurie. Aber er wurde erst mit sechs Jahren darauf behandelt. Das war zu spät. Nicht wahr, Korl-Heinz?«

»Und seitdem liegt er hier herum?«

»Er liegt nicht herum. Er liegt hier. Und wir pflegen ihn. Die Mutter kommt auch zu Besuch. Sie hat noch Kinder. Kann ihn nicht zu Hause halten. Er ist gut aufgehoben hier. Nicht wahr, Korl-Heinz?«

Sie tätschelte ihn wieder. Karl-Heinz gab einen glucksenden Laut von sich.

»Aber warum hat er kein Spielzeug? Das Bett ist leer.«

»Er spielt nicht.«

»Wenn er nichts hat, kann er auch nicht spielen.«

»Er spielt nie. Er wirft alles heraus.«

Klaus und ich blickten uns an. Ungläubig. Da lag ein Mensch, der so wenig Menschliches in seinem Wesen hatte – und man tat nichts, um sein Menschsein zu fördern. Versagte ihm selbst das simpelste Spielzeug.

Wir rannten in die Stadt. Kauften Klappern und Plastetiere. Hasteten zurück ins Krankenhaus. Banden das Spielzeug mit Mullbinden an den Gitterstäben fest. Die Schwester stand abwartend.

»Nun, Korl-Heinz, da hast du ja was Gutes bekommen. Nun spiel man schön damit.«

Das Kind faßte nach der Klapper und warf sie im Bogen über das Gitter seines Bettes. Sie baumelte dicht über dem Fußboden.

»Ich habe es gesagt. Wir kennen uns, nicht wahr, Korl-Heinz?«

»Sie haben nie mit ihm gespielt. Täglich, damit er Spielen lernt!«

»Spielen? Wir sind ein Krankenhaus. Keine Spielschule. Dazu haben wir keine Zeit hier. Wir betreuen auch noch andere Kranke. Soviel Zeit ist nicht. Aber wenn wir Zeit haben, kommen wir immer zu dir. Nicht wahr, Korl-Heinz?«

»Lallelallelallelallela.«

»Ja, und denn singen wir auch. Musik mag er gerne. Ja. Oder wir bringen ihm das Radio.«

»Lallelallelallela.«

Wie schnell er diese Buchstaben aussprach. Wie gleichförmig. Ob hier ein Ansatz lag, ihm etwas beizubringen? Etwas, das auch gleichförmig war und ihn erfreuen konnte? Ich hatte noch anderthalb Tage Zeit. Ich wollte es erzwingen. Das alte Gesicht des Zwölfjährigen schaute mir durch die Gitterstäbe nach, als ich das Zimmer verließ.

Wieder saßen wir in unserem »Appartement«. Am nächsten Tag sollten wir getestet werden.

»Ich habe noch mal mit der Schwester gesprochen, Traudl. Sie haben versucht, Karl-Heinz in ein Heim zu geben. Aber sie haben ihn nirgends so gut unterbringen können, wie sie es für ihn richtig gefunden hätten. Nun wollen sie nicht mehr. Sie hängen an ihm, und er hat sich an sie gewöhnt. Woanders wäre er nicht so zufrieden wie hier. Weil ja doch immer einer nach ihm sieht. Vielleicht ›lieben‹ sie ihn sogar – um dein Lieblingswort zu gebrauchen.«

»Hätte er ein Zuhause gehabt, hätte er mehr gelernt.«

»Sicher. So ›viel‹ wie Tino.«

»Vorhin habe ich mit ihm ›Backe backe Kuchen‹ probiert. Hab seine Hände an den Handgelenken festgehalten und geklatscht. Viele Male. Dann hat er, wenn ich gesungen habe, selbst die Hände zusammengelegt. – Er hätte etwas lernen können.«

»Sicher. Aber was hätte es ihm genützt, wenn er klatschen kann? Oder sonst etwas. Lohnt sich der Aufwand? Überleg doch mal. Dann liegt er im Bett und klatscht zwischen seinem Lalala. – Na ja, vielleicht hast du recht. Man soll das Mögliche aus so einem Kerlchen 'rausholen.«

Ich sah diese mageren Kinderhände vor mir, diese hellen, dünnen, weichen Hände. Irgendwann einmal hätten sie geklatscht. Ich hatte mein Kind vor Augen. Meinen Jungen, der ebenso weiche Hände hatte und den ich mir an die Stelle von Karl-Heinz dachte.

April 1972

»Bleibe ordentlich sitzen, Tino. Nun sag ›Papa‹!«

Tinos Lippen formen sich zu einem »P«. Angestrengt beugte er den Oberkörper nach vorn. Sein Blick ist konzentriert.

»Ptafa.«

»Nein, Tino. Das war noch nicht richtig. P-A-P-A!« Ich buchstabiere. Presse beim »P« sichtbar die Lippen zusammen und reiße den Mund beim »A« deutlich auf: »Papa!«

»Tafa.«

Er bemüht sich. Und es gelingt nicht. Umsonst lege ich Zärtlichkeit in die Stimme. Er wird zu schnell ungeduldig. Auch jetzt rutscht er eilig von meinen Knien und kreischt laut:

»Iiiiiiiiiiiieh!«

»Es ist gut, Tino. Du brauchst nicht ›Papa‹ zu sagen.«

Ich hebe ihn wieder auf meinen Schoß. Er wischt mir mit der Hand über das Gesicht und knirscht mit den Zähnen.

»Ist gut, Junge. Ist ja gut.«

Wir warten auf Klaus. Er wollte mit der Straßenbahn um 14.10 Uhr hier an der Haltestelle sein.

»Hoppe-hoppe Reiter.
Wenn er fällt, dann schreit er.
Fällt er in den Graben,
fressen ihn die Raben.
Fällt er in den Sumpf –
dann macht der Reiter plumps.«

Ich kippe Tino von meinen Knien nach hinten ab und ziehe ihn rasch wieder nach oben.

»Iiiiiiiiieh! Iiiiiiiiiieh!«

Tino jammert schrill. Er will jetzt nicht in den Sumpf plumpsen. Er will laufen. Ich springe hoch und spaziere mit ihm um die kleine Grünanlage an der Haltestelle. Tino zieht an meinem Arm und versucht seine Finger aus meiner Hand zu lösen.

»Nein, du kannst hier nicht allein laufen. Nein, hab ich gesagt.«

Ich schüttle den Kopf, um das Wort der Verneinung optisch zu untermalen. Tino beginnt zu weinen.

»Na gut. Lauf zu.«

Unzufrieden mit mir selbst, renne ich dem Jungen hinterher. Er hat es wieder geschafft und seinen Willen gegen meinen durchgesetzt. Das geschieht in der letzten Zeit häufig. Er müßte sich fügen lernen. Bei mir lernt er es nicht.

»Er wird mit dir machen, was er will, meine Liebe. Er macht jetzt schon, was er will. Aber so was siehst du ja nicht ein.«

»Klaus, ich bin glücklich über jede Aktion. Dahinter verbirgt sich ein Wille. Hat er Willen, lernt er auch.«

»Willen hat er – jeden Willen. Er ist ungehorsam. Ein Flegel.«

»So ein krankes Kind?«

»Es ist kein Privileg der Gesunden, in die Flegeljahre zu kommen.«

»Ich werde mich erkundigen.«

Diesmal wollte ich den Dingen auf den Grund gehen. Fürsorgerinnen, Ärzte – alles gut und schön. Aber wie der Alltag mit kranken Kindern aussieht, kann man nur an Ort und Stelle erfahren, dachte ich. Ich meldete mich in einem Heim für geistig Behinderte an. Nach B. wollte ich fahren. Das lag in der Nähe. Ein Heim mit Diakonissinnen als Betreuerinnen. Ich wollte sehen und fragen. Wenn man mich fragen ließ.

Es ist 14.10 Uhr. Pünktlich kommt die Bahn. Zuverlässig steigt Klaus aus.

»Na, ihr beiden Hübschen? Wartet ihr schon lange? Jetzt jagen wir die Mami fort. Mal sehen, ob wir uns ohne sie vertragen.«

»Klaus!«

»Na, reg dich nur nicht wieder auf. Wir werden schon miteinander zu Rande kommen. Stimmt's, Dicker?«

Er nimmt Tino auf den Arm, küßt ihn und winkt mir mit Tinos Hand hinterher.

Er ist anders geworden, seit wir in G. waren. Verständnisvoller dem Kind gegenüber, auch herzlicher. Der Anblick von Karl-Heinz hat ihn erschüttert. Zum erstenmal war Klaus froh über sein Kind. Weil es »so gesund« gegenüber dem anderen war, so drollig. Er brachte Tino aus G. ein kleines Auto mit und rollte es vor den Beinen des Jungen hin und her. Nachdem Tino ihm eine Weile zugesehen hatte, trat er nach dem Auto und lachte. Ich stand sprungbereit, gleich würde Klaus schimpfen oder schlagen. Aber Schimpfen und Schläge blieben aus.

»Bist 'n armer Kerl«, hatte Klaus nur gesagt und Tino in die Seite gestupst. Spielzeug brachte er danach nie wieder mit. Aber er wurde auch nie wieder so ausfallend wie im Dezember.

Ich drehe mich um. Tino will nicht laufen. Beide stehen an der Ecke. Tino knickt einfach die Knie ein und läßt sich in den Straßenschmutz fallen. Schon bin ich im Begriff, den beiden hinterherzurennen, um Klaus zu beschwichtigen und den Jungen gemeinsam mit ihm nach Hause zu bringen. Da sehe ich, wie Klaus Tino hochhebt, fürsorglich auf ihn einredet. Tino läßt sich abermals fallen. Klaus schüttelt den Kopf, gibt ihm einen sanften Klaps auf den Hintern und trägt ihn im Arm nach Hause.

Der Eingang wird von einer streng blickenden Pförtnerin in Schwesterntracht bewacht. Aber hinter ihr steht schon eine andere bereit, eine lächelnde, mich in Empfang zu nehmen.

»Ich bin Schwester Gundel, und Sie sind sicher Frau Riezy? Wir freuen uns, daß Sie sich unser Heim ansehen wollen. Kommen Sie bitte hier entlang.«

Mit schnellen, kleinen Schritten führt sie mich auf einen schmalen Weg, der von beiden Seiten von Büschen begrenzt ist und die Sicht auf das Heimgelände versperrt.

Endlich ist der Weg zu Ende. Vor uns dehnt sich ein Feld, bepflanzt mit winzig kleinen Schößlingen. An den Rändern des Feldes drängeln sich Maiglöckchenblätter und Tulpenknospen.

»Das ist unser Gemüsegarten. Wir bepflanzen und pflegen ihn selbst. Natürlich ernten wir auch selbst. Ein gutes Gefühl.«

»Die Kinder hier sind schon größer?«

»Wir haben nicht nur Kinder hier. Auch Erwachsene. Erwachsene Frauen. Keine Männer. Es ist besser so. Die Kindergruppen sind noch gemischt. Fünfundvierzig Kinder sind bei uns zu Hause.«

»Wo sind die denn jetzt alle?«

»Auf dem Spielplatz.«

Ich sehe mehrere Häuser hinter dem Feld. Zwischen den Bäumen ducken sich ein paar Gewächshäuser. Seitlich steht ein Klettergerüst.

»Ich sehe keine...«

Die Schwester dreht sich nach mir um, lächelt.

»Nein, nein. Sie sind nicht hier. Sie sind draußen, auf dem Spielplatz der Gemeinde.«

»Was, inmitten der gesunden...?«

»Ja, warum denn nicht? Sie spielen mit den gesunden Kindern.«

»Und das geht gut?«

»Ja.«

»Was sagen deren Eltern dazu? Wenn ich mit meinem Jungen buddle, sitze ich immer allein im Sand. Kinder haben zu wenig Geduld mit ihm. Und die Mütter – reden wir nicht davon. Sie sind schlimmer als die Kinder. Ungerechter und vor allem neugieriger.«

Ein kurzer, verständnisvoller Blick trifft mich.

»Derartige Klagen hören wir oft. Von anderen Eltern. Aber wir werden unterstützt. Gott sei Dank. Vom Rat der Gemeinde. Es sitzen sehr einsichtige Leute darin. Sie stimmen völlig mit uns darin überein, daß man die kranken Kinder in die Gesellschaft integrieren muß.

Unsere Kinder spielen auf öffentlichen Spielplätzen, haben Patenklassen in der Schule und werden zu Feiern und kleinen Festlichkeiten der Schule immer eingeladen.«

»Dann sind alle Kinder wohl relativ selbständig?«

»Was heißt selbständig? Auch da gibt es Unterschiede. Wir fördern alle Kinder. Sie lernen sich waschen, anziehen, selbständig essen. Wir wollen die Kinder durch diese Erziehung unabhängig machen. Damit sie sich überhaupt in die Gesellschaft einfügen können. Andererseits machen wir die Gesellschaft auf unsere Kinder aufmerksam.«

»Die Gesellschaft?«

»Nun ja – die Menschen. Wir ziehen uns vor ihnen nicht zurück. Bloß, weil wir kranke Menschen um uns haben. Wir gehen mit unseren Kindern hinaus, zwischen die anderen. Damit sie sehen, daß es uns gibt.«

»Sie können doch mit den Kranken nicht hinaus auf die Straße gehen, nur um sie zu zeigen?«

»Nein. So ist es auch nicht. Ganz und gar nicht. Unsere Großen verdienen eigenes Geld. Geld für die Gemeinschaft. Für dieses Geld vermietet uns die Gemeinde dann einen Bus. Damit fahren die Älteren ins Grüne. Meistens eine richtige Kaffeefahrt, mit Restaurant, Schloßbesichtigung und allem Drum und Dran. Die Kleinen fahren in den Zoo. Mit einem öffentlichen Verkehrsmittel. Sie müssen es lernen, in einer normalen Umwelt unauffällig zu sein und zwischen normalen Menschen zu leben.«

Die Schwester geleitet mich zu einem der Häuser. Hinter vergitterten Fenstern sehe ich alte Mädchengesichter mit einfältigen Zügen, wirrem Aussehen.

»Kommen Sie hier herein, Frau Riezy. Hier kann ich Ihnen etwas Schönes zeigen – eine Freude für uns alle.«

Der Raum, durch dessen Vergitterung ich von draußen geblickt habe, offenbart sich mir als eine Art Werkhalle. An langgestreckten Tischen sitzen ältere Mädchen und Frauen mit unförmigen Gesichtern, wulstigen Lippen, geschlitzten Augen. Sie lallen, lachen und sortieren mit mühevollen Bewegungen farbige Wattebällchen in KIM-Eierbehälter, deren Einbuchtungen in den gleichen Farben gestrichen sind wie die gelieferten Wattebällchen.

»Sehen Sie, wir haben ihnen die Arbeit erleichtert. Vier rosa, viermal blau und vier gelbe – die Mädchen füllen die Behälter, und unsere gute Ursula hier«, Schwester Gundel tritt zu einer runzligen, blöde blickenden Frau und klopft ihr anerkennend den Rücken, »...packt sie dann in die Plastetüten.«

Irgendwo in diesem Zimmer quäkt ein Radio. Und die Mädchen lachen, reden und sortieren.

Meine Knie sind weich geworden. Ich muß sehr langsam die Stufen nach unten steigen, die uns wieder an die Luft führen.

»Stolz sind unsere Mädchen, weil sie mit ihrer Arbeit für die *Gemeinschaft* Geld verdienen. Sie wollen eine Aufgabe haben, die sie erfüllt.«

Schwester Gundel prüft mein Gesicht.

»Doch, doch, Frau Riezy, glauben Sie mir. Sie sind stolz auf ihre Arbeit. Stolz, weil sie gebraucht werden. – Selbst wenn für unsere

Begriffe ihre Arbeit wenig sinnvoll ist. Eine Maschine könnte sie sicher schneller erledigen. Aber man muß diesen Menschen ein erfülltes Leben ermöglichen. Ein erfülltes Leben und viel Liebe.«

Für Tino wird es kein erfülltes Leben geben. Weil er nichts leistet? Wird man ihn lieben, obwohl er nichts leistet? Ist Liebe von Leistung abhängig?

»Für Sie ist das alles sehr ungewohnt, nicht wahr? Sie sehen richtig erschöpft aus. Kommen Sie, ich zeige Ihnen unsere Schule. Da werden Sie wieder fröhlich.«

Mit eiligen Schritten läuft sie mir voraus auf das andere Gebäude zu. Dort drinnen ist es ruhig und hell. An den Wänden hängen Kinderbilder – kraklige gelbe Sonnen, leuchtende Blumen, ungelenke Figuren.

»Die Kinder haben die Wände selbst geschmückt. Sie führen ihre Bilder jedem Besucher vor, der hier die Treppen zu ihnen heraufkommt.«

Schwester Gundel führt mich in den Waschraum. Ein Waschraum wie aus dem Märchen: Waschbecken in Kniehöhe, die Handtuchhalter nur wenig darüber. Über jedem Handtuch klebt ein lustiges Abziehbild.

»So kennt jedes Kind seinen Platz. Jedes kennt sein Bild. Die Waschbecken so niedrig anzubringen, war eine schöne Idee von Schwester Isolde. So können die Kinder zur Selbständigkeit erzogen werden. Denn wenn alle Gegenstände für sie unerreichbar sind, geht jede Freude an der Handhabung verloren. – Anfangs haben die Klempner gespottet. Nun ja, sie kannten unsere Kinder nicht. Nun kennen sie sie. Wenn jetzt bei den Waschanlagen etwas nicht in Ordnung ist, kommt sofort einer von ihnen und behebt den Schaden. Wir – unsere Kinder – brauchen nie zu warten.«

Die Schwester nickt zur Bestätigung ihrer Worte und weist mir den Weg in den Schulraum. Ein Extrazimmer. Kein Spielzeug. Nur Wandtafeln und bunte Kreide. An der einen Wand klebt ein rotbackiger Apfel aus Papier, an der anderen ein brauner Hund.

»Natürlich bringen wir den Kindern nicht das Abc bei. Das wäre zuviel verlangt. Aber sie lernen verschiedene Begriffe kennen. Zum

Beispiel durch diesen Extraraum den Begriff ›lernen‹. Lernen, das ist etwas Besonderes für sie. Sie gehen wie andere zur ›Schule‹. Das ist wichtig für ihr Selbstbewußtsein.«

Die Sonne wärmt das Gemüsefeld. Im Frühjahr die Obstbäume dort drüben – die Kinder haben einen schönen Ausblick von hier oben. Aber wie sind die Schwestern? Alle so freundlich wie Schwester Gundel? Alle so geduldig? Man lernt sie nicht kennen. Und wenn, dann sieht man nur die Sonntagsgesichter. Wie ist es wochentags?

Wieder ihre kleinen, flinken Schritte. Wir eilen die Treppe hinab. Treten aus der Pforte. Und schon stehen wir vor dem nächsten Gebäude.

»Treten Sie bitte hier herein.«

Ein Raum mit vielen hohen Fenstern. Der Boden ausgelegt mit Teppichen – eine Wiese von Goldlack. Sandfarbene Sessel, weiße Gardinen, Sträuße mit Birkengrün auf den modernen Clubtischen. In der Ecke ein Fernsehapparat.

»Oh, hier ist es aber gemütlich.« Fast hätte ich meine Erleichterung laut herausgeschrien. Meine Erleichterung darüber, daß wir nicht das Zimmer besichtigen, in dem die nur bedingt förderungsfähigen Kinder liegen. Wir stehen wieder in einem Stück normalen Lebens.

»Nicht wahr? Unser Schwesternzimmer. Ja, man muß so etwas haben. Schönheit um sich herum. Ein Fleckchen zum Ausspannen. Zum Genießen. Sonst – sonst wird man unter Schwachsinnigen selbst schwachsinnig.«

Jetzt erst sehe ich die bläulichen Schatten unter ihren Augen und die tiefen Furchen, von den Nasenflügeln bis zum Kinn. Unter dem Häubchen schimmern weiße Strähnen im dunklen Haar. Aber das Gesicht ist jung. Schwester Gundel atmet tief ein. Möglichst unhörbar versucht sie die Luft wieder auszustoßen.

»Bitte erzählen Sie von Ihrem Sohn.«

Die Müdigkeit verschwindet von ihrem Gesicht. Sie lächelt teilnehmend.

Ich rede, ohne zu klagen. Vertraue Liebe und Kummer, Freude und Sorgen diesen milden Augen an.

»Ja, es ist schwer für eine Mutter. Wir wollen den Kindern hier auch Mütter sein. Aber wir – wir lieben sie, wie sie sind. Von Gott gegeben. Aber sie – ich verstehe –, Sie hoffen auf Besserung. Vergeblich. Und leiden, weil keine Aussicht besteht. Wir leiden nicht. Wir lieben nur. Die Kranken zu versorgen, sie mit Liebe zu umgeben, ist unsere Berufung. Aber ich verstehe Sie. Draußen, draußen in der Welt hat man es schwer mit einem kranken Kind. Da leben wir hier wie auf einer Insel – es gibt kein Draußen. Die Kinder sind unsere Welt.«

»Und die Kinder, sehnen sie sich nicht nach dem ›draußen‹?«

»Bedingt. Sie kehren gern zu uns zurück. Nach draußen – das sind die Ausflüge. Wir – sind das Zuhause.«

»Wollen die Kinder nicht zu ihren Eltern? Sehnen sie sich nicht nach ihnen?«

»Nach dem Elternhaus? Einige, vielleicht. Nein, nein, auch die nicht. Das Elternhaus – das ist wieder nur der Ausflug. Verstehen Sie? Das ist besser für die Eltern und besser für das Kind. Es gäbe sonst ein Sehnen ohne Ende. Außerdem – wir hier, wir haben nur wenig Kinder, die vorher ein gutes Zuhause kennengelernt haben. Wenige. Dabei ist ein gutes Zuhause so wichtig für die Kinder. Jedes einzelne kann dort mehr Zuwendung als bei uns erfahren. Besonders für ein kleines Kind ist das sehr wichtig. Für sein Gemüt, seine Seele. Dort ist ein Mensch für ein Kind da. Hier muß im schlechten Falle ein Erwachsener für zehn oder mehr Kinder da sein. Und das kostet Kraft.«

Schwester Gundel seufzt. Ich sehe ihr an, daß sie jedem Kind einen Betreuer gewünscht hätte. Aber wer möchte freiwillig die »Insel« für die Welt nehmen?

»Ich kann Ihnen nachfühlen, wie sehr Sie belastet sind, Schwester. Ich merke es schon bei meinem einen. Es zehrt an den Kräften. Dabei wird es zunehmend schwieriger. Weil das Kind größer wird, mehr Anforderungen an Kraft und Nerven stellt. Und da weiß man noch nicht mal, was künftig auf einen selbst zukommt. Was sich für Krankheiten einstellen, was für Gebrechen, bei denen man ratlos ist. Was wird dann aus dem Kind? – Ich seufze und jammere Ihnen die Ohren voll. Dabei pflegen Sie Ihr Leben lang. Und nicht nur ein Kind.«

Die Schwester lächelt. Sie lehnt sich im Sessel zurück.

»So schlimm, wie Sie denken, ist es nicht. Wir helfen uns gegenseitig und erleichtern uns die Arbeit. Unsere Probleme liegen auf einem anderen Gebiet.

Glauben Sie nicht, daß ich dafür plädiere, die Kinder so rasch wie möglich in ein Heim zu geben. Sie einfach abzuschieben. Um Gottes willen nicht. Wir sind dankbar für jedes Kind, das noch ein Zuhause hat. Für uns beginnen die Schwierigkeiten, wenn eine Mutter den Kranken als Erwachsenen zu uns bringt. Man kann diese Menschen so schwer in die Gemeinschaft eingliedern. Sie wollen sich nicht einfügen und ordnen sich nur schwer unter. Wir haben es schwer mit ihnen und sie mit uns. Wir kennen ihre langjährigen Gewohnheiten nicht, nicht ihr Wesen. Es braucht manchmal Jahre, ehe sie sich eingewöhnen.«

»Kann man überhaupt – es ist wohl eine dumme Frage –, kann man denn so einen erwachsenen Kranken lieben?«

»O ja. Man kann ihn lieben lernen. Es braucht seine Zeit. Das will ich nicht leugnen. Und wenn wir ehrlich sind: Auch ein Pfleger ist eher bereit, einem kleinen Kind Liebe entgegenzubringen. Eher als einem Erwachsenen. Das ist wohl allgemein der Fall. Ein Kind liebt man – einen kranken Erwachsenen muß man lieben lernen.«

»Trotzdem. Ich könnte mein Kind deswegen jetzt noch nicht weggeben. Vielleicht wird es einfacher, wenn der Junge größer ist.«

»Einfacher wird es nie sein. Und Sie sollen ihn auch nicht weggeben. Aber – auch für Sie kann einmal der Zeitpunkt kommen, wo Sie Ihr Kind, ganz gleich aus welchem Grunde, weggeben müssen. Erschweren Sie ihm diese Umgewöhnung nicht. Halten Sie Ihr Kind nicht von der Öffentlichkeit fern. Lassen Sie das Kind mit anderen Kindern in Kontakt treten. Auch mit anderen behinderten Kindern. Lassen Sie das Kind erleben, daß es eine Umwelt gibt. Wie soll sonst der erwachsene Behinderte jemals begreifen, jemals überstehen, aus der häuslichen Wärme entlassen zu sein? Entlassen in etwas Unbekanntes. Wenn er ein ganzes Leben lang nur häusliche Wärme und – ich behaupte es nicht ohne Kritik – Enge kennengelernt hat? Das Kind darf nicht weltfremd und zu sehr von Ihnen abhängig werden.«

»Ich verstehe nicht ganz.«

»Seinem Charakter ist das ausschließliche Zuhausesein nicht förderlich.«

»Wieso denn nicht? Er hat es gut. Hat jeden Willen. Ist nie unglücklich.«

»Eben. Das ist es ja. Ich will es Ihnen erklären. An einem Beispiel von uns hier: In einer Gruppe von uns lebt der Henri. Er ist schon zwölf. Durch sein Alter, seine Entwicklung und auch durch die Förderung hier ist er den anderen Kleinen weit voraus. Er ist einfach klüger als die anderen. Dadurch nimmt er bei uns eine Sonderstellung ein. Die gleiche Sonderstellung, die ein Einzelkind zu Hause einnimmt.

Das schadet seinem Charakter. Er begreift nämlich, daß er zu anderen Tätigkeiten herangezogen wird als die anderen. Dadurch ist er frech und ungehorsam geworden. Es wird schwer für ihn werden, wenn wir ihn in ein anderes Heim geben. Wo er nicht mehr der ›Besondere‹ ist, sondern ein Kind wie alle anderen.«

»Warum haben Sie ihn nicht schon längst an ein anderes Heim weitergegeben? In ein Heim mit Kindern gleichen Niveaus?«

»Wir täten es gern. Denn er müßte auch die Möglichkeit haben, sich richtig auszuarbeiten. Ein großer Bursche, der er ist. Aber leider besteht keine Weitergabemöglichkeit. Die Heime sind überall belegt. Es fehlt an Pflegepersonal. – So müssen wir ihn eben noch behalten. Schwierig wird es erst, wenn er in die Pubertät kommt. Aber bis dahin werden wir mit Gottes Hilfe weitersehen.«

»Und mit Tino, meinen Sie, ist es ...«

»Ja. Das Kind ist, so wie Sie es mir geschildert haben, immer bei Ihnen. Sie kennen jede Reaktion. Aus Liebe, Verständnis und vielleicht auch, um gelegentlich Ruhe zu haben, lassen Sie Dinge durchgehen, die ihm verboten werden müßten. Ich – ich nehme es jedenfalls an.«

»Stimmt. Ja, Sie haben recht. Aber ...«

»Bei Ihnen liegt der umgekehrte Fall zu unserem Henri vor. Ihr Junge kann wenig. Also glauben Sie, ihm größere Freiheiten einräumen zu müssen, um jede Reaktion an ihm zu fördern. Dem Irrtum unterliegen viele Eltern. Da spreche ich aus Erfahrung. Glauben Sie mir: Auch Schwachsinnige brauchen eine strenge Hand. Sie müssen, wie jeder andere Mensch auch, gehorchen lernen. Sich einordnen. Sonst werden es die Eltern oder später das Pflegepersonal sehr schwer mit ihm haben. Und der kranke Mensch, in diesem Fall Ihr Junge, wird die dann einsetzende Strenge nicht mehr begreifen und sehr darunter leiden.«

»Ich kann nicht streng sein.«

»Versuchen Sie es um Ihres Kindes willen.«

Wie klein ein Gemüsefeld ist, wenn man es kennt. Wie kurz der Weg zum Pförtnerhaus. Und wie vertraut wird einem der Mensch?

Mai 1972

Ich will sie kennenlernen. Die Gütigen, Selbstlosen. Muß ergründen, warum sie bedingungslos lieben. Ob sie auch an sechs Wochentagen lächeln, wenn der Sonntag seine letzten Besucher entließ. Ich werde wie sie leben müssen und wie sie arbeiten. Ich werde Geduld brauchen. Denn sollte dieses Lächeln nur eine Maske sein, eine Attrappe für den Besucher, so fällt sie nicht, wenn jemand ein paar Tage lang auf diese Maske starrt. Ich will wissen, ob ich mein Kind diesen Menschen anvertrauen kann, sobald ich es ihnen anvertrauen muß. Ich will ein Zuhause für mein Kind finden, das ein wirkliches Zuhause ist. Mit mütterlichen Pflegern, Bäumen im Garten, sonnigen Räumen mit vielfältigem Spielzeug – in einer Atmosphäre, die keine Tränen kennt.

»Traudl, mach dir keine Illusionen. Wo willst du so ein Heim finden? Wo denn? Wer soll dieses Traumheim bezahlen? Wer soll selbstloser sein als die leibliche Mutter? So wie du, die du abends halbtot ins Bett fällst. Wer soll das auf sich nehmen?«

»Es muß solche Heime geben. Sie werden gebraucht. Und wenn sie nicht existieren, müssen sie geschaffen werden.«

»Willst du sie bauen?«

»Das kann ich nicht.«

»Willst du ihnen vorstehen?«

»Dazu bin ich nicht in der Lage.«

»Was willst du überhaupt?«

»Sie suchen.«

»Hoffentlich findest du sie auch.«

»Ja. Ich glaube es ganz sicher. Für kranke Kinder muß es gute Heime geben. Dafür muß ein Staat sorgen.«

Eine schlichte, einfältige Frau gießt Blumen, als ich eintrete. Ich lächle sie an. Sie lächelt zurück. Ich lege meinen Mantel ab, und sie eilt, ihn mir aus dem Arm zu nehmen.

Die Kinder der Fördergruppe spielen im winzigen Garten. Sie werfen Bälle in alle Richtungen und kreischen vor Freude. Durch das Fenster kann ich sie beobachten. Ich stehe in ihrem »Arbeitszimmer«. Auf den Schränken liegt Spielzeug ordentlich gestapelt. An den Wänden sind bemalte Papierblätter mit Reißzwecken angeheftet: ein fingriges Kastanienblatt, eine grobe gelbgrüne Blume. Auch hier eine Sonne. – Sonnen gehören anscheinend in allen Heimen an die Wände. Warum malen diese Kinder so gern Sonnen?

»Frau Riezy?«

Schwester Hanne reicht mir die mollige Hand.

»Ich dachte, Sie bringen Ihren Tino gleich mit. Wo ist er denn jetzt?«

»Bei der Oma. Ich hole ihn morgen. Ich wollte mir erst einmal ohne ihn ein Bild von den Kindern, dem Heim überhaupt machen. Bis jetzt habe ich erst ein Heim kennengelernt – das Heim in B. Dort hat es mir sehr gut gefallen.«

»Nun, dann werden Sie von unserem enttäuscht sein. Wir haben nicht diese Vielzahl von Räumen, nicht diese Spielplätze ... Sie sehen ja ... Und nicht soviel Pflegepersonal. Ihr Angebot, eine Zeitlang bei uns zu arbeiten, kam uns sehr gelegen. Bei uns sind zur Zeit zwei Schwestern im Urlaub, genauer gesagt: Eine ist im Urlaub, die andere zur Kur.«

»Vielleicht bin ich nicht enttäuscht. Mir geht's nicht um die Räume.«

»Warten wir's ab. Wir erleben hier viele Freuden, aber auch große

Verdrießlichkeiten. Ich bin die Heimmutter – seien Sie uns willkommen.«

Wir steigen zuerst in das Obergeschoß und begrüßen die gesunden Kinder. Zutraulich krabbeln sie auf uns zu, reichen uns die Hand und zeigen ihr Spielzeug. Im Nachbarzimmer liegen die Kleinen. Auch dort Helligkeit und Frohsinn.

»Lassen Sie uns zu den anderen gehen, die unsere Fürsorge am meisten brauchen.«

In deren Spielzimmer steht bunt angestrichen eine Eisenbahn auf dem Schrank. Auf den Fensterbrettern sitzen Puppen mit wuschligen Haaren. Um die Tische sind jeweils vier Stühle ordentlich gruppiert. Der Fußboden glänzt.

»Das ist wohl der Aufenthaltsraum der Fördergruppe? Alles so blitzblank – die Kinder spielen wohl nie hier drin?«

»Nein. Nein. In deren Räume kommen wir noch. Hier sind die Schwerbehinderten zu Hause. Kommen Sie nach drüben, wir werden sie gleich sehen.«

Das Herumgeführtwerden von einem leeren Raum in den anderen irritiert mich. Warum zeigt man mir nicht sofort die Kinder?

Sonnenstrahlen fallen schräg auf die Wände. In einem riesigen Laufgitter kullern Spielsachen und Kinder durcheinander. Der Ausdruck ihrer Gesichter ist stupid. Manche lächeln. Ich wende meinen Blick von den kindlichen Fratzen.

In den Betten gluckst es. Stöhnt. Röchelt. Lacht. Die will ich nicht sehen, die in den Betten wohnen. Die Töne, so wenig menschlich, so beklemmend, verraten genug. Ich will sie nicht sehen. Aber Schwester Hanne geht zielstrebig auf die Betten zu. Ein Lächeln verjüngt ihr Gesicht. Die Hand, die wohl kaum geschlagen hat, zumindest traut man dergleichen ihrer Weichheit nicht zu, streichelt einen mageren Körper.

»Das ist unser Sabinchen.«

Wieder ein Streicheln. Dankbar zischt es aus einem weit aufgerissenen Mund: ein Ton des Wohlbehagens.

»Sabine ist blind und gelähmt. Am ganzen Körper steif. Sie hat Asthma und ist schwer geistig behindert. Sie kann auch nicht selbst

Nahrung zu sich nehmen. Wir ernähren sie durch den Tropf. Manchmal, wenn wir Glück haben, bleibt auch ein Löffelchen Brei drinnen. Aber...«, die Schwester streichelt wiederholt den Arm des Wesens, »... aber sie sind auch glücklich. Auf ihre Weise.«

Der aufgerissene Mund zischt, verzieht sich zu einem ungestalten Grinsen. Die Arme, dünne mit Haut bespannte Knochen, liegen leblos und kühl neben dem mageren Körper. Die Augen sind weit geöffnet. Ihr Ausdruck ist tot. Der offene Mund zeigt winzige, braunfaulige Zahnstummel. Es ist eine Art Jauchzen, ein asthmatisches Röcheln, was dieser Körper hervorstößt, wenn er freundlich berührt wird. Seine einzige Entäußerung als – Lebewesen.

»Das ist Karen, unser Wasserköpfchen.«

Das »Köpfchen« ist ein ungestalter riesiger Kopf. Eine gewaltige Stirn, ein winziges, vertrocknetes Gesicht. Auch dieses Gesicht lächelt, als es angesprochen wird. Karens Hände fahren unruhig auf der Bettdecke umher. Speichel läuft unaufhörlich aus dem verquollenen Mund. Der Körper dieses Wesens verhält sich zum Kopf wie der Stiel eines Kürbisses zu seiner monströsen Frucht. Am Kopfende des Bettes sitzt ein unbenutzter Teddy.

»Und hier unser Alexander.«

Die Schwester redet vom Krankheitsbild. Lateinische Namen fließen ihr leicht über die Lippen. Sie tätschelt seine Wange. Was bei Karen zuviel war, hat der hier zuwenig. Da liegt nur ein Gesicht mit einem Körper daran. Der Kopf muß eine Scheibe sein – so flach erscheint er. Die Augen blicken blöd, der Mund erbricht Töne.

Das hier sind Menschen? Was macht den Menschen aus? Der Verstand? – Sie haben keinen. Die Güte? – Sie können keine haben. Die Fähigkeit zur Freude, zum Glücklichsein? – Auch ein Hund kann sich freuen. Die Geburt durch einen Menschen?

»Schwester Hanne! Ich – ich kann hier nicht arbeiten. Es tut mir leid. Wirklich. Aber ich könnte nicht – ich könnte nicht... Die Gesichter, nein. Und das jeden Tag?... Ich ginge kaputt dran.«

»Aber Frau Riezy. Wer wird denn gleich aufgeben? Das ist alles eine Frage der Gewöhnung. Morgen sieht es für Sie schon ganz anders aus. Auch diese kleinen Menschen brauchen jemanden, der für sie da ist. Sie lieb hat. Und ich will Sie trösten – wir hatten nicht geplant, Sie in dieser Gruppe arbeiten zu lassen. Wir brauchen Sie drüben, bei den Aufsehern. Das ist einfacher für Sie. Und da können Sie Ihren Jungen bei sich haben.

Kommen Sie. Wir sehen uns Ihre Kinder an. So etwas! Da sage ich schon ›Ihre‹! Aber es werden ›Ihre‹ werden. Davon bin ich überzeugt. Man *muß* sie lieben, wenn man sie kennt.«

Wieder geht es durch Türen, um eine Ecke mit Körperwaage und Turngeräten.

»Die Gymnastin kommt zweimal in der Woche und turnt mit den Bedürftigen.«

Ein Riesenraum – um nicht zu sagen: eine Halle. Über zwanzig Betten stehen hier, einige davon belegt. In der Mitte ein Wickeltisch, gewaltig und umfangreich. Durch die vergitterten Milchglasfenster dringt nur wenig Licht. Der Raum erscheint nicht nur düster, er ist es auch. Der olivgrüne Ölsockel reicht mannshoch. Die Wand darüber erscheint gelblich-grau. Zwei typische Krankenhauslampen, weiße, schmucklose Kugeln, die von der hohen Decke herabhängen, vermögen keine freundliche Helligkeit zu spenden.

»Hier sieht es noch etwas trübe aus. Aber wir haben im Moment nicht die Mittel, um auch diesen Raum renovieren zu lassen. Da muß erst das Dach neu gedeckt sein, neue Waschanlagen für die Kinder installiert.«

»Wieso kein Geld? Zahlt der Staat nichts dazu?«

»Wir bekommen pro Kind 8,70 Mark Pflegegeld. Das ist der Satz für ein krankes Kind. Das bekommen auch die Kinder in den staatlichen Heimen. Aber das Haus und die gesamte Einrichtung unterstehen der Inneren Mission. Wir haben mit nichts angefangen. Uns langsam hinaufgearbeitet. Und sind sehr froh über das Erreichte. Man muß Geduld haben. Bastelbasare, Kollekten und Spenden bringen natürlich auch etwas ein. Man kann nicht alles auf einmal erreichen.«

»Ja – aber die Kinder, ich meine – die kranken Kinder –, sie leben doch auch nur ein Leben. Sollte man es denen nicht so gut wie möglich einrichten?«

»Sie haben ja recht. Da sind wir hier auch völlig Ihrer Ansicht. Aber den Kindern fehlt es an nichts. Sie werden alles noch kennenlernen. Es selbst erleben: Den Kindern geht es gut. – Das hier ist Ole. Er ist schon neun Jahre alt. Aber das sieht man ihm nicht an. Nicht wahr?«

Ein Zwerg, höchstens einen halben Meter hoch, steht im Gitterbett und klatscht erfreut in die Hände, als wir auf ihn zugehen. Der umfangreiche Kopf sitzt sicher auf den schmalen Schultern. Ich kitzle ihn am Hals, und er lacht laut und herzlich. Er lacht neunjährig. Plötzlich wirft er sich auf die Matratze, stemmt Hände und Kopf gegen sie und schwingt den leichten Körper mit Elan in die Höhe. Er steht sicherer auf dem Kopf als auf den Beinen. Und lacht weiter.

»Da müssen Sie ihm aber gefallen, Frau Riezy. Immer macht der Ole das nicht. Und erst recht nicht bei jedem.«

Ich bin erschrocken über seine Geste der Zuneigung und suche nach ablenkenden Worten:

»Ein Sportler. Perfekt. Kann er noch mehr? Spricht er?«.

»Er faltet die Hände zum Gebet. Ole – wollen wir beten?«

Ole läßt sich auf den Rücken fallen. Jubelt. Richtet sich auf und faltet die Hände. Sein Blick ist ernst. Schwester Hanne streichelt ihn. Er bleibt mit gefalteten Händen stehen und schaut uns nach. Wir gehen von Bett zu Bett und sprechen mit den Kindern. Alle lächeln – die verkrüppelten, die elenden, die einfältigen Kinder.

»Sie können sich freuen«, sagt Schwester Hanne dankbar. »Das macht uns glücklich und die Arbeit leicht. Man muß ihnen täglich einen Grund zur Freude schaffen. Das wollen wir hier im Heim erreichen. Täglich eine kleine Freude für jedes Kind. Und – wir wollen sie Besonderes als Besonderes empfinden lassen. Den Sonntag zum Beispiel oder die Feiertage. Sie werden bei solchen Gelegenheiten anders gekleidet, eben besonders hübsch. Es ist, wie Sie sagen: Sie haben nur das eine Leben, wie wir auch. Wir wollen es ihnen so erträglich, so angenehm wie möglich machen.«

Im Nebenzimmer tobt der Rest der Gruppe. Stühle fliegen uns entgegen. Ein Junge schiebt sich an einem Tisch durch den Raum. Ein sanftäugiges Mädchen ist auf dem Stuhl festgebunden. Meine entsetzten Augen fordern eine Erklärung.

»Simonchen – sie kann noch nicht allein auf dem Stuhl sitzen. Wir müssen sie noch festbinden. – Aber du willst schließlich nicht allein im Bett liegen, während die anderen hier so schön spielen, nicht wahr, Simone? Du lernst das Sitzen auch noch. Vielleicht sogar kriechen. Der Arzt hat uns Hoffnung gemacht.«

Simones schmallippiger Mund entblößt lächelnd Stummelzähne und verliert wäßrigen Speichel. Eine rothaarige Reni ergreift meine Hand.

»Holuli! Holubob! Nai-ai-ain!«

Sie zieht mich zum Tisch, hält mir die Puppe hin. Eine Aufforderung, mit ihr zu spielen? Hilfesuchend wende ich mich um. Eine Frau mit weißer Kittelschürze, buschigen Augenbrauen im strengen Gesicht und einem grauen, geflochtenen Haarkranz über der flachen Stirn nimmt Reni die Puppe aus der Hand.

»Nein, das ist nicht Renis Puppe. Die gehört der Helga.«

Reni brüllt unglücklich. Helga rennt mit der Puppe im Arm von einer Ecke in die andere.

Schwester Hanne hebt eine andere Puppe vom Boden auf, um die zarthäutige Reni zu besänftigen. Vergebliche Mühe. Reni wirft sie blitzartig in den Raum und verfolgt unter schrillem Geschrei die eigentliche Eigentümerin, die sich bisher nicht für ihre Puppe interessierte.

Die buschigen Augenbrauen ziehen sich zusammen. Dann klatschen knöcherne Hände, Ruhe gebietend, gegeneinander.

»Das ist Schwester Cora. Sie betreut die Kinder auf dieser Station. Hoffentlich werden Sie schöne Stunden hier haben. Nur schöne.«

Ein Gong wird geschlagen. Man bringt das Essen für die Kinder. Schwester Cora läuft nach den Lätzchen. Alle Kinder müssen an die Stühle gebunden und gefüttert werden. Ich werde hinaus auf den Gang geschoben.

Oben, auf der Etage der gesunden Kinder, nehmen die Diakonissenschwestern und die übrigen Pflegerinnen die Mahlzeiten ein. Auf dem mir zugewiesenen Platz liegt die hübscheste Bestecktasche –

weiße Häkelei mit zartem Lochmuster. Die dickste Birne liegt auf meinem Teller.

Die Frau, die bei meinem Kommen die Blumen versorgte, nickt zu mir herüber.

»Ich decke den Tisch, immer hier«, sagt sie mühevoll und reicht mir die einzige Tasse mit Goldrand. Alles – für ein Lächeln.

Juni 1972

Das wuchtige Holztor ist unverschlossen. Ich öffne es nur einen schmalen Spalt, um ein Quietschen zu verhindern. Mühsam zwänge ich mich hindurch.

Aufgeräumtes Arbeitszimmer, ordentliches Spielzimmer. Jacke in den Schrank, Hände waschen. Tür zum Schlafraum behutsam aufklinken.

Jeden Morgen das gleiche Erlebnis. Seit sechs Wochen: schläfrige Luft, Schnaufen, Murmeln, Rekeln in den Betten. Es kichert und lallt.

Schwester Cora kommt eilig auf mich zu, drückt mir die Hand und ruft mit schrillem Tremolo in der Stimme:

»Aufstehen! Guten Morgen. Aufstehen!«

Die Kinder äugen durch die Gitter. So möchte ich nie geweckt werden. Und schon gar nicht früh um sechs Uhr. Ich versuche die scheppernde Stimme durch kleine, zärtliche Worte bei den morgendlichen Handgriffen aufzuheben:

»Na komm, mein Süßer, wir müssen aufs Töpfchen.«

Gitter am Bett nach unten, Kind 'rausheben, streicheln. Aus den Windeln oder Hosen packen, auf den Topf setzen:

»Nun mach mal, ja? Bist auch ein Braver!«

Jeden Morgen werden zuerst die »Aufsteher« getopft. Während sie thronen, beginne ich die Windelkinder zu waschen, umzukleiden. Haarekämmen mit vielen Trostworten – jeden Morgen ein elendes Gestrubbel auf dem Kopf.

»Jammre nicht, Simone, heute kaufe ich ganz bestimmt eine Bürste.«

Hoffentlich denke ich in der Mittagspause daran!

Schwester Cora wäscht die Großen – vier- bis sechsjährige Knirpse:

»Hörst du wohl... Willst du endlich stille sitzen... Nun reicht es aber...«

Ab und zu Weinen, nur für kurze Zeit. Achtzehn Kinder und zwei Pfleger...

Selten gönne ich mir einen Blick auf meinen Sohn. Tino hat das kernige Wecken nicht gestört. Er schlummert noch. Ich gestehe ihm die Ruhe zu, bis die anderen gewaschen sind.

Die sauberen, frisch riechenden Kinder krakeelen bis zum Frühstück im Spielzimmer. Ich muß ihre Betten bis dahin aufgeschüttelt und geordnet haben. Eilig säubere ich meinen Sohn. Seit sechs Wochen mein kleines aufgespartes Extra: ihn waschen, anziehen, ihn füttern, zu Bett bringen dürfen. Ein Bonbon schenken. Ihn küssen. Die Bonbons und die Küsse sind längst keine Tino-Extras mehr. Da guckt sehnsüchtig der Heino. Dort streckt Reni bittend die Hand aus. Da lächelt Simone.

Simone. Simone mit den schrägen braunen Augen. Den fleischlosen Beinen, die nicht stehen wollen, dem immer speicheltriefenden Mund. – Sie stieß mich am meisten von allen Kindern ab, die ich in dieser Gruppe bei meinem ersten Besuch sah. Ihr feuchtes Gesicht, ihre feucht-kalten Hände. Ihr quäkendes Greinen, das immer einsetzte, sobald man sich von ihrem Bett abwandte, ging mir auf die Nerven. Es reizte mich, sie durchzuschütteln. Ich tat es nicht. Aber ich mußte meine ganze Beherrschung aufbringen, um nicht grob zu werden. Wenn ich sie fütterte, schluckte sie nicht. Das Essen floß so wieder aus dem Mund, wie man es mit dem Löffel hineinschob. Nur wäßriger. Ihr Atem roch säuerlich.

In den ersten zwei Wochen meiner Tätigkeit lag sie zumeist im Bett. Wir hatten resigniert. Selbst wenn man sie auf dem Stuhl festband, kippte sie um. Sie ließ sich willenlos fallen und schrie dann in schrillen Tönen. So wurde sie nicht mehr auf den Stuhl gesetzt, wurde wieder ins Bett verbannt. Wem war es zu verdenken, wenn er sich diese Nervenbelastung ersparen wollte?

Simone. Simonetta, wie ich sie nenne. Simonetta Vespucchi. Mein

Lieblingsbild von Botticelli. Simone hat beileibe keine Ähnlichkeit mit der Italienerin. Nur die Namen klingen verwandt. Aber betrachte ich das Bild – so erfüllt mich Freude. Sehe ich das Kind – bin ich froh. Ein Sinneswandel?

Innerlich schämte ich mich von Anfang an meiner Ungeduld dem Mädchen gegenüber. Es kostete mich Überwindung, mich ihr zu nähern. Ekel erfüllte mich. Wie mich die Nachttöpfe ekelten, die ich täglich mehrmals zu scheuern hatte. Aber ein Kind ist kein Nachttopf. Ich schämte mich meiner Lieblosigkeit – und ging öfter zu ihr ans Bett. Sprach sie an. Sie lächelte traurig. Ich streichelte ihr Haar – sie hielt krampfhaft meine Hand fest. So fest sie konnte. Sie wollte mich bei sich behalten. Ihre Augen bettelten. Ich riß mich los – mußte Nachttöpfe scheuern und desinfizieren, den Schlafraum wischen, Kinder füttern. –

Simone verfolgte mich überallhin mit ihren Blicken, bemühte sich, sich aufzurichten, wenn ich mich aus ihrem Blickfeld entfernte. Und beharrlich hielt sie meine Hand fest, wenn ich sie streicheln wollte.

Seitdem nehme ich sie aus dem Bett und setze sie ins Spielzimmer. Jeden Tag. Manchmal bleibt sie schon ohne Fessel auf dem Stuhl sitzen. Es ist wohl eine Frage der Übung. Simone mit den zärtlichen Augen – wenn ich sie im Arm halte und leise mit ihr spreche oder singe. Sie schmiegt sich an mich, hält meine Hände und – schließt den Mund. Er ist trocken und sauber. Bleibt es, solange ich mich um sie kümmere. Zeit müßte man haben. Viel Zeit.

Frühstück – große Tabletts mit Suppe für empfindliche Mägen und Teller mit Marmeladenschnitten für die kräftigen. Es ist 7 Uhr. Achtzehn Kinder müssen gefüttert und beim Essen beaufsichtigt werden.

Uns fliegen die Brothappen um die Ohren. Mit Brot wird kreischend Auto gespielt. Brot wird zertreten, zwischen den Händen zerrieben, dem Nachbarn auf den Kopf geschmiert. Teller scheppern zu Boden, dazwischen Geschrei, Sabbern, Jammern. Brot im Mund ist ein seltener Anblick. Wir arbeiten hastig: Brotbrei aufwischen – Kind füttern – nach Waschlappen rennen – Kind füttern – Teller aufheben – Kind füttern. Wir arbeiten wie Maschinen: schnell, präzise, routiniert. Nach dem Frühstück herrscht ein Chaos im

Zimmer, aber die Kinder sind gesättigt. Wir schnappen nach Luft – schon schreit es wieder aus den Betten, schon warten breitbeinig andere mit vollen Hosen und erschrockenen Blicken auf Säuberung. Seit sechs Wochen dasselbe – täglich neue »Überraschungen«.

Schwester Cora deckt den Tisch ab. Neun Kinder müssen auf die Töpfe. Die Hälfte rutscht damit durch den Schlafraum, versucht aufzustehen. Ich jage hinterher, die Töpfe kippen um. Der Inhalt fließt durchs Zimmer. Ich renne nach Lappen und Papier, rutsche auf Knien über das Linoleum. Wieder steht eins auf, nichts drin im Topf. Also wieder hinunterzwingen, am Arm festbinden. Mörderisches Protestgebrüll. Es ist 8 Uhr, und ich habe nur einen Gedanken: Fort! Weg! Nach Hause!

Achtzehn Kinder und zwei Helfer – eine angemessene Relation, mag man denken. Für gesunde Kinder, ja. Aber unsere Kinder reagieren überraschend, unkontrolliert. Zumeist sinnlos. Kraftvoll winden sie sich aus den Händen, um nicht gewaschen zu werden. Sie wehren sich verbissen gegen jeden Griff. Man kann sie nicht ankleiden – sie wehren sich mit Tritten und schlagen um sich. Wie soll man ihrer Herr werden? – Strafen? Sie würden sie nicht begreifen. Schlagen ist glücklicherweise verboten. Also reden wir, schimpfen, keifen oder schütteln die Kinder gelegentlich, mit kaum bemerkenswertem Erfolg. Schwester Cora ist die einzige, die grob wird. Bei ihr weinen die Kinder manchmal. Mich lachen sie aus. Meine Strenge bleibt erfolglos. Bleibe ich aber bei ihrem ungezügelten Geschrei und Herumgetobe ruhig und lächle, werden sie zugänglicher.

8.30 Uhr. Die »Fördertante« holt unsere Großen ab. Sie nimmt Tino mit in ihre Gruppe, obwohl er nicht förderungsfähig ist und sie dadurch belastet. Und doch bin ich froh darüber. Noch immer hoffe ich, daß bei dem Jungen etwas zu retten ist. Aber in den sechs Wochen zeigte sich nur ein winziger Fortschritt: Tino hat gelernt, zehn Minuten ruhig auf seinem Platz zu sitzen. Das ist alles.

Ist es viel? Ist es wenig? Ich kann solche Gegebenheiten nicht mehr richtig einschätzen. Seit ich diese kleinen Ruinen in ihren Betten liegen sah, fast unbeweglich, mit toten Augen, ist alles, was mein Kind tut, für mich eine Freude, ein Wunder. Ich habe den Maßstab für das

»Normale« verloren. Ich vergleiche ihn nicht mehr mit gesunden Kindern, sondern mit unseren hier, den behinderten. Gewiß, auch bei denen gehört er nicht zu den Förderungsfähigen, zu denen, die eine kleine Anregung verstehen und ihr sinnvoll nachkommen können. Er ist friedfertig, freundlich und zufrieden. Er lächelt, wenn er mich sieht. Er weint, wenn ich zu einem anderen Kind zärtlich bin und ihn nicht beachte.

Alles ist versorgt. Den Bettenkindern haben wir einen Würfel oder eine Puppe in die Hand gedrückt. Sie drehen sie unsinnig zwischen den Fingern, lassen sie gleichgültig fallen. Die Kleinen der Gruppe betreut jetzt Frau Jäger – eine weißhaarige, gütige Frau, die emsig und unscheinbar durch die Räume huscht und sich vor Schwester Cora fürchtet. Die Großen sitzen bei der Fördertante und lauschen einem christlichen Kinderlied. Ich wische den Schlafsaal und werde dann zur Andacht entlassen. Und zum Frühstück. Dreißig Minuten sitzen.

Andacht. Tagesspruch, Monatsspruch. Erläuterungen. Ein Lied. Ich sitze zwischen ihnen, lausche und ertrage ihre fragenden Blicke, die sich auf meinen Mund heften, wenn ich nicht singe, die an meinen Händen kleben, wenn ich sie nicht falte. Und doch sitze ich gern zwischen ihnen. Weil sie Ruhe ausströmen und Zuversicht. Mein Blick tastet ihre Gesichter ab, während sie versunken die monotonen Worte empfangen, versunken oder abgespannt. Ich lese in ihren Gesichtern, wenn sie die barmherzigen Lieder singen, deren Text sie lange nicht mehr berührt, weil er längst zum Bestandteil ihres Alltags geworden ist. Für mich ist er fremd, und ich möchte an ihn glauben. An die Güte ihres Gottes, an Seine Barmherzigkeit, Seine nicht enden wollende Liebe. Sie haben es leichter als ich. Sie glauben. Sie glauben an Gerechtigkeit im Jenseits, an Harmonie und ewigen Frieden. An einen Ausgleich für Erlittenes und Entbehrungen. Jeden Kummer ertragen sie unbeschwerter. Fast heiter, denn er verletzt sie nicht. Er ist von Gott gegeben, und sie nehmen ihn an. Ja, er zeichnet sie aus. Eine Gnade. Eine Prüfung des Herrn. Sie haben etwas zum Festhalten, diese Gläubigen, etwas, woran sie sich klammern können: ihren Gott.

Was habe ich? Ich kann nicht an Ihn glauben.

9 Uhr. Ich schlinge den letzten Happen hinunter, schütte den Malzkaffee in mich hinein. Schnell zu den Kindern, Frau Jäger ablösen. –

Tino sitzt jammernd in der Ecke. Sein Kopf fühlt sich fiebrig an. Ich lege ihn ins Bett. Wieder eine nervliche Belastung mehr. Sechs Kinder werden zum sogenannten »Stadtausgang« umgezogen. Nur sechs. Nur sechs. Der winzige Garten ist zu eng zum Herumtollen für alle. Auch die gesunden Heimkinder brauchten mehr Platz zum Spielen. Die umliegenden Höfe gähnen leer. Gelegentlich flattern ein paar Wäschestücke auf der Leine. Unsere Kinder möchten sich bewegen, springen, umhertollen. Aber wo? Dort könnten sie's.

Unterdessen hastet Frau Jäger von einem Bett zum anderen. Jedem will sie etwas von ihrer großen Zärtlichkeit abgeben, allen ein Zuhause ersetzen. Sie schafft es nicht. Kann es nicht schaffen. Es sind zu viele, die auf Liebe warten. Sie liegen in den Betten herum, gerade noch fähig zu warten. Sie warten geduldig, bis sich ihnen jemand zuwendet. Manchen Tag ist es niemand – außer beim Füttern. Es sind zu viele Kinder. Frau Jäger rennt zu Eginhard, der, im Bett liegend, an den Händen festgebunden ist. »Damit er nicht so herumfuchtelt und das Essen wieder 'rausbringt«, hatte mir Schwester Cora die Fesseln erläutert. Ich spürte, wie mir das Blut in den Kopf schoß. Ich schluckte. Ich wäre todunglücklich, wüßte ich von solcher Behandlung meines Kindes. Wie soll er greifen, seine Hände gebrauchen lernen? Sie umklammern unentwegt diese Binden, jahrelang. Aufstehen kann er nicht. Auch nicht sprechen. Und an den Armen gefesselt. Für immer?

Frau Jäger singt. Mit den Beinen kullert sie den Kleinen den Ball zu. Ihre Finger stopfen mit emsigen Stichen die Löcher von Pullis und Hosen. Sie ist bleich. Auch sie hätte frische Luft dringend nötig.

»Frau Jäger, gehen Sie an meiner Stelle mit den Kindern spazieren.«

Ein dankbares Lächeln, die Betten müssen nun von mir bezogen werden. Dann sind Windeln zu legen, Schuhe zu putzen. Für fast alle Kinder.

10.30 Uhr. Die Kinder kommen zurück. Werden gewaschen, umgezogen. Dann schütten wir eine ganze Kiste voller Bälle ins Spielzimmer. – Tino! Während Frau Jäger auf die Kleinen achtet, eile ich an sein Bett. Ich streichle seine heiße Stirn, mache Wadenwickel und singe dabei »Hänschen klein« mit tränenerstickter Stimme.

10.40 Uhr. Zehn unbezähmbaren Kindern fröhlich Gesicht und Hände waschen. Fünf Kinder trockenlegen – kratzen und treten lassen. Gütig zureden, streicheln, zurück in die Betten legen. Und während Helga unter Gekreisch den Stuhl umherschleudert, hat Conny die Hosen voll... Simone stürzt jammernd von ihrem Sitz, Dieter lacht ungebärdig und wirft den Tisch um, Reni verkrallt sich mit beiden Händen in Simones Haar. Brüllen, Weinen, Wehgeschrei.

11 Uhr. Das Mittagessen wird gebracht. Achtzehn Kinder müssen wieder gefüttert werden. Das Jammern bleibt. Unglücklich schreit, wer noch nicht an der Reihe ist. Dann das Übliche: Füttern unter Aufbietung aller Kräfte. Münder abwaschen, Kinder auf den Topf setzen, wieder vom Topf hochnehmen, in die Gitterbetten schleppen, Gitter schließen. Tritte. Stöße. Püffe. Töpfe wegbringen, schrubben, desinfizieren, wegstellen. Eimer voller Windeln in die Waschküche tragen, in der Trockenkammer Wäsche abnehmen, zusammenlegen, in die Schränke stapeln.

12 Uhr. Mittagspause. Mir bleibt die Luft weg. Mein Rücken schmerzt. Ich sehe Sterne vor den Augen. Alles dreht sich. Erst mal setzen: Ich habe zwei Stunden Ruhe. Ich könnte gemütlich essen, mich hinlegen und dann erholt wieder den Kindern widmen. – Aber was wird aus Tino? Die Fördertante hat ihm kühlen Tee gebracht und ihn gefüttert. Sie hat auch Fieber gemessen – 39 Grad.

Seit sechs Wochen erlebe ich es: Einer hilft dem anderen. Denn jeder bekommt täglich die Härten dieser Arbeit am eigenen Leibe zu spüren.

Ich muß noch eine Bürste kaufen gehen. Versprochen ist versprochen. Einkaufen muß ich auch – schließlich habe ich zu Hause noch einen Mann zu verpflegen. Zu Hause – kaum denkt man daran, an das normale Leben. Ist das überhaupt noch ein Leben, das ich führe? Mein Leben sind die Kinder. Da bleibt keine Kraft mehr für den Mann, das Zuhause. Das letzte Restchen Kraft reicht gerade noch für mich.

Ich bin täglich gegen 19 Uhr in der Wohnung. Esse etwas, wasche, stopfe. Gegen 22 Uhr falle ich todmüde ins Bett. Sieben Stunden kann ich schlafen – knapp sieben Stunden. Ich bin Pfleger für geistig Behinderte. Meinen Geist zu pflegen habe ich aufgehört.

»Du bist zu deinem Privatvergnügen dort. Was rackerst du dich ab? Dich hat niemand gezwungen, in Heimen zu arbeiten.«

Nein, mich zwingt auch niemand, mich verantwortlich für mein Kind zu fühlen. Für die anderen Kinder. Warum kümmere ich mich? Warum werde ich nicht gleichgültig? Warum leide ich mit anderen? Ich verfluche jeden Abend mein Mitgefühl. Und jeden Morgen treibt es mich aufs neue aus dem Hause.

Jetzt ist Mittagspause. Langsam schlendere ich zur Kaufhalle. Bürsten, am besten gleich zwei. Mit dem Kamm ziept es immer. Schwester Cora brachte heute morgen von ihrem Geld Babyseife mit. Das Heim bekommt nur eine Art Kernseife zugeteilt. Gestern spendierte Frau Jäger Windelhosen. Gleich drei Stück. Schöne weiche, die nicht reiben oder kneifen.

Warum tun sie das nur? Für ihren Gott? Ich meine, sie wollen alle das Beste für die Kinder. Alle? Schwester Cora? Sie gestand mir einmal, daß sie Kinder nicht liebe. Sie verrichtet ihre Arbeit, weil sie gebraucht wird. Sie arbeitet exakt und schnell. Ohne liebe Worte, ohne Zärtlichkeit. Sie ist die einzige, der sie gehorchen. Sie hat eine strenge Hand. Wie grausam wäre es, wenn es nur Coras gäbe.

»Na, Traudl, du siehst mich wohl vor Müdigkeit gar nicht?«

Brügge! Ich möchte schreien vor Freude. Wir haben uns wochenlang nicht sehen können. Während meiner Mittagspause hatte er Probe. Kam ich nach Hause, ging er zur Vorstellung. Manchmal lag ein Brief von ihm auf dem Tisch. An solchen Abenden aß Klaus nicht und sprach kein Wort. Ich wollte nicht mehr überlegen, wieso er unglücklich darüber sein konnte. Er hatte auch jemanden, der ihm einen Brief schreiben konnte. Aber – sie schrieb wohl nicht. –
Was ist ein Brief gegen ein warmes Gesicht, gegen Hände?
»Ich muß zur Kaufhalle. Wir brauchen Bürsten.«

»Bürsten? Für das Heim?«

»Vor allem für Simone.«

»Und wer ist das?«

»Simone ist die Kleine, die immer sabbert, weißt du?«

»Aha.«

»Ach, ich bin ja schon völlig durcheinander. Du – du kennst sie ja gar nicht.« Brügge legt besorgt den Arm um meine Schultern.

»Komm, wir kaufen sie. Und dann fahren wir kurz zum Wald. Ja? Für eine halbe Stunde. Bitte!«

Es gibt die Bürsten, die ich für die Kinder kaufen will. Und ausgerechnet heute haben sie auch noch die weichen Windelhosen. Aber ich verdiene nicht genug, wir brauchen das Geld selbst nötig.

»Traudl, braucht die Simone auch...?« Er zeigt auf die Gummihosen.

»Ja, das heißt – nein – nein – ich...«

»Wollen wir sie kaufen?«

Wir – das hieß bei ihm immer... Ich weiß nicht mehr, was es hieß. Aber es bedeutete immer etwas Gutes. Es bedeutete eben – wir.

Zwei Bürsten, zwei Windelhosen, zwei Stück Kinderseife und zwei Tüten Bonbons. Für meine Kinder.

Wir sitzen im Auto. Die Seitenscheibe ist heruntergelassen. Der Wald schweigt. Mittagsschweigen. Ich soll es durchbrechen? Mit meinen Erlebnissen? Sie brächten einen Wald zum Schreien, meine ich. Ich werde krank an den Kindern, obwohl gerade das ihnen am wenigsten nützt.

»Karlchen – ein kleines Gerippe. Bleich, blond, eiskalt am ganzen Körper. Jeden Morgen denke ich, er ist schon tot. Die Augen bleiben zu. Er atmet nicht. Aber dieses Gerippe lebt. Es lebt. Ein Mensch, verstehst du? Du siehst jedes Knöchelchen an seinem Körper, jede Rippe. Nur Haut ist darüber. Kein bißchen Fleisch. Er ist das einzige Kind, dem selbst Schwester Cora mal ein gutes Wort hinwirft. Vielleicht, weil er sowieso nicht hört. Manchmal starrt sie ihn an, als wolle sie sein Ende... Aber er stirbt nicht. Er wird sogar oft an den Tropf gehängt, damit er am Leben bleibt. Am Leben...!«

»Es ist keins, Traudl, warum zwingt man ihn dazu?«

»Ich weiß es nicht. Bei ihnen entscheidet Gott allein über Leben und Tod.«

»Was ist das für ein Gott, der solche Wesen entstehen läßt? – Weißt du, ... vielleicht sollte man sie einschläfern? Sind sie sich nicht selbst im Weg und anderen eine nutzlose Last?«

»Alf – nein...«

»Das ist doch kein Leben. Nein, sie leben nicht. Atmen, verdauen und ausscheiden bedeutet noch nicht leben. Die Sinne funktionieren nicht. Sie empfinden nichts und nehmen nichts wahr. Zwei, drei Schwestern mehr bei euch, da könnte man vielleicht aus so manchem Kleinen, wie deinem Tino, nach Sinnvolles 'rausholen. Aber nein, das geht ja nicht. Es geht nicht, weil die ›Gerippe‹ zu Tode gepflegt werden müssen.«

»Hab doch Verständnis. Hab *du* doch wenigstens Verständnis.«

»Nein, Traudl, sei mir nicht böse, ich kann's nicht haben. Du machst dich für sie kaputt. Wenn du wüßtest, wie ich darunter leide. Mit ansehen müssen, wie du dich ruinierst. Ein gesunder Mensch zerstört seine Gesundheit für etwas Unnützes. Für ein Nichts. – Ich spreche nicht vom Tino. Der hat seine Freuden, seine kleinen Erlebnisse, kann 'rumrennen, sich äußern. Manchmal kann er sogar andeuten, was er will. Aber diese anderen...?«

»Wer soll entscheiden, wo die Grenze liegt? Wer leben bleiben darf und wer nicht? Du meinst, Tino müßte zu denen gehören, die am Leben bleiben dürfen. Ein anderer, der ihn nicht kennt, sagt: Fangen wir mit dem Tino Riezy an, der ist nicht lebenswert. Er kann nichts leisten.«

»Nein ... nein, so nicht.«

»Aber so wäre es. Wo fängt das ›lebensunwerte‹ Leben an? Möchtest du's verantworten? – Ich nicht. Ich könnte es gar nicht tun. – Du weißt schon...«

»Ich ... ich auch nicht. Aber die Ärzte...?«

»Die sollen Leben erhalten. Wer weiß, vielleicht hat man in ein paar Jahren Methoden zur Behandlung von Geisteskrankheiten...«

»Und das Kind, dem der Hinterkopf fehlt? Das andere, das nicht allein atmen kann? – Wer erfindet etwas für sie? Sie haben ja nicht nur das eine Gebrechen – bei ihnen fehlt alles, was den Menschen ausmacht. Alles.«

»Sie können lächeln. Und sie werden geliebt.«

»Wie lange? – Von wem? – Was haben sie für eine Lebenserwartung? Wer liebt sie, wenn sie achtzig sind? Wer pflegt sie?«

Der Wald schweigt noch immer. Wir zwingen uns zur Stille, um uns nicht anschreien zu müssen.

Habe ich den Blick für Relationen verloren? Für Wahrheiten? Welcher gesunde Mensch verschwendet einen Gedanken an die, die nicht denken können? Welcher nicht unmittelbar Betroffene fragt: Wie geht es weiter?

Brügge ist einer, der fragt. Will er, daß es nicht weitergeht? Weil er mich liebt? Weil er miterleben mußte, wie mich mein Leben, das Leben mit meinem kranken Kind, zermürbte? Wie es mich kraftlos machte. Blind für Gesundes. Ist Brügge einer, der sagt, es ist sinnlos?

So viele opfern sich auf für etwas Sinnloses? Sie müssen doch einen Sinn darin erkennen?

Und ich? Was sage ich? Wenn man Simone..., ich würde es nie dulden. Weil ich sie kenne? Sind mir Simone und Tino das, was Schwester Cora das »Gerippe« bedeutet? Etwas, an das sie die karge Liebe, deren sie fähig ist, verlieren kann? Braucht man Kinder nur, um sie zu lieben? Um sich für sie aufzuopfern?

14 Uhr. Die Großen auf den Topf, die Kleinen trockenlegen. Die Kleinen – vierjährige, achtjährige, der neunjährige Ole. Jeder muß zum Waschen auf den Wickeltisch geschleppt werden. Dann wieder ins Bett. Hochheben, 'runterheben. Ins Bett legen, Gitter hoch. Gitter 'runter, Kind heraus...

Die anderen, die rennen können, tollen wild durch das winzige Spielzimmer. Und ich frage mich, wen ich entbehren könnte. Reni, die kampflustige Rothaarige? Dieter mit dem Kasperlegesicht, der über alles und sich selber lacht? Heino – der vom geschenkten Bonbon stets zuerst seine Puppe abbeißen läßt, ehe er es sich in den Mund schiebt? Simone – Simonetta? Kaum einer kann sprechen. Und trotzdem, keinen würde ich hergeben. – Man *muß* sie lieben. Man muß sie *lieben.*

15 Uhr – Abendbrotzeit. Ein frühes Abendbrot, weil es an Pflegern mangelt. Füttern wie am Morgen, Ärger wie am Morgen. Immer dasselbe seit sechs Wochen. Bei Schwester Cora seit zehn Jahren, bei Frau Jäger seit dreizehn Jahren. Immer dasselbe – große Mühen, kleine Erfolge.

16 Uhr. Ich bade neun Kinder. Neun in der niedrigen Badewanne. Kreischen, treten, beißen, wegglitschen. In meiner Wirbelsäule sticht es. Ich muß die Kinder halten. Fest halten! Ich trage die Verantwortung.

18 Uhr. Die Kinder liegen an Arm und Bein festgebunden in den Betten. »Damit sie nachts nicht aufstehen und 'rausfallen!« – Tino weint leise vor sich hin. Heimlich binde ich ihn an Arm und Bein los und schiebe ein Bonbon in den begehrlich geöffneten Mund.

Wir singen ein Schlaflied. Reichen jedem Kind zur guten Nacht die Hand. Das Licht wird gelöscht.

Feierabend. Feier – Abend.

Juli 1972

Die Behinderten in W. sind zumeist Frauen. Erwachsene Frauen mit prallen Brüsten, mit schönen, glatten, ebenmäßigen Körpern. Sie haben keine Einstellung zu ihrer leiblichen Entwicklung, zu ihrem Körper überhaupt. Es sind Kinder. Vollreife, frauliche Kinder. Ich finde keinen Zugang zu ihnen. Physisches Erwachsensein verwischt meine Meinung von ihrer Kindlichkeit.

Auf ihren Betten sitzen Puppen. Ein Fetisch für ihre Zärtlichkeiten? – Ihre Kinder, die nie gezeugt, nie geboren werden? Sie sind wild in ihrer Liebe, wild im Haß. Wenn man ihnen mißfällt, schlagen sie impulsiv zu. Mich Fremde umarmen sie, weil ich sie anlächle. Und doch komme ich mit ihnen nicht zurecht. Ich will ihr Partner sein und begreife nicht, daß sie sich nicht als Partner, als Kumpel eignen. In ihrer kleinen, geschützten Welt leben sie jeder als Einzelpersönlichkeit. Sie akzeptieren einander als Mitglied einer großen Familie. Die Familie ist das Heim mit den verschlossenen Toren, dem Obstgarten, den kleineren Kindern und dem Pflegepersonal. Einige Mädchen helfen in der Küche, andere betreuen die Jüngeren. Die Obhut von Pflegern ist unerläßlich. Sie bleiben Kinder.

Ich arbeite hier unter Gleichaltrigen mit der beschämenden Gewißheit, ihnen weit überlegen zu sein. An Wissen zumindest. An der Fähigkeit, sich zu freuen, sind sie mir ebenbürtig. Sie lieben die Gemeinschaft, in der sie leben. Sie essen miteinander. Sie beten miteinander. Viele kennen kein »draußen«. Kennen keinen Fernsehapparat, kein Sessel, keinen Teppich, keine Fahrten in Autos, im Omnibus, mit der Bahn.

Ich bringe ihnen einen Hauch »Welt« in ihre Stuben. Sie lauschen meinen Worten, ohne sie zu verstehen. Aber sie empfinden: Da lebt jemand außerhalb des Heimes, der ihrer gedenkt.

Mich erschreckt ihre reife Weiblichkeit. Sie treibt meine Gedanken unwillkürlich zu Tino. Auch er wird ein Mann werden. Eine quälende Vorstellung, die mich fortwährend beunruhigt. Er wird ein Mann – ein Mann-Kind. Vielleicht mit dem Drang nach Liebe. Was dann?

Die Mädchen hier sind zärtlich zueinander, umarmen sich, trösten sich. Wird das auf die Dauer genügen? Was, wenn ihre Sehnsüchte anwachsen? Was, wenn für sie unbegreifliche Wünsche erwachen, die sie ängstigen? Oder bleiben sie Kinder, trotz ihrer Fraulichkeit? Werden sie ohne Sehnsüchte leben? – Wenn nicht, wer erfüllt sie ihnen?

Jedes Kind sehe ich mit den Augen der leiblichen Mutter. Um jedes bange ich: Wird es geliebt?

Die Behinderten in H. sind zumeist Erwachsene. Erwachsene Männer...

Die Behinderten in G....

Die Behinderten in A....

Die Behinderten...

Die Heime ähneln sich in der Atmosphäre, auch im Personal. Die

Pfleger opfern sich auf. Manche für sechzig Mark Taschengeld im Monat und freies Wohnen und Essen. Die anderen für dreihundertachtzig Mark. Mehr wird nicht gezahlt. Dreihundertachtzig Mark für zehn Stunden und mehr am Tag. Für einen Feierabend ohne Kultur. Und keinen Bus ins Theater. Das Theater ist weit. Zum Lesen fehlt die Kraft und für einen eigenen Fernseher das Geld. Dreihundertachtzig Mark als Grundlohn – wer will da Pfleger werden? Dreihundertachtzig – und davon kauft man noch Seife, Windelhosen, Wäsche und Zuckerwerk – für die Kinder. Davon bezahlt man das Fahrgeld und die Miete – in einem Altbauhaus, wo man abends keine warme Stube vorfindet, keine Dusche, kein Bad. Wer will da Pfleger werden? Pfleger für geistig Behinderte – die anstrengendste Arbeit, die ich kenne. Mit der Arbeit eines Stahlwerkers vergleichbar. Nur, daß dieser Erfolge kennt, Prämien. Wer prämiert einen Pfleger für geistig Behinderte? Was geschieht, wenn niemand mehr Pfleger werden will? Was wird aus Simone, Ole und Helga? Werden sie zu Hunderten in Schlafsälen zusammengepfercht? Werden sie abgefüttert wie Vieh? Was geschieht, wenn niemand mehr da ist, der sie liebt? Das frage ich – ich, die Mutter.

Meine Beine tragen mich willenlos auf die Fahrbahn. Ich taumle zurück auf den Fußweg. Ich wanke. Man stützt mich. Man führt mich zu einem Arzt. Ich kann nicht mehr.

Ärztliche Bescheinigung

Frau Waltraude Riezy – geb ... – befindet sich wegen einer psychischen Erkrankung in unserer Behandlung.

Die Krankheit ist zu einem Großteil auf die außergewöhnliche psychische und physische Belastung, die mit der Aufzucht des an Phenylketonurie erkrankten, bildungsunfähigen Kindes einhergeht, zurückzuführen.

Wir halten es für sehr dringlich, daß das Kind in einem entsprechenden Spezialheim untergebracht wird.

Dr....
Psychiatrische Klinik

Bescheinigung

Betr. Tino Riezy, geb ... 1967

Bei oben genanntem Kind besteht eine geistige Behinderung schwersten Grades. Es ist voll pflegebedürfig und nicht förderungsfähig. Eine stationäre Unterbringung ist, vor allem im Interesse des Gesundheitszustandes der Mutter, unbedingt erforderlich.

Dr....

Facharzt für Kinderkrankheiten

Fünfter Teil

Herbst 1977

Mutter hinter mir im Auto ist eingenickt. Ich fühle mich ebenfalls erschöpft. Die drei Stunden haben mich wie stets angestrengt. Ich bin froh, daß Brügge uns fährt. – Auch auf dieser Rückfahrt von S. rekonstruiere ich in Gedanken die einhundertachtzig Minuten, die ich mit Tino verbracht habe.

»Die Mama ist da, Tino. Komm schnell anziehen. Die Mami ist da!«

Tino lacht Schwester Elsbeth an, läßt sich willig auf den Windeltisch heben, neu einpacken, frisch anziehen. – Besuchszeit.

Dann rennt er an mir vorbei, ohne einen Blick für mich. Er flitzt zur Treppe, faßt nach dem Geländer und müht sich, die Stufen hinabzusteigen. Ich gehe ihm hinterher, nehme ihn an die Hand und helfe ihm.

Wir fahren in den Wald. Holen Stühle und Decken aus dem Auto, Taschen voller Süßigkeiten, Obst, Torte.

»Nudelt ihr ihn wieder? Der Arme wird froh sein, wenn die Besuchszeit vorüber ist. Stimmt's, Tino! Als ließe man dich hier verhungern.«

Mit unseren Leckereien stopfen wir unsere Liebe in ihn hinein, die sich neunundzwanzig Tage lang angesammelt hat. Mehr können wir in drei Stunden nicht tun. Ich hüpfe mit Tino im Wald umher, singe die vertrauten Kinderlieder. Tino summt manchmal mit. Er kennt sie also noch. Oder er kennt sie schon wieder. Sie singen hier manchmal. Ich hörte es, als ich mich verstohlen außerhalb der Besuchszeit vor ihre Türe schlich und horchte. Ängstlich horchte. Da war Toben und Kreischen, Schimpfen und Gesang. Die Tür war nicht verschlossen.

Ich komme nicht mehr heimlich. Der Maßstab für die Behandlung im Heim ist mein Sohn. Er lacht gern. Er singt gern. Sein Körper ist gesund. Den Sommer über war er sogar sonnengebräunt. Nur, hebt man plötzlich die Hand oder macht eine schnelle Bewegung, dann reißt er die Arme hoch und bedeckt schützend seinen Kopf.

»Er wehrt sich nicht«, klagt Schwester Elsbeth. »Die anderen sind ungestümer; er läßt sich alles gefallen. – Was, mein Junge? Mußt ganz schön was einstecken. Aber wir passen schon auf, daß es nicht zu schlimm wird. Wir sind da hinterher. Nur, man kann die Augen bei zweiundzwanzig Kindern nicht überall haben.«

Sie hatte Tino mütterlich an sich gedrückt, und er hatte zu ihr aufgesehen und gelächelt. Er war eine Beziehung da zwischen beiden, eine gute Beziehung. Ich spürte es. Er hatte dort eine Mutter gefunden. Ich war für ihn der Besuch, der Geschenke mitbrachte. Sie aber blieb. Ich bin ihr dankbar, obwohl ich das »draußen« bin. Aber das ist nicht wesentlich. Wichtig ist, daß mein Sohn ein »drinnen« gefunden hat.

Es ist ein staatliches Heim, und die Pfleger sind Mütter von zwei oder drei Kindern, die zur Schule gehen, auch schon erwachsen sind. Das Heim befindet sich in einem Dorf. Jeder dort kennt diese Kinder. Sie gehören zum Leben der kleinen Gemeinde. Man steht am Gartenzaun und schaut ihnen zu, wenn sie im abgegrenzten Gebiet schaukeln, buddeln, Karussell fahren. Man ruft Scherzworte hinein und schiebt ein Bonbon durch den Maschendraht. Gelegentlich nimmt eine Schwester ein Kind mit zum Einkauf oder nach Hause. Auch sie schenken den Kindern Strümpfe, einen Ball, ein Stück Schokolade.

Drei Stunden lang läßt Tino Küsse und Umarmungen von Großmutter und mir über sich ergehen, dann stapft er die Treppen im Heim nach oben und rennt freudig zu Schwester Elsbeth. Sie bringt ihn zu den übrigen Kindern. Alle drängeln sich um einen alten Fernsehapparat, der unwillig Töne und Bilder ausspuckt. – Ich bin vergessen.

»Es ist besser so, als wenn er weinen würde«, tröstet mich Schwester Elsbeth. Ja, so ist es am besten.

Zehn Jahre ist er jetzt alt. Nicht sauber, nicht selbständig. Er spricht nicht, begreift keine Aufforderungen. Er wird in dem Heim bleiben, bis er groß ist. Vielleicht wird es bis dahin noch bessere Heime geben – mit weichen Stühlen, genügend Spielzeug, mit wohnlichen Räumen und Pflegern, die alle eine »Elsbeth« sind. – Wie sagt Brügge zu seinen Kollegen, wenn die Sprache auf geistig Behinderte kommt? »Sie leben schließlich. Und wenn sie schon leben, dann muß auch alles für sie getan werden. Sonst ist es ein Verbrechen, sie am Leben zu lassen.«

In vierzehn Tagen fährt Klaus zur Besuchszeit. Wir haben uns getrennt. Ich habe mich getrennt. Ich hielt es für unaufrichtig, ohne Liebe bei ihm zu bleiben.

Ich arbeite wieder als Regieassistentin. Mein Theater – immer denke ich »mein«, wenn ich an unser Theater denke – füllt mich aus. Die Arbeit beglückt mich. Ich werde gebraucht. Und doch – kommen mir plötzlich Kinder in den Sinn –, für sie könnte ich alles tun.

Neulich hat mich Helen angerufen. Sie ist aus der Sowjetunion zurück. Leitet jetzt ein Kinderheim für elternlose Kinder. Sechs- bis zehnjährige. Gesunde Kinder.

»Traudl, komm zu uns. Wir brauchen solche, die so sind wie du. Unsere Kinder werden dich bestimmt liebgewinnen.«

Solche wie mich? Sie brauchen dort solche wie mich? Freude überfällt mich. Und Sehnsucht. Sehnsucht nach der Liebe von Kindern.

»Traudl, träume nicht.«

Brügge nimmt den Fuß vom Gaspedal. »Sieh mal, da vorn am Dorfeingang verkaufen sie wieder Äpfel. Es sieht aus, als hätten sie auch Rosen. Wollen wir anhalten?«

Brügge bremst.

Wir – das Wort hat einen guten Klang.

Rolf Floß
Tanzstunden eines jungen Mannes
Roman

280 Seiten, Leinen, 8,50 M
Bestellangaben: 638 685 0, Floß, Tanzstunden

Einer will ausbrechen, raus aus dem täglichen Einerlei, endlich die Welt erleben. Tanzstunden eines jungen Mannes, wo absolviert er sie? Da ist das Mädchen Anke, das er liebt und das ihn für sich haben möchte, und da ist Brüderchen, der ihm ein abenteuerliches Leben auf den Baustellen bietet. Heiter und ernst, wie das Leben selbst, sind die Erfahrungen des jungen Mannes, die er macht, als er Brüderchen an die Existenz des Teufels glauben läßt, als er einen folgenschweren Montagefehler entdeckt und ihn nicht für sich behält, als er mit seinem Mädchen nach Westberlin fährt, um es nicht nur für sich zu gewinnen. In alltäglichen und außergewöhnlichen Situationen muß Hagen vieles durchstehen, bis er sich selber findet. Rolf Floß hat den Roman eines jungen Arbeiters geschrieben, hat dessen Entwicklung differenziert, vielschichtig und aus den Widersprüchen heraus gestaltet. Es ist ein Buch, das sich durch eine realistische Betrachtung der Verhältnisse auszeichnet. Ein aufregender, literarisch bedeutsamer Roman.

Leseprobe:

An einem späten Sommerabend in jener längst vergangenen Zeit, da die Radwege am Rande der Fahrbahn noch nicht unter dem Beton verschwunden waren, fuhr ein Mann auf einem modernen Sportrad mit Felgenbremsen und Leerlauf (sechzehn Monate Lieferzeit) durch die Straßen seiner Heimatstadt. Mitunter trat er plötzlich an. Sobald die Nadel des Tachometers genau unter der Zahl Dreißig zitterte, riß er an einer hellgrünen Plasteschnur, die von der Lenkstange zu einem Lärminstrument an der rechten Vordergabelschiene führte, Sturmklingel genannt. Im Rückspiegel versuchte er dann zu erkennen, ob sich wenigstens ein Fenster in den hohen Mietshäusern öffnete.

Hagen Tautz arbeitete gern nachts. So jung war er noch. Allerdings mußte er ausgeschlafen haben, und es durfte auch nicht nur Routinearbeit von der Spätschicht übriggeblieben sein. Er empfand es als aufregend, erst von zu Hause aufzubrechen, wenn die Leselampen in den Wohnzimmern allmählich erloschen. Den bläulichen Schein der Bildröhren gab es damals nur bei einigen Neureichen, die nicht in diesem Viertel wohnten. Während der Radtour durch die einschlafende Stadt begann er sich überlegen zu fühlen. Er war einer der wenigen, die bis zum nächsten Morgen wachbleiben würden.

Kam er in der Montagehalle an, räumten die anderen bereits ihr Werkzeug zusammen, sie sahen grau und unrasiert aus, er dagegen fühlte sich frisch und freute sich auf die Stille. Nachts arbeiteten nie mehr als zehn Mann, am Tag waren es mindestens vierzig. Die Portalkräne rumpelten nicht mehr, der alte Volksempfänger, eine Leihgabe von Jogl-Anton, war auch mit leiser Musik auf dem selbstgebauten Kupferrohrregal über der Werkbank gut zu hören. Vor allem ließen sich die Vorgesetzten nicht blicken, man konnte rauchen und sich hin und wieder ausruhen, trotzdem wurde mehr als am Tage geschafft. Gegen drei Uhr drang dann die Müdigkeit durch, aber zu dieser Stunde begann Hagen sich schon auf den arbeitsfreien Tag zu freuen. Heute würde er im Luftbad auf einer Decke schlafen.

Als der Morgen vor den hohen Fenstern der Halle graute, kletterte Anton ächzend vom Gerüst, faßte sich auf den Rücken und nuschelte: »Wolln mer mal die letzte Fuffzehn tun.« Sie waren nur zu zweit, ihr dritter Mann schlief für einige Stunden.

Der ehemalige Waldarbeiter schraubte seine Thermosflasche auf. Manchmal hatte er Tee mit Kap-Arkona-Rumverschnitt in ihr, aber heute roch es nach dem seltenen Bohnenkaffee, den Hagen nicht mochte. So schüttelte er den Kopf, als er den ersten Becher trinken sollte. »Kommste noch drauf«, sagte Anton.

Hagen trainierte an einem Gerüstbrett Klimmzüge, unter den hautengen Nickihemden kam es besonders auf die Brustmuskulatur an. Anton schnitt mit einem Hirschfänger die Rinde vom Brot und teilte die Schnitte in winzige Happen. Nach einer Weile fragte er genüßlich kauend: »Sparste?« Verblüfft nickte Hagen.

»Viel?«

»Wovon denn? Ich muß Kostgeld zahlen, dann noch einen Anteil der Miete. Für Gas, Licht und die Kohlen auch.«

»Macht er richtig, dein Alter. Durchgefuttert haste dich lange genug.«

Bei der Familie Tautz wurde das Geld in beschrifteten Briefumschlägen aufbewahrt, und die wenigen Scheine reichten knapp bis zum nächsten Lohntag. Hagen wußte noch, wieviel die Mutter als Reinemachefrau in der Bäckerei verdient hatte, er kannte bis auf den Pfennig genau den Inhalt von Vaters erster Lohntüte nach der Gefangenschaft und auch den Preis des Radios, eines Sachsenwerk-Olympia, für den sie neunundfünfzig Wochen gespart hatten. Daß der Vater heimlich vom Zigarettengeld ein Achtel-Los der Landeslotterie spielte, erschien dem Sohn nahezu lasterhaft.

»Und du?« fragte er.

»Was unser Förster war, der hatte eine BMW, weißte. Der Klang, richtig solide. Nich so aufgeregt wie die neuen Dinger. Aber ich werd's wohl lassen.«

Gönnerhaft sagte Hagen: »Dreiundfünfzig ist doch kein Alter.«

»Desterwegen nicht.«

Der Umsiedler aus Böhmen blickte den Jungen von der Seite an, holte seinen Fuchsschwanz aus dem Kasten, suchte Hölzer zusammen, die sie zum Abstützen der Spulen gebraucht hatten, und sägte sie nach Augenmaß so zurecht, daß sie exakt in die Aktentasche paßten.

Hagen wollte den Grund für das Interesse an seinem Sparen gern wissen, und so bemühte er sich, gleichgültig auszusehen, begann einen der neuen Schlager zu pfeifen. Köhlerliesel, du bist so jung...

Schließlich erläuterte Anton so nebenhin, indem er sein dünnes Haar kämmte, das durch die Brillantine bereits am Kopf klebte: »Wenn's soweit ist, ziehn die doch auch die Maschinen ein.«

»Achgottchen, die alte Leier!«

»Wirst sehen, lange dauert's nun nich mehr. Ich denke mir so, wenn die Ernte rein ist. Die brauchen sie alle. Versauf dein Erspartes. Oder willste 'ne Adresse? Mitte Dreißig, die bringt's dir aber bei! Nich mal teuer. Fünfzig für die ganze Nacht.«

Hagen kletterte wieder auf das Gerüst. Auch zu Hause hörte er oft, bald gebe es wohl Krieg, der sei kaum zu vermeiden. Manchmal hatte er es schon selbst befürchtet, im Juni vor vier Jahren und im vergangenen Herbst, da besonders. Seit den Kämpfen in Ungarn bemühte er sich, einmal am Tag im Blubbern der Störsender Nachrichten zu verstehen. Auf der Kurzwelle kam der RIAS nicht nur bei den Schlagern der Woche einigermaßen durch. Sollte es wirklich zu einem Waffengang kommen, wie der Vater es formulierte, mußte Hagen zu Hause sein. Noch einmal würde die Mutter nicht in den Luftschutzkeller gehen. Nach der Bombennacht hatte sie jahrelang im Schlaf geschrien, manchmal sogar gebetet, obwohl sie höchstens zu Weihnachten die Kirche besuchte, und sobald die Havariesirene des Kraftwerkes aufheulte, begann sie noch heute zu stottern.

Daran dachte Hagen auf dem Gerüst, während Anton Reste von Isolierrohren auf das Maß der Aktentasche zurechtschlug. Als die Hallentür klappte, sah Anton vorsichtshalber hin, ließ den Hammer fallen, schoß die Leiter hoch und beugte sich über die Kernbleche, die sie in dieser Nacht vollständig einschichten sollten.

»Der Alte!« zischte er. Hagen wollte aus drei Meter Höhe hinunterspringen, um schnell den dritten Mann zu wecken, aber Anton erwischte ihn noch an der Hose, drückte ihm einen Schichtspieß in die Hand und die Kabellampe.

Angestrengt suchten sie, wo es nichts zu finden gab, die Luftspalten zwischen den Blechstößen waren so klein, wie sie sein sollten, denn der ehemalige Waldarbeiter schichtete gut, und Hagen hatte schon soviel von ihm gelernt, daß er ihm kaum nachstand. Sie blickten beide nicht hoch, bis sie vor dem Transformator eine Stimme fragen hörten, ob etwas schiefgegangen sei.

Verblüfft drehte sich Anton um, er machte das nahezu perfekt, und antwortete: »Jener Arbeiter, der die Bleche hochreicht, mußte zur Toilette, und wir nutzen die dadurch entstandene Verzögerung in der Weiterarbeit zu einer erneuten Qualitätsprüfung. Guten Morgen, Kollege Direktor!«

»Morgen. Seid ihr die einzigen in der Halle?«

Anton nickte mehrmals.

»Und die anderen Brigaden? War doch vorgesehen.«

»Das entzieht sich leider unserer Kenntnis«, sagte Anton.

»Wollt ihr eine rauchen?«

Anton wischte sich die Hände sorgfältig an einem Häufchen Putzwolle ab, sprang vom Gerüst auf das Hubgestell mit den Blechen und von dort auf den Fußboden. Hagen hatte ihn noch nie so sportlich erlebt. Er ging gemächlich zur Leiter.

Wenige Meter neben dem Schild mit dem Rauchverbot nahm der Chef eine Packung langer, dünner Zigaretten mit Goldmundstücken aus der Tasche, FEMINA, Anton suchte in seiner Jacke vergeblich nach Streichhölzern, obwohl er eine Schachtel einstecken hatte, Hagen wußte es, und der Direktor gab ihnen Feuer. Eine Weile rauchten sie schweigend. Hagen drückte den Qualm vorsichtig durch die Nase und bemühte sich, ihn nicht zu verschlucken, weil er unter Garantie husten müßte. Anton hielt die Zigarette wie immer zwischen Daumen und Zeigefinger mit der Glut zur Handfläche, so konnte er sie schnell verstecken. Den Rauch ließ er genüßlich durch die Lunge wehen. Sonst rauchte er selbstgedrehte, nur zum Lohntag kaufte er sich fünf *Stambul* in einem Tütchen.

Mangolf mußte der dritte oder vierte Leiter seit dem Neubeginn sein. Hagen gefiel er, da er sich oft in den Werkstätten blicken ließ, vernünftig mit den Arbeitern sprach und vor allem angeordnet hatte, daß sie bei Sonderschichten Schnitzel und eine Flasche Bier erhielten, auch noch kostenlos. Mangolf hatte das Werk vor zwei Jahren übernommen, als es wieder einmal am Boden gewesen war, aber im Gegensatz zu den Direktoren vor ihm hatte er seine Funktion nicht mit einer flammenden Rede an die Arbeiter angetreten, sondern nahezu sämtliche Angestellte für zwei Wochen an die Werkbänke gescheucht und war selber mitgegangen. Bei dieser Gelegenheit hatte sich gezeigt, daß der ehemalige Schweißer noch immer eine ganz passable Naht ziehen konnte.

»Wie geht's euch denn?« fragte Mangolf, rückte an seiner Hornbrille und sah sie nur kurz an. Die leere Montagehalle schien ihn mehr zu interessieren.

Sein Verhalten wirkte auf Hagen fremder als sonst, er trug auch keines seiner bekannten rotblauen Sporthemden mit dieser silbernen Kragenspange, die vor vier Jahren Mode gewesen war, sondern ein schlohweißes Oberhemd mit Kentkragen und eine schmale Wildlederkrawatte unter dem Flanelljackett. Sogar sein graues Haar, aus dem sonst die Schuppen rieselten, sah heute feierlich aus. Vielleicht holt er sich in Berlin einen Orden ab, dachte Hagen, und es erhebt ihn, wenn er direkt von seinen fleißigen Werktätigen zur Auszeichnung fährt.

Anton baute noch an einer Antwort auf Mangolfs Allerweltsfrage, aber schließlich gab er es auf und sagte: »Nicht schlecht. Besser als früher. Der Fortschritt, Kollege Direktor.«

»Keine Sorgen? Sollte mich wundern.«

»Na ja, die Handwaschpaste reicht nie«, sagte Anton. »Weiß der Kuckuck, die ist immer schon nach einer Woche alle.«

»Und du?«

Hagen hob die Schultern.

»Mußt ja nicht«, sagte Mangolf.

Irgendein unbedeutender Wunsch würde ihn wohl zufriedenstellen, nahm Hagen an, Zollstöcke fehlten zum Beispiel auch, aber er brachte es nicht fertig, etwas Belangloses zu sagen. So zwang er sich, dem Direktor in die Augen zu sehen. »Die Angst vor einem Krieg ist groß. Die meisten zittern.«

»Hier wird viel gequasselt, wenn der Tag lang ist«, sagte Anton schnell.

Hagen zog Antons neuen Aschenbecher, eine prächtig gehämmerte Kupferschale, an der nur noch die Füße fehlten, hinter der Richtplatte hervor und drückte seine halbaufgerauchte Zigarette aus, ehe er leise sagte: »Wenn noch mal so was wie in Ungarn passiert, hauen die mit ihrer neuen Bundeswehr zu. Die warten doch bloß darauf. Und so viele Kilometer liegen nun mal nicht zwischen denen und hier. Nicht für die Raketen. Nützt mir doch nichts, wenn sie in Polen oder noch weiter östlich geschlagen werden, meinetwegen auch endgültig. Dann sind wir hier schon lange im Eimer!«

»Mensch, hör auf!« rief Anton. »Was die Friedenskräfte sind, also die können erfolgreich, also Paroli bieten. So muß man doch das sehen, bei uns hier, in der Deutschen Demokratischen Republik.«

Mangolf nickte, aber schwieg und sah den jungen Monteur an.

Hagen nahm Antons Angst vor einem so offenen Gespräch nicht einmal übel, er hatte ja auch gezögert, weil er wußte, daß es nicht ungefährlich war. Im Frühling sollte das Politbüro prominente Genossen als Abweichler benannt haben, den Minister für Staatssicherheit, man bedenke, und zwei Sekretäre des Zentralkomitees. Noch immer sprach man im Werk vom 30. Plenum. Kurz danach hatten auch der Parteisekretär des Betriebes und dessen Stellvertreter ihre Funktionen verloren. Offiziell waren sie zum Studium gegangen, aber in der Montagehalle munkelte man so mancherlei, und viele rieben sich heimlich die Hände.

In dieser Situation war es wohl besser, man fiel nicht auf, weder durch ein Preisen des Plenums, wer wußte denn, was das nächste bringen würde, noch durch Zweifel an der Stärke des sozialistischen Lagers. Das vor allem war tunlichst zu unterlassen, die Schwierigkeiten schienen beträchtlich zu sein. In Berlin und einigen Großstädten sollten sich erneut konterrevolutionäre Gruppen gebildet haben, das meldeten die Zeitungen, und Walter Ulbricht hatte auf diese Weise zur Sicherung des Friedens auch im Innern und zur Wachsamkeit aufgerufen: Wer den Frieden stört, hilft den Feinden des Volkes.

So ähnlich mochte es Anton durch den Kopf gegangen sein, Hagen ahnte es und begann sich schon zu ärgern, überhaupt etwas gesagt zu haben, das über das Fehlen von Handwaschpaste oder Putzlappen hinausging, als der Direktor murmelte: »Bin kein Prophet... Vielleicht hätten wir unsere Entwicklung wirklich bremsen sollen, wegen der Wiedervereinigung... Kann ich euch nicht sagen. Aber eins weiß ich genau: Wir hier müssen unter allen Umständen...«

»Nämlich die Produktion steigern!« sagte Anton.

Mangolf nickte erneut, schien sich jedoch zu ärgern. »Wenn er das begreift, dürfte es doch für dich nicht zu schwer sein. Hast unsere Schulen besucht.«

»Eben«, sagte Hagen. »Mein Klassenlehrer ist abgehauen, der Mathepauker auch. Sie hatten die Vorteile der neuen Ordnung ständig im Mund. Als sie noch hier waren.«

Anton murmelte: »Hab's mit dem Darm. Entschuldigung, ich muß mal raus.«

Schweigend sahen sie ihm nach. Hagen massierte mit den Zähnen die Unterlippe, Mangolf brannte sich an der Kippe eine neue Zigarette an, saugte den Rauch tief ein und mußte husten. Es wurde ein Anfall, der nach Tuberkulose klang, trocken und rauh. Hagen klopfte dem Chef erschrocken auf den Rücken, doch das half nicht, bis er auf die Idee kam, Antons Kaffee anzubieten. Schon der erste Schluck brachte Linderung.

Wahrscheinlich fährt er in eine Heilanstalt, dachte Hagen.

Solange man sich nur in die S-Bahn setzen müsse, werde noch mancher verschwinden, sagte Mangolf. Oder man gehe einfach über den Potsdamer Platz. Aber deshalb müsse ja nicht alles falsch gewesen sein, was vorher gesagt und getan wurde. So simpel sei das nicht. Es könnte nicht jeder ein Klassenfeind genannt werden. Manche bleiben auch auf der Strecke.

Das klang seltsam für Hagen, zumal der Direktor stockend sprach, weil ihm wohl noch die Brust vom Anfall schmerzte, und er sagte: »Muß doch erst abheilen. Sie sollten nicht rauchen, wenigstens für einige Zeit nicht. Wirklich.«

Mangolf zuckte mit den Schultern und blickte zur Uhr an der

Hallenwand unter dem Büro mit den großen Fenstern, das wie ein Schwalbennest in der Höhe klebte und von dem jeder Arbeitsplatz in der Halle beobachtet werden konnte. Dort hatten die Normer gesessen, bis sie vom Direktor abberufen worden waren. Plötzlich ließ er die fast volle Packung Zigaretten von der flachen Hand auf die Werkbank rutschen. »Gib sie dem Alten.« Hagen hielt er das Feuerzug hin. »Ist aus einer Patrone gemacht, im Ural.«

Der junge Mann nahm es zögernd, zog die Kappe ab und wollte es anzünden, aber es gelang nicht. Sosehr er auch rieb, unter dem unförmigen Rädchen spritzten keine Funken. Mangolf zeigte ihm den Trick. Beide sahen sie auf das Flämmchen, ließen es minutenlang brennen, und während es der Direktor mit dem Daumen ausdrückte, kam es Hagen so vor, als verschwände mit dem winzigen Lichtschein auch die Farbe aus Mangolfs Gesicht. Ihm fiel die zerbissene Pfeife des Vaters ein, die der über den Krieg hinweg gerettet hatte und zu besonderen Anlässen noch heute rauchte. Manche hängen ja an solchen Dingen.

Für ihn werde es nun Zeit, sagte der Direktor. Hagens Kollege brauche keine Angst zu haben, das Gespräch hier bleibe unter ihnen. Aber es sei wohl besser, wenn sie nun bald ihren dritten Mann wecken würden... Vor Schreck nickte Hagen.

Mangolf lächelte auf eine Weise müde, die den Jungen tiefer traf, als es ein Wutausbruch geschafft hätte, nahm dessen Hand, ließ sie aber sofort wieder los, der Druck war lasch gewesen, und sagte: »Hör mal, das mit dem Krieg ist Unsinn. Ich kann's nicht glauben. Weil... wir sind schon zu stark. Wir hier...«

»Ja«, erwiderte Hagen, aber es klang nicht sehr überzeugend, da er sich zunächst räuspern mußte, um das Wort überhaupt herauszubekommen.

»Und noch was. Ich an deiner Stelle, also. Wenn ich du wäre, studieren würde ich. Schlechte Ausbildung ist das Schlimmste. Wiederhol mal.«

Hagen tat es verwirrt. Der ehemalige Schweißer hörte dem Satz hinterher, nickte mehrmals, wollte noch etwas sagen, aber dann drehte er sich wortlos um und ging. Zwei Tage später erfuhr Hagen, daß wieder einer abgehauen sei, dieser Mangolf nämlich. Halbfertige Transformatoren habe der abgerechnet, um eine Planerfüllung vorzutäuschen, Berichte der Normer nicht ausgewertet, aus dem Prämienfonds Schmiergelder an private Zulieferer gezahlt, und auch das kostenlose Essen zu den Sonderschichten sei ungesetzlich gewesen, vom Bier ganz zu schweigen.

Anton meldete sich krank und zitterte mehrere Wochen, ob die Leute von der Staatssicherheit dahinterkommen würden, wo Mangolf die letzten Minuten vor der Flucht verbracht hatte. Aber der Umsiedler packte seine Sachen nicht, er blieb. Zum Glück wußte nicht einmal ihr dritter Mann von dem eigenartigen Besuch, denn Anton war ihn wecken gegangen, und Hagen redete schon einige Tage nicht mehr mit seinem gleichaltrigen Kollegen, da ihm dieser für zwei Flaschen Bier und eine Bockwurst in die Arbeitsschuhe gepinkelt hatte.

Bald ging man in der Montagehalle zur Tagesordnung über. Ein Weißkittel weniger, na und? Die drehten es doch sowieso, wie sie es brauchten, und sobald ihre krummen Dinger nicht mehr zu vertuschen waren, kratzten sie eben die Kurve. Drüben bekamen sie sofort eine andere, gut bezahlte Stellung. Was besagte es schon, daß dieser Mangolf Arbeiter gewesen war. Wer aufsteigen will, muß nach unten treten, sonst kommt er nicht hoch. War noch nie anders.

Aber Hagen hörte heraus, daß die Flucht des Direktors die meisten doch tiefer getroffen hatte, als sie es zugeben wollten. Auch als Chef war Mangolf ihnen ähnlich geblieben; sobald er persönlich zu Überstunden aufgerufen hatte, waren viele erst am späten Abend von der Werkbank gegangen. Ein neuer Direktor würde es so schwer wie noch niemand vor ihm haben, obwohl die Werkleitung nun in jungfräulicher Reinheit dastand. Sämtliche Organisationsfehler und Leitungsschwächen waren natürlich das Werk des gerissenen Agenten gewesen, der alle, einschließlich seiner Stellvertreter, überaus raffiniert hinter das Licht geführt hatte. Behaupteten diese.

Darüber schmunzelte man in der Montagehalle. Na, überlegt doch mal, hieß es, etwas Besseres konnte denen bei der miesen Planerfüllung gar nicht passieren.